TAXI

Sally McGrane lebt in Berlin und schreibt für die »New York Times«, den »New Yorker« und andere Zeitungen und Zeitschriften. Geboren und aufgewachsen in San Francisco, hat es sie als Journalistin nach Russland und in die Ukraine geführt. Ihr zweiter Spionageroman, »Die Hand von Odessa«, wurde in der namensgebenden Stadt selbst verfasst. Diana Feuerbach ist Autorin, Übersetzerin und Hörbuchregisseurin. Sie lebt in Leipzig. Die Absolventin des Deutschen Literaturinstituts hat in den USA studiert und gearbeitet. Mehrfach hat sie die Ukraine und Russland bereist und sich in eigenen Texten mit der postsowjetischen Welt beschäftigt, etwa im 2014 erschienenen Roman »Die Reise des Guy Nicholas Green« (Osburg Verlag). Für Voland & Quist übersetzte sie bisher die Romane von Svetlana Lavochkina.

Die im Roman aufgeführten Handlungen und Personen sind erfunden. Jegliche Ähnlichkeiten zu realen Personen, tot oder lebendig, und zu realen Ereignissen sind rein zufällig.

Die Hand von Odessa

Sally McGrane
Aus dem Amerikanischen von Diana Feuerbach

Roman

© Verlag Voland & Quist GmbH, Berlin und Dresden 2023

Lektorat: Carsten Schmidt
Korrektorat: Kristina Wengorz
Umschlaggestaltung: pingundpong
Satz: Fred Uhde
Druck und Bindung: BALTO print

ISBN 978-3-86391-385-4

voland-quist.de

Für meine Mutter und meine Schwester

Prolog

*»Oho, ich habe oft eine Katze ohne Grinsen gesehen«,
dachte Alice, »aber ein Grinsen ohne Katze! So etwas
Merkwürdiges habe ich in meinem Leben noch nicht gesehen!«*

Lewis Carroll, *Alice im Wunderland*

1

Mister Smiley war ein fetter, dreckiger Kater mit mausgrauem Fell, durchsetzt mit rattendunklen Flecken. Sein Markenzeichen, und zugleich der Grund für seinen (gänzlich unpassenden) Namen, war eine alte, gezackte Narbe, die von seinem linken Auge bis zum rechten Kiefer verlief. Seine scheinbare Trägheit verbarg seine ausgezeichnete Intuition: Mister Smiley ahnte die Dinge voraus und konnte rechtzeitig verschwinden – oder am richtigen Ort auftauchen.

Diese Gabe war, seiner Meinung nach, der Schlüssel zu seinem Erfolg. Natürlich besaß er auch noch andere wichtige Eigenschaften. Brutalität, die Fähigkeit loszulassen, Talent für das doppelte Spiel, scharfes Gespür für den Feind, schärferes Gespür für die eigenen Freunde. Auch die Narbe schadete nicht. Wie Mister Smiley gern sagte:»Ihr hättet den anderen Kater sehen sollen«, gefolgt von einem langen, tiefen, grollenden Schnurren.

Selbstredend wusste er, dank der vielen geistlosen Unterhaltungen, die er in seinem langen Leben mit angehört hatte, dass die Menschen davon überzeugt waren, dass Katzen nicht sprechen konnten. Pure Einfältigkeit! Aber Mister Smiley hielt generell wenig von Menschen. Unter Katzen galt das Sprichwort: »Je größer der Kopf, desto weniger lohnt es sich, ihn zu fressen.« In ganz Odessa kannte Mister Smiley nur einen Menschen, einen Dichter, der wirklich verstand, dass Katzen sprechen konnten. Dieser Dichter – sein Name war Fischmann, wie köstlich – lebte in einer kleinen Datscha am Rande der Stadt und war laut seinem Namensschild auch eine Art Doktor. Jeden Nachmittag kamen Patienten zu ihm. Sobald sie das Haus betraten, legten sie sich unverzüglich auf eine rote Samtcouch. Dort, unter den dunklen Augen der Ikonen, die von den Sprechzimmerwänden herablugten – hin und wieder ließ ein Sonnenstrahl ein rasches Goldzwinkern glitzern –, zeigten diese Menschen ein äußerst erstaunliches Verhalten. Anstatt sich für ein Nachmittagsschläfchen zusammenzurollen, lagen sie starr und steif da, die Arme an den Seiten, die Augen zur Decke gerichtet. Dann redeten sie. Und redeten und redeten und redeten. Der Dichter faltete seine Hände auf dem Bauch, zog das Kinn an die Brust und hörte zu. Nach fünfzig Minuten standen die Menschen wieder auf. Lächelnd oder weinend gingen sie davon. Danach setzte sich der Dichter – ein großer, ruhiger Mann mit weißem Haar und weißem Bart, sehr klug, ausgenommen seine unerklärliche Neigung, die drei Igel zu füttern, die jeden Abend in seinen Garten watschelten – an seinen Computer. Er schrieb dort eine Art Tagebuch, das – laut Aussage von Mister Smileys Spionen – in der ganzen Stadt gelesen wurde. Die Katzen waren nicht sicher, wie es zu den Lesern gelangte. Nicht per Papier und Tinte, wie in den alten Tagen. Irgendeine Art Duft, vermutete Mister Smiley. Seltsamerweise unriechbar für Katzen, wurde er verströmt, wenn der Dichter den Knopf auf der rechten Seite der Tastatur drückte.

Manchmal schaute Mister Smiley dem Dichter beim Tippen über die Schulter. Das Tagebuch beschrieb die Ereignisse in der Stadt: langweilige (Mister Smileys Meinung nach) Streitereien zum Thema Sprachen – kann ein ukrainischer Schriftsteller auf Russisch schreiben? (Pah! Sollte er es doch mal auf Katzisch versuchen!) –, Zank im Weltclub der Odessiten, die Frage der ukrainischen Nationalität, spukhafte Erscheinungen, was der Dichter zum Abendbrot aß.

Die einzige geistig gesunde Kreatur in dieser dicht besiedelten Literaturlandschaft war die schwarze Katze des Dichters, die unstete Miss Kitty, die den Garten der Datscha mit eiserner Pfote regierte, wenn sie Lust dazu hatte, und deren knackige, treffsichere Bonmots sogar einen vernarbten Kampfkater wie Mister Smiley zum Kichern brachten.

Natürlich gab es jede Menge Menschenfrauen, die mit Katzen redeten – in jeder Stadt redeten Frauen mit Katzen –, doch der Dichter tat mehr als das. Er hörte zu. Und er verstand.

*

Es war eine heiße Nacht im Spätsommer. Spannung lag über der Stadt. Dichte Dunkelheit hatte sich bis kurz über die Straßenlampen gesenkt, die von unbeständiger Strahlkraft waren. Wie hatte es

Grischa, der neue Gouverneur, formuliert? Wie Downtown Tbilissi 1995. Katzen liebten Schatten, kein Zweifel. Dennoch war auch Mister Smiley der Ansicht, dass die Stadt dringend aufgehübscht werden müsste.

Mit einem leisen Zischen kringelte er seinen Schwanz ein. Presste den Körper gegen eine bröcklige Mauer. Lauschte. Fühlte. Verschmolz. Die Stadt war heute Nacht eins. Als atmeten jedes Haus und jedes Wesen die Gewalt in der Luft. Die Urlauberinnen in Hotpants waren nervös. Die blechernen Bässe pumpten tiefer und lauter als sonst aus den Autofenstern. Reifen quietschten an jeder Ecke. Es roch nach verbranntem Gummi. Die Bremsen aus sowjetischer Produktion heulten auf, untröstlich über den eigenen Tod. Die jungen Männer, feinfühlig, waren die Ersten unter den Menschen, die die besondere Energie spürten, und zwar am stärksten. Sie gaben Gas, rasten über die Pflastersteinkreuzungen, schneller und riskanter als in anderen Nächten.

Mister Smiley zählte zu den wenigen, die genau wussten, wo die Explosion, die die ganze Stadt kommen fühlte, hochgehen würde. Menschen – besonders die Mafia – meinten ja, sie wüssten alles. Doch wer in der Stadt konnte mehr wissen als die Katzen? Die hübschen orangefarbenen, die sich für ein Häppchen Fisch einschmeichelten, die verrufenen weißen, die den ganzen Tag auf den Gehwegen dösten, die struppigen Nachtspione, die sich in Gruppen von sechs oder sieben versammelten, hier in der Gogolstraße, die Augen verkrustet von Schleim und Getier, auf Anweisung wartend. Überall waren die Katzen, an jeder Straßenecke, unter jedem Cafétisch, auf jedem Mauervorsprung. Niemand wusste mehr als die Katzen, und keine Katze wusste mehr als Mister Smiley. Aus dem einfachen Grund: Er war ihr Boss.

Natürlich hätte er einen Untergebenen beauftragen müssen, jemanden, dem er vertrauen konnte, etwa die muskulöse Tigermieze oder den clever-grimmigen Gestiefelten. Doch obwohl alle Katzen sprechen konnten, wussten längst nicht alle, wie man sich einem gewöhnlichen Menschen verständlich machte. Und dieser Mensch war kein gewöhnlicher! Nein, es war Sima! Schon ihr Name: Sera-phi-ma. Der feurige Engel. Sima für ihre Freunde. Simotschka für Mister Smiley. Wie lange liebte er sie schon? Wie konnte ein alter Straßenkater wie er überhaupt an Liebe denken? Doch seit dem Tag, als er zum ersten Mal einen Blick auf Simas lange Beine erhascht hatte, auf ihre orangeroten Zöpfe, ihr unschuldiges, doch nicht gänzlich unschuldiges Lächeln, war sie seine Auserwählte. Wäre er doch ein Mann! Oder sie eine Katze! Wie eine Königin würde sie unter ihresgleichen herrschen, mit ihrem Goldfell und den formschönen Gliedern. Dafür würde er sorgen, sobald sie seine Geliebte war. Er hatte sich oft ausgemalt, was er alles mit ihr anstellen würde – doch es nützte nichts. Mister Smiley war sich nicht einmal sicher, was Sima für ihn empfand. Manchmal, das stimmte, kraulte sie ihn am Hals und gab ihm eine Anchovis, wenn sie ihn vor dem Restaurant sah. Aber das machten viele Frauen. Und natürlich konnte Sima unmöglich wissen, wie bedeutend er war. Wie viele Katzen könnten ihr Glück nicht fassen, brächte er ihnen nur ein Zehntel – ein Tausendstel – an Interesse entgegen! Wie sie sich ihm, wortwörtlich, zu Pfoten warfen und ihre Hinterteile aufspreizten! Aber nein. Nein, er war kein Narr. Mister Smiley verstand, dass Sima ihn ohne eine Spur von Begehren ansah. Nein, für sie war er nur einer von vielen Streunern, wenn auch ein irgendwie sympathischer. Nicht einmal gut genug, um ein Haustier zu sein.

Mister Smiley schluckte seine Enttäuschung. Es war nicht Simas Schuld. Nichts von alldem. Und er wusste, was ihr zustoßen würde, hier im Restaurant ihrer Mutter: *Angelina*. Eine tolle Köchin diese Angelina! Sie machte wunderbaren Forshmak: eine perfekte Mischung aus Heringsfilet und Äpfeln, Zucker, Essig und Eiern, zu einer feinen Masse püriert, im besten Fall streichfähig für Messer oder Katzenzungen – und Angelina geizte auch nicht mit den Resten. Eine großzügige Frau mit den eleganten Proportionen des Alters – so breit wie hoch –, oh, Angelina wäre eine wunderbare Schwiegermutter für einen Gesetzlosen wie Mister Smiley, der die Behaglichkeiten des Familienlebens umso mehr brauchte, bei all dem Blut, das er vergießen musste. Er peitschte vor Ärger mit dem Schwanz. Hirngespinste, mal wieder! Aber egal. Was zählte – was wirklich zählte –, war Sima.

Sima war in Gefahr, und Mister Smiley würde sie retten.
Als es Zeit wurde, sprang er überraschend anmutig auf und rannte zur Hintertür des Restaurants. Sie stand offen. Er streckte seinen narbigen Kopf vor.
Er wurde belohnt mit Simas Anblick. Ihr orangerotes Haar war zurückgebunden, der Rock hochgeschoben. Auf den Knien schrubbte sie den Boden des Speiseraums. Diese Schenkel!, dachte Mister Smiley und leckte sich das Maul. Sima drehte den Kopf, und in der Dunkelheit sah Mister Smiley das dunkle Muttermal, herzförmig, genau unter dem linken Auge – ein Mal, das bei einer Katze blaues Blut verraten hätte.
Das Schaufenster des Restaurants reflektierte die Nacht wie ein Spiegel.
»ARSCHLOCH!« Ein lautes Kreischen erschreckte den Kater.
»ARSCHLOCH!«
Wo war der grässliche Vogel? Das wäre was! Wenn der Papagei Jacques, diese große, schöne Kreatur, verwöhnt, höhnisch, gesund, mit Federn, die wie polierter Stein glänzten, ganz zufällig umkommen würde ... Doch der Käfig hing nicht vor dem Fenster wie sonst.
Das Kreischen des Papageis schnitt erneut in die Nacht.
»ARSCHLOCH!«
Jetzt war nicht der Moment, um alte Rechnungen zu begleichen, dachte Mister Smiley. Der Kater schaute Sima eindringlich an. Und konzentrierte sich.

2

»ARSCHLOCH!«
Sima stand auf. Streifte die Plastikhandschuhe ab, legte ihre Hände auf die Hüften. Woran hatte sie gerade gedacht?
»ARSCHLOCH!«
»Guter Vogel!«, rief sie zärtlich und blickte gedankenlos in den kleinen dunklen Speiseraum. Es war eine heiße Nacht, schon sehr spät, viel später, als sie geplant hatte. Sie hatte alle Lichter gelöscht. Ihre Mutter fand das verrückt, doch für Sima fühlte sich die Nacht auf diese Art kühler an. Sie konnte die grauen Umrisse der Tische ausmachen, die Stühle, die auf ihnen standen. Sima machte Großputz – den ersten, seit sie vor einem Monat das Lokal eröffnet hatten. Die wuchtige Zinkbar schimmerte in der Dunkelheit.
»Bist ein schöner Vogel, Jacques!«
Mittlerweile hätte sich Sima in dem kleinen Speiseraum (nur sieben Tische!) mit verbundenen Augen zurechtfinden können. Sie hob ihre Arme über den Kopf, der hohen Decke entgegen, und dehnte sich. Sie gähnte, ein langes, tiefes Gähnen, und ließ die Arme fallen. Sie war müde. Auf die denkbar beste Weise, nach einem Tag harter Arbeit. Im Morgengrauen aufstehen, um zum Fischhändler zu gehen. Druck machen für eine Lieferung Landtomaten für selbst gepressten Saft, dunkelrot und dick wie Blut. Sauerampfer hacken für den grünen Borschtsch, der diese Woche auf der Karte stand. Sie streckte ihre langen Finger. Die Finger hatten noch leichte Flecken. Dunkelgrün. Ein frischer, unreifer Geruch. Scharf. Als wenn dir Mutter Natur auf die Finger klopft. Und dir sagt, dass du noch nicht aufgeben sollst. Sima fuhr sich mit den grünen Fingerspitzen durch den langen erdbeerblonden Zopf. Mit einem Finger berührte sie das schwarze Muttermal, herzförmig, unter ihrem linken Auge. Eine ihrer Gewohnheiten, wenn sie in Gedanken war. Sie fragte sich, ob Grischa, der neue Gouverneur, wirklich demnächst einmal zum Abendessen in ihr Restaurant kommen würde. Genau das erzählte man sich. Sima hatte das Gerücht nun schon mehrmals gehört.

»ARSCHLOCH!«
Viele ihrer Freunde waren begeistert von Grischa. Grischa (alle nannten ihn so) war jung (noch keine fünfzig). Er hatte in Amerika studiert, dachte fortschrittlich. Abgesehen davon war er in seinem Heimatland Georgien Präsident gewesen – zweimal! Und Georgien und die Ukraine waren gar nicht so verschieden. Wie Cousins in der postsowjetischen Welt. Nach dem, was man hörte, waren Grischas Reformen in seinem Heimatland wirklich erfolgreich gewesen. Die Verkehrspolizisten zum Beispiel nahmen keine Schmiergelder mehr an. Dann wurde Grischa abgesetzt. Und nun war er hier, in Odessa. Zweifellos besaß Grischa Charme. Er war kein Politiker sowjetischen Stils, der sich in seinem Büro einschloss. Nein, Grischa war immer unterwegs, ein echter Mann des Volkes mit seinem jungenhaften Lächeln, seinem Topfschnitt, dem postpräsidialen Bierbauch. Er war die Art von Mann, der vom Forshmak drei- oder viermal Nachschlag verlangte und ihn auch bezahlte. Er ging nirgendwohin ohne ein Kamerateam. Im Fernsehen schüttelte er allen Leuten die Hand – Großmüttern, Strandgängern. Ein Monat war seit seinem Amtsantritt vergangen, und Sima hatte den Eindruck, dass sie Grischas berühmtes Muttermal – einen weinroten Fleck in der Form des amerikanischen Bundesstaats Florida, der sich vom Handgelenk bis zu den Knöcheln an der rechten Hand des Gouverneurs erstreckte – so gut wie ihr eigenes kannte.

Sollte sie die Stühle herunternehmen? Sie holte Luft. Der Zitronenduft des Putzmittels. Noch nass. Also morgen früh.
»ARSCHLOCH!«
Ein äußerst seltsames Gefühl erfasste sie. Als hätte sie etwas vergessen. Sie schüttelte den Kopf. Es wäre eine prima Werbung, wenn Grischa tatsächlich zum Abendessen käme, mit seinem Kamerateam. Seine politischen Pläne hörten sich auch prächtig an. Die Korruption ausmerzen! Transparenz schaffen! Aber Odessa war nicht Georgien. Dort war Grischa Präsident des ganzen Landes gewesen. Hier war er nur Gouverneur eines einzigen Verwaltungsbezirks. Und genau hier, in Odessa, der Hauptstadt dieses Bezirks, bekam er es mit mächtigen Gegenspielern zu tun. Mit Mephisto zum Beispiel. Der Bürgermeister der Stadt hatte dem neuen Gouverneur bereits den Krieg erklärt. Sima

schüttelte empört den Kopf. Mephisto! Der hatte sich seinen Spitznamen verdient, so viel stand fest. Ein früherer Waffenschieber und aktueller Champion im Thaiboxen, mit russischem Pass und direkter Verbindung zum Kreml. Wie Sima nur allzu gut wusste, konnte dieser kleine, gedrungene Glatzkopf einem das Leben zur Hölle machen.
Sie seufzte. Am besten, man wartete ab. Machte sich keine falschen Hoffnungen.
»ARSCHLOCH!«
Wieder ließ Sima ihren Blick über die vertrauten grauen Umrisse wandern. Was für ein seltsames Gefühl. Was hatte sie bloß vergessen? Immerhin hatte sie schon mit sechs Jahren im Strandlokal ihrer Mutter gearbeitet. Zwanzig Jahre. Ein wunderbares Restaurant, das hatten alle gesagt. Manchmal fügten sie hinzu: »Warum nehmen wir es Ihnen nicht ab?«
Sima und ihre Mutter pflegten als Antwort höflich zu lächeln. Nichts war passiert. Niemand »nahm ihnen das Lokal ab«. Bis zu jener Nacht. Ein Jahr war das jetzt her. Eine warme Sommernacht, dunkel und feucht. Wie die heutige eigentlich.
Ein Polizist war vorgefahren, in einem schwarzen BMW. Kein gewöhnlicher Polizist. Ein gewöhnlicher Polizist könnte sich nie im Leben ein solches Auto leisten. Ein korrupter Polizist, der nach Feierabend in ihre Küche spazierte. Und sagte, das Restaurant gehöre ihnen nicht. Sie müssten raus. Angelina stand im Türrahmen. Versperrte die Tür mit ihrer breiten Statur. »Nein«, sagte sie. Das Feuer brach ein paar Tage später aus. Sie verloren alles. Einfach alles. Komplett verbrannt. Köchinnen wissen: Wenn das passiert, muss man wieder von vorn anfangen.
»ARSCHLOCH!«
Sechs Monate hatte Sima nicht gearbeitet. Sechs Monate stand sie morgens auf und hatte nichts zu tun. So etwas kannte sie nicht. Als ob das Leben durch sie hindurchginge. Sie streckte die Hand aus, konnte es aber nicht fassen.
Endlich, um wieder beschäftigt zu sein, schrieb sie sich für einen Onlinekurs in Französischer Confiserie ein. Sie war ein Naturtalent, wenn es um Zuckerskulpturen ging. So gut, dass sie einen Preis gewann. Zombiepartys für Kinder waren der letzte Schrei in Odessa.

Sima backte eine Torte in der Form eines Untoten. Sie erfand eine völlig neue Herstellungsmethode für die Augäpfel: Buttercreme mit harter Zuckerglasur. Die Ergebnisse waren schaurig lebensecht; sogar die Franzosen bestätigten das. Die Jury hatte so etwas noch nie gesehen, und Sima erhielt eine Silbermedaille.

Aber Backen reichte nicht aus, um sie und die Mutter am Leben zu halten. Als das kleine Lokal im Stadtzentrum frei wurde, zögerten sie. Was sie kannten, waren dreißig Tische. Am Strand. Aber das Stadtzentrum war eine Chance. Also verkauften sie ihre Wohnung im Zentrum, die sie seit Generationen besaßen.

Sie hatten gerade den Mietvertrag für das Lokal unterschrieben, als Mephisto anrief. Der Bürgermeister wollte investieren. Natürlich kannten Sima und ihre Mutter Mephisto – er hatte seinen Namen in einem sowjetischen Gefängnis bekommen – seit Jahren. Er war Gast in ihrem Strandlokal gewesen, wie jedermann. Saß in der Ecke mit seinem Stiernacken und den trüben Augen.

Sie wussten natürlich, dass es riskant war, mit Mephisto Geschäfte zu machen. Aber sie glaubten, dass es gut gehen werde. Bis Mephisto vorbeikam. Sima bot ihm Kaffee an. Er gab keine Antwort. Stattdessen stellte sich der Bürgermeister Odessas genau in die Mitte des neuen Lokals. Reckte eine fleischige Faust. Sima hatte nie bemerkt, wie dick Mephistos Nacken wirklich war. Wie die Adern hervortraten, wenn er etwas besonders betonte.

»Wenn du oder deine Mutter STEHLT ...«, sagte er mit tiefer, zorniger Stimme.

Sima war so überrascht, dass sie vergaß, sich zu fürchten.

»EINE EINZIGE ...« (Adernpochen) »GRIWNA ...« (Adernpochen) ...

Sima schüttelte sich und versuchte zu verstehen, was er sagte.

Etwas in der Art, dass er, Mephisto, dann ... (Adernpochen) »EINE WURST NEHMEN ...« (Adern, Adern!) »UND SIE STOPFEN ...«

Hier hielt Mephisto inne. Er schien zu überlegen, dass Pantomime nützlich sein könnte, um der Sache Nachdruck zu verleihen. Seine fleischige Faust packte eine imaginäre Kielbasa und schob sie mit Gewalt in Richtung seines geschorenen Schädels.

»IN EIN OHR ...« (er stoppte und hob die andere Faust) »... BIS SIE AUS DEM ANDEREN ...« (er packte das andere Ende der imaginären Wurst) »WIEDER HERAUSKOMMT!« Dann drehte er sich um und ging.

Nach diesem Besuch beschlossen Sima und die Mutter, Mephisto sein Geld zurückzugeben. Falls sie sich fürchteten, dann vor dem, was passieren könnte, wenn sie weiter mit ihm zusammenarbeiteten. Und so hatten sie kein Budget mehr für Werbung. Absolut keins. Ein geringer Preis, wie sich herausstellte. In der Vergangenheit hatte Mundpropaganda genügt. Und jetzt? Sie hatten Arbeit, endlich wieder. Und Gäste. Das neue Restaurant war anders. Aber es war gut. Sima lächelte.

»ARSCHLOCH!«

Der Papagei Jacques für seinen Teil liebte sein neues Zuhause. Er wollte immer mittendrin sein. Früher, im Strandlokal, hatte er in dem geschäftigen Durchgang neben der großen Küche gewohnt, umschwärmt von Küchenhilfen und Kellnern. Eine derbe, unerschrockene Truppe. Ziemlich freizügig mit dem Wort »Arschloch«. Als das Restaurant brannte, rettete einer von ihnen Jacques aus den Flammen. Mutig oder tolldreist. Aber gewiss gütig.

»ARSCHLOCH!«

Im neuen Lokal hängte Sima Jacques' Käfig in das große Schaufenster. Von dort konnte der Papagei alles beobachten, was im Speiseraum vor sich ging. Aber er konnte auch die Straße einsehen – eine Verantwortung, die er mit keiner unbedeutenderen Persönlichkeit als Gogol teilte, der den Vorübergehenden, von einem Messingschild direkt gegenüber, mit einem rätselhaften Halblächeln nachblickte.

»ARSCHLOCH!«

Für ihren Großputz hatte Sima Jacques' Käfig hinter den Tresen gestellt. Natürlich missfiel das dem Papagei.

»ARSCHLOCH!«

»Wurst in ein Ohr.« Sima schüttelte den Kopf. Wenigstens hatte Jacques sich das nicht gemerkt. Man musste dankbar sein für die kleinen Dinge.

»KREISCH!«
Sima war plötzlich müde. Sehr, sehr müde. »Morgen kommst du wieder zurück ans Fenster«, sagte sie. Etwas zupfte an ihr. Ein Gedanke, eine Erinnerung. »Versprochen, mein Schöner.«
»KREISCH!«
Sima hielt inne. Sie spürte: Was auch immer sie vergessen hatte, es musste hinter der alten Zinkbar liegen. Was in aller Welt konnte es sein? War ihr etwas heruntergefallen? Nur was?

*

Zehn. Neun. Acht. Mister Smiley entblößte seine Schneidezähne. »Runter mit dir«, sagte er. »Runter!«
Sieben, sechs. Erst als er sah, dass sich Sima hinter der Bar bückte, in Sicherheit, rannte der Kater zur Hintertür hinaus, so schnell ihn seine Pfoten trugen.
Fünf, vier –
Von fern hörte er den schwachen Ruf des Papageis. »Arschloch!«
Drei, zwei. Eins –

3

»Gestatten Sie, dass ich Ihnen meinen Bericht zum Bombenanschlag auf Angelinas Restaurant präsentiere?«

Kommissar Krook lehnte sich zurück. Er saß an seinem Standardschreibtisch im zweiten Stock des Polizeipräsidiums von Odessa. Betrachtete den tiefen Riss, der sich wie eine Minischlucht durch das dunkelbraune Furnier der Tischplatte wand.

»Mit Verlaub, vor wenigen Stunden ist in Angelinas Restaurant ein Sprengsatz detoniert.«

Mit einem tiefen Seufzer hob Krook die Augen. Blickte nicht auf den eifrigen Beamten, der vor ihm stand, sondern aus dem Fenster. Dort unten, im staubigen Hof, tauchte eine alte graue Tigerkatze aus dem Schatten des Weinlaubs auf. Drehte ihren narbigen Kopf ins Sonnenlicht. Ein Ebenbild von Ruhe und Frieden. Aber Krook wusste es besser: Erst vergangene Woche war dort unten ein Pfandleiher erschossen worden. Unter dem Rebenspalier. Am helllichten Tag. Krook runzelte die Stirn. Das war peinlich, selbstredend. Ließ die Polizei schlecht aussehen.

»Herr Krook, ich denke, wir sollten uns, bei allem Respekt, wirklich beeilen!«

Mit einiger Mühe hob der Kommissar seine schweren Lider. Betrachtete den frischgesichtigen Jungen mit dem dunklen Haar, rosa Lippen und Grübchen – Grübchen! – in der nagelneuen schwarzen Uniform. Einer von diesen »neuen Ukrainern«. Ein Abschluss in Business English, eine co-abhängige Beziehung zu seinem neumodischen Telefon, Idealismus im Überfluss. Kurz gesagt: jemand, der nicht zum Polizisten taugte. Warum musste Krook ihn ertragen? Ganz einfach! Grischa, der Eindringling aus Georgien, hatte diesen Schwachkopf erst inspiriert und ihm dann, als er Gouverneur von Odessa wurde, eine Stelle gegeben.

Dabei war die georgische Abstammung Grischas nicht das Problem, überlegte Krook. Odessa war immer eine multikulturelle Stadt gewesen. Ihre Gründer waren Franzosen, Italiener, Russen … Heute lebten hundertsechsunddreißig Ethnien im Bezirk!

Nein, das Problem war, dass dieser Grischa, ein aufgeblasener Idiot, so tat, als wäre schon die Eröffnung einer Las-Vegas-ähnlichen Hochzeitskapelle vor dem Bezirksverwaltungsamt eine sinnvolle Reform. Mittlerweile, das wussten alle, führte jede neue Androhung, die Korruption zu bekämpfen, zu einem Hagel von Brandstiftungen, weil sich jeder noch schnell zu nehmen versuchte, was er kriegen konnte. Wer aber musste sich darum kümmern? Ohne ausreichend Pistolen, aber mit einem plötzlichen, unerklärlichen Mangel an Heftklammern? Kommissar Krook, wer sonst? Und dann gab es solche Volldeppen wie Grübchen. Anstatt sich einen Job in der Werbebranche zu suchen, sahen solche Kids Grischa im Fernsehen und wurden Polizisten. Prima. Und nun stand er da in seiner Uniform und beanspruchte Kommissar Krooks zumindest halb kostbare Aufmerksamkeit.

Die Uniform! Sie machte Krook erneut wütend. Das fesche Hemd mit dem schwarzen Kragen, wie bei der kalifornischen Highway Patrol oder in einem verdammten Fernsehfilm. Kostüme waren das! Die Odessiten nannten die Truppe schon »Instagram-Polizei«. Offenbar war Grübchen sogar für zwei Wochen nach Amerika gereist, für Schulungen.

Schauen wir mal, wie lange du durchhältst, dachte Krook. Mit deinem *Training*.

Krook seufzte. Er war kein junger Mann mehr, und gerade jetzt drohte sein Bauch die Zipfel seines schicken neuen Hemds aus der Hose zu ziehen.

Der Aufmerksamkeit seines Vorgesetzten gewiss, begann der junge Mann seinen Bericht mit neuem Elan. »Schon wieder ein Bombenanschlag, mit Verlaub«, sagte Grübchen, der seinen von den Kollegen erhaltenen Spitznamen akzeptiert hatte und das Beste daraus zu machen versuchte. »Sima – Angelinas Tochter – hat einen echten Schreck bekommen. Ich war eben bei ihr, hab sie vernommen. Sie war …«, Grübchen scrollte durch die Notizen auf seinem iPhone, »… gerade mit Putzen beschäftigt. Die Bombe flog direkt durch das Schaufenster und ging einen halben Meter neben ihr hoch. Aber Sima suchte gerade etwas hinter der Bar. Das war, mit Verlaub, ein Riesenglück!«

Krook glotzte Grübchen stumm an. Dann senkte er den Blick. Der Blick fiel auf die kaputte Schreibtischschublade, die seit Jahren klemmte. Nahm Krook hin und wieder Geschenke an? Natürlich. Wie sonst käme seine zuckerkranke Tochter zu einem Arzttermin? Wie seine Enkelin zu einem Kindergartenplatz? Der neue Gouverneur konnte über Reformen reden, so viel er wollte. Wo war die Reform, die jene Routineuntersuchung im Krankhaus rückgängig machte, die Krooks Taugenichts-Schwiegersohn mit Hepatitis C infiziert hatte? Etwas irritierte Krook. Es war Grübchens Stimme. »Sie hatten den alten Bartresen gerade erst eingebaut. Zink, super stabil. In Paris hergestellt, neunzehntes Jahrhundert. Hat Sima das Leben gerettet! Die Bar ist aus dem alten Maurerhaus. Sie erinnern sich, es ist letzte Woche in sich zusammengefallen. Ein Jammer übrigens, das architektonische Erbe, das jedes Mal verloren geht, wenn so etwas passiert. Mit Verlaub, ich werde es Grischa gegenüber erwähnen, wenn er seinen nächsten Rathaustreff abhält. Eine amerikanische Sitte, wissen Sie, und alles live im Fernsehen! Und die Bürger kommen tatsächlich zu Wort, bei diesen ...«

»Vielleicht sollten Sie besser für die UNESCO arbeiten«, blaffte Krook.

Grübchen sah ihn an. Flehentlich.

»Na ... fahren Sie fort«, sagte Krook.

Grübchens Zeigefinger scrollte wieder. »Dies ist Odessas dreizehnter Bombenanschlag ohne Opfer«, sagte Grübchen. »Alle Anschläge waren gegen proukrainische Gruppen gerichtet. Gegen Menschen, die aktiv daran arbeiten, dass Odessa Teil der Ukraine bleibt, anstatt sich abzuspalten und wieder zu Russland zu gehören.«

Krook rollte mit den Augen. So viel zum Offensichtlichen!

Doch Grübchen starrte noch immer auf sein Handy. »Die Privatwohnung des international bekannten odessitischen Dichters Yefim Fischmann, der auch als Psychiater praktiziert. Die Odessa-Zentrale des ukrainischen Geheimdienstes ...« Der Junge blickte hoch. »Mit Verlaub, der Anschlag von letzter Nacht passt ins Bild. Immerhin ist bekannt, dass Angelina den im Kampf gegen die Russen verwundeten ukrainischen Soldaten Borschtsch ins Krankenhaus gebracht hat.

Ich schlage vor, wir untersuchen die Möglichkeit, dass der russische Geheimdienst, der FSB ...«

»Ich weiß, wie die heißen«, knurrte Krook.

Grübchen stockte. Dann, atemlos, rief er: »Also, Chef, darf ich gegen den FSB ermitteln? Um zu sehen, ob sie dahinterstecken? Mit Verlaub?«

Krook vergrub sein Kinn an der Brust. Die Antwort, selbstredend, war Nein. Politische Fälle fielen sofort in die Zuständigkeit der höchsten Stellen. Und überhaupt sollte ein einfacher ukrainischer Bulle niemals gegen den russischen Geheimdienst ermitteln. Was hatten sie dem kleinen Trottel in San Diego erzählt?

In diesem Moment spazierte einer von Krooks langjährigen Kollegen herein. Blieb stehen, um sein neues Hemd wieder in den Hosenbund zu stopfen, der ebenso großzügig bemessen war wie der von Krook. Schaute auf Grübchen, dann auf Krook. Sein Blick sprach Bände. Krook grinste. Wenigstens einer, der ihn verstand!

»Warum zahlt Angelina nicht einfach das Schutzgeld?«, sinnierte der Kollege.

Krook zuckte mit den Achseln. »Sie glaubt immer noch, dass ihre alten Freunde sie beschützen.«

Der Kollege schüttelte den Kopf. »Wer einmal Angelinas Forshmak probiert hat, würde keine Bombe in ihr Lokal werfen.«

»Ein gutes Restaurant ist ein kleines Gottesgeschenk«, bejahte Krook.

Philosophisch hob der Kollege die Augenbrauen. »Wenigstens wurde niemand verletzt.«

»Oh!«, meldete sich Grübchen zu Wort. »Mit Verlaub – das – das stimmt nicht ganz. Warten Sie mal!« Er scrollte. Hielt inne, den Zeigefinger in der Luft. »Sie haben ein Haustier. Einen afrikanischen Graupapagei. Ja, hier steht es: Seit der Explosion leidet Jacques unter schlimmem ... Stottern.«

TEIL 1

Ich habe mich seit langer Zeit nicht mehr so heimisch gefühlt wie hier, als ich »Land sichtete« und zum erstenmal in Odessa stand. Es sah genau wie eine amerikanische Stadt aus; schöne, breite und auch gerade Straßen ...

Mark Twain, *Die Arglosen im Ausland*

4

Max Rushmore flog mit der LOT von Warschau. Der neue polnische Airport war eine Art Wunder der Moderne. Ein Traum aus Stahl, Granit, Elektronik, großzügig und gut geplant. Der Bahntransfer vom Stadtzentrum verlief geschmeidig und ruhig, und ehe man sich's versah, checkte man bereits an einem blitzsauberen Gate für seinen Flug ein.

Gewiss, angesichts Polens Kurs in Richtung Autoritarismus, seiner Weigerung, syrische Kriegsflüchtlinge aufzunehmen, und seiner insgesamt rückschrittlichen Politik wirkten die von den voliereartigen Deckenbögen des neuen Flughafens hängenden, lindgrünen Poster auf Max leicht ironisch. *Polen: das weltoffene Land.* Alles klar. Immerhin, die Sicherheitskontrollen liefen entspannt – gut organisiert, nicht überfüllt. Und die polnischen Duty-Free-Shops standen denen in skandinavischen Ländern nicht nach. Dezent und unaufdringlich, ausgestattet mit allem, was Weltbürger brauchten: abgelaufener Schweizer Schokolade, Flaschen mit französischem Mineralwasser, Flaschen mit polnischem Mineralwasser, Schlüsselanhängern mit Motiven von Fußballturnieren.

Die Kundschaft war allerdings nicht ganz so wie in Kopenhagen, dachte Max, als ein verdorrter Mann in einem aus der Zeit gefallenen Anzug – braunes Polyester, dünnes Seidenhemd, brauner, schmalkrempiger Hut – eine Tasse mit der Aufschrift *I Heart Warsaw* aus dem Regal nahm. Max blieb vor den Schlüsselanhängern stehen. Der Mann stand leicht gebückt. Seine Haut war straff über Gesicht und Hände gezogen. Als hätte er lange in der Wüste gelebt und die Hitze nicht vertragen. Max drehte einen Schlüsselanhänger in der Hand. Fühlte die scharfen Wölbungen und laminierten Täler mit seinen Fingerspitzen. Blickte nach unten. Schwarz. Weiß. Ein Fußball. Mit plötzlicher, überraschender Anmut hielt der verdorrte Mann die Tasse ins Licht. Studierte sie. Oder besser gesagt, tat nur so: Während Max ihn beobachtete, schoss die freie Hand des Mannes hervor. Schnell wie eine Eidechsenzunge. Eine einzige fluide Bewegung beförderte eine Dose britischer Minzpastillen in die Hosentasche des Mannes. Beeindruckend, dachte Max, für solch eine Mini-Straftat.

Über Lautsprecher verkündete eine Frauenstimme, dass der Flug nach Odessa bereit zum Einsteigen sei. Der Mann drehte sich um und lauschte. Sein rechtes Auge war von einer ledernen Klappe verdeckt. »Letzter Aufruf ... Odessa ...«, hallte die Stimme. »Bitte begeben Sie sich ...« Der Mann mit der Augenklappe verlor das Interesse an der Warschau-Tasse, und Max verlor das Interesse an dem Mann mit der Augenklappe. Beide eilten zum Gate.

Die staatliche Airline hatte sich auch gemausert, dachte Max beim Einsteigen. Er war zu jung, um schon mit der LOT geflogen zu sein, als die Berliner sie in ihrem Dialekt noch »Landet Och Tempelhof« nannten, wegen der häufigen Entführungen polnischer Maschinen durch verzweifelte Passagiere, die den Zwängen hinter dem Eisernen Vorhang entfliehen wollten. Er kannte die LOT der Neunzigerjahre, mit abblätternden Kabinentapeten, leckerem Kuchen und beunruhigenden Motorengeräuschen. Das schicke neue Flugzeug hatte mit jenen nichts mehr gemein: klein, aber solide, blau gepolstert, schnurrend.

Jetzt, wo Moskau alle Flüge in die Ukraine gestrichen hatte, musste man nach Odessa über Kiew, München, Wien, Minsk anreisen. Max hatte sich für Warschau entschieden, weil die LOT eine Super-Werbeaktion durchführte: ein Euro für einen Flug nach Odessa. Früher, das war klar, hatte sich ein Assistent namens Kenneth um die Flüge zu Konferenzen gekümmert. Heutzutage mussten die Teilnehmer das selbst erledigen. In Vorkasse gehen, Quittungen einreichen, um sich die Kosten erstatten zu lassen.

»Die neue Richtlinie sieht vor, dass Reisekosten erst erstattet werden, wenn der Bericht eingereicht und von allen Dienstebenen gebilligt wurde«, hatte eine Hilfssekretärin gesagt, als Max fragte, wann er seine Quittungen einreichen könne.

»Aber das kann ein Jahr dauern«, sagte Max.

Der Beschluss, erwiderte die Frau, komme von ganz oben.

Nun gut, dachte Max, während ein gänzlich nüchtern klingender Pilot den beginnenden Landeanflug auf Odessa ankündigte und den Passagieren dankte, weil sie mit der LOT geflogen waren: Die einzige

Konstante ist der Wandel. Die Landung würde vermutlich sanft sein, und niemand würde applaudieren.
Max behielt recht, in beiden Fällen.

*

Die gewölbte Flugzeugtür ging auf und gab den Blick frei auf einen dunstig braunen Himmel. Wie ein Stück Karton, den man über das schimmernde graue Rollfeld gepappt hatte. Max nickte der Stewardess zu, als er an ihr vorbeikam, dann wandte er seinen Blick ab. Er flirtete prinzipiell nicht auf Englisch, aus Respekt vor Rose, seiner Frau. Und nur ein Narr würde einer Polin auf Russisch Avancen machen. Beim Aussteigen dann lächelten die Stewardessen zwischen ihrem pinken Lippenstift und ihren zischelnden polnischen Lebwohls. Als wüssten sie sein Feingefühl zu schätzen.

Max blinzelte ins grelle Mittagslicht der Schwarzmeersonne. Die Hitze prallte auf ihn wie ein Körper. Wuchtig. Zupackend. Fest. Er zuckte mit den Achseln unter seinem Anzug aus leichter Schurwolle, den er – passend zu den schlichteren Umständen seiner Semi-Beschäftigung – von der Stange gekauft hatte. In einem Big-and-Tall-Laden mit auf dem Boden verstreuten Preisschildchen. Als Zeichen ihrer Solidarität war Rose mit ihm hingefahren. Sie wartete auf einer Plastikcouch vor der dämmrigen Umkleide. Lächelte, mit Grübchen in den rosigen Wangen, als er herauskam. Nannte seinen Anblick »gar nicht mal übel«. Der billige Anzug spannte ein wenig und an den falschen Stellen. Bauch, Ellbogen. Max brach der Schweiß aus.

Eine großmütterliche Frau, im synthetischen Shiftkleid mit Leopardenfellmuster, kam vor ihm ins Wanken. Max griff nach ihr und stützte sie. Sie drehte sich um und nickte dankbar. Vor ihr stieg eine Schlange von Reisenden langsam und stockend die steilen Metallstufen hinunter. Humpelte über das Rollfeld. In der Ferne, verzerrt von Flugzeugabgasen, wartete ein Gelenkbus.

Es war eigentlich nicht zu glauben, dachte Max. Doch irgendwo hinter den kaputten Tupolews, dem verdorrten Pappelhain und den blassen Zinnen der Vorstädte lag Odessa. »Ah-dee-YES-a!«, wie auch viele Russen es aussprachen, mit leuchtenden Augen. »Ahdee-YES-a!«, als enthielten diese Silben das ganze Versprechen von Sommer, Sonne und See. »Ah-dee-YES-a!« Das Opernhaus, schön wie eine Hochzeitstorte. Die kunstvoll verzierten Fassaden. Alles gemäß der goldenen Regel gebaut: In dieser freien Stadt, so die herrschende Meinung, sollten sogar die Straßen den Menschen Luft zum Atmen lassen. »Ah-dee-YES-a!« Mit seinen Priestern und Flaneuren, Matrosen in gestreiften Hemden und braun gebrannten Mädchen in Miniröcken. Allesamt reif für einen Urlaub in den Ruinen einer schillernden, glamourösen Vergangenheit, in der einstigen »dritten Hauptstadt des Russischen Reiches«.

Jemand zupfte Max am Ellbogen. Er schaute nach unten. Zwei große grüne Augen starrten ihn an. Ein kleines Mädchen. Sie war vier, vielleicht fünf. Aber klein. Elfenhaft. Doch unterhalb der breiten grünen Schleife in ihrem lockigen Haar lag ein zutiefst ernstes Gesicht.

»Willst du mich heiraten?«, fragte sie in dem lieblichen, leicht nasalen Singsang, der typisch war für das Russisch Odessas. Sie blickte hinunter zu ihren Beinen. Sie waren zu kurz für die Treppenstufen. In der Flugzeugtür mühte sich die Mutter des Mädchens mit einem Baby und einem Kinderwagen.

Das Mädchen verfolgte Max' Blick und sagte dann: »Mama, darf der Mann mich tragen?«

»In Ordnung!«, sagte die.

Max bückte sich und hob das Mädchen hoch.

»Danke«, sagte sie, nun, da sie Auge in Auge waren. »Ich heiße Cassie«, sagte sie. »Mein Papa hat uns verlassen.«

»Oh«, sagte Max. »Das tut mir leid, Cassie.«

Sie zuckte mit den Achseln. »Ich habe ihr gesagt«, sie nickte in Richtung Mutter, »dass es so kommen würde.«

Was für ein seltsames kleinen Mädchen, dachte Max.

»Ich kann Dinge vorhersehen«, sagte sie, während Max sie trug. »Meine Mama sagt, ich soll es keinem verraten. Sie denkt, dass die Leute mich dann nicht mögen.«

»Ist das wahr?«, fragte Max.

Sie nickte, die grünen Augen ernst. Dann legte sie ihren Kopf auf seine Schulter, in der warmen, klebrigen Art kleiner Kinder.

Max lehnte sich ans Treppengeländer, als das Gewicht des kleinen Mädchens in seine linke Körperhälfte sank. Seine Schulter begann zu schmerzen. Nur ein bisschen. Er hatte schon lange akzeptiert, dass die rätselhafte magnetische Kraft, die er auf Frauen ausübte, auch für Kinder und Hunde galt. Nun gut, dachte er. Alles hat seinen Preis. Das kleine Mädchen war wieder hellwach. Ihr kleiner Körper spannte sich in seinen Armen. »Warum bist du hier?«, fragte sie.
»Hm ...«, machte Max. Er wollte gerade sagen, dass er dienstlich hier war. Doch das kleine Mädchen entspannte sich wieder. Sie schien eingeschlafen zu sein. Die Schlange hatte sich nicht weiterbewegt. Die Sonne brannte vom Himmel.
Max schloss die Augen. Dachte über die Frage nach. Wieso war er hier?

Die Sache war einfach, wie die meisten Desaster. Max hatte ganze acht Monate gebraucht, um seiner Frau Rose mitzuteilen, dass er seinen Job bei der Agency los war und nun Teilzeit arbeitete, ohne Sozialleistungen, für einen privaten Contractor namens Nightshade.
Als er endlich mit der Wahrheit rausrückte, reagierte Rose weitaus besser als erwartet. Anstatt wütend zu werden, zeigte sie Verständnis, als sie erfuhr, wie lange er seine Semi-Joblosigkeit vor ihr verheimlicht hatte. Sie verlor nicht einmal die Fassung, als klar wurde, dass die Ursache für Max' Beichte nicht in seiner Überzeugung begründet lag, zu seiner Frau ehrlich sein zu müssen, sondern in der Tatsache, dass er sich die Miete für seine kleine Zweitwohnung in Bethesda, in der er sich unter der Woche versteckt hatte, während er vorgab, zur Arbeit zu gehen, nicht länger leisten konnte.
Nein, Rose hatte Max nicht gezürnt. Zu seiner Überraschung und Erleichterung hatte die Nachricht über sein totales berufliches Scheitern und das daraus resultierende Ende der gemeinsamen wirtschaftlichen Sicherheit Rose sogar eher Auftrieb gegeben. In den Wochen nach seiner Beichte begann sie, sein prekäres Arbeitsverhältnis genauer unter die Lupe zu nehmen. Das, dachte Max, konnte zu nichts Gutem führen.
Er hatte recht. Es dauerte nicht lange, bis Rose eine Idee äußerte, die ironischerweise jenem Vorschlag nicht unähnlich war, den

der Verantwortliche für Human Resources bei Nightshade, liebevoll HR-Prick genannt, Max gemacht hatte. Wie Max war der HR-Prick von ihrem früheren gemeinsamen Arbeitgeber, der CIA, »abgebaut« worden. Und genau wie Max war der HR-Prick (den Spitznamen hatte der Kerl sich verdient, nachdem er in der Agency ein besonders nervtötendes, von der Regierung vorgeschriebenes, dreitägiges Seminar zum Thema sexuelle Belästigung abgehalten hatte) beinahe umgehend wieder eingestellt worden – in seiner alten Funktion, wenn auch auf eher traurige, zwielichtige Weise: in Form seines neuen Jobs beim privaten Contractor Nightshade. Wie Max hatte der HR-Prick das Angebot des privaten Contractors sofort angenommen, trotz der nicht unbedeutenden Nachteile, allen voran weniger Geld, eine unsichere Anstellung und keine Krankenversicherung.

»Besser als nichts« hätte das Mitarbeitermotto von Nightshade sein können. Jedenfalls hatte dasselbe HR-Arschloch, als es Max im Auftrag von Nightshade einmal anrief, ihm geraten, seine Arbeitslosigkeit als »Hebel zur Liquiditätssteigerung« zu nutzen. Was für Max nach einer Betätigung klang, die besser zu einer hydraulischen Pumpe gepasst hätte als zu einem menschlichen Wesen. Aber egal. Roses Idee klang ganz ähnlich. Ähnlich, aber konkreter.

In der gnadenlosen Hitze der Schwarzmeersonne bewegte sich die Schlange vorwärts. Eine Stufe nach unten. Zwei. Max balancierte das grünäugige Mädchen auf seinem Arm. Mit der freien Hand wischte er sich über die Stirn. Langsam stieg er die Treppe hinunter.

*

Ein Dienstag. Vor etwa einem Monat. Beim Kaffee in der Vormittagssonne auf der Veranda ihres zweistöckigen, eine Stunde von Washington D.C. gelegenen Landhauses, das sie sich nicht länger leisten konnten. Rose schaute ihn an. Drehte ihr Tausend-Watt-Lächeln auf.

Die Unterbreitung ihres Plans wurde von einem Niederschlagen der Wimpern begleitet. Schüchtern. Wenn Max seinen Namen aus dem Personal-Bedarfspool von Nightshade streichen würde … Max zuckte zusammen. Nun, fuhr Rose fort, dann … wäre er frei. Freier als jetzt, zumindest. Er könnte sogar arbeiten gehen, und zwar Vollzeit! Wär das nicht was? In der wunderbaren Welt der Immobilien. Eine traumhafte Welt, in der Rose bereits etabliert und anerkannt war – oder auf dem besten Weg dahin.

Der blassblaue Seidenstoff ihres Morgenmantels verrutschte ein wenig, als sie sich über den künstlich gealterten Terrassentisch beugte. Der flüchtige Blick auf das cremefarbene Dekolleté seiner Frau lenkte Max für einen kurzen Moment ab.

»Marty und Mike sind schon dabei«, sagte Rose, als Max wieder zuhörte.

Er sah sie an. Erstaunt. Er hatte sie nicht mehr so begeistert gesehen, seit der Arzt ihnen mitgeteilt hatte, dass sie keine Kinder haben würden.

»Die Andersons, du kennst sie doch?«, fuhr Rose fort. »Marty hat es mir im Buchklub erzählt. Jedenfalls sagte sie, dass sie mehrere Paare kennt, die das jetzt machen. Als zweite Laufbahn. Wie wir! Marty und ihr Mann nennen sich Team Anderson. Klingt gut, oder? Schließlich weiß ein Ehepaar, wie man zusammenarbeiten muss, wie man Probleme löst. Man macht sich sein *Gefühlskapital* zunutze, so hat Marty es ausgedrückt. Ich weiß, das klingt ein bisschen schmalzig, aber ich meine, es macht ja Sinn, all das Gefühlskapital, das man so angesammelt hat. Und natürlich zieht man am selben Strang. Niemand würde seinen Ehepartner um eine Maklercourtage betrügen!«

Max war froh gewesen, Rose wieder glücklich zu sehen, froh über den zurückgekehrten Glanz in ihren blauen Augen. Sogar ihre blonden Locken schienen freudig zu wippen, während sie über die Akkumulation von Gefühlskapital plapperte. Er war so froh, dass er ihr allen Ernstes versprach, »ernsthaft, wirklich ernsthaft« darüber nachzudenken, seinen Namen aus dem Personal-Bedarfspool von Nightshade streichen zu lassen. Von dem Augenblick an, ja natürlich, hätte er Zeit, seine vielseitigen Fremdsprachenkenntnisse darauf zu verwenden, gut betuchten russischen, deutschen und chinesischen Käufern noble Residenzen im Großraum Washington feilzubieten. Vielleicht wäre auch mal ein französischsprachiger Exil-Diktator unter den Kunden.

All das zählte dann wie selbstverständlich zu den Pflichten, die ihm als Fünfzig-Prozent-Teilhaber von Team Rushmore oblägen.

Der Anruf von Nightshade kam tags darauf. Für Max konnte das Timing nicht besser sein. Ein Tag! Ein einziger Tag konnte nie und nimmer als genug Zeit gelten, um hinreichend über eine derart radikale berufliche Neuorientierung nachzudenken. Ein Tag! Max hatte noch alle Freiheiten. Und tatsächlich löste die quietschige Telefonstimme des HR-Pricks einen kurzen Stich ungetrübter Freude in Max' leicht verfettetem Herzen aus. (Beim letzten Check-up, den seine Agency-Krankenversicherung bezahlt hatte, war bei Max eine Katzenhaarallergie festgestellt worden sowie, deutlich beunruhigender, ein viel zu hoher Cholesterinspiegel. Als er Rose endlich alles gestand, hatte er ihr auch seine Testergebnisse gezeigt. Als Zeichen seines guten Willens. Rose setzte ihn umgehend auf eine Diät, die fast nur aus griechischem Joghurt bestand.)

»Hallo, Max? Ähm ... Max?« Die leicht nasale Stimme des HR-Pricks klang wunderbar vertraut. Die Stimme ging in ein jaulendes Quietschen über: »Äh, oh ... ähm ... gut. Ich hatte befürchtet, dass wir eine alte Nummer von Ihnen haben. Lassen Sie uns, ähm ... zum Wesentlichen kommen, okay?«

Der HR-Prick schwieg für einen Moment. Schien in Unterlagen zu kramen. Max wartete. Er stand mit dem Telefon am Ohr in den Ruinen seiner einstigen Küche. Die verspätete Beichte seiner Arbeitslosigkeit hatte Roses endlosen Renovierungsarbeiten ein Ende bereitet. Das Herzstück ihres Zuhauses verharrte seitdem als Baustelle: Die halb herausgerissene Kochinsel war mit Plastikplanen bedeckt, auf dem rohen Betonfußboden lagen Häkelteppiche von IKEA. Max und Rose hatten sich an die häufigen kleinen Blessuren gewöhnt, verursacht durch herrenlose Nägel, scharfe Kanten und Splitter.

»Seeeehrr, ähm, gut«, sagte die Stimme schließlich. »Wir wüssten gern, ob Ihre Russischkenntnisse noch frisch sind, ähm, Sie wissen schon, nicht allzu rostig. Wir haben einige Hinweise, ähm, in Bezug auf das Territorium, denen unsere Festangestellten, ähm, gerade leider nicht nachgehen können.«

»Verstehe«, sagte Max. Er versuchte zu klingen, als wäre es ihm egal. Er lehnte sich an die Frühstücksbar. Ein scharfer Schmerz durchdrang seinen Oberschenkel. Max unterdrückte einen Fluch.
»Ähm – wie bitte?«, fragte der HR-Prick.
»Nichts, alles okay«, sagte Max. Er entdeckte den Schuldigen: eine boshaft hervorstehende Metallkrampe. »Bin ganz Ohr. Schießen Sie los.«

*

Am nächsten Tag machte sich Max auf den Weg zu einem düsteren, altbekannten Besprechungsraum. Er lag nicht nur in Max' ehemaligem Gebäude – einem Bau aus den Fünfzigerjahren, der unter Agency-Mitarbeitern als »Fliegende Untertasse« bekannt war –, sondern sogar in seinem ehemaligen Stockwerk. Auf dem Weg zu dem Raum musste Max an seinem alten Büro vorbei. Als er den von Neonröhren beleuchteten Flur entlangging, über das von vielen Füßen dünn gewetzte Linoleum, widerstand er dem Drang, die Tür zu seinem alten Büro zu öffnen und nachzuschauen, was aus dem Zimmer geworden war, in dem er fünfzehn Jahres seines Lebens verbracht hatte. Stattdessen rückte er die Schultern gerade, lief an seiner alten Tür vorbei und steuerte den Konferenzraum an.

Nur zwei der Deckenlampen brannten, was den fensterlosen Raum wie ein Grab wirken ließ. Die braunen Bürostühle standen noch immer ein wenig schief um den hellen, ovalen Holztisch, der noch immer Kratzer hatte. Auf der anderen Seite des Tischs erhoben sich zwei Männer in grauen Anzügen.

Der eine hatte struppige, sehr männlich wirkende, schwarze Augenbrauen und hohe Wangenknochen. Der andere war unglaublich blass. Sein Bürstenhaarschnitt glänzte. Beide Männer trugen eng anliegende Anzüge – schick – und sahen so gesund und gepflegt aus, als wären sie in einem Land mit bestens funktionierendem Wohlfahrtsstaat aufgewachsen.

»Gesandte von jenseits des großen Teiches?«, fragte Max, als er ihnen die Hand reichte.

Der Dunkelhaarige lächelte und ließ leicht schiefe Vorderzähne sehen, die bei einem Amerikaner auf ärmliche Verhältnisse hindeuten würden. »Genau!«, sagte er überaus fröhlich. »Ich bin Belgier! Mein Kollege hier ...«, er nickte seinem Begleiter zu, der die Erwähnung mit eisigem Schweigen quittierte, »... ist Däne. Wir sind gekommen ...« Das Licht über ihren Köpfen begann zu flattern wie Mottenflügel. Plötzlich knallte es, laut wie eine Flinte. Der Belgier machte einen Satz. Sprang mindestens zwei Zentimeter hoch. Max grinste. Er entschuldigte sich und nahm seine Hand von der Wand, gegen die er geschlagen hatte.

»Macht der Gewohnheit«, sagte er mit einem kurzen Blick zur Decke.

Beide Glühbirnen brannten wieder. Sie surrten gleichmäßig und tauchten den Raum in ein unstetes gelbes Licht.

»Wollte Sie nicht erschrecken«, fügte Max hinzu und gab der Wand noch einen sanften Klaps. »Muss neu verkabelt werden.« Er wandte sich wieder dem Belgier zu. »Was kann ich für Sie tun?«

Der Belgier runzelte die Stirn. Sammelte seine Gedanken. Begann noch einmal von vorn. Lehnte sich Max entgegen.

»Wir sind hier«, sagte er und zog dabei seine struppigen Brauen zusammen, »im Auftrag einer Gruppe besorgter EU-Parlamentarier. Eine informelle Gruppe, die sich aufgrund einer allgemeinen Gefahr zusammengefunden hat.«

Russland, dachte Max.

»Russland«, sagte der Belgier und zog seine beeindruckenden Brauen zusammen. »Es liegt genau vor unserer Haustür.«

Max nickte; er begegnete dieser schockierenden geografischen Enthüllung mit so viel Mitgefühl, wie er aufbringen konnte. Nie war es ihm gelungen, die Vorstellung von Russland als einem ruchlosen, allmächtigen Ungeheuer ernst zu nehmen. Das Land war zu schlecht organisiert, zu chaotisch, in zu großer existenzieller Notlage.

Der Belgier redete immer noch. »Wir können die Russen nicht einfach ignorieren.«

Trolle, dachte Max und stöhnte innerlich.

»In Sankt Petersburg kämpfen ganze Fabriken voller junger, polyglotter Leute gegen demokratische westliche Werte«, sagte der Belgier. »Man nennt sie Trolle!«

In Max' Erinnerung tauchte eine blasse junge Frau auf. Sie trug eine Wollmütze mit Hasenohren. Er hatte sie in einem improvisierten Café am Bolschoi-Prospekt getroffen. Sankt Petersburg. Winter. Der letzte Winter seiner Festanstellung. Die Frau war mit ihrem kleinen Sohn eine Stunde gefahren, um Max zu treffen. Der Junge war krank. Ganz gleich, wie oft seine Mutter ihm die Nase putzte, sie lief immer weiter. Max bestellte Torte, dekoriert mit grellen Kiwi-Scheiben. Draußen vor dem großen Schaufenster war es pechschwarz, und die Temperatur befand sich im freien Fall. Auf einer digitalen Anzeige blinkten rote römische Zahlen. Minus fünfundzwanzig. Minus neunundzwanzig. Minus dreißig. Die junge Frau mit den Hasenohren hatte in einem neuen Bürogebäude am Stadtrand gearbeitet. Zwölf-Stunden-Schichten. Die Bezahlung war gut, genug für sie und ihren kleinen Sohn. Doch sie hatte sich nach einer Weile schlecht gefühlt wegen all der schrecklichen Dinge, die sie posten musste, über die Ukraine.

»Sein Vater«, sagte sie mit Blick auf den Jungen, »ist von dort.«

Sie hatte sich an die Presse gewandt. Sämtliche Reporter von New York bis Taiwan hatten sie bereits interviewt. Max sollte nur herausfinden, ob sie denen wirklich alles gesagt hatte, was sie wusste. Sie hatte. Sie war ihren Job los, und Max konnte ihr – abgesehen von der Kiwi-Torte – nichts anbieten. Sie tat ihm leid.

Der Belgier redete immer noch. »Die führen Krieg auf Twitter. Jawohl! Die sind gebildet, und die schreiben nicht nur auf Russisch, sondern auch auf Französisch, Deutsch, Englisch, Italienisch, und sogar ...«, er lugte zu seinem stummen Kollegen, »... auf Dänisch.«

Max wollte gerade anmerken, dass die russische Wirtschaft kürzlich von der Größe der italienischen auf die der spanischen geschrumpft war. Stattdessen zwickte er sich. Egal, was für ein Auftrag das war, er wollte ihn haben. Er lächelte breiter, indem er seinen linken und rechten Mundwinkel in Richtung des linken beziehungsweise rechten Ohres zog. Es schien zu wirken.

Der Belgier wurde leidenschaftlicher. »Heutzutage ist die Rolle, welche einst das Habsburger Reich innehatte, das heißt, ein Puffer zwischen Europa und dem Osten zu sein – obwohl viele Leute das noch nicht verstanden haben –, die Rolle der Ukraine.«

Die Ukraine. Die Deckenleuchten flackerten kurz, beschlossen aber, brennen zu bleiben. Max' Neugier war geweckt. Seit den Maidan-Protesten, die den prorussischen Präsidenten aus dem Amt gefegt hatten, war er nicht mehr in dem Land gewesen. Er war von Moskau nach Kiew geflogen. Winter. Kälte. Die Besetzung des Hauptplatzes Maidan war in vollem Gange. Benzingeruch hing in der Luft; eine Handvoll Studenten schmückte einen Weihnachtsbaum in der Mitte des Platzes.

Während der nächsten zwanzig Minuten hielt der emotionale Belgier den üblichen »Ukraine für Dummies«-Vortrag. Im Tauziehen zwischen Russland und dem Westen war die Ukraine das Seil. Die Russen zogen kräftig am industriell reichen, vorwiegend russischsprachigen Osten. Sie schickten Soldaten hin, die nicht als solche zu erkennen waren, und lieferten Waffen. Sie führten einen inoffiziellen De-facto-Krieg. Sie wurden vor Ort unterstützt. Viele Bewohner im Osten wollten sich von Kiew lossagen und wieder zu Russland gehören. Im Gegensatz dazu sehnte sich der ukrainischsprachige Westen des Landes nach Europa. Die Spannung zwischen »Pro-Russen« und »Pro-Ukrainern« drohte, die junge ukrainische Demokratie entzweizureißen.

»Mhhnnjohh.«

Der Belgier blickte ihn scharf an.

»Ähm, faszinierend«, sagte Max.

Aber das war noch nicht alles! Der Belgier fuhr fort. Der Grund dafür, dass russischsprachige Ukrainer sich von Kiew abspalten wollten, lag zum Teil auch darin, dass Russlands allgegenwärtige staatlich gelenkte Medien eine groß angelegte Hetzkampagne gegen die Ukraine führten. Russische Nachrichtensendungen berichteten zum Beispiel, dass Ukrainer kleine russische Kinder fingen, kochten und aßen.

»Ich habe viele Freunde in der Ukraine«, sagte der Belgier mit einem seltsamen Schmunzeln. »Und ich kann Ihnen versichern, sie essen keine Kinder!«

»Ja, ja«, murmelte Max. »Ziemlich unverschämt, diese Propaganda.«

Unter seinen Zottelbrauen blickte der Belgier jetzt stechend.

Ach, stimmt, dachte Max. Es hieß nicht mehr Propaganda. Heutzutage sagte man »Informationskrieg«. Wie ein gewöhnlicher

Krieg, aber sexyer und ohne etwas so Lästiges wie echte Todesfälle. Nicht mit Geschützen und Drohnen wurde der Informationskrieg geführt, sondern mittels Fernsehen, Facebook, Twitter. Ganz wie sein neologistischer großer Bruder, der »Hybride Krieg«, bei dem Max an ein teures, umweltfreundliches Auto denken musste, klang der Informationskrieg jung und amüsant. Leicht zu verstehen, sogar für Politiker. Leicht zu erklären, sogar der Presse.

Max hasste das. Er war nie gut gewesen in dieser Art von nebulöser Rätselsprache. Wenn man über Propaganda reden wollte, wieso sagte man dann nicht Propaganda? Das Erfinden neuer Ausdrücke ergab für ihn keinen Sinn. Es suggerierte, dass sich die menschliche Zivilisation weiterentwickelte und ihre Geschichte linear verlief, anstatt sich immer aufs Neue zu wiederholen. Seine Unfähigkeit, sich und seine Arbeit als etwas Neues und Aufregendes anzupreisen, bremste Max aus. Er wusste das. Er rieb sich die Augen im Flackerlicht.

Der Däne sagte kein Wort. Der Belgier beugte sich vor; fast berührte sein Kinn die zerkratzte Tischplatte. Max beugte sich ebenfalls vor.

»Russland führt einen Informationskrieg«, vertraute ihm der Belgier an. »Und wir verlieren.«

Max nickte. Der HR-Prick hatte ihn am Telefon instruiert, den Kunden in allem recht zu geben. (Der HR-Prick hatte Max auch darauf hingewiesen, dass sie nun beide aufgrund einer Unternehmensfusion für FORCE ONE arbeiteten. Nightshade gab es nicht mehr. Max hatte erwidert, das sei ihm schnurz, und aufgelegt.)

Nun willigte er im Namen von FORCE ONE ein, binnen einer Woche nach Odessa zu fliegen und an einer Konferenz zu dem überaus wichtigen Thema »Informationskrieg« teilzunehmen.

Der Belgier dankte ihm überschwänglich für seine Zeit und sein Interesse und sagte ein paar der üblichen Dinge über das Bauen von Brücken und die Stärkung der transatlantischen Beziehungen.

Max nickte.

Er überlegte gerade, wie er es Rose am besten beibringen könnte (das Bild eines vollen Wasserfasses mit einem hineinplatschenden Tropfen kam ihm in den Sinn), als der Däne beide Hände auf den Tisch legte und sich gänzlich unerwartet der Sprache bediente.

»In meinem Land«, sagte er ernst, »gibt es Waldtrolle. Wir haben auch Wiesentrolle, Seetrolle, Flusstrolle und Wegtrolle. In meinem Land fürchtet sich niemand vor Trollen.«

5

Als er mit seiner kleinen Last endlich die letzten Stufen der Gangway erreichte, hatte Max seinen Anzug durchgeschwitzt. Er setzte das Kind ab. Cassie stand auf ihren kurzen Beinchen und schaute in Richtung eines schwarzen Vans mit dunkel getönten Scheiben. Vor dem Van wartete eine üppig gebaute, ernst wirkende junge Frau. Sie war wie eine Kellnerin gekleidet und hielt ein Schild hoch: *Trilby. Rusmoor. Albu.*
»Das bist du«, seufzte das kleine Mädchen.
Max nickte. *Rusmoor*, Rushmore – er wollte nicht pingelig sein. Sollten sie seinen Namen ruhig falsch schreiben. Was scherte ihn das? Aber *Trilby* und *Albu* ... Er stöhnte. Er hätte ahnen können, dass Alan Trilby und Vlad Albu hier aufkreuzen würden. Tweedledum und Tweedledee nannten die jüngeren, schalkhafteren Stammgäste postsowjetischer Konferenzen die beiden alten Hasen. Im Normalfall hätte sich Max über das Wiedersehen gefreut. Trilby und Albu hatten ihn stets wie einen nervigen kleinen Bruder behandelt, aber das störte ihn nicht. Diesmal allerdings ... Neuigkeiten machten in der Branche schnell die Runde. Max war müde, verschwitzt und nicht in Stimmung, über seine moribunde Karriere Witze zu reißen.
»Du hast Glück«, sagte das kleine grünäugige Mädchen. Sie blickte vorwurfsvoll. »Du musst nicht in den stinkigen Bus steigen.«
»Da hast du recht«, sagte Max.
»Ich habe immer recht«, sagte sie traurig. Dann klang ihre Stimme anders. Fester. Tiefer. Viel älter. Sie streckte sich und schien zu wachsen. Die grünen Augen wurden leer, als wäre das Mädchen plötzlich weit weg. »Du wirst deine Liebe hier finden«, sagte sie. »Aber vielleicht verlierst du sie auch.«
»Ach«, sagte Max.
Er wollte eben erzählen, dass er seine Rose längst geheiratet hatte und sie in Washington über Kücheninseln sinnierte, da entspannte sich das Mädchen. Wurde wieder zum Kind.

»Cassandra!«, rief die Mutter. »Jag dem netten Mann keine Angst ein!«

Cassie zuckte mit den Achseln.

Max machte sich auf den Weg zum Van. Vor Jahren hatte er beim »Intuitionstest« der Agency unerhörte achtundneunzig Prozent erreicht. Sie hatten ihn noch weiter tiefgründig testen wollen, doch der alte Rex, Max' Mentor, sagte Nein. Es könnte Max' Begabung beeinträchtigen. Jetzt wurde er das Gefühl nicht los, das schaurige kleine Mädchen könnte recht haben.

Als Max in das eiskalte Innere des schwarzen Vans geklettert war, bedankte er sich bei der drallen jungen Frau im Kellnerinnen-Look. Sie strahlte ihn an. Der Fairness halber dankte er anschließend innerlich den weitsichtigen Organisatoren dieser Konferenz (ihr Titel lautete: *Sieg in Zeiten hybrider Kriegsführung: in der Schwarzmeerregion*), die herrlich viel Geld und Zeit auf Staatskosten verplempern würde, für die Bereitstellung von klimatisierten Transportfahrzeugen.

Während sein feuchtes Hemd unter dem Jackett kalt und klamm wurde, seufzte Max. Nicht zum ersten Mal fragte er sich, ob es irgendeine Regel gab, die besagte, dass man keine Konferenz ohne Doppelpunkt im Titel abhalten durfte. Und falls dies der Fall war, konnte es dann wirklich so schwer sein, den Doppelpunkt an die richtige Stelle zu setzen?

6

»Das ist ja wie Sibirien im Winter!«, sagte Alan Trilby in seinem altmodischen Eton-Akzent, als er von der schwülen Rollbahn in den klimatisierten Van stieg. Wie immer war er gekleidet, als käme er gerade vom Filmset eines Low-Budget-Agententhrillers aus der Zeit des Kalten Krieges. Olivgrüner Trenchcoat, gegürtet. Schmalkrempiger Filzhut, ins Gesicht gezogen. Verschmierte Brillengläser, dick wie Lupen.

»Bitte übertreiben Sie nicht«, sagte Albu, der vorne saß.

Der Rumäne hatte sich 1980 aus Bukarest abgesetzt, war in Langley gründlich ausgehorcht und dann nach München zu Radio Free Europe entsandt worden, von wo aus er verantwortlich war für interne Berichte über die Politik der Anrainerstaaten des Schwarzen Meeres. Der Job ließ ihm reichlich Zeit, um seinen zwei Leidenschaften zu frönen: mittelalterliche Kirchen und klassische deutsche Kinderliteratur.

Jetzt senkte Albu seinen großen Kopf, der bis auf einen schwarzen Mönchskranz kahl war. Trilby zog eine Pfeife hervor. Ohne sie anzuzünden, steckte er sie sich zwischen die Lippen.

»Mein lieber Albu«, sagte er, als der Van losfuhr, »wann haben wir uns zuletzt gesehen? War es in Budapest? *Krieg, Frieden, Wirtschaft: Entwicklung ...?*«

»Ich meine«, sagte der Rumäne würdevoll, »es war in Prag. *Sicherheitsmemorandum in heutigen: Konflikten.*«

Max schaute aus dem getönten Fenster des Vans, während die beiden Männer über den aktuellen ukrainischen Präsidenten zu diskutieren begannen: einen prowestlichen Oligarchen, dessen Süßwarenimperium so ähnlich hieß wie er selbst. Der »Zuckerbaron«, wie er im Volksmund genannt wurde, hatte sein Vermögen in den Neunzigerjahren gemacht. Zu Spottpreisen hatte er marode sowjetische Süßwarenfabriken gekauft. Mit den alten Rezepten aus der Sowjetzeit erzielte er satte Gewinne, denn die Bewohner der früheren Sowjetunion, auch wenn sie nun in verschiedenen

Ländern lebten, einte noch immer die Liebe zu preiswertem Konfekt aus der Kinderzeit. Doch der Zuckerbaron war proukrainisch: Er wollte Russlands Einfluss entkommen und sich dem Westen annähern. Dies hatte bereits zu Spannungen mit dem Kreml geführt. Sofort nach seiner Wahl zum Präsidenten hatte die russische Regierung den Verkauf sämtlicher Waren des Zuckerbarons in ganz Russland verboten, trotz diesbezüglichen Unmuts in der Bevölkerung.

»Ist es nicht beachtlich«, Albu schniefte, »dass preiswerte Süßigkeiten eine solch kriegsresistente Einkommensquelle darstellen? Wenn die Russen deine Kohleminen und Stahlwerke angreifen ... nun ja, dann steht alles still. Aber billige Schokolade? Darauf wollen die Leute nie verzichten, da wird die Produktion nie angehalten.«

»Stimmt«, sagte Trilby in seinem beeindruckenden Akzent, der wie so vieles an ihm absolut aufgesetzt war – schließlich hatte Alan Trilby die ersten zwei Jahrzehnte seines Lebens in Eugene, Oregon, verbracht. »Der Zuckerbaron hat ein gutes Händchen. Das sieht man an Grischa.«

Aha, dachte Max. Grischa, der frühere Präsident Georgiens, dessen Nachname unaussprechlich war für jeden, der kein Georgisch beherrschte. (»Sie können mich Iwan Iwanowitsch nennen, wenn Sie wollen«, hatte er zu einem Reporter auf die Frage gesagt, wie er gern angesprochen werden wollte. »Aber mein Name ist Grischa.«)

Selbstredend war Grischa die wichtigste Neuigkeit in der Gegend, seit der Zuckerbaron ihn zum Gouverneur von Odessa ernannt hatte. Soweit Max es verstand, war die Logik dahinter folgende: Sollten russische Truppen Stück für Stück die Ukraine annektieren, würde der Großteil der Welt nur mit den Achseln zucken. Aber Grischa, der mit seiner Redegewandtheit die Journalisten und George W. Bush gleichermaßen begeistert hatte, war im Westen ungewöhnlich prominent. Wenn er Grischa im Süden der Ukraine einen Posten gab, wo die Russen vermutlich als Nächstes vorrücken würden, konnte der Zuckerbaron darauf setzen, dass die westliche Welt von einem solchen Angriff Notiz nehmen würde. Das allein könnte den Kreml abschrecken.

Grischa seinerseits hatte sofort zugegriffen, als sich ihm die Chance bot, seinem postpräsidialen Rentner-Exil in Brooklyn zu entfliehen. Dort, so hatte Max im Lifestyle-Teil einer namhaften Zeitung gelesen, hatte sich der Ex-Präsident einen Hipsterbart stehen lassen und auf närrische Weise versucht, seinen Tod aufgrund von Langeweile abzuwenden: mithilfe von Cocktails, Radfahren und einer zunehmend exzentrischen Entourage, zu der auch eine Beiß-Masseurin gehörte, gerühmt für den Gebrauch ihrer Zähne.

Als Showman, der perfekt Englisch sprach, war Grischa ein Typ, um den sich schnell Mythen rankten, überlegte Max, während Trilby und Albu diskutierten, ob der neue Gouverneur die »grünen Männchen« der russischen Armee durch die schiere Kraft seiner Persönlichkeit stoppen könnte. Grischas Appetit war so groß, dass seine Berater fürchteten, er könnte am vollen Tisch verhungern. Er war kokainsüchtig und hielt seine Pressekonferenzen um drei Uhr nachts, weil er seine Seele dem Teufel verkauft hatte. Dann war da noch seine politische Chuzpe. Zum Beispiel der Morgen, an dem er, damals noch georgischer Präsident, Russland den Krieg erklärt hatte. Und nachdem der russische Präsident daraufhin ankündigte, er werde Grischa an den Eiern aufhängen, scherzte dieser: »Warum interessiert sich der russische Präsident so sehr für meine Genitalien?«

Vom Beifahrersitz des Vans aus begann Albu, eine wundervolle kleine Kirche im Zentrum von Köln zu beschreiben, deren Wände mit den Knochen von elftausend Jungfrauen geschmückt waren. »Natürlich sind das Männerknochen«, erklärte er mit seiner tiefen Stimme, »vermutlich von Soldaten.«

Max kannte Grischa ein bisschen. Hatte ihm ein paarmal die Hand geschüttelt – die Hand mit dem berühmten weinroten Muttermal in der Form Floridas, das sich von Grischas Handgelenk bis zu den Fingerknöcheln erstreckte. Er starrte durch die Scheiben des Vans. Auf den Pisten des Flughafens wuchs Unkraut.

»... und Sie wissen ja«, sagte Albu gerade, »diese Ent-Sowjetisierung öffentlicher Symbole, wie sie der Zuckerbaron angeordnet hat ... das ist die Art von billigem Populismus, der einen Mangel an Fortschritt auf Politikebene kaschiert.«

»Ja«, brummelte Trilby einmütig, »das stimmt.«

»Eintausenddreihundert«, sagte Max. Der Klang seiner eigenen Stimme überraschte ihn ein wenig. »So viele Leninstatuen haben sie

schon von den Sockeln geholt. Ein Eremit, einer von diesen Heiligen, wandert seitdem durch die Gegend um Kiew, mit einer Nase.«
Niemand sagte etwas.
»In einer Schubkarre«, fügte Max hinzu. »Eine riesige Eisennnase. Richtig schwer. Dafür braucht er die Schubkarre.«
Albu hustete. Stille erfüllte den Van. Als hätten die zwei älteren Männer Max' Anwesenheit erst jetzt bemerkt.
Der Van parkte vor einem eingeschossigen Flughafengebäude. Fade Formsteinfassade. Ein einziger immergrüner Strauch. Die VIP Arrivals Lounge. Max dachte an die Unprivilegierten, an die kleine Cassie und ihre Familie. Sie waren wahrscheinlich noch draußen auf dem Rollfeld und schwitzten.

Trilby und Max wandten taktvoll den Blick ab, als der Rumäne Albu seinen dicken, schweren Körper in Richtung Autotür manövrierte. Erst ein Bein, dann das andere.

»Ich glaube, ich kenne das Hotel Gagarin«, verkündete Trilby.

»Sie meinen, es ist dasselbe wie damals?«, fragte Max mit einem Grinsen. »Wann war das, 1997?«

Trilby schloss die Augen wie ein Buddha und lächelte. »1999, glaube ich. Wie aus einem Film von Tarkowski. Kaum für Konferenzen dieses Kalibers geeignet. Aber gut.«

Die Erinnerung, oder was von ihr übrig war (eine Reihe dystopischer, dunkelgrün und schwarz getünchter Bilder), ließ Max noch immer grinsen, als eine plötzliche Bewegung seine Aufmerksamkeit wieder auf den Van lenkte. Der Rumäne hatte sein Gewicht versuchsweise auf ein Bein verlagert. Offenbar zufrieden mit dem Halt, der besser war als keiner, hievte sich Albu mit einem Mal hoch. Er und sein Mönchshaarkranz kamen aufrecht zum Stehen. Oh weh, dachte Max. Die zwei alten Männer taten ihm plötzlich sehr leid. Was für eine geriatrische Konferenz würde das sein? Und wie lange noch, bis er mit den beiden im selben Boot saß? Fünfzehn Jahre? Höchstens zwanzig.

»Wussten Sie«, fragte der Rumäne und schaute sich dabei langsam um, »dass das sowjetische Raumfahrtprogramm seinen Ursprung in der Suche nach, nun ja, nichts Geringerem als dem menschlichen Glück hatte?«

»Nein, mein Bester, das wusste ich nicht«, sagte Trilby.

43

»Der erste russische Raumfahrtingenieur war Anhänger einer Philosophie«, sagte der Rumäne, »die sich Kosmismus nannte. Schon im neunzehnten Jahrhundert hielten diese Leute die Raumfahrt für möglich.« Mit einem ersten Anflug von Ungeduld trieb die dralle, ernste Hostess die Männer in Richtung Gebäude.

»Aus welchem Grund wollte der Mensch das Weltall erobern?«, fuhr Albu fort, nicht im Geringsten irritiert. »Die Antwort war überaus praktisch: Wenn wir das vollkommene menschliche Glück erreichen, werden die Seelen der Toten wiederauferstehen. Und sie brauchen alle Platz zum Leben.«

Die Wände der VIP-Lounge waren rosa gefliest. Wie das Badezimmer eines Drei-Sterne-Hotels. Die dralle Ernste führte die Männer zu einer Reihe riesiger, dick gepolsterter Sessel, ehe sie ihre Pässe einsammelte. Kein Schlangestehen für VIPs, dachte Max. Passkontrollen waren für die kleinen Leute.

»Ich weiß nicht, ob Sie je Filmmaterial über Gagarins Leben gesehen haben«, sagte Albu, als er in seinem Kunstledersessel saß, in den er halb gesunken, halb gefallen war. »Er wuchs in einer Hütte auf, einer sprichwörtlichen Holzhütte. Gut möglich, dass seine Eltern eine Ziege hatten.« Der Rumäne hielt inne, schaute auf seine dicken schwarzen Schuhe. »Nur eine tiefe Fähigkeit zum mystischen Glauben konnte diesen Dorfjungen in einem Raumschiff ins All befördern.«

Die dralle Ernste kam mit einem Tablett wieder. Sie stellte drei dünne weiße Tassen auf einen Glastisch. Der Tee war durchsichtig. Er schmeckte sehr säuerlich, dekoriert mit der ewig gleichen, herzzerreißend blassen Zitronenscheibe des Ostens.

7

Alles hatte mit den Augäpfeln angefangen. Das war es, was Luddy »der Löwe« Shturman dachte, als er auf dem schmalen Klappbett in dem lindgrünen Zimmer lag, das er in einer Gemeinschaftswohnung an der Puschkinstraße gemietet hatte. Er war nervös. Er versuchte, sich an sein Motivationsmantra zu erinnern. Aus dem Gefängnis. Er schloss die Augen. Konzentrierte sich.

»Ich bin ein Rockstar, ich bin ein Rockstar, ich bin ein Rockstar«, murmelte er. Positive Visualisierung nannten sie das. Sollte ihn vom Stoff fernhalten, wenn er rauskam. Nun, das hatte nicht funktioniert. Trotzdem hatte er diese Donnerstagnachmittage gemocht. Fotos aus Magazinen reißen. Sie zusammenkleben. »Gefühlscollage«, so hatte es die esoterische Puppe mit dem Männerhaarschnitt bezeichnet. Tai-Chi. Dein persönliches Mantra. IchbineinRockstarIchbineinverdammterRockstar.

Das Zimmer schimmerte leicht rosa. Das Licht kam von der hell erleuchteten, pinken Fassade des Bristols, Odessas bestem Hotel, direkt auf der anderen Straßenseite. Wenn der Geldhahn endlich zu sprudeln begänne, was mit dem King, der schon unterwegs war, recht bald passieren musste, würde Luddy das Penthouse des Hotels mieten. Hübsche Mädels, Poolpartys, Koks. IchbineinRockstarIchbineinverdammterRockstar.

In Bauchlage auf seinem Klappbett – die Hitze machte ihm wirklich zu schaffen – vollführte Luddy seine typische Bewegung. Riss den Mund auf, schüttelte den Kopf nach links und rechts und stieß einen langen Löwenschrei aus.

»Herr Shturman?« Eine Frauenstimme aus der Küche. Die Matriarchin Ilona. »Alles in Ordnung bei Ihnen?«

»Großartig!«, bellte Luddy.

Stille. Gut. Der kleine Plastikventilator klapperte. Gab eine leichte Brise von sich. Wirbelte die heiße Luft durcheinander. Vielleicht würde Luddy der kleinen Familie eins dieser Klimageräte kaufen, wenn er erst einmal Geld hatte. Er war auf dem richtigen Weg, das spürte er. In den Fingerspitzen. Schmeckte es. Auf der Zunge. Jawohl, diese Idee zählte zu seinen besten. Ichbineingottverdammterrockstar. IchbineinRockstarIchbineinRockstar. Er döste ein. Als er wieder aufwachte, hörte er Geschirr klappern. Er fing an, sich an die jüngsten Ereignisse zu erinnern. Ein Scheppern. Zerbrochenes Glas. Die Vermieterin fluchte. Ein stechender Schmerz in Luddys Kopf. Er schloss die Augen.

Vor einem Monat. Zu Hause in Miami. Luddy »der Löwe« Shturman war seit einer ganzen Woche raus aus dem Knast. Er hatte ein mieses kleines Zimmer in Downtown gemietet, braun und grün. Wie ein verficktes Filmset aus den Siebzigern, das noch dazu stank.

In einer solchen Lage begann ein Mann nachzudenken. Auf philosophische Art. Das war klar. Luddy hatte ein gewisses Alter erreicht, und wie andere Männer seines Alters hatte auch er ein paar verfluchte Fehler im Leben gemacht. Wer hatte das nicht? Die Antwort war: sein Bruder Sergej. Stöhn. Sergej Saubermann. Zahnarzt. Hatte eine hübsche Praxis in New York. Greenpoint. Gut für ihn. IchbineinRockstarIchbineinRockstar.

Kurz vor Luddys Entlassung aus dem Knast war Sergej runter nach Miami geflogen, um ihn zu besuchen. Hatte ihm einen Job angeboten, sobald er rauskam. »Ljoscha«, sagte er. »Mascha verzeiht dir. Du kannst bei uns arbeiten, wir bilden dich zum Zahnreiniger aus.«

Luddy sagte Sergej, dass er sich verpissen solle. Und dass er ihn nicht Ljoscha nennen solle. Er war als Ludwig bekannt, seit seinem Aufenthalt in West-Berlin in den Achtzigern. »Verrückter Löwen-Ludwig«, so hatten sie ihn genannt wegen der Mähne, und das war hängen geblieben. Jedenfalls war er zu alt, um fremden Leuten seine Finger ins Maul zu stecken. Nein, danke.

Im Grunde hatte Luddy nie in seine Familie gepasst. Sein Vater nannte ihn Kuckuckskind. Darauf hatte die Mutter stets mit einem wütenden Blick reagiert. Sie hatte Luddy immer geliebt, trotz seines feurigen Temperaments. Er stellte immer Unsinn an, bekam immer Probleme, schon als Kind.

»Du bist eben schlauer als dir guttut«, pflegte die Mutter stolz zu sagen. »Du hast einfach zu viele Ideen!«

Er sah ihnen nicht einmal ähnlich, mit seinen hellroten Haaren. Das Muttermal, so dunkel, dass es fast schwarz war, herzförmig, unter seinem linken Auge. Sein kleiner Bruder, Sergej Saubermann, hatte bei der Geburt kastanienbraune Haare wie die Eltern. Luddys Mutter sagte immer, dass es da eine Großtante gegeben habe, väterlicherseits, die rothaarig gewesen sei. Oder wenigstens rotbraun. Und sogar das Muttermal, meinte sie, sich zu erinnern ...
Als Luddy alt genug war, ließ er sich als Erstes das hässliche Muttermal entfernen. Übrig blieb nur eine schartige weiße Narbe. Sah gut aus, fand Luddy. Knallhart.
IchbineinRockstarIchbineinRockstar.
Ein Klopfen an der dünnen Tür. »Herr Shturman? Möchten Sie Tee?«
Luddy hielt die Luft an. Stellte sich tot. Sie ging weg. Er atmete aus.
Er war wirklich noch ein Kind gewesen, als seine Familie Odessa verließ und nach Netanja bei Tel Aviv zog. Trotzdem war ihm gleich klar, dass er dort nicht bleiben würde. West-Berlin war auch kein Picknick gewesen. Aber wenigstens war in der Stadt einiges los. Ein bisschen Nachtleben, ein bisschen Glanz. Luddy begann, für die dortige Russenmafia Feuer zu legen.
Doch der lodernde Löwen-Ludwig übertrieb es ein bisschen in Berlin und musste verduften, schnell. Der Wilde Westen, da wollte er hin. Während er in Berlin gelebt hatte, war Sergej Saubermann nach New York gezogen. Brighton Beach, eine kleine Zweizimmerwohnung. Er hatte geheiratet. Luddy zog zu ihm, gewöhnte sich ein, versuchte, seine Schwägerin rumzukriegen (es war ein Unfall, wirklich, er hatte das nicht geplant). Er zog wieder aus.
Danach zog er sein Business als Brandstifter groß auf. Arbeitete für die Italiener. Jetzt ging er direkt an die Theken der Geschäfte: miese kleine irische Seilhändler, Tischler – egal, wer. Sammelte den *pizzo* ein, der sie vor dem Abfackeln schützte. Luddy war jung, er sah gut aus. Langes Haar, eine richtige Mähne. Auch sie fingen an, ihn »Löwe« zu rufen. Der König des Dschungels! Luddy gefiel das. Er begann zu trainieren, stemmte Gewichte, wurde immer breiter und schwerer. Brüllte, wenn er etwas klarstellen wollte.

Schließlich bekam er einen Tipp. Warum sich in New York den Arsch abfrieren, wenn man auch für die Kolumbianer in Miami arbeiten konnte? Kokain war nicht mit den Achtzigern verschwunden. Jetzt waren die Neunziger, und das Business lief immer noch gut. Also verschwand er nach Süden.

Um seriös zu wirken, eröffnete er einen Stripclub. Nannte ihn *Weekend at Bernie's*, wie der Film. Der Film hatte ihm wirklich gefallen. Er war witzig. Das wahre Amerika. Der echte amerikanische Traum. Hübsche Autos, gute Straßen, jede Menge Shoppingmalls, die man anzünden konnte.

»Herr Shturman?« Die Stimme schwebte durch das rosa und grüne Licht im Zimmer. »Herr Shturman? Möchten Sie mit uns frühstücken?«, fragte Ilona.

»NEIN!«, schrie Luddy. Für den Fall, dass die vollbusige Tochter der Vermieterin zu Hause war, fügte er hinzu: »Danke trotzdem!«

Er schloss die Augen in der Hitze. Woher kam dieses Stampfen – war das sein Herz? Fuck.

Mit den Kolumbianern hatte er sich blendend verstanden. Sie waren kreativ, wie er. Zusammen heckten sie eine Menge guter Pläne aus. Kokain von Ecuador nach Russland verschiffen, versteckt in Ladungen gefrorener Shrimps.

Dann kam ihm die beste Idee von allen. Luddy war eines Abends unterwegs mit Alejandro, einem der Kolumbianer. Luddy hatte einen schlechten Tag hinter sich. Eins seiner Mädchen drohte zu kündigen, es hatte Krach gegeben. Klar, sie hatten die Sache geklärt, draußen auf dem Parkplatz. Trotzdem hatte ihn der Zwischenfall deprimiert. Er war kein schlechter Kerl! Er war ein kleiner, hart arbeitender Geschäftsmann, der seinen Club am Laufen halten wollte. Also ging er an jenem Abend mit Alejandro aus, Dampf ablassen. Alejandro fing an zu jammern. Die Küstenwache sei ihnen auf den Fersen, bla, bla. Und Luddy der Löwe hatte eine Erleuchtung. Er brüllte! Zuerst lachte Alejandro. Doch Luddy scherzte nicht.

Am nächsten Tag rief er einen Kumpel in Kronstadt an. Dort gab es einen Friedhof voll sowjetischem Alteisen, das nur auf Käufer wartete. Alle möglichen Atom-U-Boote. *Whiskey*, *Tango*, *Foxtrott* hießen sie. Luddy fand das witzig. Armeeslang. What the fuck.

Er fand eine *Foxtrott*. Begann zu verhandeln. Die Kolumbianer waren begeistert. Natürlich! Wie konnte man Drogen besser transportieren als unter Wasser? Die *Foxtrott*, plus Crew, kostete fünfeinhalb Millionen Dollar. Ein Schnäppchen! Die Kolumbianer waren bereit.

Luddy saß gerade an seinem Küchentisch, er trank eine Tasse Kaffee und Papayasaft und schwitzte. Plötzlich hörte er einen schrecklichen Lärm. Die US-Drogenbehörde DEA trat Luddys Tür ein. Ehe er reagieren konnte, lag er am Boden. Stiefel im Genick. Er sah Blut – sein Blut – über das weiße Linoleum laufen. Er spürte nicht, dass seine Nase gebrochen war. Danach ging es hinter Gitter. Gitter. Gitter. Und nun, in der Gegenwart, hörte Luddy das Geschirrklappern aus der Gemeinschaftsküche vor seiner Zimmertür. Er fluchte. IchbineinRockstarIchbineinRockstarIchbineinverdammter-Rockstar.

Im grellrosa Licht des Hotels gegenüber sah Luddy an sich herunter. Er nahm wie verrückt ab bei dieser Hitze. Wie ein verdammtes Stieleis. Fuck. Seine Hände zitterten.

8

Das Hotel Gagarin war nagelneu. Ein turmhohes Flickwerk aus silbrigen Fenstern und billigen weißen Schmucksteinen. Mit seinen zwanzig Stockwerken war es höher als die sowjetischen Hochhäuser, die einst die Küste verschandelt hatten.

Die drei Männer stiegen aus. Albu ließ sich diesmal vom Fahrer stützen und blieb einen Augenblick stehen. Kopf in den Nacken gelegt. Nach oben schauend.

Max sagte: »Schon komisch, wenn man bedenkt, dass die ganze Stadt auf Katakomben gebaut ist.«

Trilby nahm seine Pfeife, noch immer unangezündet, in den Mund. Albu rieb sich den Nacken.

»Sandstein«, sagte Max. »All diese neuen Bauten sind vollkommen illegal. Die Planer überzeugen einen Richter und kriegen die Genehmigung.«

Trilby schwitzte unter dem Filzrand seines Huts.

Max schaute wieder auf das turmhohe Hotel. »Die Hochhäuser sind viel zu schwer. Eines Tages wird die ganze Stadt in sich zusammenstürzen.«

Albu brach das anschließende Schweigen. »Vermutlich nicht heute«, sagte er und stapfte voran in die Lobby, in seinen großen schwarzen Schuhen.

Max' Zimmer lag im fünfzehnten Stock. Er zog die Vorhänge auf. Schaute hinaus. Auf ein zehngeschossiges Parkhaus.

Er fügte sich in die Enttäuschung und ging zum nächsten Punkt auf der Tagesordnung über. Wo war die Minibar? Er schaute sich um. Öffnete ein weißes Schranktürchen nach dem anderen. Nichts. Kein Kühlschrank. Keine Drinks. Null, nada. Er seufzte. Klappte seinen Laptop auf. Checkte Mails.

Das war eine der Bedingungen, die Rose ihm gestellt hatte: Wenn er schon auf Dienstreise ging, musste er sich regelmäßig bei ihr melden. »Und ich will nichts mehr hören über geheime Orte und sich unauffällig verhalten«, hatte sie gesagt, die Hände auf ihren wunderbar festen Hüften. »Das sagt ihr nämlich immer. Aber ich habe mit deiner alten Kollegin Marie geredet, du weißt schon, die früher in Moskau für das Organisatorische zuständig war. Sie ist kürzlich heimgekehrt zu ihrem bezaubernden Ehemann. Nun, wir haben uns zum Willkommenslunch bei ihr getroffen, nur die Frauen, und sie erzählte uns, dass die andere Seite oder die Seiten oder wer auch immer ... also sie wissen sowieso, wo ihr seid. Oder sie können es herausfinden, wenn sie wollen. Und dass ihr, je normaler ihr euch verhaltet – und je mehr ihr mit euren Ehefrauen kommuniziert –, umso weniger auffallt. So, nun weißt du es.«

Auch wenn er Rose die zwei widerstreitenden Theorien hätte erklären wollen – die Vor- und Nachteile von *high contact* und *silent mode*, wobei Letzterer alles von Smartphones bis zu Google-Suchen verbot –, brachte Max es nicht übers Herz. Er notierte sich gedanklich, Marie beim nächsten Treffen ein paar Takte zu sagen. Dann willigte er ein, er willigte ein, er willigte ein. Er kapitulierte.

Und nun klickte er *Neue Nachricht schreiben* in seinem Mailkonto an und sah zu, wie das Programm sein *Ro* zu *Rose Rushmore* vervollständigte. Eine automatisierte Bestätigung, dass sie zusammengehörten, dass Rose zu ihm gehörte, dass alles in bester Ordnung war. Er tippte.

An: Rose Rushmore
Betreff: Öde ohne dich
Heiß wie die Hölle hier. Fehlst mir schon. Genieß einen kalten Drink für mich.

Nahezu augenblicklich schrieb Rose zurück.

Re: Öde ohne dich
Vergiss nicht, dass wir nächsten Donnerstag bei Team Anderson eingeladen sind, zur Business-and-Pleasure-Dinnerparty in ihrem neuen Haus. Komm bitte nicht Jetlag-verkatert, okay?

Re:re: Öde ohne dich
Meine Einzige, ich denke an nichts anderes als an Team Anderson. Und an dich natürlich. Ich werde frisch wie der Frühling sein. Mein Auftrag hier wird schnell gehen und nicht wehtun. Wie eine Lobotomie. Love you.

Max loggte sich aus, bevor sie antworten konnte. Schaute sich um. Alles im Zimmer war weiß: der Boden aus Holzimitat, das Bett, die Vorhänge. Max zog sich aus und stellte die Dusche an. Das Wasser war kochend heiß. Er drehte den Hahn nach links, dann nach rechts, dann in die Mitte. Es machte keinen Unterschied. Er rief die Rezeption an.

»Oh, ich weiß«, sagte das Mädchen mit heller Stimme. »Bitte stellen Sie die Dusche ab und versuchen Sie es in zwanzig Minuten noch mal.«

Max legte sich aufs Bett. Nach zwanzig Minuten probierte er es erneut. Das Wasser schien noch heißer zu sein. Vergiss es, dachte er und machte sich auf den Weg in die Lobby.

»Oh, da sind Sie ja, Mister Russmor!«

Die Lobby war ebenfalls blendend weiß. Ohne Skulpturen des Sozialistischen Realismus. Ohne riesige Wandmalereien. Trotzdem fühlte sie sich sowjetisch an. Als könnten die Architekten ihre damals erlernten Regeln über Hotelbauten nicht einfach vergessen.

Max zuckte zusammen. Die dralle Ernste aus dem Van hatte ihn am Ellbogen gefasst.

»Ich bin so froh, dass ich Sie gefunden habe! Die Cocktail Hour beginnt in ein paar Minuten, gleich dort vorn, sehen Sie? Bei dem ... Bäumchen?«

»Alles klar«, sagte Max und entdeckte eine traurige Grünpflanze. »Was ist das, ein Ficus?«

Sie strahlte. »Ja, ein Ficus. Das stimmt. Ich habe gerade eine dringende Nachricht erhalten – von Ihrer Frau.«

Max nahm den Zettel und nuschelte: »Danke.«

Das Mädchen lächelte ihn aufrichtig an, als hätten sie etwas gemeinsam. Respekt vor der Rolle der Familie vielleicht. Oder ein Interesse am Glück und Wohlergehen von Frauen im Allgemeinen.

Oder, in genau diesem Moment, die größte Wertschätzung für das Glück seiner teuren Gattin, Misses Russmor, im Besonderen.

9

Max faltete die Notiz klein und steckte sie in seine Geldbörse. Dann, gemäß der erhaltenen Anweisung, stieg er die Stufen hinab zum enorm großen Hotelrestaurant. Wellenförmige Fenster. Er durchquerte den daran anschließenden Raum und kam zu einer Doppeltür aus getöntem Glas. Sie führte direkt in eine Shoppingmall. Was für eine amerikanische Idee, dachte Max.

Die Mall selbst war auch ein Original: ganz aus schwarzem Glas gebaut, funkelnd im Kunstlicht. Max stellte sich auf eins der schrägen Laufbänder, welche die Rolltreppen ersetzten. Er bemerkte eine blitzschnelle Bewegung. Wurde er verfolgt? Er drehte sich um. Aber die Mall lag menschenleer in ihrem ewigen Licht.

Im fünften Stock fand Max den Spielzeugladen. Wie die Notiz, die in Wahrheit nicht von Rose stammte, es beschrieben hatte. Er staunte über die Sammlung kindsgroßer Luxusautos im Schaufenster: ein echter, fahrbarer kleiner Ferrari, ein Porsche, ein Range Rover. Den Instruktionen folgend, suchte Max das Barbie-Traumhaus. Dort in der Ecke stand es. Barbie und Ken grillten auf der Terrasse. Sie sahen glücklich aus. Nach all den Jahren. Schön für sie, dachte Max.

Er ging zu dem Haus, fand die unscheinbare Tür links davon, öffnete sie und ging hindurch. Die Tür fiel hinter ihm zu.

Max sah sich um. Er befand sich in einem kleinen Vorzimmer. Es war fensterlos, doch die Beleuchtung war gut. Alles war hellbraun. Er setzte sich auf das hellbraune Sofa. Sein Blick fiel auf ein Exemplar von *Odessa Preview* – das englischsprachige Stadtmagazin – auf dem hellbraunen Couchtisch. Er griff zu. *Special Edition: BOATS!*, stand auf dem Cover. Das Titelbild zeigte eine vergoldete Treppe, die von einem wasserfallgroßen Kristallleuchter erhellt wurde. Barfuß auf der Treppe stand ein hübsches Mädchen mit Matrosenmütze, sehr kurzen, weißen Shorts und einem gestreiften Top mit weitem Ausschnitt. Ihre Beine waren unglaublich lang. Sie war rothaarig und lächelte. *Lernen Sie die* Faszinierende Inna *kennen!*, stand unter dem Bild.

Das Mädchen sieht genauso toll aus wie die riesige Jacht, dachte Max. Dennoch interessierte ihn die Jacht mehr. Etwas an ihrer Innenausstattung kam ihm bekannt vor. Als wäre er schon einmal an Bord gewesen. Aber an die Vergoldung würde er sich doch bestimmt erinnern? Nein, diese Jacht hatte nichts gemein mit dem alten Sowjetkahn, auf dem Max damals in den Neunzigern sechs Wochen lang undercover als Schiffsjunge gejobbt hatte. Er drehte das Magazin um. Las den Aufkleber auf der Rückseite: *Special delivery. Potomac, Maryland. Persimmon Tree Road. James and Suzanne Dunkirk.*

Max starrte auf die Anschrift. War Jim Dunkirk hier? Das war nicht sehr wahrscheinlich. Als Leiter des Moskauer Büros der CIA musste Jim Dunkirk jede Menge Leute managen und Diplomaten bei Laune halten. Fast jeden Abend fanden in seiner großzügigen, wenn auch verwanzten, von der Regierung bezahlten Wohnung diverse Empfänge und Essen statt (Max war gelegentlich unter den Gästen gewesen). Und seit Russland alle direkten Flüge in die Ukraine gestoppt hatte, waren Reisen nach Odessa umständlich geworden. Und überhaupt spielte Odessa ja kaum eine Rolle. Die Stadt war »eine offene Kloake, in der Verbrecher waten«, wie es der alte Rex, Max' verstorbener Mentor, einmal ausgedrückt hatte: derart korrupt, dass alle vernünftigen Staaten (einschließlich Russland) es aufgegeben hatten, die Geschehnisse vor Ort überwachen zu wollen.

Max warf noch einen Blick auf das *BOATS!*-Magazin. Konnte Jim Dunkirk, fünfzehn Jahre älter und in der Agency tausendmal erfolgreicher als er, wirklich hier sein? Und wäre das gut? Eine Beförderung? Ein politischer Auftrag? Vielleicht ...

Max grübelte noch, als Jim Dunkirk persönlich den kleinen hellbraunen Raum betrat. Groß gewachsen und silberhaarig hinkte Dunkirk näher. Seine berühmte Gehbehinderung stammte aus den Achtzigern in Afghanistan, wo er russische Geheimnisse an Rebellen weitergegeben hatte. Er streckte die Hand aus. Max war noch nicht ganz aufgestanden, als Dunkirks Hand ihn erreichte. Er musste sie drücken. Er schüttelte Dunkirks Hand mit so viel Würde, wie es ihm seine halb gebückte Haltung erlaubte. Bildete er sich das ein? Oder hielt Dunkirk seine Hand länger als unbedingt nötig? Endlich ließ Dunkirk los, und Max schaffte es, sich vollends aufzurichten.

»Suzanne und ich denken darüber nach, unser Boot zu renovieren«, sagte Dunkirk mit einem Blick auf das Magazin. Dunkirk lächelte. Er sah jünger aus denn je, als würde ihn der Erfolg rückwärts altern lassen.

»Wer ist das Mädchen?«, fragte Max.

Dunkirk zuckte mit den Achseln. »Die Tochter von irgendwem – oder die Geliebte. Wir könnten das überprüfen.« Dunkirks Augen ruhten auf dem Titelbild. »Das Blattgold finde ich wundervoll. Meine Frau ist ganz verrückt nach so etwas. Natürlich in etwas bescheidenerem Ausmaß. Ich sage Ihnen, wenn man richtig gutes Handwerk für sein Boot will, zum Beispiel Glas mit Facettenschliff ...«

Max fragte sich kurz, ob Dunkirk wirklich glaubte, Max benötige Tipps für die Überholung von Jachten. Dunkirks schmale Bostoner Brahmanenlippen rollten nach oben und entblößten seine kleinen Schneidezähne.

»Wir haben einen Freund, ein deutscher Chirurg. Er macht vor allem Brüste, besitzt mehrere Kliniken im Schwarzwald. Er hat uns mal auf sein Boot eingeladen, uns seine Einbaumöbel gezeigt. Großartiges Zeug. Aber egal.«

Dunkirk legte einen Arm um Max' Schultern, um ihn zu führen. Max war sich peinlich bewusst, dass er nicht geduscht hatte.

Dunkirk runzelte die Stirn und sprach weiter. »Schön, Sie zu sehen, Rushmore. Sorry, dass ich Sie so überfalle. Wette, Sie haben nicht mit mir gerechnet.«

Inzwischen hatte Dunkirk Max in einen anderen Raum geführt. Das einzige Fenster war verhängt. Deckenstrahler tauchten einen großen Schreibtisch aus Palisander und eine Orchidee in weiches Licht. Dunkirk bedeutete Max, sich zu setzen, ehe er mit seinem berühmten Humpelgang auf den burgunderroten Ledersessel hinter dem Schreibtisch zusteuerte.

»Nette Bude, nicht wahr?«

Max nickte. »Da kann das Moskauer Büro nicht mithalten.«

»Stimmt! Da kann nicht mal die Zentrale daheim mithalten«, sagte Dunkirk. »Ich meine, wer hat schon Orchideen?« Dann schüttelte Dunkirk den Kopf, als wollte er nun die Vergangenheit ruhen lassen. »Max. Ich will es Ihnen ruhig sagen: Ihre Arbeit am Fall Ostranowa hat viel Beachtung gefunden.«

Max versuchte, sich nicht geschmeichelt zu fühlen. »Das Ganze war natürlich eine völlige Verschwendung von Zeit und Energie«, fügte Dunkirk lebhaft hinzu.

Max spürte, wie er in sich zusammenfiel. Nur ein bisschen. Er ärgerte sich, dass er seine Gefühle nicht unter Kontrolle hatte. Vor allem nicht in Gegenwart von Jim Dunkirk, der nicht nur nicht arbeitslos war, sondern eine eigene, wenn auch eher kleine Jacht und ein echtes Kapitänspatent besaß und der mindestens einmal versucht hatte, Rose zu verführen.

Dunkirk redete weiter. »Man hat Sie dafür bewundert, das kann ich Ihnen sagen. Nun fragen Sie sich bestimmt, warum Sie hier sind. Wir haben Sie angefragt bei ... wie zum Teufel heißt der Laden jetzt? FORCE YOU?«

»FORCE ONE«, nuschelte Max.

»FORCE ONE. Genau. Piepegal. FORCE ONE. Die mussten übrigens ihre Arbeitsweise total umkrempeln.« Dunkirk kicherte. »Wie sich herausstellte, funktionieren die nur nach Zahlen. So und so viele Leute für so und so viele Jobs und umgekehrt. Die wussten nicht mal, wie sie auf die Anforderung eines speziellen Agenten reagieren sollten. Ihr Computersystem unterscheidet nicht zwischen den einzelnen Leuten auf der Liste.«

Er schüttelte den Kopf, als wollte er sagen: »Was ist bloß aus der Welt dort draußen geworden?«

Max bemühte sich um einen unbeteiligten Gesichtsausdruck. Team Rushmore. Wie übel konnte das sein? Sicher, er würde einiges aus seinem alten Leben vermissen. Ihm fiel nur gerade nichts ein. Team Rushmore. Rose und er wären zusammen. Tag und Nacht. Nacht und Tag. Oh Gott. Max blickte auf Dunkirk. Während sich Dunkirks Mund bewegte, wanderten seine Lippen langsam, aber sicher nach oben, bis die scharfen Schneidezähne zu sehen waren. Und Rex? Was würde Rex zu Team Rushmore sagen? Max stellte sich seinen alten Mentor vor, nach Zigaretten stinkend, in einem zerknitterten Anzug.

»Tun Sie das ja nicht, Max«, hörte er Rex' Stimme, als wäre der von den Toten erwacht. Rau, tief, sicher. »Sie würden sich gegenseitig umbringen.«

»Sind Sie noch da, Max?« Dunkirk klang ärgerlich. Der alte Hai. Nicht einmal Rose konnte mit solch unfehlbarer Exaktheit den Moment erkennen, an dem Max' Gedanken abschweiften.

»Selbstverständlich, wo sonst?«, sagte Max. Er war plötzlich unsicher. Wacklig. Er spürte seinen nach der Reise getrockneten Schweiß am ganzen Körper.

»Gute Frage«, sagte Dunkirk und musterte ihn.

Nur Dunkirk, dachte Max mit mulmigem Gefühl, konnte das Wort »gut« so schlecht klingen lassen. Trotzdem war Dunkirks Anwesenheit hier ein gutes Zeichen. Es musste ein gutes Zeichen sein.

»Sonnenblumenöl«, sagte Dunkirk. Und wartete ab.

»Die Ukraine ist der größte Exporteur«, sagte Max. »Fünfundsiebzig Prozent des weltweiten Bedarfs an Sonnenblumenöl werden über Odessa verschifft.«

»Sie haben sich belesen. Wie ich sehe, sind Sie vorbereitet.«

Max senkte den Kopf und hielt die Hände hoch, wie um zu sagen, dass er nicht anders gekonnt hatte.

Dunkirk seufzte. »Diese Art von Gründlichkeit ist genau das, was wir brauchen. Für diesen ... hmm ... *Auftrag*.«

»Auftrag?« Max fragte sich, ob er sich die besondere Aussprache Dunkirks nur einbildete. Persimmon Tree Road. Eine der nobelsten Adressen Washingtons.

Dunkirk blätterte durch den vor ihm liegenden Schnellhefter. Hielt inne. Verzog das Gesicht. Kicherte. War Suzanne Dunkirk glücklich? Wäre Rose auch glücklich, wenn sie in einem großen Kolonialhaus an der Persimmon Tree Road wohnen könnte? Oder ...

Der Schnellhefter kam in Max' Richtung geflogen. »Sehen Sie sich das an«, sagte Dunkirk.

Max fing den Hefter. Schlug ihn auf. Innen lag tatsächlich ein analoger, altmodischer Ausdruck auf dickem Fotopapier. Heutzutage waren viele Leute der Meinung, dass alles Digitale jedem gehörte. Wer ein Bild vor der Verbreitung schützen wollte, bewahrte es analog auf. So lange wie möglich jedenfalls.

Max runzelte die Stirn. Das Foto zeigte eine abgetrennte Hand. Dicklich, weiß. Weich. Trotzdem eindeutig eine Männerhand. Leicht glitzernd. Ein großes, weinrotes Muttermal zog sich vom Handgelenk bis hoch zu den Fingerknöcheln. Seine Form glich der des Bundesstaats Florida.

Max sah Dunkirk an. »Was zum …?«

»Es ist so bizarr, wie es aussieht«, sagte Dunkirk. Er kicherte. »Sogar noch bizarrer. Was in diesem Teil der Welt so alles möglich ist.«

»Grischa hat seine Hand verloren?«, fragte Max. »Das ist ja … warum berichten die Medien nicht …?«

Dunkirk schüttelte den Kopf. Lehnte sich behaglich zurück in seinem Sessel. »Die Sache ist so: Eine große Schiffsladung mit billigem Speiseöl erreicht Baltimore«, begann Dunkirk. »Die Leute vom amerikanischen Zoll sind immer noch ziemlich gut, alles in allem. Wäre das Schiff in, was weiß ich, Bombay eingelaufen, hätte wahrscheinlich niemand etwas gemerkt. Sie hätten die Hand einfach rausgefischt und weggeworfen. Aber die Inspektoren in Baltimore sind auf Zack. Hinzu kommt, dass sie erst kürzlich irgendwelche neuen Hightech-Sensoren bekommen haben: eine Art Kohlenstoffanalysator, mit Weltraumtechnologie oder so. Man gibt eine kleine Probe der zu testenden Substanz hinein – Olivenöl, Honig oder Schokolade –, verbrennt sie, und das Gerät kann die molekulare Zusammensetzung der Probe exakt bestimmen. Die Typen vom Zoll probieren also ihr neues Spielzeug aus, und zack, bekommen beim Sonnenblumenöl ein total schräges Ergebnis: menschliche DNA.«

»Menschliche DNA«, wiederholte Max.

»Die Beamten öffnen den Container und fischen dieses … nun, es sieht verdammt nach einer Menschenhand aus. Einer der Inspektoren stammt aus Georgien. In den Neunzigern emigriert. Man weiß ja, wie Georgier sind. Einmal Tbilissi, immer Tbilissi. Er erkennt das Muttermal. Flippt aus. Ruft die Polizei an und seine Verwandten daheim. Unsere Jungs kriegen Wind davon und holen die Hand, bevor es zu einem internationalen Zwischenfall kommt. Sie machen Tests. Die Fingerabdrücke sind eindeutig von Grischa. Aber nachfragen wollen unsere Jungs lieber nicht.«

Max nickte. Er erinnerte sich an Grischas Faible für Scherze. Einmal hatte er der gesamten souveränen Nation Georgien weisgemacht, sie würde angegriffen, indem er die staatlichen Fernsehnachrichten einen gefakten Bericht senden ließ.

»Wir haben natürlich doch nachgefragt«, sagte Dunkirk und warf seine massigen, aber nicht uneleganten Hände in die Luft. »Botschafter McClellan hat seine erste Amtsreise nach Odessa gemacht. Er ist erst seit drei Wochen Botschafter in der Ukraine. Jedenfalls kommt er gerade aus Kiew an und checkt im Bristol ein, in der Altstadt. Nettes Hotel übrigens. Hab gestern dort übernachtet. Todschick. So. Grischa fährt mit der Straßenbahn hin. Das ist sein Ding, der öffentliche Nahverkehr. Keine Ahnung, wie er das schafft. Es ist gerade mal acht Uhr morgens. Aber Grischa lässt sich von der Rezeptionistin sofort zu McClellans Suite bringen. Schlägt fast die Tür ein. McClellan macht gerade seine Sit-ups. Wussten Sie, dass dieser Mann jeden Morgen fünfzig Sit-ups macht, egal, wo in der Welt er gerade ist? Bewundernswert. McClellan öffnet die Tür, und vor ihm steht Grischa, das Hemd triefnass geschwitzt von der Straßenbahnfahrt. Offenbar sind die öffentlichen Verkehrsmittel hier nicht klimatisiert. Grischa hält ihm das weinrote Florida-Muttermal direkt vor die Nase. ›Sir‹, sagt er, ›ich möchte Ihnen die Hand reichen!‹« Dunkirk zuckte mit den Achseln. »Also, Grischa hat noch beide Hände, so viel steht fest.«

»Aber die DNA war von einem Menschen?«

»Wir analysieren das natürlich. Aber es scheint sich um eine Art Scherz zu handeln. Offenbar kann man Schweinefleisch nehmen und ähnliche Ergebnisse erzielen.«

»Es gibt mittlerweile auch richtig gute Tattoos von Fingerabdrücken«, sagte Max.

»Johnson ist dran, in D.C.«, sagte Dunkirk.

Max fühlte, wie er rot wurde. Hoffentlich hatte Dunkirk das nicht bemerkt.

Dunkirk spannte seine kantigen Kiefer an. »Guter Gott, Max«, sagte er. »Sie dachten doch nicht wirklich, dass wir Sie mit dem Fall beauftragen würden, wenn der Gouverneur tatsächlich seine Hand verloren hätte? Ich meine, dafür haben wir Personal. Don Johnson …«

Max konnte nicht anders – jedes Mal, wenn er Johnsons vollen Namen hörte, musste er lachen. Armer Kerl. »Natürlich nicht«, sagte Max. »Johnson ist ein guter Mann.« Dunkirk atmete aus.

»Richtig«, sagte er. »Was wir von Ihnen wollen – als eine Art Sonderauftrag –, sind ein paar richtig gute, detaillierte Berichte von dieser Konferenz. Wer nimmt teil, worüber wird diskutiert ... Statistiken über Sonnenblumen zum Beispiel. So was wäre prima. Ich weiß, das ist nicht so Ihr Ding. Aber ich dachte, ich schulde Ihnen noch was nach dem letzten Fall. Egal, ich denke, Sie schaffen das, oder? Hier vor Ort sein, alles aufschreiben?«

»Yeah«, sagte Max.

»Fantastisch«, sagte Dunkirk. »Ich hab mich nämlich ziemlich weit aus dem Fenster gelehnt für Sie. Aber wenn Sie das gut machen, könnte es sich für Sie auszahlen. Gewaltig.«

Max brummte etwas. Persimonen. Homer. Lotusesser. Zufrieden auf ihrer Insel, gleichgültig gegenüber dem Rest der Welt. Gemäß einer Theorie – Max erinnerte sich – hatten die Lotusesser keine Blumen, sondern Persimonen gegessen.

»Sehen Sie«, sagte Dunkirk. »Über Grischa gibt es verschiedene Meinungen. Unsere Botschaft in Kiew liebt ihn. Sie wollen ihm um den Hals fallen. Verdammt, sie wollen ihn abknutschen! In Washington ist man sich da nicht so sicher. Dort hat man zum Beispiel Grischas Kriegserklärung an Russland nicht vergessen. Man fürchtet, er könnte wieder so etwas Dummes anstellen. Und dass wir es dann ausbaden müssen.«

Max nickte.

»Also, egal, was man von Konferenzen hält, diese hier findet genau zum richtigen Zeitpunkt statt. Washington braucht Informationen. Material. Und das werden sie von uns bekommen. Schreiben Sie alles auf. Sogar Trilbys Vortrag, wenn es sein muss.«

»Geht klar«, sagte Max.

»Noch eine Sache«, sagte Dunkirk. »Einer unserer Praktikanten ist auch hier nach Odessa gereist. Mark Hope. Politikwissenschaftler, hat im Nebenfach Biologie studiert und dann ein Jahr

an irgendeinem verrückten Genetik-Projekt gearbeitet. Wiederbelebung einer Dinosaurierart. Abgefahrene Sache. Jedenfalls ...«, Dunkirk schob den Schnellhefter zurück auf seine Tischseite,»... bemühen wir uns aktuell, mehr Dampf zu machen bei der Rekrutierung von Wissenschaftlern. Ich will, dass Sie dem jungen Mann zeigen, wo es langgeht. Netter Typ. Vielversprechend.«
»Ich bin nicht gerade ein Vorzeigeagent«, sagte Max.
»Ebendarum«, erwiderte Dunkirk. »Ich will, dass der Junge die Realität kennenlernt. Er soll rausfinden, ob unsere Branche wirklich das Richtige für ihn ist.«
Max machte den Mund auf. Und wieder zu.
»Die Konferenz dauert wie lange? Drei Tage? Ich will, dass Sie danach noch ein paar Tage dranhängen. Den Reiseführer spielen für unseren Praktikanten. Was denken Sie, wird Rose es Ihnen erlauben?«
Er stellte die Frage auf eine dissonante, spaßige Art, die Max zusammenzucken ließ. Rose würde eine Verlängerung dieses Trips gar nicht gefallen. Schon jetzt würde es Max gerade noch so zum Dinner mit Team Anderson schaffen. Ein paar Tage mehr, und Business and Pleasure wäre vom Tisch.
»Ich werde das mit Rose besprechen«, sagte er.
Dunkirk griente. Er stand auf. »Kommen Sie, nehmen Sie den Hinterausgang.«
Dunkirk drückte eine Tür links auf. Sie quietschte metallisch und gab den Blick frei auf ein geteertes Dach. Beim Öffnen der Tür huschte eine kleine gelbe Katze in den Raum. Als hätte sie vor der Tür gewartet. Max spürte ein Kitzeln im Hals, dann eine Welle von Angst. Die Katze sprang hoch auf den Schreibtisch und roch am Schnellhefter.
»Wer bist du denn?«, fragte Dunkirk mit weicher Stimme. »Miezmiez!« Er wandte sich wieder an Max. »Können Sie das Tier nach draußen befördern?«
Max zögerte. Er wollte Dunkirk sagen, dass er gegen Katzen allergisch sei. Er brachte es nicht fertig. Was hatte die Ärztin gesagt? Eins zu hundert? Max beschloss, das Risiko eines anaphylaktischen Schocks einzugehen. Er hielt die Luft an und schnappte sich das

gelbe Kätzchen. Aus irgendeinem Grund hatte er Dunkirks Bootsmagazin mit ins Büro genommen. Jetzt, ohne ersichtlichen Grund außer der heimlichen Freude, etwas mitgehen zu lassen, das Dunkirk vermissen würde, steckte die Zeitschrift noch immer unter Max' linkem Arm. Er hielt Dunkirk die Hand hin.
Der trat einen Schritt zurück, die Handflächen flach, wie um Max den Weg zu versperren. »Lieber nicht«, sagte er. »Ich will keine Würmer kriegen. Oder was immer die kleinen Biester übertragen.«
Max nickte. Das Kitzeln wurde zu einem Kratzen. Sauerstoff. Er bekam nicht genug Sauerstoff. Er trat hinaus auf das brandneue Teerdach. Heiß wie eine Bratpfanne. Er ließ das Kätzchen fallen. Holte tief Luft.
»Am anderen Ende ist eine Feuerleiter«, sagte Dunkirk aus der Türöffnung. »Von dort kommen Sie runter auf den Parkplatz.«
Max nickte. Die Tür fiel mit einem Scheppern hinter ihm zu. Max bekam wieder Luft. Die Teerpappe bedeckte das Dach nicht ganz – als wäre sie den Bauarbeitern ausgegangen, ehe der Job erledigt war – und rollte sich an den Rändern auf. In der Ferne glitzerte das Meer.
Er blickte wieder auf das gelbe Kätzchen. Es schlich an der Mauer entlang. Max wich zurück. Dann, seinen Instinkt ignorierend, ging er auf das Tier zu. Es hielt etwas tot Aussehendes im Maul.
»Was hast du denn da?« fragte Max. Er fühlte das Kitzeln wieder. »Abendbrot?«
Die Katze blitzte Max aus grünen Augen an. Ließ das Ding fallen. Schob es Max entgegen, mit ihrer rosa Nase. Rannte weg. Max bückte sich. Spürte ein Kratzen im Hals. Eine kurze Welle von Übelkeit. Konnte das ...? Er beschloss, dass es nicht wahr sein konnte. Schaute genauer hin. Roch etwas Verwestes. Das Ding war tot. Das Ding war vergammelt. Das Ding war ... von einem Menschen.
Ein Zeh! Von einem Mann. Einem großen Mann. Der große Zeh eines großen Mannes. Grau mit ein bisschen Farbe. Eher Merlot statt Rosé.
Max arbeitete schnell. Mechanisch. Er befühlte seine Jacketttaschen. Die Hotelzimmerkarte aus Plastik. Er schaute sich um. Riss ein Stück Dachpappe ab. Faltete es zu einer Art klebrig-schwarzer

Schaufel. Dachte an das Magazin. Dann nahm er die Zimmerkarte aus seiner Tasche und benutzte sie, um das Ding – den Zeh – behutsam auf das Stück Dachpappe zu schieben. Der Geruch kam in Wellen. Fäulnis. Fäulnis und noch etwas anderes. Max hielt die Luft an. Das Kratzen im Hals war weg. Alter Käse. So roch das Ding. Er ließ es zwischen die Seiten der *Odessa Preview: BOATS!*-Ausgabe gleiten. Den Zeh vorsichtig balancierend, stieg Max die Feuerleiter hinunter. Er fühlte seinen Herzschlag. »Konzentrier dich«, sagte er sich. »Konzentrier dich!«

Er benutzte seine Zimmerkarte, um im Spalt der nächsten Tür herumzufummeln, bis sie aufging. Er war wieder im Hotel. In der Wäschekammer des Gagarin. Es roch frisch hier drin. Nach Waschpulver. Max holte tief Luft. Dann schnappte er sich ein paar Handtücher und stieg die Dienstmädchentreppe hoch zum fünfzehnten Stock.

In der Sicherheit seines Zimmer rief er die Rezeption an. Zog sich in das schneeweiße Badezimmer zurück. Drehte die Dusche auf. Der kleine Raum füllte sich mit Dampf – genug, um eine Kamera zu beschlagen, falls es hier eine gab. Vorsichtig legte Max die Teerpappe auf die Plastikablage unter dem Spiegel. Er nahm ein Handtuch und hielt es unter die Dusche. Wrang es aus und bedeckte damit seine Nase und den Mund. Flach atmend schaltete er das Rasierlicht an: eine grelle LED-Leuchte, rund wie ein Augapfel, am Ende eines beweglichen weißen Tentakels. Max beugte sich über die Teerpappe.

In dem Moment summte ein Buzzer. Max ließ das Handtuch fallen, stellte die Dusche ab. Öffnete die Tür. Ein schlanker junger Mann, fast noch ein Junge, hielt eine Flasche Champagner in der einen und einen Metalleimer in der anderen Hand.

»Prima«, sagte Max. »Eisgekühlt?«

»Mit viel Eis«, sagte der Junge lächelnd. Er bemerkte die aus dem Bad kommenden Dampfschwaden. »Wollen Sie duschen? Sie müssen das Wasser voll aufdrehen. Zwanzig, fünfundzwanzig Minuten, dann kühlt es ab.«

»Aha«, sagte Max. »Die Rezeptionistin hat mir gesagt, ich soll das Wasser abstellen und es in zwanzig Minuten noch einmal versuchen.«

»Das sagen sie immer. Aber so kommen Sie nie zu Ihrer Dusche. Der Boiler muss sich erst abkühlen. Die Rohrleitungen sind durch den Arsch.«

Max grinste. »Durch den Arsch« war ein russischer Ausdruck, der so viel hieß wie »etwas schlampig erledigen«. Max mochte den Ausdruck. Er selbst hatte viele Aufgaben durch den Arsch absolviert.

Er gab dem Jungen ein Trinkgeld. Ging wieder ins Bad und drehte die Dusche auf. Legte sich das nasse Handtuch über die Nase. Justierte das Rasierlicht. Sein Herz flatterte wie ein Kolibri. Das könnte sie sein, dachte er. Seine große Chance. Er zog das Rasierlicht näher heran. Keine Frage: Im grellen Lichtschein lag, zweifellos, ein rechter großer Zeh, der einst zu einem Mann gehört hatte. Von der flachen, schmutzigen Oberseite, von dem breiten Nagel bist fast zu der Stelle, an der der Zeh abgetrennt worden war, verlief ein dunkelrotes Mal. Weinfarben. In der Form Floridas.

»Ganz ruhig, Maxiboy«, sagte er sich. »Atme!«

Er atmete. Fühlte, wie sein Herz langsamer schlug, nur ein bisschen. Trotzdem war es ihm klar, mit jeder Faser seines Körpers war es ihm klar: Er hatte etwas gefunden. Etwas Wichtiges. Er betrachtete den grau-roten Zeh. Alles, was er jetzt brauchte, war ein Kühlschrank.

Ein paar Telefonate später schlüpfte Max wieder zurück in die Lobby. In der Ecke mit dem Ficus geriet er mitten in einen Empfang der Konferenzteilnehmer.

»Einer. Meiner. Lieblings…« sagte Trilby, nach jedem Wort eine Pause lassend, wie er es immer tat, wenn er sich die Aufmerksamkeit einer Gruppe sichern wollte, »…trinksprüche.«

Jemand drückte Max ein eiskaltes Glas Wodka in die Hand. Max blickte hoch und sah in ein Lächeln wie aus einer Werbung für Zahnpasta. Es gehörte zu einem dunkelhaarigen Jungen mit strahlenden Augen, der einen billigen Anzug trug. Max brummte ein Dankeschön.

Der Junge kam dicht an ihn heran, flüsterte: »Mark Hope«, nickte begeistert und reichte Max eine Visitenkarte. Dann wandte er sich wieder Trilby zu.

Beinahe widerwillig – Max kannte den Trinkspruch schon von anderen Konferenzen, aus anderen, schäbigeren Hotels und anderen, aussichtsreicheren Jahrzehnten – richtete er seine Aufmerksamkeit ebenfalls auf Trilby.
»Aus der ...«, trällerte Trilby, noch immer in seinen lächerlichen Trenchcoat gekleidet, »... guten alten Zeit!«
Mit seinen kurzen, dicken Fingern hielt Trilby sein Wodkaglas, und der kleine Männerzirkel um ihn herum tat es ihm gleich. Die schwitzenden Gläser in Brusthöhe haltend warteten sie. Das Bleikristall fing das grelle Licht der Hotellobby.
Trilbys Stimme nahm einen tieferen, angenehm schelmischen Ton an. Er hob das Glas. »Gentlemen, nichts bleibt im Glas, nichts bleibt im Mund. Auf die Schwarzmeerflotte!«, rief er. »Bis auf den Grund!«

TEIL 2

*Ich bin ein Sohn der Zeit,
in der wir alles hatten, Elend und Glanz,
ich kenne Schmutz und Licht:
Ihr Sohn bin ich und lieb auch ihre Schatten,
ihr ganzes Gift lieb ich.*

Wladimir Jabotinsky, *Die Fünf*

10

Der Strand war kein Ort für Mister Smiley. Er war etwas für Loser, für Einzelgänger, für Katzen, die nicht dazugehörten. Sie streunten in den frühen Morgenstunden dort herum und holten sich, was die Tauben übrig gelassen hatten. Ein armseliges Dasein. Aber sie konnten nützlich sein, diese Verlierer und Eigenbrötler. Einer von ihnen war zu Mister Smileys Domizil gekommen, im Hinterhof der Polizeiwache. Ein trauriges, dürres Exemplar mit schmutzigem kamelbraunem Fell, das der Meereswind zerzaust hatte. Den Nacken vor Ehrfurcht gekrümmt hatte dieser Abschaum von einem Strandkater seinen Bericht abgeliefert. Über ein rätselhaftes Objekt.

»Weder Fisch noch Vogel«, hatte der Strandkater gesagt.

Mister Smiley hörte zu, mit seinen Pfoten tretend. Der Strandkater zitterte. Er war hungrig, das sah Mister Smiley ihm an. Welcher Strand, wollte er wissen.

»Nemo«, erwiderte der Strandkater.

Mister Smileys Krallen stoppten mitten im Treteln. Der Nemo-Strand lag der Stadt am nächsten, nur wenige Schritte vom Zentrum entfernt. Brechend voll im Sommer. Touristen und Ratten. Fischschwänze, gesalzen, gebraten. Nemo! Das war Simas Strand, dort badete sie gegen Mitternacht, wenn sie das Restaurant geschlossen hatte. Natürlich war sie seit dem Bombenanschlag nicht mehr baden gewesen. Sie hatte noch nicht wieder Lust dazu. Die Bombe hatte sie nicht verletzt, aber ein wenig erschüttert.

»Wann?«, fragte Mister Smiley.

Der Strandkater zitterte erneut. »Zum ersten Mal vor einer Woche«, sagte er. »Danach wurde noch so ein *Ding* angespült. Und dann noch eins.«

Mister Smiley hörte ganz auf zu treteln. Er dankte dem Strandkater, schenkte ihm eine glitzernde rohe Sardine. Der Kater verschlang den Fisch vor Mister Smileys Augen; in seinem blutenden Zahnfleisch blieben silbrige Schuppen stecken.

Katzen haben einen Riecher für Dinge, die verflucht sind. Etwas sagte Mister Smiley, dass die »Dinger«, von denen der erbärmliche Strandkater erzählt hatte, Unglück brachten. Simotschka durfte sie nicht zufällig finden. Vielleicht war es aber auch schon zu spät, und die Neuigkeit hatte sich längst verbreitet. Dem erbärmlichen Strandkater zufolge hatte sich ein kleines goldenes Hauskätzchen – die verwöhnte Jugend aus den Villen entlang der Küste – in genau der Nacht am Strand herumgetrieben, als jenes Ding, das wie ein Zeh aussah, angespült wurde. Das Goldkätzchen sei zu flink für ihn gewesen, hatte der erbärmliche Strandkater gesagt und vor Scham den Kopf sinken lassen. Das reiche Kätzchen hätte sich den Zeh geschnappt.

Nun, das konnte Mister Smiley regeln, falls es zum Problem wurde. Diese verzogenen, gelangweilten Bälger, denen die Katzenminze zu den Ohren herauskam ... Ein Schlag ins Genick, und das Kätzchen würde zerkrümeln. Es würde alles tun, was Mister Smiley verlangte.

In dieser Nacht wartete Mister Smiley bis in die frühen Morgenstunden – ein gefährlicher Moment, in dem Tod und Verrat schwerer als sonst über der Stadt hingen, das wussten die Katzen –, dann machte er sich auf den dunklen, unterirdischen Weg zum Nemo-Strand.

Er lief im feuchten Sand hin und her. Jenseits der Meergeräusche konnte er die klagenden Rufe der Delfine hören. Sie waren in ein miserables Becken gesperrt, das zu einem übel riechenden neuen Hotel gehörte (Holzspäne und Asbest), und mussten mehrmals am Tag vor Touristen ihre Künste zeigen. Die Menschen nannten dieses Gefängnis *Delfinarium*. In großen blauen Buchstaben geschrieben, mit bestem Meerblick. Eine Warnung an die Geschöpfe, die noch frei in der See schwammen.

Mister Smiley leckte sich das Maul. Hätte er mehr Zeit und ein paar Helfer, würde er gern ein oder zwei von den armen Delfinen befreien. Hehe.

Er wurde ernst. So ein Delfin wäre ein exzellenter Katzenschmaus für das nächste Treffen der Bosse. Sie kamen regelmäßig zusammen aus den Nachbarregionen: Transnistrien, Bessarabien. Man musste sie stets verköstigen, das Mahl bewies, wie mächtig man war ... Selbstverständlich war die Logistik zu bedenken. Wie viele Katzen brauchte man, um einen Delfinkadaver zu transportieren?

Mister Smiley erschrak. Jemand näherte sich in der Dunkelheit.

11

Über dem Schwarzen Meer dämmerte der Morgen. Grünes Licht riss den Horizont auf, trieb einen Keil zwischen den dunklen Himmel und die finstere See. Rodion lief zum Wasser. Er hatte seine Schuhe ausgezogen und trug sie. Er spürte den feuchten kühlen Sand zwischen den Zehen. Die ganze Nacht lang hatte er gearbeitet. Schon wieder. Nun, er war eben am liebsten nachts im Labor. Er liebte die Stille. Und ihm war eine Art Durchbruch geglückt. Zur Belohnung war er kurz entschlossen zum Strand gekommen. Er zog sich aus. Weißes T-Shirt, schwarze Röhrenjeans. Keine Unterhose. Er hatte keine Zeit zum Wäschewaschen. Er war ein gut aussehender junger Mann. Fünfundzwanzig. Groß, mit der Statur eines Schwimmers. Starke, breite Schultern. Schmale Hüften. Sein Rücken war komplett tätowiert. Ein grüner Teich mit blassrosa Blüten. Seerosen. Rodions blonde Haare waren zum Zopf gebunden. Er löste den Gummi, und die Haare fielen ihm über die Schultern. Mädchen hassten seine Frisur. Er hatte gerade nicht viel Zeit für Mädchen. Bald jedoch würde er heiraten müssen. Ehe er zu alt wurde. Aber heute noch nicht. Heute fing eben erst an. Rodion streckte seine starken, blassen Arme himmelwärts und gähnte.

Er hatte nicht zum ersten Mal die Nacht durchgemacht. Schlaflosigkeit war für ihn keine Ausnahme mehr, sondern die Regel, seit Felix ihn kontaktiert und ihm die von ihm entdeckten Pläne gezeigt hatte. Aber den Job im Café konnte Rodion nicht aufgeben. Schließlich musste er immer noch Geld verdienen! Mit einem winzigen Stich des Bedauerns dachte er an seine alte Jupiter 5. Er hatte das Motorrad geliebt. Aber letztes Jahr, als seine Familie Geld brauchte – seine noch junge Mutter, die ihn über die Maßen liebte, und sein zehnjähriger Bruder –, hatte er die Maschine verkauft.

Nun schaute er zu, wie das Meer erst grau wurde und dann silbrig, als die Sonne aufging, ein blasser, rosiger Ball. Rodion plante seinen Tag. Zuerst schwimmen. Dann der Markt für exotische Tiere. Dann zum Coffeeshop.

Ach ja, der Coffeeshop. Café Delicious. Seit Rodions Geschäftspartner Felix seine Wahnsinnsentdeckung gemacht und das Labor eingerichtet hatte, wollte er, dass Rodion im Café aufhörte. Rodion hatte zur Antwort gegeben, er werde sich das überlegen, sobald sie das erste Geld verdienten.

Doch in Wahrheit liebte er das Café. Er fand dort, was er in den Jahren seines Biologiestudiums vermisst hatte. Er hatte die Leute an der Uni gemocht. Er mochte Menschen im Allgemeinen. Tote Frösche und Kühe und Leichen und Computer – sie waren interessant. Rodion kam gut mit ihnen klar. Aber es gab nichts Besseres, als einen perfekten Cappuccino aufzuschäumen und einem hübschen Mädchen zu servieren. Er war gerade dabei, Sex für sich zu entdecken. Nicht, dass er noch keinen Sex gehabt hätte. Natürlich hatte er das. Aber es hatte ihn nicht begeistert. Seit er im Café arbeitete – wo er die Wände in einem satten, rauchigen Lavendelton gestrichen hatte und täglich frische Blumen auf die Tische stellte, passend zur Wandfarbe –, hatte sich auch die Bedeutung von Sex für ihn geändert. Er fand heraus, dass er auf Frauen attraktiv wirkte. Und sie wurden immer attraktiver für ihn.

Jetzt hielt er seine schwarze Jeans hoch und zog einen kleinen, muschelförmigen Gegenstand aus der Tasche. Er ließ die Jeans und seine restlichen Sachen fallen. Lief vor zum Wasser. Im Dämmerlicht warf er einen kurzen Blick auf das Objekt in seiner Hand. Das weinfarbene Muttermal missfiel seinem Künstlergeist. Etwas stimmte nicht. Er hatte die Anleitung genau studiert, doch dann war ihm klar geworden, dass ein entscheidender Schritt fehlte. Es musste noch eine weitere Seite geben. Felix hatte nicht alles gefunden.

Rodion blickte wieder nach unten. Sein Werk wegzuwerfen, war natürlich ein Jammer. Aber wenn Felix von Rodions kleinen Experimenten erfuhr, wäre er wütend. Nein, nein. Es war besser, erst die Technik zu entwickeln und dann die Ergebnisse vorzuzeigen. Dann würde Felix verstehen. Und er würde wissen, was als Nächstes zu tun war. Wie man die Sache vermarkten musste. Doch zunächst musste Felix noch einmal ins Archiv gehen und versuchen, die fehlende fünfte Seite zu finden.

Rodion schaute die weiche Muschelform in seiner Hand an. Schwang seinen langen, starken Arm nach hinten und warf das Ding weg, weit weg. Ins Wasser. Sicherer als in den Müll. Irgendein Fisch würde es fressen. Er bückte sich, spülte seine Hände ab in den sanften kleinen Wellen. Dann stand er auf. Lief ins Wasser. Als es ihm bis zu den Knien reichte, blieb er stehen. Hechtete hinein. Das Wasser war grau und nahm ihn auf. Kalt. Sein ganzer Körper fühlte es mit einem Mal: Schock, Freude. Rodion war lebendig! Lebendig, lebendig, lebendig! Er war lebendig! Er machte lange, sichere Züge unter der Oberfläche, bis seine Lungen brannten. Dann schoss er nach oben. Holte tief Luft. Starrte fasziniert auf die Stadt, die im ersten Licht des neuen Tages zu glitzern begann wie eine riesige Sandburg. Er war lebendig, lebendig, lebendig! Rodion war nackt, nackt, nackt und lebendig!

12

Max fragte sich, ob er gestorben war. Er fühlte, wie das weiße Bett schwebte und schaukelte, hoch über den blassen, frühmorgendlichen Wassern des Schwarzen Meeres. Er selbst schwebte auch. Wie ein himmlisches Geschöpf. Vielleicht ein Engel? Oder etwas Organischeres. Ein Vogel, eine Möwe, mitten in der Luft, die Flügel ausgebreitet, aber nicht von der Stelle kommend ... Er bewegte seinen Kopf ein kleines Stück auf dem Kissen. Der Schmerz schlug zu wie ein herabfallender Hammer. Schoss in den Schädel. Stach in Max' Adamsapfel, löste eine Welle von Übelkeit aus. Jagte weiter in schwindelerregendem Tempo, um in die Magengrube zu hauen. Max stöhnte aus ganzer Seele.

Sein Bauch. Jemand hatte seinen Magen über Nacht mit Säure verätzt. Wer? Bestimmt konnte er sich erinnern. Er musste sich nur konzentrieren. Noch ein Schlag mit dem Hammer. Konzentriere dich! Weiße Lobby. Dunkle Anzüge. Wodka. Trilby, einen Toast sprechend. Max fluchte.

Trilby! Natürlich. Jedes Mal! Jedes Mal passierte ihm das mit Trilby. Max versuchte, seine Augen in der fragilen Morgendämmerung zu öffnen. Das tat weh. Er schloss sie wieder. Die vergangene Nacht sickerte zurück in sein Gedächtnis ...

In der weißen Lobby gab Trilby seine alte Story zum Besten.

»Um einen Russen im Saufen zu schlagen«, sagte er in seinem vorgetäuschten Akzent, »müsst ihr euren Körper richtig *spüren*.«

An diesem Punkt der Geschichte machte Trilby wie gewöhnlich seine Glotzaugen zu. Er richtete seinen Blick hinter den Lupengläsern seiner Brille nach innen, wie eine Art Wodka-Buddha.

»Fühle«, rief er, »dich selbst!«

Alle Männer, besonders aber die jüngeren, hielten die Luft an. Gebannt.

Mit einem kleinen Kopfschütteln schlug Trilby die Augen wieder auf. Steckte seine kalte Pfeife zwischen die Lippen. Schaute allen in der Runde, einem nach dem anderen, ins Gesicht.

»Ich sage euch, woher ich das weiß«, ließ Trilby hören, wie auf ein Stichwort. »Einmal, vor vielen Jahren, war ich zu einem Dinner eingeladen. Alles hochrangige KGB-Leute am Tisch. Sie schenkten Wodka aus. Sahen mich an. Sehr skeptisch. Der Oberst an der Stirnseite des Tisches sagte: ›Bitte, seien Sie vorsichtig.‹ Ich lächelte und bedankte mich bei ihm für sein Zartgefühl. Und dann fing ich an, sie unter den Tisch zu trinken. Bis. Zum. Letzten. Mann.«

Trilby hielt inne, starrte auf seine kalte Pfeife.

»Hinterher«, sagte er strahlend, »oh ja! Sie waren alle überzeugt, dass ich vom MI6 sein müsse. Von *sehr* weit oben.«

Max verzog das Gesicht. Er bezweifelte die Wahrheit dieser Geschichte keineswegs. Vielleicht stachelte sie deshalb seinen Ehrgeiz an. Jedes. Mal. Aufs. Neue.

Was war danach passiert? Trilby hatte über die Sprengstoffanschläge in Odessa geredet. Max hatte die Meldung ebenfalls gelesen. Das Restaurant Angelina war der dreizehnte Ort in ebenso vielen Monaten. Bis jetzt war niemand verletzt worden, obwohl diesmal eine junge Frau gerade so davongekommen war. Die Ziele der Anschläge schienen politisch zu sein: eine Sammelstelle für Winterkleidung für ukrainische Soldaten, die im Osten kämpften, das Ortsbüro des ukrainischen Geheimdienstes, die Stadtwohnung des lautstark proukrainischen Dichters Yefim Fischmann ...

Dieser Anschlag hatte Max erschreckt! Er kannte Fimka Fischmann, mochte ihn ... Gott sei Dank war niemand verletzt worden ...

»Russen«, hatte Trilby selbstbewusst behauptet. »Russischer Geheimdienst, eindeutig. Wirklich, die Russen – das ist wie bei Dostojewski. Sie begehen das perfekte Verbrechen und können der Versuchung nicht widerstehen, zum Tatort zurückzukehren.«

Ein Botschafter aus einem der Olivenölländer der EU, mit roter Seidenfliege, versuchte zu widersprechen: Spielten die Russen nicht exzellent Schach?

»Nein, nein, nein«, sagte Trilby. »Ihre Handschrift ist deutlich zu lesen. Man könnte sie innerhalb von zwölf Stunden überführen, wenn man richtig nachforschen würde.«

Der Kreis löste sich auf. Mark Hope verabschiedete sich. Es war ihm eine Ehre, Max kennenzulernen. Aber jetzt musste er ins Bett. Er wollte morgen früh frisch sein.

»Alles klar«, sagte Max, »gute Idee.« Einer der in Odessa lebenden Expats bekam einen Anruf und sollte heim zu seiner Frau. »Sie war mal sowjetische Meisterin im Fechten«, sagte er traurig.

Und dann ... Oh nein, dachte Max. Oh nein. Er erinnerte sich an eine britische Pfundmünze, die in die Luft flog. Ein silbernes Funkeln. Die Münze gab der Schwerkraft nach. Noch drehte sie sich in der Luft wie eine Zirkusartistin. Kopf oder Zahl. Zahl oder Kopf. Wer hatte gewonnen? Max konnte sich nicht erinnern. Es war auch nicht wirklich wichtig: Er und Trilby waren gleichermaßen fähig, den Schnapsschrank in der Lobbybar zu knacken. Der Barkeeper hatte längst Feierabend gemacht.

Jetzt, in der Gegenwart, wurde Max auf einen fauligen, leicht käsigen Geruch aufmerksam. Der Geruch kroch durch das Zimmer. Er nistete in jeder Ecke, klebte in jeder Falte der Bettdecke, der Vorhänge, der Haut. Ein anderes, noch seltsameres Bild schwappte an die Oberfläche des wild wellenden Flusses von Max' Bewusstsein, begleitet von einem widerlichen Gefühl. Er hatte etwas vergessen. Etwas Wichtiges. Seine große Chance! Er hatte sie verpasst.

Aber natürlich! Er rollte auf die Seite und sah den Champagnerkühler. In einem Pool aus Eiswasser, zwischen glasigen Splittern, die einmal Eiswürfel gewesen waren, schwamm die hoteleigene Duschkappe. Sie war an den Enden verknotet. Ein wenig Wasser war eingedrungen. Die Kappe enthielt, Max erinnerte sich, einen gräulich verfärbten, aufgedunsenen menschlichen Zeh. Mit einem weinroten Fleck in der Form Floridas. Trotz Max' Zustand machte sein Herz bei dem Gedanken einen kleinen Sprung.

Max quälte sich hoch. Sah auf die Uhr. Okay, okay, okay. Er war nicht in der Form seines Lebens. Aber er war auch nicht zu spät dran. Er erlaubte sich fünf Minuten. Fünf Minuten, dann würde er aufstehen. In der Zwischenzeit legte er sich wieder hin. Schloss die Augen. Vor seinem inneren Auge lief die letzte Nacht ab. Bis zum bitteren Ende.

... die Ecke mit dem Ficus. Eine neue Flasche schwitzte in der Dunkelheit. Ein Schweißring auf dem niedrigen weißen Tisch. Und dann? ... Und dann hatte Max, närrisch, wie er war, Trilby zu einem Saufwettbewerb herausgefordert. Bis auf den Grund.

13

Luddy schreckte wieder hoch. Geschirr klapperte in der Gemeinschaftsküche. Immer noch? Schon wieder? Er machte ein Auge auf. Lugte runter zu seinen Händen. Blinzelte. Kein Zittern. KeinZitternkeinZittern.
IchbineinRockstarIchbineinRockstarIchbineinRockstar.
Luddy schaute sich im grünen Zimmer um. Das brutal pinke Licht von gegenüber. NichtimKnastNichtimKnastNichtimKnast. Er presste seine Lider wieder zu. Hob die Fäuste. Schlug sich auf die Brust.
Fünfzehn Jahre hinter Gittern. Jesus fucking Christ. Der Einzige, der ihn besuchen kam, war Sergej Saubermann. Mit dem Meth fing Luddy nach ein paar Jahren an. Wenn er es auftreiben konnte. Meistens konnte er das. Jetzt wollte er loskommen davon. Aber er zitterte. Bekam Panik. Nahm ab.
IchbineinRockstarIchbineinRockstar.
Am Tag seiner Entlassung richtete sich Luddy in einem grünbraunen Einzimmer-Shithole in South Beach ein. Jede Nacht zog er die grün-braunen Vorhänge zu und surfte im Netz, wie er es im Computerkurs im Gefängnis gelernt hatte. Irgendein Gutmensch hatte dem Entlassungsprogramm der Anstalt einen Haufen alte schwarze IBM Laptops geschenkt. Das hieß, Luddy konnte nun Tag und Nacht surfen. Keine Vierzig-Minuten-Slots mehr, wie er sie aus dem Knast kannte. Er hatte zehntausend Dollar auf dem Bankkonto – ehrliche verdiente Ersparnisse von Weekend at Bernie's –, und jetzt brauchte er einen neuen Plan.
Zuerst recherchierte er, wenn er sich nicht gerade Meth reinzog. Meistens Pornos. Schließlich war er noch immer Geschäftsmann. Die Branche hatte sich in den letzten fünfzehn Jahren weiterentwickelt. Luddy glaubte, er könne vielleicht einen neuen Stripclub aufmachen. Viel Geld war da nicht drin, aber besser als nichts. Er musste sich über die neuesten Trends informieren. Was wollten Männer? Wonach sehnten sie sich?

Um ehrlich zu sein: Manches von dem, was er fand, schockierte ihn. Echt perverses Zeug! Wo war der normal geile Kerl geblieben, der von einer Frau nur das Übliche wollte? In jener Nacht gab Luddy ein ganzes Wochenbudget für eine Flasche Johnnie Walker Black Label aus. Goss sich einen hübschen, reichlichen Drink ein. Machte den Laptop wieder an. Beschloss, dass er verdammt noch mal ein bisschen Russisch hören wollte.

Er stöberte eine Zeit lang im Netz herum. In seiner alten Heimat passierte alles Mögliche. Gentherapien. Fötale Stammzellinjektionen. Damit konnte man Wirbelsäulenschäden, Leberkrankheiten und Alterserscheinungen heilen. Unreguliert, ohne Probleme. Die Weicheier in Amerika mussten immer erst für alles eine Erlaubnis einholen. Die Ukrainer machten einfach. Sie waren Macher. Luddy war auch ein Macher.

IchbineinRockstarIchbineinRockstar.

Und genau da passierte es. Ein Video ploppte auf. Irgendein Werbeclip. Luddy sah, wie ein junger blonder Kerl, groß und kräftig, mit strahlend blauen Augen – ein echter Kosake-aus-der-Steppe-Typ, dachte Luddy –, auf dem Bildschirm erschien. Er trug einen Laborkittel, wie ein Kostüm. Seine langen Haare waren zum Zopf gebunden, und man konnte die Ranken von ein paar tätowierten Blumen erkennen, die an seinem Halsrand hervorlugten.

Eine Sprecherstimme sagte: »Die Ukraine ist Weltmarktführer in der legalen Herstellung von Körperteilen.« Die Kamera schwenkte über ein Tablett mit Augäpfeln. »Überzeugen Sie sich selbst. EASY ETERNITY.«

Ein anderer blonder Youngster gesellte sich zu dem Kosaken. Er war fülliger und hatte eine Stupsnase. Wie ein Schweinchen. Roter Schlips. In seinem Ohr steckte eins von diesen schwarzen Plastikdingern. Wie hießen die noch? Bluetooth-Kopfhörer? Genau, so sah es aus, ein blaues Lämpchen blinkte in dem Ding. Der Junge sah aus wie ein saublödes idiotisches Schweinchen.

»Rufen Sie uns an«, sagte das Schweinchen.

Am unteren Bildschirmrand stand eine Telefonnummer. Luddy goss sich noch einen Drink ein. Er stand auf und ging zu den grünbraunen Vorhängen. Zog sie auf, nur ein Stückchen. Sonnenaufgang über Miami. In Ordnung. Luddy trank seinen Whisky. Dann wählte er die Nummer.

Der Kosake sei nicht erreichbar, sagte die strenge Stimme eines jungen Mannes. »Sie müssen mit mir sprechen«, sagte die Stimme. Sein Name sei Felix, er kümmere sich um das Geschäftliche, und er habe ein sehr interessantes Angebot für einen seriösen amerikanischen Investor.

14

Tagesanbruch. Auf dem Parkplatz vor dem Hotel stieg der Morgendunst auf. Hüllte Max ein. Warm, sanft, feucht.

Max stieg eine schmale, holprige Betontreppe hinunter, vorbei an brüchigen Fundamenten geplanter Neubauten. Er ging vorsichtig auf dem Fußweg weiter.

An einem Kreisverkehr erhob sich ein grauer Steinobelisk. Stach in den grauen Himmel. *VIERZEHN* stand darauf. Für den vierzehnten April 1944: den Tag, an dem die Rumänen, welche Odessa besetzt hatten, aus der Stadt abzogen. Sie hatten mit den Nazis paktiert; die Odessiten waren froh, sie los zu sein.

Max bückte sich, die Hände auf den Knien. Schöpfte Atem. Zwei riesige Schiffsanker lehnten am Sockel des Obelisken. Überall in Odessa gab es Anker. Als müssten sie die Stadt vor dem Davonschwimmen bewahren ...

Max richtete sich wieder auf. Hielt einen Arm raus. Mit einem lauten Quietschen kam ein Lada zum Stehen. Max erwischte den klapprigen Türgriff. Beugte sich vor. Der Fahrer war kräftig und gedrungen. Bürstenhaarschnitt, ein Veilchen, die Wange blutete noch ... Ein Mann, dessen letzte Schlägerei nicht Tage, sondern Stunden zurücklag. Max wog ab. Fifty-fifty, entschied er. Entweder der Kerl war gewalttätig und schon wieder heiß auf einen Kampf, oder er war ein Sweetheart.

Max blickte auf die Sporttasche in seiner Hand. Der Zeh war in eine frische Duschkappe gewickelt, gefolgt von mehreren Handtüchern, die Max mit Hotelshampoo und seinem eigenen Rasierwasser getränkt hatte. Trotzdem meinte er, noch etwas Verfaultes zu riechen. Er blickte den Fahrer an, dessen Nase platt gedrückt war wie die eines Boxers.

»Zum Bahnhof«, sagte Max.

Der Boxer brummte zustimmend. Sie rasten in den Kreisverkehr. Max kippte mit seinem Gewicht gegen die Autotür. Einen verwirrenden Moment lang schien sein Magen nicht hinterherzukommen;

er war noch irgendwo beim Obelisken. Mit einem Ruck fand das Auto zurück in die Gerade. Max holte tief Luft.

»Pole?«, fragte der Boxer. Seine Stimme war tief und rau. Max vermutete, dass der Mann genauso verkatert war wie er selbst. Er antwortete vorsichtig. Wappnete sich für einen Kinnhaken. »Amerikaner.«

Der Boxer strahlte. »Ah!«, sagte er, und auf seinem ramponierten Gesicht breitete sich ein Lächeln aus.

Max entspannte sich. Ein Sweetheart also. Der Boxer zuckte vor Schmerz zusammen – das Lächeln hatte seine blutende Wange erreicht.

»Unsere Stadt, müssen Sie wissen, ist ein kleines Amerika! Das war schon immer so, von Anfang an. Griechen, Franzosen, Italiener, Juden – alle sind hier willkommen!«

Ein lautes, hässliches Knirschen. Max glaubte, sie hätten einen Unfall gebaut. Aber es war nur ein Schlagloch.

»... absolut weltoffen!«, sagte der Boxer, als sein Lada über die Pflastersteine des Französischen Boulevards rollte.

Der Bau einer orthodoxen Kirche ragte seltsam halb fertig im Licht vor ihnen herauf.

»Wenn du Russe bist, bist du willkommen. Oder du, ein Amerikaner. Willkommen!«

»Danke«, sagte Max.

Sie hatten die Sanatorien erreicht: ein Dutzend Bauten aus der Breschnew-Zeit, in denen man sich der sowjetischen Gesundheit und Erholung widmete, fußläufig zum Ufer des Schwarzen Meeres. Ein dichter Akazienhain tauchte am Straßenrand auf. Eine Tramhaltestelle mit dem Schild *Sanatorium Russland*. Jemand hatte das Wort *Russland* mit einem Filzstift durchgestrichen.

Max fragte den Boxer, ob noch Touristen aus Russland nach Odessa kämen.

Der Mann schüttelte den Kopf, während er seinen Wagen in eine Kurve legte wie in der Achterbahn. »Dieser Krieg ist eine Katastrophe!«, sagte er. »Odessa ist eine Touristenstadt! Russen, Europäer ... sie gucken Fernsehen, sehen die Ukraine, Explosionen, Schießereien, Bomben, und sie denken, das alles passiert hier bei uns! Aber in Wahrheit sind die Kämpfe ganz weit im Osten. Bei uns ist es absolut sicher.«

Max hielt sich am Armaturenbrett fest, während das Auto schlingerte.

Jedenfalls, erzählte der Fahrer, habe sich die Lage für Odessa verbessert, seit die Russen die Krim geklaut hatten. »Jetzt kann keiner mehr auf der Krim Urlaub machen, also kommt die ganze Ukraine zu uns!«

Max nickte. »Und was ist mit den Bombenanschlägen?«, fragte er. »Sind sie ein Problem?«

Der Boxer winkte mit seiner fleischigen Hand ab. »Kein Ding! Niemand wurde verletzt.«

Sie fuhren schweigend weiter. Reihen alter Ahornbäume neigten sich über den Französischen Boulevard. Blätter fielen herab. Wie Hände, die zugreifen wollen. Max dachte an Fimka Fischmanns surreales Online-Tagebuch, in dem die Nachricht vom aktuellen Anschlag auf poetische Weise interpretiert wurde: ein explosiver Streit zwischen der bekannten Köchin Angelina und diversen Teufeln. »Ausgeschnurrt der Hölle«, um es mit den Worten von Miss Kitty zu sagen, der einzigen zuverlässigen Erzählerin in ganz Odessa.

»Sie müssen unsere Geschichte verstehen«, sagte der Boxer. »Odessa ist nicht die Ukraine. Und es ist auch nicht Russland.«

Das Auto schlingerte wieder. Eine Welle von Übelkeit stieg in Max hoch, aus der tiefsten Senke seines Wesens.

»Odessa ist der Ort, an dem die Unabhängigkeit geboren wurde. Das freie Griechenland, das moderne Bulgarien, Israel – alle haben hier ihren Ursprung.«

Sie fuhren durch ein riesiges Schlagloch. Vor ihnen erhob sich eine Gruppe von Zwiebeltürmen, schwarz wie ein Scherenschnitt vor dem Morgenhimmel.

»Also ist Odessa eine Brutstätte ...«, sagte Max und zwang seinen Brechreiz mit einem tiefen Atemzug wieder dorthin zurück, woher er gekommen war, »... der Revolution.«

Das gefiel dem Boxer. »Eine Brutstätte der Revolution!« Er grinste. Seine Lippe platzte auf und fing zu bluten an. Er wischte das Blut mit einem schmutzigen Taschentuch ab. »Und ein schöner Ort für den Sommerurlaub.«

15

Der King erwachte mit Tränen in seinem guten Auge. Er spürte ein Schaukeln: vor und zurück, hoch und runter. Im Halbschlaf glaubte er, tief, sehr tief unter Wasser zu sein. Aber es war kein Wasser, es waren Erinnerungen, die sehr weit zurückreichten. Das sanfte Schaukeln einer Zeit vor dem Bewusstsein. Schaukeln, schaukeln. Erinnerungen, von denen er nicht gewusst hatte, dass er sie besaß. Trockene, liebevolle Hände. Dunkle, warme Augen. Seine Mutter. Der frische Geruch von Wäsche, die im Hof zwischen Weintrauben hing. Sie wohnten in der Moldawanka, Odessas ärmstem Viertel, zusammen mit den Verbrechern. Das hatte sich nicht geändert, seit Babels Zeiten ...

Der alte Mann erwachte. Er erinnerte sich, wie ihm die schnatternde alte Großmutter Geschichten erzählte, wieder und wieder, von Benja Krik. Benja, der König, der berühmteste Gauner Odessas. Mit einem Herz aus Gold. Als Junge konnte der King nicht genug kriegen von Benja Krik und seinen Tricks. Nie wäre er darauf gekommen, dass dieser Benja Krik aus der Moldawanka erfunden war, kein echter Mensch, sondern der Fantasie von Isaak Babel entsprungen ...

Das Schaukeln ging weiter, und der alte Mann driftete wieder in einen traumähnlichen Zustand. Er sank, sank tief. Eine Welle herrlicher Traurigkeit, die auch Freude hätte sein können, erfasste ihn plötzlich. Ihre Stimme! Die Stimme seiner Mutter. Besänftigend. Sprudelnd. Eine Sprache, die er damals verstand.

»Angelito«, sagte die Mutter, und der alte Mann konnte ihre Arme fühlen, die sie um ihn schlang. »Angelito mío!«

Das Schaukeln ging weiter, und der King schlief langsam wieder ein.

16

Der Bahnhof war voller Menschen, trotz der frühen Stunde. Unter den hohen Torbögen eines großen Imperiums zogen Touristenfamilien kleine Koffer von hier nach da. Arme und Beine nackt, gesund. Für den Strand gekleidet. Helle Farben, Matrosenstreifen. Blass oder gebräunt, frisch angereist oder auf dem Heimweg. In der Bahnhofshalle schliefen hübsche junge Mütter und sonnenverwöhnte Kinder tief und fest auf dem Boden.

Max ging ins Bahnhofscafé. Es hatte eine hohe, blassgrüne Decke und ein buntes Angebot im Neonlicht: in Plastik verpackte Backwaren, Kekse und verwelkte Salate. Max bestellte Kaffee. Trug den kleinen Pappbecher zu einem Tisch. Beobachtete, wie sich der Himmel vor den Fenstern veränderte. Rot mit einem Schuss von sattem Gelb. Die Stadt war ein Schatten. Zwiebeltürme und Stromleitungen. Der Kaffee schmeckte wie der Pappbecher, in dem er serviert wurde. Max trank ihn trotzdem. Er fühlte sich ein wenig besser.

Der Himmel wurde weicher und heller: von Rot zu Rosa, dann Blassrosa, dann Weiß. Als ein Hauch von Blau zu sehen war, lief Max nach draußen zu den Bahnsteigen. Er wartete, bis der Nachtzug aus Kiew einfuhr, und ging dann den Bahnsteig entlang, als wollte er jemanden abholen.

Die Sporttasche unter dem Arm mischte er sich unter die Ankömmlinge aus Kiew. Blumen, Luftballons, Umarmungen, Gratulanten. Die Ausgestiegenen lachten, als bohrten sie ihre Zehen schon in den Sand. Max schulterte die Sporttasche. Er sah eine junge Frau in einem pinkfarbenen Kleid. Winkte ihr. Die dunklen Augen der jungen Frau leuchteten auf.

»Natascha!«, rief Max und lief auf sie zu. Fasste sie bei den Schultern und betrachtete sie. Weiches, blondes Haar, zurückgebunden; das passte zu einer Akademikerin. An Nataschas Beinen allerdings war nichts Akademisches: Sie waren braun gebrannt und fantastisch.

»Du siehst toll aus!«, sagte Max. Ein schwaches Lächeln umspielte die Lippen der Frau. »Viel zu hübsch, um Wirtschaftsstudenten zu unterrichten.«

Nataschas Lächeln verschwand. Sie schnüffelte. Verzog das Gesicht. »Kann sich deine NGO kein Flugticket für dich leisten?«

Max tat reumütig. Er hatte absichtlich nicht geduscht. Er hoffte, so den Geruch nach Verwesung zu kaschieren.

»Stimmt«, sagte er. »Du weißt ja, wie es ist. Überall wird gespart.« Er zuckte mit den Achseln und probierte sein bestes Unfähig-aber-sympathisch-Grinsen. »Vielen Dank, dass ich bei dir wohnen darf. Ich war ganz schön schockiert, dass ich aus Versehen ein Zimmer in einem Bordell gebucht habe! Ich meine, es war auf einer Website für Hotelzimmer gelistet ... Ich hätte natürlich merken müssen, dass der Preis zu gut war, um wahr zu sein ... und nun ist die ganze Stadt ausgebucht!«

Natascha kicherte kurz. »Zwei belgischen Journalisten, die ich kenne, ist dasselbe passiert.«

»Ach, wirklich?«, fragte Max, der auf Tripadvisor eine ätzende, auf Französisch verfasste Bewertung des Starlight Hotel gefunden hatte, die ihn zu seiner Notlüge inspiriert hatte. (*Das Zimmer hatte KEIN Fenster! Die Decke war so NIEDRIG, dass wir uns die KÖPFE einrannten! Gejaule die GANZE NACHT! FURCHTBARES HOTEL!!!* – keine Sterne.)

Max grinste Natascha an und sagte, es sei wohl die perfekte Ausrede, um sie zu kontaktieren. Nach all den Jahren.

Natascha schlug die Augen nieder.

Sie hatten sich vor, oh, zehn Jahren kennengelernt. Eine Konferenz in D.C., ganz in der Nähe des Dupont Circle. Max gab sich als Angestellter einer postsowjetischen NGO für psychische Gesundheit aus. Natascha war eine junge Gastdozentin an der Johns-Hopkins-Universität in Baltimore. Attraktiv, oh ja. Die Konferenz war ein Reinfall, wie die meisten, doch Natascha sorgte für einen Lichtblick. Ihr Vortragsthema war »Das moderne Ukrainisch«. Aus dem Publikum stellte Max ein paar passende Fragen zur hegemonialen Abwertung der ukrainischen Sprache in der Sowjetzeit (Russisch war die Sprache Puschkins, so die offizielle Haltung; Ukrainisch war eine Bauernsprache). Welche spürbaren Nachwirkungen habe das auf die seelische Befindlichkeit der Ukrainer?

Später an der Konferenzbar, wo man seine Drinks selbst bezahlen musste, lud Max Natascha zu einem Wodka Tonic ein.

»Haben Sie Ihre Frage ernst gemeint?«, war das Erste, was Natascha sagte. Ihr dunklen Augen funkelten. »Oder wollten Sie sich einfach nur mit mir anfreunden?«

Max antwortete nicht.

»Es klang nämlich fast«, fügte Natascha schelmisch hinzu und schürzte ihre pinken Lippen über dem schmalen Strohhalm des Drinks, »als hätten Sie meine Doktorarbeit gelesen. Aber meine Doktorarbeit hat niemand gelesen.«

Sie fanden nie wirklich zueinander. Wie zwei Greifvögel, die in der Luft kreisten. Die landeten, hin und wieder, aber nie festen Halt fanden. Als das Semester vorbei war, flog Natascha zurück nach Odessa. Wo sie sich, das hatte Max zuletzt von ihr gehört, mit dem Dekan ihrer Fakultät verlobte.

Als die Menge der Reisenden an ihnen vorbeidrängte, überkam Max eine unerwartete Leichtigkeit. Konnte es sein, dass er sich aufrichtig freute, diese Frau wiederzusehen? Irgendwie machte ihn das hoffnungsvoll. Als hätte er soeben eine Postkarte von einem jüngeren, stärkeren Selbst erhalten. Die Sonne stand am Himmel und drückte schon ein weiches, stetes Tattoo auf den Bahnhof, die Reisenden, die alten Frauen mit den aus Karton gefalteten Schildern (*Zimmer zu vermieten, Bester Preis*), auf die Wangen der Taxifahrer, die unter den Bartstoppeln glänzten.

»Schön, dich zu sehen«, sagte Max und drückte die Sporttasche mit dem kostbaren Inhalt enger an sich. »Ich werde dich später richtig begrüßen, wenn ich geduscht habe.«

Natascha rümpfte ihre kecke Nase. »Ich kann's kaum erwarten«, sagte sie.

17

In der frühen Morgensonne passierte Rodion den hufeisenförmigen Torbogen und betrat den Markt für exotische Tiere. Er lief vorbei an den Papageien und an den Nagetieren – Mäuse und Hamster, die in selbst gebastelten Behausungen aus Kartons übereinandergestapelt waren. *Wassermelonen-Lutscher* stand auf einem der Kartons. Rodion dachte an Felix. Felix dachte immer an alle Möglichkeiten. Was hatte er kürzlich gesagt? Dass man keine Süßigkeiten vom Zuckerbaron mehr essen sollte? »Wer schickt Kontrolleure in die Fabriken eines Präsidenten?«

Das wäre Rodion nicht in den Sinn gekommen. Er mochte Lutscher mit Wassermelonengeschmack. Aber Felix hatte natürlich recht.

Ein großer grüner Papagei legte den Kopf schief und zwinkerte Rodion zu. Rodion dachte an Jacques, den Graupapagei seiner Bekannten Sima, und unterdrückte ein Kichern. Wie der fluchen konnte! Aber Rodion durfte nicht lachen. Der Anschlag auf Angelinas Restaurant war nicht lustig. Rodion arbeitete ganz in der Nähe.

Am Tag danach hatte er Sima besucht, ehe seine Schicht im Café Delicious anfing. Als er ihr Restaurant betrat, kniete Sima auf dem Fußboden zwischen Glasscherben, mit Kehrschaufel und Handbesen. Wie ein sehr tapferes Aschenputtel. Sie hatte veilchenblaue Ringe unter den Augen. Und Rodion sah zum allerersten Mal, dass ihre Augenfarbe genau dieselbe war: Veilchenblau.

Dieses Veilchenblau machte etwas mit ihm. Er spürte ein seltsames Ziehen in der Brust. Leise, irreversibel. Wie Glas, das einen Riss bekam. Und zum ersten Mal wurde ihm klar, wie das kleine schwarze Muttermal unter Simas linkem Auge geformt war: wie ein Herz. Kein Klecks, wie er bis dahin gedacht hatte. Nein, es war ganz klar ein Herz, ein kleines Herz.

Bei dem Gedanken daran fühlte Rodion, wie sich seins zusammenzog. Er schüttelte den Kopf. Der Bombenanschlag machte ihn wütend. Wieso hatte Simas Mutter ihn nicht kommen sehen? Nachdem sie dem Bürgermeister seine Beteiligung zurückgezahlt hatte, hätte sie einfach die Füße stillhalten müssen. Stattdessen postete Angelina auf Facebook eine Enthüllungsstory über Mephistos langjährige Verwicklungen in Korruption. Und kurz darauf machte es Rumms! Der Bürgermeister hatte seinen Spitznamen nicht umsonst.

Rodion fand, dass sich Angelina lieber aufs Kochen konzentrieren sollte. Sich raushalten aus der Politik. Er selbst interessierte sich mehr für die Ergebnisse des ersten Wettbewerbs odessitischer Baristas (er hatte drei Nächte lang nicht geschlafen und trotzdem den zweiten Platz belegt!) als für die Bürgermeisterwahlen. In der Politik wimmelte es von Mephistos. Aber ein kleines Business, das etwas Schönes produzierte – das war die Zukunft.

Rodion träumte von einem eigenen Street-Food-Wagen. Einem Hot-Chocolate-Truck. Vielleicht mit dem Geld aus dem EASY-ETERNITY-Projekt mit Felix, falls das je richtig ins Laufen kam.

Der amerikanische Investor, den Felix gefunden hatte, dieser Löwe ... nun, der kam Rodion vor wie ein Ganove. Ein Odessit, frisch aus dem Knast in Miami. Rodion hatte über ihn recherchiert. Der Kerl hatte einen Stripclub gemanagt, ein bisschen mit Drogen gehandelt, ein bisschen gezündelt ... aber geschnappt hatten sie ihn, weil er ein sowjetisches Atom-U-Boot an kolumbianische Drogendealer verkaufen wollte.

Natürlich liebte Felix solch unkonventionelles Denken. Sollte er sich um die Sache kümmern. Obwohl Felix in der letzten Zeit Rodion gegenüber ausweichend geworden war. Nervös. Beinahe ängstlich.

»Hallo!«

Rodion blickte den grünen Vogel an.

»Hallo!«

»Hallo«, antwortete Rodion.

Der Papagei nickte, und Rodions Gedanken wanderten zurück zu Sima. Nein, der Anschlag war ganz und gar nicht lustig. Außer das mit dem Papagei. Rodion kicherte. Das war schon ziemlich witzig. Simas Papagei hatte früher wie ein Seemann geflucht

(»ARSCHLOCH!«). Jetzt fluchte er wie ein Seemann mit Sprachstörung (»A-A-A-ARSCHLOCH!«).
»Mach's gut!« Der Höflichkeit halber verabschiedete sich Rodion von dem Papagei und lief weiter.

Er ging vorbei an einem Aquarium ohne Wasser, in dem ein Wurf flauschig-weißer Welpen saß. Vorbei an einem traurigen schwarzen Hund. Er betrat eine schmale Gasse. Die glimmenden Augen von zwei Komodowaranen. Der feuchtkalte Geruch von Schlangen. Die Gasse endete mit einer Wand aus moosbedeckten Aquarien. Ein gewelltes Plastikdach hielt die Sonne fern.

Rodion suchte die Glaskästen ab. Manche von ihnen waren leer. Andere waren hauptsächlich voller Schlamm. Pfeilgiftfrösche, dachte Rodion. Er fand das Schild, das er suchte. *Axolotl* stand handgeschrieben auf dem Kärtchen. *Mexiko*.

Rodion ging in die Hocke. Spähte in den tiefen, bräunlichen Glaskasten. Sah drei Tiere. Weiß, nahezu durchsichtig, mit langen, dicken Körpern und vier stämmigen Beinchen. Die Augen der Salamander waren klein und hervorstehend. Sie lagen weit auseinander über den flachen, stupsigen Mäulchen. Die plumpen kleinen Geschöpfe sahen auf eine unschuldige Art weise aus. Als verfügten sie dank ihrer ewigen Kindlichkeit über besondere Erkenntnisse.

Eine alte Frau kam hinter dem Vorhang hervor. Sie atmete schwer, und sie hinkte. Ein einbeiniger Rabe hüpfte auf dem Boden hinter ihr her. Seine Flügel waren gestutzt, und er trug eine Kette um den Hals.

»Du schon wieder?«, fragte die alte Frau. »Kochst du sie etwa?«
Rodion wusste nicht, was er sagen sollte. Dann fing er sich. »Salamandersuppe«, sagte er lächelnd. »Spezialität des Hauses.«

Fünf Minuten später stand er wieder draußen in der Sonne. In der Hand trug er eine große Plastiktüte, aus der es tropfte. Drei Axolotls schwammen darin, grabbelten mit ihren Babybeinchen gegen die Tüte und erblickten zum ersten Mal die Straßen der Stadt in diesem unbekannten Land. Nach dem Ausdruck ihrer breitlippigen weißen Mäulchen zu urteilen, waren sie von der Szenerie leicht überrascht. Aber sie waren bereit, aus der Situation das Beste zu machen.

18

»Ich will mein Leben verändern«, verkündete Natascha, als sie ihr hübsches japanisches Auto in den Verkehr des Stadtzentrums lenkte. Ihr rosa Rock rutschte hoch, während sie schaltete.

Max schaute weg. An einer Straßenecke bettelte ein Mann ohne Beine. Sein Oberkörper saß auf einem quadratischen Brett mit kleinen Rädern. Um vorwärtszukommen, schob er sich mit den Händen an. Ein junger Priester ging an ihm vorbei. Sein schwarzes Gewand flatterte ihm in der Hitze um die Knöchel.

»Zwei Revolutionen«, sagte Natascha. »Mir reicht's. Wie war deine Zugfahrt?«

Max lächelte schief. Sagte, die Fahrt sei gut verlaufen. Interessant.

»Ja, für dich ist hier bestimmt alles interessant«, sagte Natascha. »Wie für mich im Sudan, als ich als Business Consultant dort gearbeitet habe. Ich dachte, oh, wie toll, nichts funktioniert! Schaut mal, kein Strom! Kein sauberes Wasser! Keine Duschen! Wie wunderbar! Das ist wirklich interessant!« Sie schüttelte den Kopf. »Genauso ist es für dich in der Ukraine, vermute ich.«

Max zuckte mit den Achseln. Er sei unverbindlich, das hatte Natascha über ihn gesagt, vor all den Jahren. Sie fuhren auf der Puschkinstraße. Platanen, die Blätter von Abgasen verkrustet. Verwitterte Fassaden. Bröckelnde griechische Säulen. Vasen.

Mephisto ist ein Verbrecher, stand auf einer Reklametafel. Das Bild zeigte einen hartgesottenen, muskelbepackten Kerl. Rasierter Schädel, dicker Nacken. Anzug und Krawatte.

»Mephisto?«, fragte Max.

»Unser neuer Bürgermeister.«

»Ich dachte, der neue Bürgermeister heißt Wolodymyr oder so ähnlich.«

»Ja, Mephisto ist sein Spitzname«, sagte Natascha. »Wie die Schuhe. Kennst du Mephisto-Schuhe? Französische Marke, glaube ich. Mokassins. Waren sehr beliebt in den sowjetischen Gefängnissen der

Achtzigerjahre.« Sie rollte mit den Augen. »Typischer Waren-Fetisch in der Mangelwirtschaft.«

»Aha«, sagte Max. An der alten Synagoge bog Natascha links ab. Max betrachtete das Gebäude im Vorbeifahren. Dunkelgrau. Unheimlich. Gotisch. Reizvoll. Rautenfenster. Türmchen. Natascha parkte vor einem heruntergekommenen Geschäft für Brautmoden. Stellte den Motor ab. Sie überquerten die breite, von Bäumen gesäumte Straße. Vor einem großen steinernen Torbogen blieb Natascha stehen. Lehnte ihr gesamtes Gewicht gegen eine Pforte aus schwarzem Metall. Sie betraten den sonnigen Innenhof. Weinreben und Wäsche. Wie Tausende andere Innenhöfe der Stadt. Max nieste. Fühlte einen Anflug von Angst. Er hatte vor der Reise vergessen, sein Rezept für die Antihistaminika einzulösen.

»Ich will dir Boris vorstellen ...« Natascha zeigte auf einen abgekämpften, orangeroten Kater, der in der Sonne döste. Neben sich hatte er einen Festschmaus, der schon langsam verdarb: in Mayonnaise getunkte Eier, eine offene Dose Sardinen. »Boris passt auf das Haus auf«, erklärte sie.

Der orangerote Kater öffnete ein Auge und blickte hoch zu ihr.

»Siehst du? Er versteht dich, wenn du mit ihm redest.«

Max' Kehle kratzte und zog sich zusammen. Er hustete.

»Boris inspiziert regelmäßig alle Wohnungen. Und natürlich muss man einen Inspektor wie ihn auch bestechen.« Natascha zeigte auf den unangerührten Schmaus.

Max hielt die Luft an, während sie den Hof durchquerten. Er würde sich wie der letzte Idiot fühlen, wenn er in Odessa sterben müsste, nur weil er seine Antihistaminika vergessen hatte. Was für eine beschissene Allergie, die er da in seinem Alter noch entwickelt hatte!

Ein seltsamer Geruch erfüllte die Luft. Max fluchte. Der Zeh! Der Zeh musste schon am Verwesen sein. Natascha würde sich das mit der Wohnung noch mal überlegen ... Die aber steuerte geradewegs auf einen eigenartigen Eisenzylinder zu. Wie ein Türmchen, in den Boden eingelassen. Max folgte ihr. Schloss die Augen. Sog die Luft ein. Haight Street, San Francisco in den Achtzigern. Jede Studentenparty, auf der er gewesen war. Er öffnete die Augen.

»Weihrauch«, sagte er.

Natascha nickte. »Unser Gebäude hatte einen speziellen Atomschutzbunker, das hier ist der alte Luftschacht. Jetzt benutzt der Esoterikladen im Untergeschoss den Bunker als Lagerraum.«

An einer rostrot gestrichenen Eisentür gab sie einen Code ein. Max folgte ihr ins Innere, hielt aber Abstand. Das Treppenhaus war aus Beton, die Wände waren in hellem Anstaltsblau gestrichen.

»Unser Schutzkeller war nicht irgendeiner.«

Ein gutes Gebäude, dachte Max. Wer hier wohnte, war nicht arm.

»Hightech, mit eigenem medizinischem Forschungslabor. Als ich klein war, sind tausend Leute hierher zur Arbeit gekommen, in unseren Keller, jeden Tag.«

Als sie den dritten Stock erreichten, bekam Max kaum noch Luft. Katzenhaare? Oder ging ihm einfach die Puste aus? Ein welker Pfennigbaum vegetierte auf einem Fensterbrett vor sich hin, zusammen mit einer Flasche abgestandenen Wassers.

»… dabei hat man diese sowjetischen Schutzkeller meist direkt in den Katakomben gebaut …«, hörte Max Nataschas Stimme vom Stockwerk über ihm. Er blieb stehen, um Atem zu schöpfen.

»Gibt es von hier einen Weg in die Katakomben?«, rief er nach oben.

Nataschas Stimme schwebte zu ihm herab. »Jedes Gebäude in Odessa hat einen Eingang zu den Katakomben.«

Max spürte sein Herz rasen. Hörte sein Blut in den Ohren rauschen.

»Ich war selbst noch unten«, sagte Natascha von irgendwo weiter oben, »ehe ich für den Sommer in meine Datscha gezogen bin.«

Klack-klack-klack-klack-klack.

»Boris bringt gern streunende Katzen um. Er hatte unten eine gefangen, und sie hat jämmerlich miaut.«

Max beugte sich vor. Hände auf den Knien. Nach Luft schnappen.

»Ich bin runtergegangen, um Boris zur Räson zu bringen.«

Wie weit oben wohnte die Frau? Max wappnete sich für die nächste Treppe. Als Fünfzig-Prozent-Inhaber von Team Rushmore wäre sein Tagesablauf geregelter. Jede Menge Zeit fürs Fitnessstudio. Und mit Rose zusammenzuarbeiten, wäre viel gesünder als sein jetziger Job: Im Gegensatz zu Trilby forderte Rose ihn nie zum Wettsaufen heraus.

Wieder kam Nataschas Stimme herabgeschwebt. »Ich denke nicht, dass sie Bescheid wissen wegen der Tür. Aber man kann dort runtergehen.«

»Du bist wirklich in den Katakomben gewesen?«, rief Max nach oben.

Ihre Absätze hörten auf zu klappern. Gott sei Dank.

»Natürlich! Ich bin ja hier aufgewachsen«, sagte Natascha von sehr, sehr weit oben. »Jede Kindheit in Odessa hat ihre Katakombengeschichten.«

Max versuchte, sich auf sein neues Leben zu freuen. Auf seinen bevorstehenden gesunden Lebensstil. Er fühlte sich irgendwie leer. Nahe dem Brustbein. Er äugte zur Sporttasche. Und die ganze Strapaze nur, weil er einen Kühlschrank brauchte! Er nahm eine Stufe, dann die nächste. An der Wand lagen Leitungen bloß. Gas. Strom.

»Einmal«, hörte er Natascha sagen, »haben wir es bis zum Archiv geschafft, drüben in der alten Synagoge, auf der anderen Straßenseite.«

Max war im letzten Stock angekommen. Natascha kramte in ihrer Handtasche.

»Das gotische Gebäude?«, keuchte er.

»Genau das«, sagte Natascha und hantierte mit einem Schlüsselbund. »Ein Fußbodenbrett war locker. Es führte in den Keller. Wir sind eine Weile im Dunkeln herumgelaufen. Mein Bruder sagte, er hätte ein Gespenst gesehen, und da haben wir alle geschrien.«

Natascha drehte sich auf ihren tollen Beinen um. Dann lächelte sie. Dieses breite, klare, flüchtige Lächeln. Max hatte es vergessen.

»Die Tunnel können jeden Moment einstürzen«, sagte sie. »Aber als Kinder hatten wir dort unten einen Riesenspaß.«

Natascha schloss die Tür auf – eins, zwei, drei, vier Schlösser – und führte Max durch ihre große, schöne Wohnung. Helle Farben: Lachs, Grün.

Sie instruierte Max weiter: »Die Putzfrau kommt dienstags, sie schließt sich ein, wenn sie hier ist, wegen der Sicherheit. Odessas bester Schriftsteller, Isaak Babel, wurde übrigens schräg über die Straße geboren. Vom Balkon aus kannst du sein Denkmal sehen.«

»Wie heißt noch mal der Mafiaboss, den er erfunden hat?«

»Benja Krik.«

»Stimmt«, sagte Max. »König Benja. Der Bandit mit dem goldenen Herzen.«

Er folgte Natascha in die orange gestrichene Küche und stellte mit einiger Befriedigung fest, dass in der Ecke ein großer beiger Kühlschrank mit Tiefkühlfach stand.

»Das Spülbecken hat zwei Wasserhähne; aus diesem hier kommt das Wasser gefiltert«, sagte Natascha. »Ich trinke es, und ich lebe noch. Wenn du abreist, kannst du die Schlüssel im Hotel Bristol abgeben. Ein Stück die Straße hinunter. Hellrosa, nicht zu übersehen.«

»Alles klar«, sagte Max und folgte Natascha zurück in den luftigen, lachsfarbenen Korridor.

Als sie in der Tür stand, drehte sich Natascha noch einmal kurz um. Ihre dunklen Augen funkelten. »Schön, dich zu sehen«, sagte sie leise.

Max legte seine Hand auf ihre glatte, nackte Schulter. Für einen Moment erfüllte eine Wärme den Flur, die nichts mit der Schwarzmeersonne zu tun hatte.

Max wollte gerade sagen, dass er sich auch freute, Natascha zu sehen, aber da rümpfte sie ihre Nase und grinste. »Du musst wirklich unter die Dusche.«

Mit diesen Worten drehte sie sich auf dem Absatz um und verschwand im Treppenhaus, eine schwache Spur von Weihrauch hinter sich lassend. Max schloss von innen ab. Eins-zwei-drei-vier. Er setzte sich, gleich hier im Flur. Eine Zeile aus den Jahren seiner Bekenntnisschule kam ihm in den Sinn. »Lieber Gott, schenke mir Keuschheit ...« War er noch immer betrunken? Oh Gott. Was, wenn Natascha nicht gegangen wäre ... Was, wenn Rose es gespürt hätte ... Er presste die Augen zu, bis das Gefühl vorbeiging. Dann stand er vorsichtig auf. Trug seine Sporttasche in die Küche. Öffnete den beigen Kühlschrank.

Er hatte Glück. Wie alle guten Odessitinnen hatte Natascha reichlich Eiscreme im Tiefkühlfach. Verpackt, wie hier üblich, in Plastikfolie. Wie eine sehr große, glänzende Eiswurst. Eskimo, eine gute Marke. Max nahm sie heraus und ließ sie ein paar Minuten auf der orangefarbenen Arbeitsplatte liegen. In der Sonne.

Draußen schwankten die Bäume, als eine Brise durch den Hof strich. Kindergartenkinder fingen unten an zu schreien. Zeit zum

Spielen. Ein lauter Technobeat gesellte sich zum Kinderlärm. Kinder heutzutage ... Max testete das Eis mit dem Finger. Weich genug. Eskimo war das Beste. Nougat. Schade drum. Mit einem stumpfen Küchenmesser schnitt er die Eiswurst der Länge nach auf. Eine kleinere Menge löffelte er in die Spüle. Dann rollte er die Hotelhandtücher auf. Hielt die Luft an. Fischte den Zeh heraus. Entdeckte einen Vorrat an Plastikbeuteln im Küchenregal. Legte den Zeh in eine von ihnen. Zog den Beutel zu. Stopfte ihn, vorsichtig, in die Eiscreme. Wischte die Plastikfolie sauber und legte das Eis zurück ins Gefrierfach.

19

Die Passage beeindruckte Rodion jeden Morgen aufs Neue. Ihre Arkaden waren so schön! Die blassrosa Gänge mit den bröckelnden Gipsbüsten, die Arme gen Himmel gehoben. Nackte Brüste in Hülle und Fülle. Die hohe Glasdecke, zusammengesetzt aus winzigen Rechtecken. So früh am Tag lag alles in rosiger Stille. Die Luft war noch kühl, aber schon leicht stickig, in freudiger Erwartung des anbrechenden Tages. Rodion seufzte zufrieden.

Sein Café lag in einer Ecke, hinter den Touristenshops mit russischem Porzellan, selbst gestrickten Wollsocken, bunt bestickten ukrainischen Trachten, gestreiften russischen Matrosenhemden. Es gab auch ein Klavier. Nachts, wenn die Passage geschlossen war, setzte sich Rodion manchmal an die Tasten und spielte. Filmmelodien hallten durch die leeren Gänge, die mochte Rodion am liebsten. Die Töne schwebten hoch, hoch, hoch bis zum Glasdach, wo sich die Lichter der Stadt in der Dunkelheit brachen.

Rodion schloss das Café auf und lief zum alten Fischbecken im Hinterraum. Vielleicht sollte er Sima einladen, eines Nachts. Er könnte für sie spielen. Er goss zwei frische Flaschen Mineralwasser in das Aquarium. Bis vor Kurzem hatte er Leitungswasser benutzt, aber die Axolotl waren darin verendet. Er hätte es wissen müssen – das Leitungswasser war voller Blei. »Aus Schaden wird man klug«, hatte Felix gesagt. Aber Rodion hätte heulen können, als er die hilflosen kleinen Wesen sah, weiß, durchsichtig, auf dem Rücken treibend.

Er entließ seine neuen Salamander in ihr provisorisches Zuhause. Dann, als er einen alten Wischlappen nahm, um die Tische des Cafés auf passagewürdigen Hochglanz zu polieren, schwelgte er ein wenig in Tagträumen. War der Hot-Chocolate-Truck erst einmal in Betrieb und noch ein bisschen Geld übrig … nun, dann würde sich Rodion ein neues Motorrad anschaffen. Eine neue Jupiter 5 oder vielleicht eine Karpaty … Brumm, dachte er und erinnerte sich an den Sound, an das Gefühl. Brumm, brumm.

20

Vor einem Gebäude, das einer ägyptischen Krypta glich, blieb Max stehen. Er schaute hoch zu den flachgesichtigen Sandsteingöttinnen. Fragte sich, ob sie schon immer so traurig gewirkt hatten oder ob sie einfach zu viel gesehen hatten von dort oben. Dann drückte er ein oft überstrichenes schwarzes Eisentor auf. Durchquerte den kahlen Hof. Ein drahtiger Mann im Muskelshirt lag zusammengerollt am Fuß einer altmodischen Wasserzisterne. Er schlief tief und fest. Max klingelte. Wartete. Klingelte noch mal. Er hörte, wie ein Schloss klickte. Dann noch eins. Die Tür ging auf. Ein kleiner Mann mit gemütlicher Miene, buschigen Augenbrauen und grau meliertem Haarschopf stand blinzelnd im Licht. Hose und Jacke seines Schlafanzugs passten nicht zusammen. Der Mann rieb sich die Augen. Blickte Max an, dann an ihm vorbei in den Hof. Sein verschlafener Blick fand den Weg zurück zu der Person, die vor ihm stand.

»Max, der Schwimmer!«, sagte er schließlich. Er kniff die Augen zusammen und sah hoch zum Himmel, der wolkenlos war und noch nicht blau. »Wissen Sie, wie spät es ist?«

»Sechs Uhr früh«, sagte Max und klopfte dem Mann auf die Schulter. »Kommen Sie, Dr. Natan. Trinken wir eine Tasse Kaffee.«

Dr. Natan rieb sich mit beiden Fäusten die Augen wie ein Kind. Er rollte die Augen zum Himmel. Grinste.

Die Erdgeschosswohnung war klein und gediegen. Holzdielen, sepiabraune Tapeten. Anstelle eines Garderobenständers stand da eine kleine Säule zum Ticketziehen. Das Wohnzimmersofa war vor langer Zeit ausrangiert worden, um einer Reihe von Vitrinen Platz zu machen. »Museum der Abwesenheit«, so nannte Dr. Natan das Projekt, dem er sein Rentnerdasein widmete – er verwandelte seine Wohnung in Odessas einziges jüdisches Museum.

»Unser Museum der Abwesenheit ist größer geworden«, sagte er. »Das Museum?«, fragte Max. »Oder die Abwesenheit?«

»Beides«, sagte Dr. Natan.

Die Wohnung war wunderbar still. Eine Art Frieden hatte sich vor langer Zeit über die bescheidenen Räume gebreitet. Max folgte Dr. Natan durch das einstige Wohnzimmer, vorbei an kostbaren Dingen: einem silbernen Löffel aus dem Falconi, dem einst besten Café von Odessa, um die halbe Welt gereist in der Hosentasche eines Emigranten. Einem offiziellen, staatlich herausgegebenen Lehrbuch für Elektrotechnik, auf Jiddisch. Einem Strauß trockener Schusterpalmen, gepflückt auf dem Friedhof, ehe die sowjetischen Planierraupen ihn überrollt hatten. Eine lange Statistik, direkt an die Wand geschrieben, erzählte die Geschichte einer Stadt, die vor dem Zweiten Weltkrieg fast zur Hälfte jüdisch gewesen war.

»Fast alle, die nach dem Krieg noch übrig waren, sind in den Neunzigern ausgewandert«, sagte Dr. Natan. »Und jetzt, mit dieser Unsicherheit, Russland, die Bombenanschläge ... packen noch mehr ihre Koffer. Wie schrieb unser Freund Fimka Fischmann in seinem brillanten Internettagebuch, wie heißt es noch, Blog? ›Ich bin emigriert, ohne aus dem Bett aufzustehen.‹« Dr. Natan gähnte. »Aber ich kann nicht klagen. Das Museum hat jede Menge Besucher.«

Er öffnete die Tür zu einem kleinen, vollgestopften Zimmer. Gefliest vom Fußboden bis zur Decke, wie ein öffentliches Bad. In der Mitte stand ein dunkelgrüner Plastiktisch, auf dem sich Unterlagen stapelten. Max nahm Platz auf einem wackligen Holzstuhl. Schaute sich um. Die Küchentheke war ebenfalls vollgestellt, mit Büchern, Flyern, Zetteln. An den gefliesten Wänden klebten Notizen. Aufrufe zum Protest: *Rettet das Freimaurerhaus! Rettet das Archiv von Odessa!* Ein kopiertes Foto von einer schwarzen Katze. *Haben Sie unsere Regina gesehen?*

Inmitten seines Papierchaos fand Dr. Natan den Wasserhahn. Er füllte einen blauen Plastikbehälter. Als Nächstes zauberte er aus dem Chaos aus bedruckten Seiten einen Löffel, zwei angeschlagene Tassen und, nach einer längeren Suche, löslichen Kaffee. Das angenehme Geräusch von kochendem Wasser erfüllte den Raum. Dr. Natan machte ein wenig Platz auf dem Tisch und stellte die Tassen ab. Er löffelte die Kaffeekrümel in die Tassen, goss das heiße Wasser darüber, rührte einmal, zweimal, und reichte Max vorsichtig eine

Tasse, die mit kleinen rosa Erdbeeren verziert war. Max hielt die Tasse mit beiden Händen.

»Max, mein Freund«, sagte Dr. Natan und schaute ihn aufmerksam an. »Was führt Sie nach Odessa?«

Max nippte an dem heißen, bitteren Kaffee. Für einen Moment fühle er sich wie ein Seemann, der gerade Land betreten hat. Schwankend.

»Wieder mal eine Konferenz«, sagte Max und setzte die Tasse ab. »Mit den üblichen Leuten, die über die üblichen Dinge reden.« Er zuckte mit den Achseln. »Und Sie? Wie geht es Ihrem Enkel?«

»Steven!«, sagte Dr. Natan und lächelte breit. »Seit meine Tochter und er ausgewandert sind, heißt er Steven. Ihm geht es gut, sehr gut sogar! Er hat gerade seinen amerikanischen Führerschein gemacht. Jetzt darf er legal Autofahren ... und seiner Mutter den letzten Nerv rauben!«

Max lachte. Dann schwiegen beide Männer, jeder in seine eigenen Gedanken versunken. Als Max sein Gegenüber wieder ansah, hatte Dr. Natan Tränen in den Augen.

»Nicht doch, Dr. Natan«, sagte Max und klopfte ihm auf die Schulter. »Das ist lange her.«

»Max, mein Freund ...«

»Schon gut.« Max probierte es anders. »Wäre ich nicht dort gewesen, hätte bestimmt jemand anders ...« Er sagte das, obwohl er wusste, dass es nicht stimmte.

Es war ein früher Morgen gewesen, im April, noch vor der Sommersaison, und der Strand war menschenleer. Einer von Max' früheren Trips – eine Konferenz? Vermutlich. Falls Alan Trilby teilgenommen hatte, würde das den Kater erklären, der Max so früh am Morgen an den Strand getrieben hatte, damit er im kalten Wasser ausnüchterte. Max kam gerade die letzten Stufen der schiefen Strandtreppe herunter, als er den kleinen Körper sah, der in den Wellen um sich schlug. Er rannte los, bis zum Ende des kaputten Badestegs aus Beton. Sprang ins Wasser. Schleppte das Kind zurück ans Ufer. Er erinnerte sich plötzlich genau: der kleine Körper im Sand; der Salzgeschmack. Über ihnen schrie eine Möwe. Dann krümmte sich der kleine Körper zusammen. Hustete und spuckte das halbe Meer aus. Fing an zu weinen. Gott sei Dank. Danach hatte Max Nackenschmerzen gehabt, stundenlang.

»Alles ist gut gegangen, das allein zählt«, sagte er und wurde rot.
»Schauen Sie ihn sich jetzt an! Sechzehn Jahre alt! Stärker als Sie und ich zusammen, würde ich wetten. Kommen Sie, erzählen Sie mir, für welches hoffnungslose Projekt zur Erhaltung der odessitischen Kultur Sie gerade kämpfen!«
Dr. Natan schniefte. »Also, wenn es Sie interessiert«, sagte er, und sein Gesicht hellte sich auf. Er wandte sich dem Computermonitor zu, der auf dem Tisch stand, setzte sich eine Lesebrille mit staubigen Gläsern auf. Dann, langsam, durch die Linsen der Halbbrille äugend, bewegte er die Maus über den grünen Plastiktisch. Ein Zeitungsartikel erschien auf dem Bildschirm.
»Ich fang mal auf die einzig mögliche Weise an: in Form eines Märchens. Es war einmal ... Nun, ich werde Ihnen nicht alles vorlesen. Es ist einfach ein neuer Skandal. Eine wahre Geschichte, in unserer skandalträchtigen Stadt. Interessiert es Sie wirklich?«
Max nickte.
Dr. Natan seufzte. »Also gut.« Er wandte sich wieder dem Monitor zu: »Es war einmal eine wunderschöne Synagoge. Neogotische Architektur, erbaut von österreichischen Juden, die des Zitronenhandels wegen nach Odessa kamen.«
»Oh«, sagte Max, »ich wohne genau gegenüber. Ein fantastischer Bau.«
»Er ist wahrscheinlich dem Untergang geweiht«, sagte Dr. Natan und hielt einen Finger hoch, um Max zum Schweigen zu bringen. »Das halbe Fundament ist vor fünfzehn Jahren abgesackt, als ein Teil der Katakomben einstürzte. Eine Sanierung wäre unbezahlbar, falls sie überhaupt durchführbar ist, was wir bezweifeln.«
Er äugte wieder auf den Bildschirm. »Ich fasse den nächsten Abschnitt des Artikels zusammen: Nachdem die Nazis Odessa einnahmen, benutzten die rumänischen Truppen die Synagoge als Kino. Nach dem Krieg richteten die Sowjets in dem Gebäude das Stadtarchiv ein. Vor ein paar Monaten beschloss die Bezirksregierung in ihrer unerforschlichen Weisheit, die Synagoge an die Juden zurückzugeben.«
Ehe Max etwas sagen konnte, hielt Dr. Natan wieder den Finger hoch, damit er schwieg.

»Gute Sache, denken Sie vielleicht. Aber nein! Gar nichts ist gut. Erstens hat niemand um dieses Gebäude gebeten. Und dann stellt sich die Frage, welche jüdische Gemeinde es bekommen soll. Wir haben vier in Odessa. Der Stadtrat, in seiner unergründlichen Weisheit, hat das Gebäude der chassidischen Gemeinde geschenkt. Aber erbaut wurde die Synagoge von einer reformierten Gemeinde. Deren Mitglieder waren sehr fortschrittlich, interessierten sich für europäische Kunst, Kultur, Philosophie, Wissenschaft. Unsere Ultra-Orthodoxen haben mit der Geschichte des Gebäudes nicht das Geringste zu tun. Keinerlei Motivation, es zu restaurieren. Und demzufolge ... nun ja.«
Dr. Natan äugte über seine staubige Brille.
»Manche Leute sagen, dass sich einer unserer Bauunternehmer in der Stadt das Grundstück auf diese Weise unter den Nagel reißen will, und zwar zu einem sehr niedrigen Preis. Mephisto, unser Bürgermeister, vielleicht haben Sie schon von ihm gehört?«
Max nickte.
»Mephisto besitzt viele Immobilien in Odessa. Er wird abwarten, bis die Synagoge zusammenkracht. Zwei, drei, fünf Jahre. Dann wird er auf dem Grundstück ein Wohnhaus mit zwanzig Etagen bauen. Oder ein Casino.«
Max schüttelte den Kopf. Er wollte gerade sagen, wie traurig das war, als Dr. Natan den Finger hob, wie um zu sagen, was passiert ist, ist passiert.
»Wir machen uns Sorgen um das Archiv! Die Bezirksregierung der Oblast Odessa meint, sie hätten einen wunderbaren neuen Standort dafür: die einstige Klinik IV für Psychiatrie, nur ein Stück außerhalb der Stadt. Dort waren in der Sowjetzeit hauptsächlich Regimegegner inhaftiert. Vielleicht wissen Sie, dass unser gemeinsamer Freund Fimka Fischmann als Psychiater in der Klinik gearbeitet hat?«
Max schüttelte den Kopf.
»Hat er aber! Fischmann schrieb genau auf, wie viele Dissidenten von der Regierung dort weggesperrt wurden. Er schmuggelte die Listen an eine Untergrundgruppe. Alles ging gut, bis eine Freundin von ihm als Patientin eingeliefert wurde. Sie dachte nicht daran,

dass sie Fimka offiziell nicht kennen durfte, und hat ihn auf dem Krankenhausflur gegrüßt. Danach hat er seine Stelle verloren.« Dr. Natan wandte sich wieder dem Bildschirm zu. »Aber das ist eine Ewigkeit her. Sprechen wir lieber von der Gegenwart. Wir haben der Bezirksregierung nicht getraut und sind hinausgefahren zu der ehemaligen Klink IV für Psychiatrie.«
Dr. Natan scrollte nach unten. »Und nun schauen Sie mal!« Max beugte sich näher zum Bildschirm. Blinzelte das Schwarz-Weiß-Foto an. Vier Mauern. Kein Dach. Leere Fensterrahmen starrten blind in den Wald. Laubhaufen bedeckten den Boden.
»Das ist eine Ruine«, sagte Max.
»Ja«, sagte Dr. Natan seufzend.
»Die Bezirksregierung der Oblast Odessa – ist das Grischa?«
Dr. Natan schüttelte den Kopf. »Grischa würde uns helfen, wenn er könnte. Aber in dieser Stadt hält Mephisto die wahre Macht in den Händen. Ohne seine Hilfe kann kein Gouverneur etwas erreichen. Und Grischa hat Mephisto in aller Öffentlichkeit den Krieg erklärt. Das war nur allzu verständlich, aber begreifen Sie bitte: Es geht um unser Archiv, um die Geschichte unserer Stadt! Jedes einzelne Dokument, jede Akte, alles, was noch übrig ist, muss vor der Zerstörung bewahrt werden! Ukrainische Archive, müssen Sie wissen, sind nicht digitalisiert. Und Grischa sind die Hände gebunden.«

Ein Bild erschien vor Max' innerem Auge, unfreiwillig: ein Stück glänzendes Fotopapier, weiße, dickliche Finger, ein weinrotes Muttermal in der Form Floridas. Eine Hand, die nicht nur gebunden war, sondern abgehackt. Max fröstelte.

»Und jetzt protestieren wir«, sagte Dr. Natan. »Unsere Chancen stehen schlecht. Die Erinnerung ist der Feind aller korrupten Regime.«

»Sie sind ein weiser Mann«, sagte Max.

Dr. Natan zuckte mit den Achseln. Warmes Licht stahl sich durch das einzige Fenster ins Zimmer. Draußen musste die Sonne höher gestiegen sein.

»Mal sehen, ob ich wirklich so klug bin«, sagte Dr. Natan. »Machen wir einen Test. Stimmt es, wenn ich sage: Sie sind nicht so früh am Morgen zu mir gekommen, um mit mir Kaffee zu trinken und über Erinnerungen zu sprechen?«

»Sie haben schon wieder recht.« Max grinste. »Genau genommen habe ich eine medizinische Frage.«
»Hohes Cholesterin?«, fragte Dr. Natan und zog eine buschige Augenbraue hoch.
»Woher wissen Sie das?«
Dr. Natan zuckte mit den Achseln. »Sie sind etwas breit in der Mitte, Sie haben das passende Alter, Sie zeigen Anzeichen eines Alkoholkaters. Alkohol, das ist ja bekannt, ist nicht förderlich für die Gesundheit.«
»Ich trinke schon weniger«, sagte Max. »Und meine Frage ist eine ganz andere.«
»Verstehe. Was wollen Sie wissen?«
Nun war es an Max, auf dem Tisch Platz zu schaffen. Er sammelte ein paar Blätter zu einem neuen Stapel zusammen und legte ihn auf einen der anderen Haufen. Dann holte er die eingewickelte Eispackung aus seiner Sporttasche hervor und legte sie vorsichtig auf die grüne Plastikfläche.
»Eskimo-Nougat!«, rief Natan. »Meine Lieblingssorte! Aber hören Sie, wenn das Ihr übliches Frühstück ist, dürfen Sie sich nicht wundern ...«
Max unterbrach ihn. »Ich habe einen Zeh gefunden.«
»Einen Zeh?«
Max tastete nach dem Schlitz im Eiskolben. Fand einen Zipfel der Plastiktüte. Zog langsam daran. Mit einer Mischung aus Interesse und Abscheu sah Dr. Natan zu. Als die Tüte entfernt war, rückte er seine Brille zurecht. Aus einer Blechdose mit Gabeln und Messern fischte er eine Pinzette. Damit nahm er den Zeh und hielt ihn unter die Glühbirne. Dr. Natan starrte lange auf die glatte Schnittfläche, wo der Zeh einst mit einem Körper verbunden gewesen war. Sah das weinrote Muttermal in der Form Floridas. Griff nach einem Teller. Legte den Zeh darauf ab. Blickte Max an mit seinen tiefbraunen Augen. Schüttelte traurig den Kopf.
»Nougat, meine Lieblingssorte ...«
»Tut mir leid«, sagte Max. Und dann: »Das Muttermal. Erkennen Sie es? Was genau ist da los?«

Dr. Natan schielte über den Brillenrand. Nickte. Er zündete ein Streichholz an und hielt die Flamme dicht an das rötliche Mini-Florida.

»In diesem Stadium der Verwesung ist das sehr schwer zu sagen. Es könnte sich um einen Fleck handeln, eine Art Tinte – oder sogar eine Tätowierung. Aufgebracht vor der Amputation. Für mich sieht das wie eine Drohung aus. Typisch für die Mafia. Wissen Sie, was die in den Neunzigern gemacht haben, solche Security-Männer wie unser Mephisto? Sie haben sich einen Obdachlosen von der Straße geholt. Ihm zu essen gegeben, ihn gewaschen, rasiert. Dann haben sie ihn in einen Anzug gesteckt. Und dann sind sie mit ihm zu den Leuten gefahren, die ihnen Geld schuldeten, und haben gesagt: ›Dieser Geschäftsmann hat uns nicht bezahlt.‹ Und dann haben sie ihm auf der Stelle ...« Dr. Natan fuhr sich mit der Handkante über die Kehle.

Max wurde das Herz schwer. Die Mafia war nicht sonderlich interessant. Nichts, was Dunkirk begeistern würde. Nichts, was Don Johnson (armer Kerl!) in D.C. in den Schatten stellte. Nichts, was den Durchbruch in Max' erfolgloser Laufbahn brachte. Erst als er das zu sich selbst sagte, wurde ihm klar, dass er genau auf diesen Durchbruch gehofft hatte. Maxiboy, dachte er, du bist ein Idiot.

»Also nicht die Russen«, sagte er zu Dr. Natan.

Dr. Natan schnaubte. »Die Russen! Immer wenn heutzutage etwas schiefläuft, sagen die Leute: ›Das waren die Russen!‹ Hören Sie, Max, wir brauchen keine Russen, um Mist zu bauen. Wir schaffen das ganz allein.«

Max nickte. Ein DNA-Test, sagte er, wäre wohl gerade nicht drin. Er bräuchte ein Labor, und er sei sich nicht sicher, ob er noch weitere Leute einweihen wolle.

Dr. Natan nickte traurig.

Max fragte, ob er den Zeh weiterhin im Tiefkühlfach lagern solle. »Nicht hier, keine Sorge. Ich habe eine Wohnung gemietet. Mit Eisschrank.«

Dr. Natan wirkte erleichtert.

»Tun Sie das. Solange die Temperatur minus vier Grad beträgt, hält sich DNA eine ganze Weile. Natürlich würde sie sich bei minus siebzig Grad jahrelang halten. Aber minus vier ist okay. Die Eiscreme ...«, er zitterte ein wenig, »ist fakultativ.«

»Prima«, sagte Max. »Fällt Ihnen an dem Zeh noch irgendetwas auf? Ich bin kein Mediziner. Ich weiß nicht, wonach ich suchen soll. Und was es bedeutet.«

Dr. Natan runzelte die Stirn. Mit der Pinzette hob er den Zeh noch einmal hoch und beäugte die Fläche, wo er abgetrennt worden war.

»Sehen Sie die kleinen Wellen im Gewebe?«, fragte er. »Wie sie sich leicht kräuseln?«

Max nickte.

»Ich bin mir nicht sicher«, sagte Natan, »aber für mich sieht es so aus, als wäre der Zeh bei sehr niedriger Temperatur eingefroren worden. Kryogen.« Er hielt inne und schaute erneut.

Dann führte der pensionierte Arzt den Zeh an sein Gesicht. Streckte die Zunge heraus. Berührte mit ihr blitzschnell den Zeh.

»Genau, was ich dachte«, sagte er. »Der Zeh scheint auch eine Zeit lang in Salzwasser gelegen zu haben. Er ist mehr oder minder gepökelt.«

»Wieso sollte man das tun?«

Dr. Natan zog seine Brauen zusammen. »Max, mein Freund«, sagte er, »wenn Sie anfangen, solche Fragen zu stellen, müssen Sie vorsichtig sein.«

Max nickte.

»Es ist koscher.«

»Aha«, sagte Max.

»Max«, sagte der Arzt, »habe ich Ihnen schon mein liebstes antisemitisches Faltblatt gezeigt?«

In seinem nicht zusammenpassenden Schlafanzug schlurfte Dr. Natan durch den kleinen Flur ins Nachbarzimmer. Max folgte ihm. An der Wand hing ein Schaukasten mit Zetteln. Dr. Natan zeigte auf einen.

»Das hier hat man in einem Wohngebiet von Odessa verteilt, vor einem Supermarkt. Man hat es den Leuten direkt in die Hand gedrückt!« Dr. Natan beugte sich vor. »Können Sie das glauben?«

Auf dem Flyer stand in Großbuchstaben: *SEID VORSICHTIG: ES IST KOSCHER!* Und darunter stand: *Essen Sie es nicht, kaufen Sie es nicht. Denn die Juden verwenden das Blut von Tieren.*

Max verabschiedete sich und war schon fast am Tor des Innenhofs, als er hinter sich Schritte hörte. Dr. Natan, immer noch im Pyjama, eilte zu ihm. In der Hand hielt er eine Zeitschrift.

»Das muss nichts bedeuten«, sagte er, »kann reiner Zufall sein. Aber mir fiel eben ein ...«

Er schlug Odessas einziges englischsprachiges Magazin auf. Blätterte darin. Zeigte auf eine Anzeige. *EASY ETERNITY.* Ein blonder Mann mit rundem Gesicht und Stupsnase, schweineartig. Das blaue Lämpchen eines Bluetooth-Kopfhörers in seinem Ohr leuchtete Max entgegen.

»Dieser junge Kerl, über ihn gibt es ... seltsame Gerüchte«, sagte Dr. Natan. »Verrücktes Zeug! Dass er die Toten zurückbringt. Dass er Embryozellen injiziert, um Tumore zu heilen. Dass er Körperteile baut. Das kann natürlich alles nicht stimmen. Aber vielleicht hilft es Ihnen weiter.«

»Danke«, sagte Max.

Als er ging, hörte er noch einmal Dr. Natans Stimme aus dem Hof. »Seien Sie vorsichtig!«

»Es ist koscher!«, rief Max zurück.

21

Der alte Mann mit der Augenklappe blieb stehen. Er schaute nach oben: Eine Ampel schaukelte über ihm. Rot. Die Autos rasten vorbei, in beiden Richtungen.

Eine Frau in billigen schwarzen Stöckelschuhen blieb stehen. »Kann ich dir helfen, Opa?«

Der alte Mann brauchte lange für eine Antwort. Die Frau schüttelte traurig den Kopf. Warum war der alte Mann hier, ganz allein? Wo war seine Familie? Er war ein Ausgewanderter, das sah man sofort. Heimgekehrt für einen letzten Besuch. Man sah viele solche alten Männer. Immer allein. Warum waren seine Kinder nicht mitgekommen? Was lief falsch im Westen? Was passierte dort mit den Familien?

»Ich suche die Straße der Revolution«, sagte der alte Mann schließlich.

Seine Stimme war rau, und die Frau in den billigen Pumps bemerkte den Pfefferminzgeruch, während er sprach.

»Die Straße gibt es nicht mehr«, sagte sie freundlich. »Sie heißt jetzt Kosakenstraße.« Sie tätschelte seinen Arm. »Da entlang.«

Der King schlurfte in die Richtung, in die sie gezeigt hatte. Es war schon sehr heiß. Er wischte sich mit dem Hemdärmel über die Stirn. Sein gutes Auge wurde feucht. Das Elektrizitätswerk! Er stand und starrte. Als wäre das Werk ein Denkmal, ein großes Symbol der Menschheit. Dann bog er an diesem Wahrzeichen ab, wie er es Tausende Male als Kind getan hatte. Er lief die Straße hinunter – ihre Straße, seine Straße – tiefer in die Moldawanka. Warum hatte er sein altes Zuhause niemals besucht, in all den Jahren? Alles war schon so lange her …

Er wischte sein Auge trocken. Welch Ironie des Schicksals, dachte er, dass ausgerechnet sein Feind, der georgische Politiker Grischa, der Grund dafür war, dass er wieder nach Hause kam – Grischa, der Mann, der das zweite Imperium des Kings eigenhändig zerstört hatte, das große kriminelle Netzwerk, das er mit so viel Sorgfalt in Tiblissi aufgebaut hatte, nachdem er aus Odessa hatte fliehen müssen.

Der King blieb stehen. Auf dem Fußweg, vor einem niedrigen grauen Gebäude, stand ein kräftiger Mann mittleren Alters in einem geblümten Morgenmantel. Sein Kopf war mit einem Handtuch umwickelt, er trug kleine Perlenohrringe und blassrosa Lippenstift und rauchte eine Zigarette. Beim Anblick des alten Mannes mit der Augenklappe verengten sich seine Augen.

Der King ignorierte ihn und lief in eine graue Toreinfahrt. Unter dem brüchigen Mörtel schauten Ziegel hervor. Der Innenhof hinter der Einfahrt war mit Weintrauben und Wäsche behangen. Wie Tausende andere in der Stadt. Dem King wurde schwindlig. Er lehnte sich an die Mauer.

Die Dragqueen war ihm gefolgt. Jetzt stand sie vor ihm und schaute ihn an.

»Hier habe ich früher gewohnt«, sagte der alte Mann. Noch während er es sagte, wunderte er sich. Es passte nicht zu ihm, sich Fremden anzuvertrauen. Sich überhaupt jemandem anzuvertrauen. »Vor siebzig Jahren.«

»Siebzig Jahre«, sagte die Dragqueen und zog an ihrer Zigarette. »Das ist eine lange Zeit.«

In ihren fünfundfünfzig Jahren auf dieser Welt hatte Madame Tulpe alles gesehen. Aber die Nacht war wild gewesen. Drei Schlägereien im Club, zwei Messer, eine Knarre. Eins der Mädchen rannte schreiend auf die Straße, und Madame Tulpe musste sie ohrfeigen, einmal, zweimal, um sie zu beruhigen. Jetzt hatte das Mädchen ein Veilchen. Madame Tulpe seufzte.

Zeit, sich bereit zu machen für den neuen Tag. Sie hatte sich die Haare gewaschen, ihr Gesicht rasiert, ein leichtes Make-up aufgelegt und rauchte gerade eine wohlverdiente Zigarette, als der knorrige, alte Mann mit der Augenklappe auftauchte. Er fiel ihr auf. Er war zwar nichts weiter als ein Emigrant, heimgekehrt für ein letztes Wiedersehen. Solche Leute tauchten öfter mal auf, auch im Club. Aber dieser Typ hatte etwas an sich …

Als er in ihren Hof ging, folgte sie ihm. Es war viel zu heiß für ein langärmliges Hemd. Aber alten Leuten steckte manchmal eine Kälte in den Knochen, die keine Sonne ausheizen konnte. Madame

Tulpe rauchte und beobachtete, wie der Alte an den zweistöckigen Gebäuden hochschaute, wie er in die Weinranken linste. Dann strauchelte er. Madame Tulpe kam ihm zu Hilfe. Sie war groß gewachsen, mit breitem Brustkorb, stark. Sie fasste den alten Mann am Ellbogen und führte ihn zu einem Plastikstuhl. Als sie ihm beim Hinsetzen half, ging der Manschettenknopf an seinem Hemd auf. Der Ärmel rutschte ein Stück nach oben, und Madame Tulpe sah die Tätowierung. Ein Auge. Ein graues Auge. Es starrte, unverwandt, vom Handgelenk des alten Mannes. Es war mit Nadeln und Schuhcreme gemacht, ein Knasttattoo, ganz klar. Madame Tulpe kannte sie gut. Sie sah genug davon im Club, nicht wahr: Epauletten, direkt auf Schultern tätowiert, Kathedralen und Totenschädel, Sterne und Rosen und Frauen. Die Brust eines alten Männleins war mit einem Porträt von Lenin verziert, damit die Wärter ihn nicht erschießen konnten. Schließlich durfte man seine Helden nicht abknallen. All diese Tätowierungen bedeuteten etwas, alle erzählten von der Verbrecherhierarchie in der Sowjetunion. »Wor« wurden einige ihrer Anführer genannt.

Der alte Mann wirkte benommen, schien nicht zu wissen, wo er sich befand. Er merkte erst recht nicht, dass seine Tätowierung zu sehen war.

Eine Welle purer Angst durchflutete Madame Tulpe. Sie trat ihre Zigarette aus, ging ins Haus und schloss hinter sich ab. In ihrer Wohnung bekreuzigte sie sich. Einmal, zweimal. Diese Bild! Das starrende, suchende Auge. Sie hatte es schon einmal gesehen. Und sie wollte es nie, nie wieder sehen. Sie bekreuzigte sich noch einmal und wartete, dass der alte Mann fortging.

Draußen lehnte sich der King zurück. Dankbar. Er hatte nicht bemerkt, dass der Transvestit verschwunden war. Ihn schwindelte. Sein gutes Auge tränte. Er machte es zu. Und sah ... seinen Vater. Der Vater trug einen Mantel. Sein Bart kratzte, als er sich über den schlafenden Jungen beugte – kaum zu glauben, dass der King einmal ein Junge gewesen war! »Ingeleh.« Er hörte die Worte des Vaters wieder.

»Ingeleh«, sagte der Vater, »ich muss jetzt fort. Deine Großmutter wird sich um dich kümmern, falls ich ...«

Die Stimme des Vaters brach ab, und der Junge erwachte ganz aus seinem kindlichen Tiefschlaf. Der Vater fasste in seine Manteltasche. Zog fünf Blatt Papier hervor.

»Mein Sohn«, flüsterte er und beugte sich näher, »diese Aufzeichnungen sind sehr kostbar. Sie sind mächtig. Sie verleihen Macht. Bewahre sie auf. Verstecke sie, wenn die Soldaten kommen. Verstecke sie an einem sicheren Ort. In den falschen Händen können diese Aufzeichnungen eine Armee erschaffen, die unbesiegbar ist. Pass auf dich auf, mein Sohn. Sei vorsichtig.«

22

Max blieb an der Ecke stehen. Eine Frau mit strähnigen Haaren, die sie mit einem roten Tuch zusammengebunden hatte, blickte von ihrem Kartentisch hoch. Ihre Zähne blitzten, uneben von dunkel verfärbtem Gold. Sie hielt zehn plastikverschweißte Karten in der Hand. Als wollte sie Max ein Tarot legen. Ihre Finger waren steif. »Die bringen Glück«, sagte sie und zeigte ihm die Telefonnummern. Max' Kehle schnürte sich zu, kaum merklich. Er hustete. Ein fetter orangeroter Kater sprang auf den Kartentisch, und Max wich zurück. Fühlte sein Herz rasen. Mit ihren rheumatischen Fingern streichelte die Frau das Tier. »Na, Boretschka«, murmelte sie. Max fragte sich, ob alle orangeroten Katzen in Odessa Boris hießen. Er griff nach den Karten. Las die Nummern. Konnte sich nicht erinnern, welche Zahlenkombinationen Glück brachten. Wählte fünf Karten aus. Die Ukraine war eines der wenigen Länder, in denen man keinerlei Ausweis vorzeigen musste, um eine SIM-Karte zu kaufen. Für die Strafverfolgung brachte das Nachteile, aber für alle anderen war es praktisch. Max dachte an den Pro-Kreml-Vorgänger des Zuckerbarons: Nachdem er als Präsident abgesetzt worden war, fanden wütende Bürger achthundert nagelneue iPhones, vergraben in seinem Garten. Jedes Telefon war genau einmal benutzt worden.

Die Frau grinste Max an; ihr Gesicht legte sich in Falten. Ihre Zähne blitzten wieder. Max bezahlte und steckte die SIM-Karten ein. Er ging weiter auf dem holprigen Fußweg, der langsam in die Katakomben sackte. Jemand verkaufte mannshoch aufgeschichtete Maiskolben. Weiße Körnchen, wie aufgereihte Perlen.

An der Preobraschenska-Straße stellte sich Max in ein Bushäuschen. In der Ecke des Häuschens, unter der Bank, lag eine opalgraue Katze. Sie schlief. Max nieste. Wählte eine Nummer. Das seidige Fell der Katze bedeckte eine bemerkenswert kräftige Muskulatur. Max ließ das Telefon klingeln, bis die Mailbox ranging. Er rief noch einmal an. Dieses Mal nahm jemand ab.

Eine schläfrige Stimme sagte: »Hallo?«
»Marie! Max hier.«
»Max!« Sie klang erfreut.
Max war froh. Es tat gut, ihre Stimme zu hören. Sie hatten jahrelang in Moskau zusammengearbeitet, wo sie zeitweise das Büro leitete, und waren trotz des beachtlichen Altersunterschiedes Freunde geworden. Marie, in Moskau geboren und in Brighton Beach aufgewachsen, war ein gutes Mädchen, klug, schrullig genug, um sich mit Max zu verstehen. Zum Beispiel begeisterte sie sich für die Lebensgeschichten von frühen christlichen Heiligen.
»Weißt du überhaupt, wie spät es ist?«, fragte Marie.
»Ähmm ... muss nachrechnen. Neun Uhr morgens minus sieben.«
»Zwei Uhr, Max! Es ist zwei Uhr nachts in D.C., wo du gerade anrufst.«
Ein alter DDR-Lastwagen rumpelte vorbei. Wie ein Gruß aus einer anderen Zeit. Die schlafende Katze im Bushäuschen regte sich nicht.
Maries Stimme war wieder zu hören: »Bei dir ist es also neun. Solltest du nicht auf einer Konferenz sein? Es klingt nicht so, als ob du auf einer Konferenz wärst. Schwänzt du etwa schon?«
»Ich stehe direkt vor dem Hotel«, log Max und beschloss, das Thema zu wechseln. »Wie läuft das Eheleben?«
»Ach«, sagte Marie, wieder erfreut klingend. »Du weißt schon. Bis jetzt halte ich es mit ihm aus.«
Im Hintergrund hörte Max Geräusche einer Balgerei. Marie kicherte.
Sie hatte das Moskauer Büro aufgegeben, um einen semi-berühmten Computerhacker zu heiraten. Seine Eltern waren mit ihren Eltern befreundet. Ein Blind Date, als sie einmal zu Hause auf Besuch war. Sie mochte ihn. Er mochte sie. Das war's. Die Agency, in ihrer unergründlichen Weisheit, hatte Marie ihre Vollzeitstelle in Moskau gegen einen Teilzeitjob bei einem Contractor eintauschen lassen.
»Hör auf, Robby«, sagte sie immer noch lachend. »Schreib weiter an deinen Programmen, oder was immer du machst. Das hier ist geschäftlich.«

»Wo wir schon davon sprechen«, sagte Max, »hab gehört, dass du Rose und den anderen Ladys ein bisschen Nachhilfe in *high contact* gegeben hast.«

»Oh«, sagte Marie. Sie klang, dachte Max, zu Recht schuldbewusst. »Ich habe es vielleicht mal erwähnt. Sie haben mich danach gefragt. Also habe ich es ihnen gesagt.« Mit einem Anflug von Rechtfertigung: »Immerhin ist es die neue Theorie. Außerdem benutzt ihr Kerle den *silent mode* doch immer nur als Ausrede, um nicht kommunizieren zu müssen.«

»Na ja«, sagte Max.

Eine alte Frau ging vorüber. Mit einem Blindenstock klopfte sie den Gehsteig vor sich ab. Als sie das Bushäuschen erreichte, klopfte ihr Stock nur Zentimeter entfernt von der Katze. Die Katze rührte sich nicht.

»Tut mir leid, Max. Ich schulde dir was, okay?«

»Einverstanden.« Ein paar zerdrückte Becher lagen auf dem Gehsteig. Dünn, aus Plastik, groß genug für einen Schuss Wodka.

»Also, wenn du mal etwas brauchst …«

»Ich brauche jetzt etwas.«

Marie stöhnte.

»Hast du noch deinen guten alten Freund aus der Forensik?«

»Max!«, rief sie. »Ich bin verheiratet, ich habe keine guten alten Freunde mehr!«

»Nicht mal mich?«

»Okay, du bist die Ausnahme.«

»Gut. Du musst mir eine Kopie von einem Bericht besorgen. Sobald der Bericht vorliegt. Sie untersuchen eine abgetrennte Hand …«

»Igitt«, sagte Marie.

»Total eklig«, stimmte Max zu. »Die Sache ist die: Die Hand ist vielleicht nicht aus Menschenfleisch. Irgendein Fake, wird gemunkelt. Frag mich nicht, bin kein Biologe. Sie haben die Hand in Baltimore gefunden. Vor ein paar Tagen. Oder vor einer Woche. In einem Container Sonnenblumenöl. Jedenfalls muss ich wissen, was sie herausfinden.«

»Abgeschnittene Hand, verstehe. Ist das alles?«

»Für jetzt, ja«, sagte Max, den Sarkasmus in ihrer Stimme ignorierend.

»Wiiiiiderlich«, sagte Marie.

»Ich mache die Nachrichten nicht, ich überbringe sie nur«, sagte er. »Übrigens arbeitet Johnson an der Sache.«

Marie kicherte. »Du meinst Don Johnson?«

»Jawohl«, sagte Max. Ernsthaft. Um mit gutem Beispiel voranzugehen. Schließlich war es nicht Johnsons Schuld ...

»Ich weiß, dass er nichts dafürkann. Aber er muss sich ja nicht so anziehen wie in *Miami Vice*. Die weißen Stoffhosen!«

»Stimmt«, sagte Max. »Drückst du Rose einmal kräftig für mich?«

»Du siehst sie doch eher als ich. Ist euer Team-Rushmore-Immobilien-Dinner, von dem sie dauernd erzählt, nicht diese Woche?«

Max gab keine Antwort. Er beobachtete die opalgraue Katze. Bewegte sich ihr Brustkorb ein wenig? Es sah nicht danach aus.

»Oho«, sagte Marie, »ich verstehe! Du kommst nicht rechtzeitig heim. Hast du das Rose schon gesagt?«

»Ich muss los«, sagte Max. »Gib mir Bescheid, wenn du den Bericht hast. Und keine Sorge, ich wollte es Rose gerade selbst beibringen.«

»Alles klar. Viel Glück dabei, Max-A-Million.«

»Bye, Marie. Du bist eine Königin unter den Frauen.«

Er legte auf. Die opalgraue Katze lag noch immer in der Ecke des Bushäuschens. Max schüttelte die Telefonchips in seiner Hand. Wie Würfel.

Die Katze schläft nicht, dachte er. Sie ist tot.

Die Straßenbahnfahrt zurück zum Hotel war heiß, schwitzig, brechend voll. Der verbeulte blaue Waggon schlingerte und schaukelte den Französischen Boulevard hinunter. Aneinandergepresste Körper, Haut an Haut, sich vermischender Schweiß. Blaue und weiße Streifen überall. Matrosenhemden an Männern und Frauen. Die Fahrkartenverkäuferin – eine kleine, fast perfekt quadratische Dame mit hellrotem Lippenstift – stieß Max in die Rippen. Er gab ihr zwei Griwna. Sie nickte und reichte ihm einen Fahrschein.

Sie passierten Strand um Strand. Die Bahn leerte sich. Max bekam wieder Luft. Er setzte sich auf einen frei gewordenen Platz und sah aus dem Fenster. Sanatorium. Fleischfarbene Wohnblocks. Sanatorium. Sanatorium. Im Schatten der Bäume vor den eleganten Säulen der berühmten Klinik für Augenheilkunde schlenderten Männer und Frauen herum. Alle trugen Augenklappen. Große flauschige Wattebäusche, links oder rechts aufgeklebt. Unter den Blinden ..., dachte Max und warf einen Blick auf die Zeitschrift auf seinem Schoß. EASY ETERNITY. Körperteile herstellen. Mit Seelen handeln. Tote zurückbringen. Ein Unbehagen überkam ihn, als hielte er etwas Verfluchtes in den Händen. ... ist der Einäugige König.

TEIL 3

Es geschah,
Es geschah
In Odessa!

Wladimir Majakowski, *Wolke in Hosen*

23

Die Lobby des Hotel Gagarin war voll. Männer in grauen Anzügen. Kaffeepausensnacks auf Tischen verteilt. Gebackene, kunstvoll geschlungene Happen. Orangensaft in Flötengläsern und Kaffee in silbernen Kannen. Weiße Tischdecken. Max bekam Kopfschmerzen. Als erinnerte die Rückkehr an den Ort des Verbrechens seinen Körper an das, was er ihm letzte Nacht angetan hatte.

»Na, Rushmore, Sie sehen ja munter aus!« Trilbys Stimme klirrte schmerzhaft in Max' Schläfen. »Schön, dass Sie uns beehren. Ich hatte befürchtet, Sie wären ... ähm ... unpässlich.«

Mit seinem Filzhut auf dem Kopf sah Trilby frisch und munter aus. Nur wer genauer hinschaute, wie Max, konnte den dünnen rosa Rand sehen, der unter Trilbys Lidern verlief. Ein sicheres Zeichen dafür, dass es Trilby nicht viel besser ergangen war als ihm.

Max schenkte ihm ein kleines, trockenmundiges Feixen. »Alter Mistkerl«, sagte er liebevoll. »Hast es immer noch drauf.«

Nun feixte auch Trilby. »Hol dir ein Koffeingesöff, Maxwell. Hopp, hopp!«

»Ich heiße nicht ...«, rief Max dem davonschlendernden Trilby nach. Weiter sprach er nicht.

Trilby wusste selbstverständlich, dass Max nicht Maxwell hieß. Auch nicht Maximus. Sondern Maximilian. Maximilian Skipowitsch Rushmore. Natürlich hieß er auch nicht wirklich Skipowitsch. Er hatte das Patronym für die Russen erfunden; sie brauchten es für allen möglichen Papierkram. Und in den Neunzigern und Nullerjahren war Skipowitsch so gut wie jeder andere Name gewesen, um in Nachtclubs mit Türstehern, Metalldetektoren und Namen wie Night Flight oder The Number One Club zu kommen. Obwohl sich Max immer gefragt hatte, wie seine Mutter einen Mann namens Skip hatte heiraten können und dann überrascht sein konnte, als er sie verließ.

Er holte tief Luft. Näherte sich der silbernen Kanne mit der Aufschrift *Kaffee*. Hielt eine der langweiligen weißen Tassen darunter. Wie ein Opfer für die Götter seines Katers.

Die gefüllte Tasse in der Hand, schaute er sich erneut um. Er entdeckte Mark Hope, den Typ mit dem Lächeln aus der Zahnpastawerbung. Dort in der Ecke, beim Ficus. Er schien sich mit Trilby und Albu angefreundet zu haben. Die drei hatten sich um einen Laptop versammelt. Max gesellte sich zu ihnen.

Der Zahnpastatyp ließ sein Lächeln leuchten. »Guten Morgen, Mister Rushmore!«

Max sah das helle Lächeln. Die hellen Augen. Er nickte. Setzte sich. Albu drückte eine Taste. Die Männer konzentrierten sich auf den Bildschirm.

Der Bildschirm zeigte einen perfekten Tag am Strand. Blauer Himmel. Schwarzmeergischt, die von den Brandungswellen hochsprühte. Die Kamera schwenkte weg vom Meer. Ein Pfad kam ins Bild, der zum Strand hinabführte. Grischa tauchte auf. Dunkle Haare, Topfschnitt, Pausbacken. In die Shorts gestopftes Polohemd. Er hatte zugenommen, seit Max ihn zum letzten Mal gesehen hatte, auf einer Pressekonferenz um drei Uhr morgens, mitten im Georgienkrieg.

Der Gouverneur führte eine kleine Gruppe an, wie ein postsowjetischer Rattenfänger. Sie hielten vor einer hohen Mauer aus Terrakotta, die den Weg versperrte. Grischa war offenbar aufgeregt und gestikulierte wild.

»Das ist eine illegale Mauer, von einem Oligarchen errichtet. Sie blockiert den öffentlichen Zugang zum Strand, für seine neue Villa«, warf Albu ein. »Oh, hallo, Maxim!«

Max nickte Albu zu. Wandte sich wieder zum Bildschirm.

Grischa winkte eine Planierraupe heran. Die Menge klatschte, als die Raupe die Terrakottamauer attackierte. Das Video endete.

»Zwei Millionen Aufrufe«, sagte Trilby triumphierend. »Und mehr als die Hälfte davon sind aus Russland.«

»Russland hat ein Auge auf Odessa«, sagte Albu und nickte mit seiner Mönchsfrisur.

Auf dem Bildschirm folgte ein Werbeclip. Eine Art gefaktes Labor war zu sehen. Ukrainische Qualitätsarbeit. Plötzlich liefen die Wörter *EASY ETERNITY* über das Bild. Ein junger blonder Mann, stattlich gebaut, erschien. Groß, blauäugig, in einem Laborkittel, der wie ein Kostüm wirkte. Seine Haare hatte er zum Zopf

gebunden, sodass am Rand seines Nackens ein grün-rosa Tattoo hervorlugte. Blumen? Max schaute genauer hin. Seerosen. Ein nettes Lächeln. Als würde dieser junge Mann überall, wo er hinkam, frischen Wind mitbringen. Wer ihn ansieht, dachte Max, dem kommen Kosaken in den Sinn, die durch die Steppe galoppieren. Der Schriftzug *EASY ETERNITY* blinkte wieder auf.
»Das russische Regime ...«, begann Albu.
»Moment mal«, sagte Max. »Könnten Sie bitte lauter machen?«
Trilby fixierte ihn. »Was soll das, Maxwell?«
»Ich heiße nicht ...«, sagte Max.
Albu machte den Ton an.
Der Kosake im Laborkittel sagte in gebrochenem Englisch: »Die Ukraine ist Weltmarktführer in der Herstellung von Körperteilen.« Die Kamera schwenkte über ein Tablett mit Augäpfeln. »Überzeugen Sie sich selbst!«
Trilby schüttelte den Kopf. »So ein Quatsch.«
Max nuschelte Zustimmung.
»Aber eine coole Idee, oder nicht?«, sagte Mark Hope. »Ich meine, Augäpfel ... wow!«
Niemand antwortete.
Albu klappte den Laptop zu. »Wie ich schon sagte«, fuhr er fort, »falls Grischa mit seinen Reformen Erfolg hat, könnte dies einen destabilisierenden Effekt auf das gegenwärtige Regime im Norden haben.«
»Die Menschen in Russland haben vorerst resigniert«, sagte Trilby. »Aber wenn sie sehen, dass es in der Ukraine möglich ist, die alltägliche Korruption zu bekämpfen ...«
»Dann werden sie Veränderungen fordern«, sagte Albu, dessen Mönchspony auf und ab nickte.
»Revolutionen wurden schon für weniger angezettelt«, stimmte Trilby zu. »Warum, denken Sie, haben die Russen hier in Odessa das Fußballmassaker provoziert?«
Max blickte zu Mark Hope. Der verfolgte das Gespräch wie ein Tischtennismatch. Mit staunender Miene und großen Augen.
»Sie wollten den Eindruck erwecken, dass Odessa unter Grischa im Chaos versinkt«, sagte Albu.

Mark Hopes Blick schwenkte zu Trilby. »Genau. Sogar ein Fußballspiel wird zu einem politischen Blutbad, mit zig Toten.« Max erinnerte sich jetzt an irgendeinen Gesprächsfetzen zwischen ihm und Mark Hope in der Lobby. Mark Hope, hatte sich herausgestellt, schwärmte für eine Bosniakin. »Wir haben im Dinosaurierlabor gearbeitet«, hatte Mark Hope ihm erzählt. »Natürlich sind die kulturellen Unterschiede enorm. Und sie ist traumatisiert vom Krieg, als sie Kind war. Aber dieses Mädchen ...«, hatte der junge Mann geseufzt und seinen wohlgeformten Kopf geschüttelt. Er verfügte über das natürlich-gute Aussehen, das jungen Frauen gefiel. Weich, wie ein Mädchen. »Ich bin wirklich total in sie verknallt.« Max hatte mitleidig gebrummt.

Die Konferenzteilnehmer bewegten sich wie eine Herde zurück in den Saal. Jemand begrüßte Trilby. Es war ein großer, brahmanenhafter Amerikaner à la Jim Dunkirk, der sich als Journalist in der Welt herumgetrieben hatte, bevor er anfing, in den russischen Provinzen Shoppingmalls zu bauen. Jetzt, das erzählte er Trilby, mache er wieder in Nachrichten: Er lanciere gerade ein englischsprachiges Boulevardblatt für Kiew.

»Sieh an«, sagte Trilby, »und ich dachte, die Zeitungsbranche sei am Ende. Erzählen Sie mehr!«

Während sich die beiden mit der Menge weiter voranbewegten, sprach Mark Hope Max leise an. »Mister Rushmore«, sagte er. »Vielen Dank noch mal für Ihren Rat. Ich habe ihr geschrieben, Sie wissen schon ...«

Das Werbelächeln für Zahnpasta erhellte den gesamten Korridor. Es verursachte Max Kopfschmerzen.

»Sie hat auf der Stelle geantwortet«, sagte Mark Hope. »Wir werden uns treffen, wenn ich wieder in D.C. bin.«

»Prima«, sagte Max. Er war überrascht und ziemlich erfreut zu hören, dass er dem jungen Mann diesen Rat gegeben hatte. »Schön, dass ich helfen konnte.«

*

Max schreckte hoch. Grauer Raum. Graue Männer. Konferenz. Er schaute auf sein Handy. Es vibrierte. Er klappte den Laptop auf. Fühlte sich, als müsste er im Erdboden versinken, als die Chatbox aufploppte.

Rosie Posie: *Willst du mir etwas sagen?*

Maxiboy: *Darling! Wieso bist du wach?*

Rosie Posie: *Ich kann nicht schlafen.*

Maxiboy: *Das tut mir leid.*

Rosie Posie: *Tut es dir leid, dass ich nicht schlafen kann, oder dass du das Team-Anderson-Dinner verpasst und mir nicht mal Bescheid gesagt hast?*

Maxiboy: *Beides.*

Rosie Posie: ...

Oh Gott. War dieser Chat das Ende seiner Ehe? Denk nicht darüber nach, Maxiboy. Oder denk später. Er klappte den Laptop zu. Blickte sich um. Eine Gesprächsrunde hatte begonnen. Max suchte Mark Hope. Der saß in der ersten Reihe und tippte fleißig. Guter Junge. Bestimmt schrieb er jedes Wort mit.

Max schlich an der Pyramide aus Wasserflaschen vorbei. Es gelang ihm nicht, Mark Hopes Aufmerksamkeit auf sich zu ziehen. Er griff in seine Konferenzmappe, die alle bekommen hatten, und riss ein Stück Schreibpapier ab. Stopfte es sich in den Mund. Kaute. Nahm einen der Strohhalme, die am unteren Rand der Wasserpyramide lagen. Ging in Stellung. Zielte. Mark Hope zuckte zusammen und schlug sich mit der Hand ins Genick. Max grinste. Mark Hope drehte sich um. Max setzte seine ernsteste Miene auf und winkte ihn zu sich.

»Mark«, sagte er, als sich der junge Mann in geduckter Haltung den Weg zur Wasserpyramide gebahnt hatte. »Zeigen Sie mir Ihre Notizen.«

Mark Hope überreichte Max seinen Laptop. Max las die ersten zwei Zeilen: *Internationale Firmen können und müssen als Wachstumsmotoren dienen. Die Ukraine ist der Hoffnungsträger für Demokratieentwicklung in der Schwarzmeerregion.*
»Sehr gut«, sagte er. »Ich habe eine Bitte: Tun Sie so, als wäre ich gar nicht hier und Sie wären verantwortlich für die Lieferung sämtlicher Informationen an James Dunkirk.«

Mark Hopes klares, glattes Gesicht: jung, ehrgeizig, froh. An einer kleinen Stelle, die er beim Rasieren nicht richtig erwischt hatte, spross ein wenig Flaum.

»Geht klar, Mister Rushmore!« Die Beflissenheit des Jungen tat Max irgendwie weh.

»Nennen Sie mich Max«, sagte er.

24

Der Haupteingang zur Reederei Schwarzes Meer war vernagelt. Das Gebäude war schwarz und verwittert. Als wären Schatten herabgestiegen, die keine Sonne der Welt wegbrennen konnte. Sogar das Werkshaus nebenan, noch vor der Revolution gebaut und mit dem eisernen Schriftzug *FABRIK* über dem Tor, wirkte im Vergleich dazu sonnig.

Max überprüfte die Adresse. EASY ETERNITY. Er lief zur Rückseite des Gebäudes. In einer Ecke des Hofs war ein Gemüsegarten angelegt. Eine alte Frau stand vornübergebeugt. Sie stieß einen Spaten in die Erde. Max ging auf sie zu und zeigte ihr die Werbung. Sie musterte ihn mit trüben Augen. Hob eine knorrige Hand und berührte das Kreuz, das sie an einer Kette um den kurzen Hals trug. Mit dem Spaten deutete sie auf eine wacklige Eisentreppe, die hoch zum dritten Stock führte.

»Danke«, sagte Max.

Der Wind drehte für einen Moment und trug die Hafengeräusche herüber. Hohl, krachend. Wie Wellen oder ferner Donner. Max stieg die steile Treppe nach oben. Die Stufen waren an manchen Stellen durchgerostet. Oben gelangte er an eine Eisentür. Eine Nachricht war mit Kreide darauf geschrieben: *Teufelszeug!* Max fragte sich, wer das geschrieben hatte. Nicht die alte Frau, dachte er. Dafür waren die Stufen zu steil.

Er klopfte an der verrosteten Tür. Schabte sich dabei ein wenig Haut von den Knöcheln. Keine Antwort. Er klopfte erneut. Besah sich die Hand. Die Knöchel bluteten leicht. Er versuchte, sich zu erinnern, wann er die letzte Tetanusimpfung bekommen hatte. Er wollte gerade gehen, doch da hörte er Schritte.

Die Tür öffnete sich mit einem metallenen Knirschen. Im Halbschatten erkannte Max den gut genährten, stupsnasigen, leicht porzinen jungen Mann aus der Werbeanzeige in der *Odessa Preview*. Rote Krawatte. Ein schwarzes Plastikgerät auf dem Ohr. Mit blauem Lämpchen. Wie ein Cyborg. Max fragte sich, ob der Kosake aus der Steppe wirklich zu EASY ETERNITY gehörte. Vielleicht war er nur ein Schauspieler.

Der junge Mann blickte Max misstrauisch an. Er trat hinaus auf den schmalen Treppenabsatz, streckte ihm kühl die Hand entgegen. Jemanden über die Türschwelle zu begrüßen, brachte Unglück, und offenbar hatte der junge Mann noch nicht entschieden, ob er Max hereinbitten wollte oder nicht. Unten im Garten drohte ihnen die alte Frau mit dem Spaten.

Max sprach Englisch. Er hielt die *Odessa Preview* entschuldigend hoch wie einen Schutzschild. Er blätterte zu dem Inserat, wechselte dabei ins Russische. Sprach mit dickem amerikanischem Akzent. Sagte, er sei am EASY-ETERNITY-Projekt interessiert.

Das Gesicht des jungen Mannes wurde weicher, mit einem leicht schmierigen Ausdruck. Er fasste nach Max' Hand und schüttelte sie erneut, diesmal mit Gefühl.

»Sie sind ein amerikanischer Investor? Ich bin Felix. Treten Sie ein! Bitte sehr!«

Während er Max hineinführte, wiederholte er die Worte »amerikanischer Investor« zwei- oder dreimal. Max widersprach nicht. In Odessa war ein westlicher Mann in seinem Alter entweder ein Sextourist oder ein Spion. Es war immer besser, sich als Spion auszugeben, dann wurde man für einen Sextouristen gehalten. Dass Felix Max einen Investor nannte, ohne ihm eine Frau anzubieten, hielt Max für ein sehr gutes Zeichen. Vielleicht änderten sich die Dinge. Vielleicht machte Grischa doch etwas richtig.

Mit einem Schraubstockgeräusch, Eisen auf Eisen, schloss sich die Tür hinter ihnen. Der Raum war groß und dunkel, wie eine Scheune. Sonnenlicht sickerte durch kleine Fenster und schmale Spalten in Wänden und Dach. Felix drückte auf einen Schalter, und der große Raum wurde in grünliches Licht getaucht.

Felix zeigte mit dem Arm über den ganzen Raum, und Max folgte mit seinem Blick. Das frühere Büro der Reederei schien leer zu sein, bis auf ein halbes Dutzend zylindrischer, etwa hüfthoher Blechkanister, die sich in einer Ecke drängten.

»Grischa hat uns Gelder aus dem Westen versprochen!«, sagte Felix. »Er hat gesagt, er macht aus Odessa ein zweites Batumi.« Er

schüttelte seinen runden Kopf. »Ich gebe zu, ich war skeptisch.« Er betrachtete Max mit seinen schweinsähnlichen blauen Augen. »Aber jetzt stehen Sie vor mir! Ein richtiger Investor! Aus Fleisch und Blut!«
Max lächelte höflich.
»Wir haben einen aggressiven Prepayment-Plan für Business Angels«, sagte Felix. Dann fügte er mit beinahe kindlicher Schläue hinzu: »Aber nur diese Woche.«
Max legte so viel Langeweile wie möglich in seinen Gesichtsausdruck. Schaute auf die Uhr. Spürte, wie Felix nervös wurde. Gut.
»Und was genau«, sagte Max, ein Gähnen unterdrückend, »macht EASY ETERNITY?«
Felix holte tief Luft. Lächelte wieder schmierig. »Hier bei EASY ETERNITY«, begann er, »sind wir dabei, ein eigenes Markenzeichen zu entwickeln, obwohl geistiges Eigentum in der Ukraine generell nicht respektiert wird, weshalb wir uns in Richtung Weltmarkt orientieren.« Er hielt inne und blähte beim nächsten Atemzug die Nasenflügel auf. »Unsere Philosophie ist überaus simpel: Der Tod bedeutet null Prozent ROI, Return on Investment. Die Kosten, die im Laufe eines Menschenlebens anfallen, übersteigen die Gewinne bei Weitem. Es ist das ultimative Schneeballsystem! Kein vernünftiger Geschäftsmann würde freiwillig einen solchen Deal eingehen. Natürlich sind nicht alle Menschen auf der Erde Geschäftsleute. Meine Großmutter zum Beispiel ist eine abergläubische alte Frau. Nicht einmal das beste Business Proposal der Welt würde bei ihr verfangen.« Er schüttelte traurig den Kopf. »Aber lassen Sie uns über Vernunft reden. Derzeit lassen sich sogar die besten Geschäftsmänner auf den miesen Deal namens Tod ein. Mit EASY ETERNITY wird sich das ändern. Warum? Weil wir die weltweit erste rentable Alternative anbieten.«
Max hustete. »Klingt interessant.«
»Selbstverständlich klingt das interessant!«, sagte Felix irritiert. »Deshalb habe ich die Firma gegründet. Wir gehören zu den ersten Anbietern einer echten Alternative, wenn man die religiösen Institutionen nicht zählt, die, mit Verlaub, keinen wirklichen Deal anbieten, sondern eher eine Art Lockvogelwerbung. Und nun kommt die Zig-

Millionen-Frage.« Felix hielt inne, um die Spannung zu steigern. »Wie schaffen wir das?«
Max nickte. Ließ sich auf das Spiel ein. »Wie schaffen Sie das?«
Felix lächelte. »Menschen gehen davon aus, dass eine Technologie, die bestimmte Dinge zurzeit noch nicht vermag, auch in Zukunft nicht dazu in der Lage sein wird. Das ist natürlich absolut unlogisch.«
Max nickte zustimmend.
»Es mag Ihnen nicht klar sein, aber dank der Schifffahrt waren die Kühltechnologien in Odessa schon unter den Sowjets sehr fortgeschritten. In Wahrheit verfügen wir über einige einzigartige Technologien, auf kryogenen und anderen Gebieten.«
War das ein listiger Ausdruck auf Felix' Gesicht? Max schien es so.
»Diese Technologien verschaffen uns mehrere Vorteile gegenüber ähnlichen, etablierteren Unternehmen. Ich lasse Ihnen später ein Datenblatt zukommen.«
Max nickte bedeutsam. Felix hatte ihn während des Verkaufsgesprächs langsam durch den großen, staubigen Raum geführt. Sie hatten die Blechzylinder in der Ecke erreicht. Hüfthoch. Die meisten schienen leer zu sein. Felix lief zu einem Zylinder, der wie die anderen aussah, aber für sich allein stand und mit einem Deckel verschlossen war.
»Hier verwahren wir unsere aktuellen Klienten«, sagte er. Er öffnete den Deckel des Behälters. Dichter Nebel quoll heraus. »Flüssiger Stickstoff.«
»Wen meinen Sie mit *Klienten*?«, fragte Max.
»Kürzlich Verstorbene, die später wieder aufwachen wollen.«
»Oh«, sagte Max.
»Sie denken bestimmt, dieser Behälter ist zu klein für einen Körper.«
Max nickte, genau das hatte er eben gedacht.
»Ich will es Ihnen erklären. Wir konservieren nur den Sitz des Bewusstseins. Also den Kopf.«
»Verstehe«, sagte Max, dem ein bisschen schlecht wurde. Er äugte in den Behälter, doch der herausquellende Dampf machte es unmöglich zu sehen, ob sich etwas darin befand. »Wie viele Köpfe, ich meine: Klienten, haben Sie da drin?«

»Nun«, sagte Felix ein wenig traurig, »derzeit nur einen. Es ist ein Pro-bono-Fall. Wir sind ein neues Unternehmen, das dürfen Sie nicht vergessen. Aber es sterben täglich Menschen, in den meisten Fällen gegen ihren Willen. Also erstreckt sich unser Markt ... über die gesamte Menschheit.« Er strahlte wie im Vorgefühl unermesslichen Reichtums. »Natürlich müssen wir unser Marketing und unsere Kommunikationsstrategie ausbauen. Aber ich glaube, dass unser ultimatives Ziel – die Wiederbelebung unserer Klienten mittels künftiger Technologien – auf große Resonanz stoßen wird. Zahl heute ein, und du bist später dabei! Das gefällt den Kunden.«

»Ganz sicher«, sagte Max. Seine Kehle schnürte sich zu, obwohl keine Katze in Sicht war. »Also ist der Kopf da drin, ähm, kryogen eingefroren?«

»Richtig!«, sagte Felix.

»Wessen Kopf – ich meine ... wer ist Ihr erster Klient, wenn ich fragen darf?«

Felix zuckte mit seinen runden Schultern. Er redete plötzlich normal, ohne Wirtschaftsjargon. »Das da drin ist mein Opa. Wir Ukrainer sind ja von Geburt an unternehmerisch veranlagt. Deshalb ist die Korruption bei uns so groß. Sie macht einfach alles kaputt! Man baut sich ein gutes Business auf, und dann kommen Gangster von der Regierung, Gangster von der Polizei oder ganz normale Gangster von nebenan. Und alle wollen ein Stück vom Kuchen. Mein Großvater musste ertragen, wie sein Unternehmergeist schon unter den Sowjets abgewürgt wurde. Sie haben ihn ins Gefängnis gesteckt – weil er Hüte verkauft hat! Später hat er erlebt, wie uns die Korruption lähmt, im sogenannten Kapitalismus. Ich denke, genau deshalb will er eines Tages zurückkommen. Um noch eine Chance zu haben! Er war ein Mann der Aufklärung und noch dazu clever. Er hat sofort kapiert, worum es bei meiner Firma geht. Meine Großmutter, andererseits ... Vielleicht haben Sie sie gesehen, unten im Garten? Sie hat für die Schwarzmeer-Reederei gearbeitet, ihr ganzes Leben.« Er seufzte. »Sie war strikt dagegen, dass Opa mein erster Klient wird. Sie ist sehr religiös in letzter Zeit. Sie sagt, was ich mache, ist Blasphemie. Ich sage ihr: ›Oma! Gott hilft dem Tüchtigen!‹«

»Menschliche Psychologie«, sagte Max mitfühlend, »ist wichtig für jede Verkaufsstrategie. Ihre Oma liefert Ihnen eine gute Fallstudie.

Sagen Sie: Wenn Sie es … ähm … geschafft haben, was macht dann Ihr Großvater mit seinem Kopf, aber ohne den Körper?«

»Sehr gute Frage!«, rief Felix. »Da gibt es zwei Möglichkeiten. Die eine ist, dass die biologischen Wissenschaften sich in dem Grad entwickelt haben, dass man aus dem kleinsten bisschen DNA nicht mehr nur, sagen wir: einen Tränenkanal oder eine Nase herstellen kann, sondern ganze Körper. Mit Leber, Herz, Händen, Lunge. Tatsächlich haben wir …« Er hielt inne.

Max meinte, in seinem runden Gesicht denselben listigen Ausdruck zu sehen wie vorhin. Doch das konnte auch an dem flackernden, grünlichen Deckenlicht liegen.

Schließ sprach Felix weiter. »Ich persönlich hoffe, dass wir unser Bewusstsein schon bald einfach ins Internet hochladen könnten. Keine Körper mehr.«

Max pfiff durch die Zähne. »Damit wären die horrenden Lebenskosten eliminiert.«

Felix nickte. »Kein Friseurbesuch mehr, keine Mahlzeiten, keine Ärzte!«

»Klingt großartig«, sagte Max. Dann wagte er einen Vorstoß. »Und wie sieht es mit, sagen wir mal, einem Zeh aus? Frieren sie auch Zehen ein?«

Felix schaute ihn verständnislos an. »Weshalb sollten wir das tun? Haben Sie ein Gehirn in Ihrem Zeh? Steckt Ihre Seele, Ihr Bewusstsein, in Ihrem kleinen Finger?« Er lachte verächtlich. »Ich glaube nicht.«

»Da haben Sie recht«, sagte Max. »Und wie sieht es mit anderen Technologien aus, die Sie erwähnt haben? Ich habe im Netz Ihre Augäpfel gesehen.«

Felix' Schweinchengesicht zog sich vor Ärger zusammen. Er spannte die Kiefer an. »Dieser Werbeclip sollte längst gelöscht sein. Die Technologie ist im Moment nicht praktikabel.«

»Vielleicht könnten Sie mir trotzdem ein wenig darüber erzählen?«

»Wir sind zur Geheimhaltung verpflichtet. Diese Werbung sollte überhaupt nicht mehr online sein.« Felix rang sich ein Lächeln ab. »Verzeihen Sie die Unannehmlichkeit.«

»Kein Problem«, sagte Max freundlich. »Gute Sachen soll man nicht ausposaunen.«

Felix' Lächeln wirkte halbwegs beruhigt. Max beschloss, die lächerlichste Frage zu stellen, die ihm in den Sinn kam.

»Vielleicht können Sie mir noch sagen, nur so zum Beispiel, ob es möglich ist, schon jetzt, im Moment, in einem Labor einen menschlichen Zeh zu züchten? Oder sogar eine Hand?«

Die Vorstellung, einen Zeh zu züchten, zeigte keine Wirkung auf Felix. Aber als Max »Hand« sagte, wurde sein Gesicht dunkel und hart.

»Nein«, sagte er. Seine Stimme klang kalt. Feindselig, anders als bei den Augäpfeln.

Da stimmte etwas nicht, dachte Max. Da ging es, so schien es ihm tief im Inneren, um Leben und Tod. Er wusste nicht, was er davon halten sollte. Offensichtlich konnte der junge Mann keine Körperteile herstellen. Aber vielleicht hing er in einer Art Gliedmaßenhandel mit drin. Vielleicht hatte er die Hand seines Opas verkauft, nachdem er den Kopf eingefroren hatte. Max wurde schlecht. Mit einem Mal wollte er nur noch weg.

»Tut mir leid, das war eine dumme Frage.« Taffer, ermahnte er sich. Ich muss taffer klingen. »Schauen Sie, Felix, ich bin kein Wissenschaftler. Sie kennen ja den Ausspruch: Nur wer die dummen Fragen stellt, bekommt die klugen Antworten.«

Das klang nach einem Business-School-Mantra, das dem Youngster gefallen musste. Dessen blauen Augen wurden sanft.

»Vielen Dank, dass Sie sich Zeit genommen haben für mich«, sagte Max und eilte in Richtung Ausgang. Er hatte Gänsehaut am ganzen Körper. »Ihre Geschäftsidee wird mit Sicherheit einschlagen. Ich werde mit meinen, ähm, Partnern reden. Machen Sie's gut!«

Felix nickte. Er schien in Gedanken zu sein und begleitete seinen Gast nicht zur Tür.

25

Der King erwachte aus einem unruhigen Schlummer. Er saß auf einem Plastikstuhl im Hof seiner Kindheit. Der Manschettenknopf an seinem Hemd war abgegangen. Das tätowierte blaugraue Auge starrte den King an. Er zog den Ärmel darüber, um es zu verdecken. Über ihm hingen dicke Weintrauben zwischen breiten staubigen Blättern. Eine karierte Tischdecke flatterte in der Brise. Nur noch einen Moment, dachte der King und schloss sein gesundes Auge.

Nachdem man seinen Vater erschossen hatte, lebte der Junge bei seiner Großmutter. Sie hatte Talent für Gaunereien, die alte Bäuerin, die einen Wissenschaftler zur Welt gebracht hatte. (»So viel Grips!«, pflegte sie abends zu sagen, wenn sie ihren Kirschschnaps getrunken hatte. »Aber genützt hat es ihm nichts. Eine schmutzige Ausländerin hat er geheiratet, und dann wurde er abgeknallt, zusammen mit seinen Wissenschaftsfreunden, von Stalin.«) Nie nannte sie ihren Enkelsohn Ingeleh. Sie rief einfach: »He, du!«, oder, wenn sie gut gelaunt war: »He, Junge!« Wanja vermisste seinen Vater, wagte aber nicht, es der Großmutter zu sagen.

Sie waren ein gutes Team, die alte Frau und der Junge. Sie machten zusammen eine Menge Geschäfte. Brannten illegal Schnaps. Handelten mit geschmuggelten Zigaretten. »Da ist ja der Junge!«, rief die Großmutter, wenn Wanja abends nach Hause kam, vom Hafen oder einem anderen Ort, an dem er geschäftlich zu tun hatte.

Dann kam der Krieg. Erst war er fern. Dann kam er näher. Dann war er vor ihrer Tür. Während der Belagerung machten sie weiter. Zeiten der Not bargen Chancen, das lernte der Junge. Die Belagerung dauerte von August bis Oktober. Dreiundsiebzig Tage. Dann kamen die Rumänen. Die ersten Tage waren vielversprechend: Wanja stahl den Soldaten die Stiefel und verkaufte sie dann an sie zurück.

Aber um sechs Uhr dreißig am Morgen des 22. Oktobers änderte sich alles. Eine Bombe detonierte im Hauptquartier des rumänischen Kommandanten. Dann eine Radio-Botschaft, von der Krim gesendet.

»Schnell!«, sagte die Großmutter, als sie es hörte. »Lauf runter zum Hafen!«

Wanja wusste nicht, wozu, doch ehe er floh, zog er unter der Matratze jene fünf Seiten hervor, die ihm sein Vater anvertraut hatte. Er steckte sie unter sein Hemd, dicht an sein Herz.

Um neun Uhr dreißig begannen die ersten Massaker. Mittags waren schon fünftausend Juden erhängt, in den Straßen, auf den Plätzen des Zentrums. Wanja versteckte sich unten am Hafen. In den Weizenspeichern kannte er jeden Winkel. Hier war er sicher, denn keine Armee würde ihr eigenes Essen verbrennen. Im Speicher war es warm und trocken und roch nach Erde. Wanja legte sich hin und erstarrte in einer Art Wachtod.

Später, viel später, erfuhr er, dass man am Hafen neunzehntausend Juden erschossen hatte. Während der folgenden Tage wurden Zehntausende mehr aus der Stadt getrieben. Lange Menschenkolonnen. Die Großmutter musste unter ihnen gewesen sein, denn Wanja sah sie nie wieder.

Danach arbeitete er. Hauptsächlich am Hafen. Wenn er ein bisschen Geld hatte, ging er ins Kino. Die Rumänen hatten eine der Synagogen zum Filmtheater gemacht. Wanja war zuvor noch nie in dem grauen Gebäude gewesen. Es gefiel ihm. Die hohen Fenster, wie in einem Schloss von King Arthur. Sein Vater hatte ihm die Rittersagen vorgelesen, ehe er für immer verschwand. Was machte es Wanja aus, dass die Filme auf Deutsch waren? Er mochte die Bilder, die da oben über die Leinwand flimmerten. Schwarz-weiß und voller Romantik.

Eines Abends sah er einen Kriegsfilm. Nazipropaganda. Zum ersten Mal verstand er, was sein Vater gemeint hatte, als er über die Soldaten sprach. Über eine unbesiegbare Armee.

Nach der Vorstellung versteckte sich der Junge hinter dem roten Kinovorhang. Als niemand mehr da war, kam er hervor. Er suchte ein gutes Versteck. Er hatte das seltsame Gefühl, als würde ihm dabei jemand helfen. Jemand führte ihn zu der Wand mit der losen Verkleidung. Wanja versteckte die Blätter hinter dem Holzpaneel. Er wusste, dass es ein gutes Versteck war. Dass sein Vater stolz auf ihn wäre. Dann trat er hinaus in die Nacht. In die kalte, dunkle Welt. Ganz allein.

26

Die Eisentür der Schwarzmeer-Reederei krachte hinter ihm zu. Max atmete auf. Nie war er so froh gewesen, wieder draußen an der Luft zu sein. Seeluft. Sauber und salzig. Frisch. Ein Lebenselixier. Im Gemüsegarten war niemand mehr. Max lief zu dem Holzhaus mit dem schiefen Dach, das neben dem Garten stand. Vielleicht ein früherer Fahrzeugschuppen. Durch die Fenster im Erdgeschoss waren gelb-rote Vorhänge zu sehen. Felix und seine Großmutter wohnten hier, vermutete Max. Die Fenster im Dachgeschoss waren ohne Scheiben.

Neben dem Schuppen verlief ein Pfad. Max gab acht, dass er nicht in die rostigen Nägel und Flaschenscherben trat, die den schmalen Weg übersäten. Plötzlich sprang ihm ein geflecktes Kätzchen vor die Füße. Es jaulte und rannte weiter. Auf der Rückseite des Hauses erstreckte sich noch ein Stück Land, von Unkraut überwuchert. Mit einem Mal fiel es ab. Von der Straße aus nicht zu erahnen, war die Stadt hier plötzlich zu Ende. Vor Max wogte die See. Tiefblau, leidenschaftlich. Die Farbe enthielt alle Versprechen offener Wasser: Bewegung, ferne Ufer, Abenteuer, echtes Leben, tief, salzig und kalt.

Max stand auf der Klippe und blickte hinunter zum Hafen. Der Hafen glich einer Spielzeuglandschaft: gelbe Kräne, weiße Silos, schwarze Silos, blaue Silos. Rote Container mit Streifen von Rost und Öl. Der leise Klagegesang der Maschinen. Wie eine schluchzende alte Frau.

Max bahnte sich den Weg durch das kniehohe Unkraut, bis er Felix' Großmutter erreichte. Sie schluchzte nicht. Nein. Sie saß mit dem Rücken zu ihm auf einem alten Klappstuhl und schaute auf den Hafen, aufs Meer. Max setzte sich neben sie auf die Erde.

»Sie sind also noch so einer von denen«, sagte die alte Frau nach einer Weile und lachte bitter. »Ein sogenannter Investor.«

Mit zitternden Händen zog sie ein Päckchen Zigaretten aus der Schürzentasche. Die weiße Schachtel glänzte im Licht. Max beugte sich vor. Rieb mit dem Daumen über das Rädchen. In der Sonne

war die kleine Flamme fast nicht zu sehen. Dass Max nicht rauchte, tat nichts zur Sache: In diesem Teil der Welt hatte ein Mann immer ein Feuerzeug griffbereit. Die alte Frau neigte ihren Kopf zu ihm. Inhalierte. Stieß einen grauen Rauchfaden aus.
»Das ist Teufelszeug, wenn Sie mich fragen«, sagte sie. »Vielleicht hat mein Felix ja zu viel Düsternis erlebt. Sein Vater war ein Taugenichts. Seine Mutter – meine Tochter – war wie ich. Hat hart gearbeitet. Aber sein Vater hat einfach aufgegeben, als er seine Stelle verlor. Hat den ganzen Tag lang zu Hause gehockt, vor der Glotze. Meine Tochter wollte ihn nicht verlassen, wegen Felix. Als sie eines Abends heimkam, sagte ihr Mann zu ihr: ›Gib mir ein bisschen Geld.‹ Sie sagte: ›Ich hab keins.‹ Darauf er: ›Dann geh halt anschaffen, mir ist es gleich.‹ Erst da hat sie sich von ihm getrennt ... Der nächste Kerl war noch schlimmer. Als er seine Arbeit verlor, wurde er heroinsüchtig. Er schlug meine Tochter. Kam ins Gefängnis. Dann starb er. Und jetzt ist mein Mann auch nicht mehr da. Oder sagen wir ...«, sie schnaubte, »nur noch sein Kopf ist übrig geblieben. Oben in dem Metallfass, eingelegt wie einer meiner Kohlköpfe. Ich sag Ihnen was: Das Gehirn dieses Menschen war nie seine Stärke, auch nicht zu Lebzeiten.«

»Eingelegt«, sagte Max, »meinen Sie: in Salz?«

Die alte Frau schaute ihn an, als wäre er blöd. »In flüssigem Stickstoff natürlich. Hat Felix es Ihnen nicht gezeigt? Er zeigt es doch allen.« Sie seufzte. »Gott allein weiß, wo er das Zeug herbekommt. Wahrscheinlich im Hafen, dort kriegt man ja alles. Ich sollte das eigentlich wissen.«

Max gab ihr Feuer für eine weitere Zigarette. »Felix hat mir erzählt, dass Sie Ihr Leben lang für die Reederei gearbeitet haben.«

Sie nickte. »Als ich anfing, haben wir Bomben verladen, für Vietnam. Und wieder ausgeladen, vor Ort. Den ganzen Weg nach Vietnam sind wir mit dem Schiff gefahren. Die Vietnamesen kamen auf ihren kleinen Bambusflößen angepaddelt. Gut zum Fischen, aber eine Bombe kann man darauf nicht ordentlich transportieren. Was sollten wir tun? Wir ließen die Bomben zu ihnen herab, und sie haben sie mit Schilf auf die Flöße gebunden. Vom Deck aus konnten wir sehen, wie sie zurückpaddelten, Richtung Ufer. Viele von ihnen sind heil angekommen.« Sie schloss die Augen, hielt ihr Gesicht in die Sonne. »Ich hatte eine gute Stelle, in einem guten Betrieb. Unsere Flotte war die größte der Welt.«

»Ja, die Schwarzmeer-Reederei war berühmt«, sagte Max.

»Die Neunziger haben wir überstanden. Wäre die Reederei pleitegegangen, hätten wir nichts mehr zu essen gehabt. Aber nichts währt ewig, das hat mich das Leben gelehrt. Gott sei Dank war Felix schon alt genug, um selbst arbeiten zu gehen, als die Gauner die Reederei dichtgemacht haben. ›Privatisierung‹«, sagte sie höhnisch, »so haben sie es genannt.«

Max nickte.

»Und jetzt kommen Leute wie Sie. Der Erste, mit dem Zopf, ein sehniger kleiner Kerl. Reckte immer den Kopf so komisch hoch, als wollte er brüllen.«

Sie ahmte den Mann nach, und irgendetwas daran erinnerte Max an … jemanden.

»Felix sagte zu mir: ›Babuschka, er hat mir fünftausend Dollar aus Amerika überwiesen!‹ Ich habe geantwortet: ›Dieser Mann kommt frisch aus dem Knast.‹«

»Aha«, sagte Max.

»Was mein Felix braucht, ist eine gute Frau, wissen Sie? Eine, die für ihn kocht, wenn ich nicht mehr bin. Die ein bisschen Vernunft in seinen Dickschädel bläut, bevor er ihn einlegen lässt. Als Angelinas Tochter ihn mal besucht hat, dachte ich, dass sie vielleicht …«

»Angelina«, sagte Max, »wie das Restaurant?«

»Ja, dort arbeitet Sima. Ein gutes Mädchen. Sie ist vernünftig, und wenn sie nur halb so gut kocht wie ihre Mutter, kann man zufrieden sein.«

Sie schaute wieder hinunter zum Hafen. Auf die Kräne, die rostenden, dickbäuchigen Schiffe.

Als sie wieder sprach, klang sie wütend. »Dieser Schwachkopf von einem Ehemann, den ich hatte! Wollen Sie hören, was er zu Felix gesagt hat?«

Max nickte.

»Dieser hirnlose Narr! Irgendwann nach dem Einfrieren kam Felix zu mir. Er wollte mir mal wieder weismachen, dass er es schaffen wird, mit seinem ›Business‹. Er sagte, sein Opa habe ihm

ein Geheimnis verraten. Und zwar, dass er von Benja Krik abstammt, in direkter Linie. Von Benja Krik! Dass ich nicht lache.«
»Der Gauner mit dem goldenen Herzen«, sagte Max. »Und, stimmt das?«
»Benja Krik hat nie gelebt! Isaak Babel hat ihn erfunden, möge er in Frieden ruhen. Woher nehmen die Männer in meiner Familie so einen Schwachsinn?«
»Babel hatte ein historisches Vorbild für Benja Krik«, sagte Max. »Vielleicht hat Ihr Mann das gemeint?«
»Glauben Sie wirklich, dass ein Schwachkopf wie er so weit denken konnte?«, fragte die alte Frau. »Felix war wütend, weil ich ihm nicht geglaubt habe. Er sagte, er würde es mir beweisen. ›Gut!‹, sagte ich, ›geh und such im Archiv!‹ – ›Das mache ich!‹, sagte er. Aber er ist bestimmt nicht hingegangen. Wer lässt sich schon gern seine Illusionen zerstören. Aber kurze Zeit später ... ist etwas anders geworden.« Sie warf ihren Zigarettenstummel fort, in den Abgrund. »Der Idiot mit dem Zopf ist aufgetaucht. Hat behauptet, dass er aus Florida kommt. Aber ich sage Ihnen, der Kerl ist Odessit. Er ist ein Knastvogel. Und ...«, sie spuckte aus, »... ein Junkie.«

Der Idiot mit dem Zopf, dachte Max. Brüllend? Er glaubte, sich zu erinnern.

»Löwe‹, so nennt ihn Felix.«

Der Löwe!, dachte Max. Natürlich. Einer der schillernden Kleinkriminellen, die in den späten Neunzigern aus der Sowjetunion emigriert waren. Der Löwe hatte es fast zum Großkriminellen gebracht, als er den Verkauf eines sowjetischen Atom-U-Boots an kolumbianische Kokaindealer einfädelte. Aber der Deal kam nicht zustande; die DEA nahm den Löwen in Miami hoch. Steckte ihn ins Gefängnis. Für fünfzehn, zwanzig Jahre? War er schon wieder draußen?

Max suchte das Steilufer ab mit seinem Blick. Machte die obersten Stufen einer Treppe aus. Sie schien direkt nach unten zu führen. Felix' Großmutter war verstummt. Max spürte, dass sie noch etwas sagen wollte, sich aber nicht traute. Er hakte nicht nach. Er stand auf und sagte Lebwohl. Lief davon mit schweren Schritten.

Ein Ex-Häftling aus Miami versprach noch weniger Chancen für seine Karriere als ein Komplott der örtlichen Mafia.

*

Felix schaute unglücklich aus dem Fenster der Schwarzmeer-Reederei. Er sah, wie der Amerikaner fortging. Was hatte der von der Großmutter gewollt? Worüber hatten sie geredet?
Gordon Gekko. »Gier ist gut.« *Wall Street*, *The Wolf of Wall Street*, *Casino*. Felix hatte all diese amerikanischen Filme gesehen, zusammen mit seinem Großvater. Im ukrainischen Fernsehen. Synchronisiert, mit Originalton im Hintergrund. Runde, selbstbewusste, reiche Silben. Die Sprache des Geldes. Während sein Großvater vom Hutgeschäft der Familie erzählte, vom Kapitalismus, dem freien Markt ...
Felix war als Kind einsam gewesen. Er liebte Süßigkeiten, und die anderen Kinder zogen ihn auf. Riefen ihn Schweinchen. Die Abende mit seinem Großvater, die langen Gespräche mit ihm, zählten zu seinen besten Erinnerungen.
»Kleide dich für die Arbeit, die du dir wünschst!«
Also hatte Felix sich eine rote Krawatte besorgt.
»Um Geld zu verdienen, musst du Geld ausgeben.« Das war auch eine von Großvaters Weisheiten. Dabei hatten sie nie eine Kopeke zu viel im Haus gehabt.
Felix schaute hinüber zum Zylinder. Die Kryogenik-Firma war die Idee des Großvaters gewesen. Kurz bevor er starb. Felix hatte mitgemacht, obwohl die Sache verrückt klang. Er hatte schon lange das Gefühl, dass ihm etwas Großes glücken könnte. Als der Großvater ihn bat, sein Gehirn aufzubewahren, hatten ihn, nun ja, Gewissensbisse geplagt. Aber er schaute in die milchigen Augen des Opas und sah, wie wichtig ihm die Sache war. Sie setzten den Behälter gemeinsam an. Als es so weit war, bestach Felix den Bestatter und tat, was notwendig war.
Hatte er an das Projekt geglaubt? Nicht wirklich. Aber es hatte eine Reihe von Ereignissen ausgelöst, die tatsächlich zu etwas Großem führen konnten. Hätte sich sein Opa nicht konservieren lassen,

hätte Felix keine Werbekampagne starten müssen, um Geld für die Stromrechnungen aufzutreiben. Und hätte Rodion ihn nicht mitgenommen in Simas neues Restaurant, um ihm die preisgekrönten Augäpfel aus Buttercreme zu zeigen, hätte er nie deren Potenzial für Online-Werbung erkannt. Und wäre seine Großmutter nicht so wütend gewesen über das Einfrieren, hätten sie sich nicht über Benja Krik gestritten. Felix wäre nie ins Archiv gegangen, um ihr die Wahrheit zu beweisen. Er hätte nie seine Entdeckung gemacht. Er fröstelte in dem dunklen Lagerhaus. Warum hatte er ein flaues Gefühl im Bauch? Warum schlief er schlecht seit dem Bombenanschlag? Er schob den Gedanken weg. Er hatte keine Ahnung gehabt, was Luddy der Löwe, sein Investor, vorhatte mit der Liste von Rohstoffen, die Felix für ihn hatte besorgen müssen. Nicht einmal jetzt wusste er, was passiert war. Vielleicht hatte der Löwe mit all dem Düngemittel und Wasserstoffperoxid überhaupt nichts gemacht. Felix war kein Krimineller. Er wollte nur ein Geschäftsmann sein. Es machte nichts, dass er kein Geld für die Business School hatte. Er las alle Lehrbücher, die er kriegen konnte. *Show me the money!*

Was, wenn Sima dabei gestorben wäre? Felix verbannte den Gedanken. Geld. Das war die Antwort. *Money makes the world go round.* Hatte der Großvater oft gesagt. Felix würde die Angelegenheit mit Geld regeln. Wie ein Geschäftsmann. Und der Rest? Ein Geschäftsmann musste realistisch einschätzen, was er zu bieten hatte. Sex-Appeal? Hatte er keinen. Rodion schon. Sima zum Beispiel, wie sie Rodion ansah! Felix hatte sie noch nie so angeschaut und würde es auch in Zukunft nicht tun. Er wünschte, sie würde es wenigstens einmal tun, damit er wüsste, wie es sich anfühlte. Sicher, da war noch Lilia aus dem Archiv. Sie stand auf Felix. Aber sie lernte vermutlich kaum Leute kennen bei ihrem Job.

Geld. Felix brauchte mehr Geld. Er würde es bekommen! Rodion würde ihm dabei helfen, dem war das Glück hold. Als Rodion neu war in Odessa, hatte die Cousine der Tante seiner Mutter Felix' Großmutter angerufen. Felix sollte dem Jungen aus der Kleinstadt unter die Arme greifen, ihn einführen in die Großstadt. Felix erklärte sich einverstanden. Er war im Grunde noch immer ein einsames Kind.

Als er Rodion kennenlernte, war das wie ein Aufeinandertreffen von Yin und Yang. Rodion sah gut aus und war optimistisch, Felix war schlau. Sie verstanden sich auf Anhieb. Und als Felix die Aufzeichnungen im Archiv fand, wusste Rodion genau, was man mit ihnen anfangen konnte. Ja, Felix schätzte sich glücklich mit ihm als Freund. Und er wusste, dass Rodion Gefühle für Sima hegte – auch wenn der es selbst noch nicht wusste. Also wie konnte er, Felix ...? Geld. Die Antwort war immer Geld. Felix sah wieder aus dem Fenster. Der Amerikaner war fort. Wo steckte die Großmutter? Sie würde ihr Leben für ihn opfern, das wusste er. Aber bis dahin würde sie alles tun, um ihm Steine in den Weg zu legen – genau so, wie sie die Ideen ihres Mannes hintertrieben hatte. Worüber hatte sie mit dem Amerikaner geredet? Hatte sie ihm von Benja Krik erzählt? In letzter Zeit fing sie häufiger davon an. Felix gefiel das nicht. Es machte ihn nervös.

Er wählte eine Nummer. Auf dem Display erschien ein Foto. Eine kleine Blondine mit hexenhaften Augenbrauen. Lilia. Felix legte den Kopf schräg, als der Bluetooth-Knopf vibrierte.

Lilia flüsterte, dass sie auf Arbeit sei und ihre Chefin jede Minute zurückkommen werde. »Sie ist unten im Trotzki-Archiv ...«

Felix unterbrach sie. »Tust du mir einen Gefallen? Wenn ein Amerikaner auftaucht und nach Benja Krik fragt ...«

27

Der verdammte Kater. Der verdammte Straßenkater. Sein Geburtsname war Prinz. Doch der Name, der hängen blieb, war Cheeky B. Mit B wie in Bastard. Mister Smiley hatte ihn entdeckt, als er noch ein Kätzchen war. Er war etwas Besonderes. Ein schöner, glanzfelliger, opalgrauer Kater, obwohl er aus der Gosse kam. Das Vertrauen in seine Pfoten. Wie er sie instinktiv zu benutzen wusste. Mister Smiley behielt ihn im Auge. Als er zum ersten Mal sah, wie Cheeky B mit seinen Pfötchen die kuschlige weiße Miezi würgte, die seine Sahne klauen wollte, zersprang sein Herz fast vor Stolz. Er nahm Cheeky B unter seine Fittiche. Behandelte ihn wie einen Sohn. Schließlich besaß dieser Kater alles, was Mister Smileys biologischer Abkömmling Wladislaw nicht besaß – Wladislaw, diese verweichlichte, verzogene, schwachschwänzige Enttäuschung mit dem weißen Fleck auf der Brust, als wäre er ein Mensch mit einem Einstecktuch, dieses dandyhafte halbe Hemd!

Mister Smiley hatte Wladislaw erst mit anderen Augen betrachtet, als dieser zu ihm kam und ihm sagte, dass Cheeky B eine eigene Gang formte, mit der er den Hafen übernehmen wolle. Den Hafen! Zugegeben, die Fischreste wurden mit jedem Jahr weniger. Mister Smiley hatte sogar gelesen, dass es heutzutage wahrscheinlicher war, im Schwarzen Meer einen Kühlschrank zu fangen als einen Fisch. Aber dennoch. Der Hafen war von größter Bedeutung! Abgesehen vom Fischabfall, einst eine Goldmine, gab es dort einfach alles. Alles, was in der Ukraine an Land ging. Und man kam an alles heran: Garnelen, Kokain, Gerüchte. Ein Katzenboss ohne Kontrolle über den Hafen verdiente den Namen nicht länger.

Wladislaw mochte untauglich sein für alles, bei dem man sich die Pfoten beschmutzte. Doch er schien andere Fähigkeiten zu haben. Hinterlist. Mut zum Verrat. Das war gut. Das war sehr gut. Natürlich zählten Spitzel nicht zu den erhabensten Katzen. Aber sie waren nützlich. Mister Smiley hatte zum Dank genau einmal mit seinem Schwanz gepeitscht. Dann ließ er die Nachricht streuen, er wolle

Cheeky B treffen. Am üblichen Ort. Preobraschenska-Straße. Vor der Zugwaggon-Bar. So genannt, weil sie groß wie ein Zugwaggon war und die passende Einrichtung hatte. (Mister Smiley wusste das, denn er war schon geschäftehalber nach Kiew gereist, zwei Mal.) Cheeky B erwartete ihn. Die Bar schloss gerade. Die zahnlosen Besoffenen stolperten auf den Gehsteig, tranken den letzten Wodka aus dünnen Plastikbechern. Sie legten den Kopf in den Nacken, zerdrückten die Becher, als wären sie aus Papier. Warfen sie auf den Gehsteig. Die Ferkel!

Cheeky B war zunächst frech wie immer. Er leugnete alles. Mister Smiley hatte es nicht anders erwartet. Als ihm klar wurde, dass leugnen nichts half, erklärte sich Cheeky B bereit zu kämpfen. Er war jung, er war stark. Doch Mister Smiley war der bessere Killer. So einfach war das. Er musste sich anstrengen, doch schließlich hatte er Cheeky B an der Gurgel. Ein kurzer Einsatz der Klaue an der Aorta beendete den Kampf. Mister Smiley schleifte den Toten zum Bushäuschen und ließ ihn unter den Sitzen liegen, als Zeichen für alle anderen, die darüber nachdachten, ihn zu verraten.

Doch was war das? Seit Tagen verfolgte ihn der Ausdruck in Cheeky Bs Augen, kurz bevor er sein Leben aushauchte. Diese Augen erschienen Mister Smiley im Traum. Beschämten ihn mit ihrer Unschuld. Das irritierte ihn. War er nicht mehr der Alte? Er peitschte die Luft mit seinem Schwanz. Vor Ärger. Selbstzweifel waren Gift. Sogar Hauskatzen wussten das.

Doch es gab noch etwas anderes, das ihn beunruhigte. Am Nemo-Strand, in der Dunkelheit, war er zu den schwarzen Jeans geschlichen, die der Typ mit dem grünen Eidechsenrücken im Sand liegen gelassen hatte. Mister Smiley roch an der Gesäßtasche, in der das Ding gesteckt hatte. Kaffeesatz und Zigaretten. Und noch etwas anderes. Ein komplexes Aroma. Der Gouverneur Grischa. Ein Hauch von schwarzer Magie. Und eine Spur von irgendeiner Delikatesse. Mister Smiley dachte an Kaviar. Aber nein, Kaviar war es nicht. Etwas Selteneres. Köstlicheres. Mister Smileys Magen knurrte, und das Wasser lief ihm im Maul zusammen, als er den Geruch erkannte. Salamander. Es roch nach irgendeiner Art von Salamander.

28

Max stand in einer Schlucht, weiß und grau und silbern. Protzige Bauten thronten um ihn herum. Er hob die Hand, um seine Augen vor den im Licht gleißenden Fassaden zu schützen. Nein, hier war kein filigraner, altmodischer Schmiedebogen mehr. Kein Reigen aus Kastanienbäumen, die sich wie alte Staatsmänner neigten, hoch und kronenlastig, leicht kränklich. Kein Trampelpfad. Keine Babuschkas, die langsam von der Stadt aus zur weichen, blau funkelnden See liefen. Die blitzhellen Glasbauten blendeten Max. Sein Kopf schmerzte, er schloss die Augen. Fühlte eine fleischige Hand auf der Schulter.

»Erkennst du es nicht?« Josiah Homilys Stimme war rau und tief. Er war breiter geworden seit seinem letzten Treffen mit Max. Hatte graue Haare bekommen. Trug lockere Sommerkleidung: ein weites, oft gewaschenes Polohemd, knielange Cargoshorts. Teva-Sandalen. Socken. Er schwenkte mit seiner fleischigen Hand über den weißen Specksteinweg, die polierten Fassaden.

»Du fragst dich, wo die Bäume sind, hab ich recht?«

»Wo sind die Bäume, wo ist das Meer?«, rief Max. »Was ist mit Arkadia passiert? Und was ist los mit deinem Gesicht?«

Homilys blassblaue Augen waren so verwaschen wie sein Polohemd. Doch seine linke Gesichtshälfte lebte: ein dunkles Lila mit Kratzern.

»Meine Frau hat mich für eine dieser Schlachten angemeldet. Nazis gegen Russen. Unten in den Katakomben.«

»Wie bitte?«

»Na ja«, sagte Homily kopfschüttelnd. »Du kennst doch diese Rollenspielfanatiker. Der Cousin meiner Frau liebt Geschichte, kann einfach nicht genug davon haben. Sie klettern da runter, und alles ist vorbereitet. Absolut inoffiziell natürlich. Könnte jederzeit einstürzen, fürchte ich. Das hält aber niemanden ab. Ein paar Verrückte haben dort unten eine Art lebendes Zweiter-Weltkrieg-Museum eingerichtet. Haben sich alte Soldatenhelme beschafft, alte Handgranaten, Artillerie. Dann haben sie einen Bereich für die Reenactments gebaut. Eine Höhle für die Nazis, dekoriert mit Postern vom Bund Deutscher Mädel und so weiter, und eine für die Russen. Dann kämpft man in den Höhlengängen gegeneinander. Das einzige Problem ist, dass sie nie genug Nazis haben. Die Uniformen sind zu teuer. Also hat meine Frau gesagt, dass ich einspringen muss.« Er zuckte mit den Achseln. »Wir haben natürlich verloren. Russische Uniformen sind Dutzendware, also haben die immer mehr Leute.«

Sie liefen los. Kamen zu einem rechteckigen Torbogen mit blinkender LED-Schrift: *ARKADIA – ARKADIA – ARKADIA*. Max folgte Homily durch den Bogen. *ARKADIA – ARKAD...* Hinter dem Bogen begann eine Ladenstraße mit noblen Schaufenstern. Bademoden, Mobiltelefone, Eiscreme.

»Was zum Teufel ...?«, sagte Max.

»Ein paar Mafiosi haben Arkadia gekauft. Ist etwa zwei Jahre her«, sagte Homily. »Haben alles abgerissen. Und das hier gebaut. Ist ne hübsche kleine Cash-Maschine.«

»Sieht auch aus wie ein Geldautomat«, sagte Max.

»Anmutig ist es jedenfalls nicht«, stimmte Homily zu. »Aber siehst du, wie sauber es ist? Wie ein kleiner Polizeistaat. Ich dachte, wir essen hier was?«

Er zeigte auf ein Café, auf dessen schwarzem Eingangsschild auf Englisch geschrieben stand: *Roast Darkly*. Eine große, tiefschattige Terrasse. Niedrige schwarze Holzdecke. Niedrige schwarze Sofas. Niedrige schwarze Tische. Jede Menge Deckenventilatoren.

»Joe«, sagte Max, während ein angenehm kühler Sprühnebel aus einer verborgenen Quelle über ihren Köpfen fiel. »Du siehst prächtig aus.«

»Und du hattest wohl einen Scheißtag«, sagte Homily und ließ sich unbeholfen auf eins der Sofas fallen. Im Halbdunkel der Terrasse sah sein Gesicht weniger lila aus.

»Ein Scheißjahr, um ehrlich zu sein«, sagte Max.

Über Homilys verwaschene Augen huschte Mitgefühl. Max spürte einen Stich im Herzen. Traurigkeit? Bedauern? Er war ein Idiot! Homily hatte ein Scheiß*jahrzehnt* hinter sich! Also sollte Max besser den Mund halten.

Armer Joe Homily. Wenn Trilby und Albu die Sieger waren im Personalpoker der CIA, dann war Josiah Homily der Verlierer. Am Ende entschied das Glück. Was Homily widerfahren war, hätte jedem passieren können. Er hatte in Moskau gearbeitet. Auf der Höhe des Ölbooms, bevor die amerikanische Finanzwirtschaft abstürzte nach den Lehman Brothers. Eine amerikanische Umwelt-NGO wollte ein Pilotprojekt für sauberes Wasser starten, in irgendeiner ländlichen Einöde. Die CIA schleuste Homily in die NGO, er sollte das Projekt anbieten. Max konnte sich vorstellen, wie das abgelaufen war. Das übliche verrauchte Hinterzimmer. Kalenderbilder mit nackten Frauen an der Wand. Ein flacher Klapptisch mit Metallbeinen. Der örtliche Regierungsbeamte wollte fünfzigtausend Dollar. Erst dann würde er sich den Projektvorschlag ansehen.

Homily hätte Nein sagen sollen. Nicht weil die Bestechung moralisch falsch war, sondern weil der Regierungsbeamte, wie sich herausstellte, auf dem absteigenden Ast war. Homily, das war nicht ungewöhnlich für die damaligen Zeiten, lieh sich das Geld von der Agency. Der Beamte sackte es ein. Und ward nicht mehr gesehen. Apparatschiks vom aufsteigenden Ast übernahmen die Stelle des Verschwundenen. Sie hatten die Geldübergabe im verrauchten Hinterzimmer heimlich auf Video aufgezeichnet. Sie zeigten das Video den örtlichen Sicherheitskräften. Die holten Homily aus seinem Schmuddelhotel und nahmen ihn fest. Ein paar Tage Gefängnis. Um ein Exempel zu statuieren. Als Homily freikam, gab es einen Riesenärger in Langley.

Homilys Mentor, der alte Rex, dem auch Max unterstand, war zu jener Zeit ebenfalls schon auf dem absteigenden Ast. Mehrere Leute wollten ihn loswerden. Seinen Schützling Homily anzugreifen, war ihnen nützlich. »Dieb!«, rief einer der aufsteigenden Agency-Apparatschiks. Homily war gekränkt und reichte die Kündigung ein – überzeugt, dass Dunkirk sie nicht annehmen würde. Dunkirk nahm die Kündigung an. Einen Monat später kam die erste Entlassungswelle. Die Agency kürzte ihr Personal um die Hälfte. Für Homily mussten sie keine Abfindung mehr bezahlen. (Rex verließ die CIA wenig später: Er kam heim von einem achtstündigen Meeting, setzte sich an seinen Computer und starb.)

Und Homily? Ging auch nach Hause. Nach Alabama? Irgendwo dort. Er wollte neu anfangen. Und scheiterte. Kaufte ein Auto, cruiste damit durch den Süden. Fand keine Ruhe. Einmal lief er Max in D.C. über den Weg. In einem Kino. Homily war allein dort. Er und Max warteten in der Popcornschlange. Rose war schon drin, um Plätze zu besetzen. Sie und Max waren frisch verheiratet. Während die Popcornschlange langsam vorrückte, sagte Homily zu Max, dass er sich nirgends mehr zu Hause fühle, nirgendwo hingehöre. Später fragte sich Max, ob Homily zufällig in das Kino gegangen war. Sie hatten sich nie nahegestanden, doch Homilys Meinung nach war Max anders als die Kollegen. Weniger skrupellos.

Irgendwann hörte Max, dass Homily in Odessa lebte. Das ergab Sinn: eine Art Stockholm-Syndrom, gepaart mit der Bereitschaft, das Nächstbeste zu akzeptieren.

Max studierte die Speisekarte. »Spinatwraps, sehr zivilisiert.«

»Die Burger sind auch gut«, sagte Homily. »Falls du gute Burger vermisst.«

»Ich hab meiner Frau versprochen, aufs Cholesterin zu achten«, sagte Max. »Natürlich gerate ich in Versuchung. Ich hab einen Kater wie ein Matrose. Gestern Abend hat Trilby seinen alten Witz erzählt und ...«

»Trilby ist hier?« Wieder derselbe verhuschte Blick.

»Für ein, zwei Tage. Eine Konferenz. Stinklangweilig.«

Homily nickte. Eine riesige Wasserpfeife wurde gebracht. Grün. Sie verströmte einen widerlich süßen Duft.

»Und wie geht es deiner Rose, by any other name? Alles okay?«

»Meiner Rose, by any other name?«, antwortete Max in Shakespeare-Manier. »Exzellent. Und bei dir? Du hast geheiratet?«

»Eine Lady von hier.« Homilys Miene hellte sich auf. »Sie ist das Licht meines Lebens.«

»Großartig. Und was treibst du sonst?«

»Ich schreibe einen Blog«, sagte Homily stolz. »Homily's Homilies Punkt Net: Politik und mehr.«

Max nickte. Homily war nicht klug, aber schlau. »Grischa hat die Stadt richtig bekannt gemacht in der Welt, oder nicht?«

Homily zog an der Wasserpfeife. »Amerikanische Senatoren, Angestellte der Weltbank, ausländische Reporter ... jedes Wochenende fallen sie hier ein.« Er stieß den Rauch aus. »Der neue Botschafter McClellen war gerade erst in der Stadt. Er nahm mich auf einer Party zur Seite und sagte: ›Wir führen dieses Wochenende eine groß angelegte Unterwasserübung mit der ukrainischen Marine durch. Die Russen sollen das ruhig wissen. Falls sie je von See aus angreifen wollen, machen die Ukrainer sofort mobil.‹« Homily zog wieder an der Pfeife. »McClellen hat mich gefragt, ob ich darüber bloggen würde.«

»Toll«, sagte Max und fragte sich, wovon Homily lebte. Irgendwoher musste er Geld haben. Die paar Kröten von McClellen würden nicht für die Miete reichen – und schon gar nicht für Nazi-Uniformen. Vielleicht hatte die Ehefrau Geld?

»Und Grischa? Glaubst du, er hat eine Chance?«

Homily zuckte mit den Schultern. »Ich denke schon. Aber echte Reformen wird er kaum durchsetzen können. Mephisto hat ein Bauunternehmen. Damit verdient er das meiste von seinem Geld. Der Staat will eine neue Straße bauen, Mephistos Firma reicht ein Angebot ein. Es ist viermal teurer als alle anderen, sie machen die Arbeit nicht, kriegen aber immer den Zuschlag. Odessa hat nicht umsonst die schlechtesten Straßen der Ukraine.«

»Genau so was prangert Grischa ja an«, sagte Max.

Homily nickte. »Mephisto besitzt zwei Fernsehsender und hat mit ihrer Hilfe Grischa den Krieg angesagt ... Die Spinatwraps schmecken übrigens gut.«

Max blickte hoch. Eine Kellnerin im Teenageralter mit langem, mahagonifarbenem Haar und einem Gesicht ohne jeglichen Ausdruck – ausgenommen zwei dick aufgemalte, schwarze Augenbrauen wie bei einer Heldin in einem Film von Lermontow – stand schweigend vor ihnen. Die Männer bestellten.

Als die Kellnerin fort war, fragte Max: »Erinnerst du dich an Luddy den Löwen?«

»Der mit dem U-Boot, aus Miami?«

»Genau der.«

»Hat er nicht eine von seinen Stripperinnen gekillt?«

»Fast. Er hat sie gezwungen, Kies zu essen, nachdem er sie auf einem Parkplatz halb totgeschlagen hatte. Sie hat ihre Anzeige zurückgezogen.«

Die Kellnerin brachte Limonade. Riesige blaue Gläser mit rosa Strohhalmen und gelben Papierschirmchen.

Max nahm einen Schluck. »Jemand hat Luddy in Odessa gesehen.«

»Davon habe ich nichts gehört«, sagte Homily. »Aber es kann natürlich sein. Odessiten sind wie Brieftauben: Sie kehren immer nach Hause zurück.« Er nahm einen langen Zug aus der Pfeife. Der Rauch mit dem Aroma von Wassermelonen entströmte seinen Nasenlöchern. »Grischa hat aber nicht nur mit solchen Leuten Probleme. Sondern auch mit Georgiern. Als er Präsident von Georgien war, ist er die dortige Mafia auf folgende Art losgeworden: Er hat die Kerle einzeln vorgeladen. Seine Polizisten haben gefragt: ›Gehörst du zu den *Wor*?‹ Ihr Verbrecher-Ehrenkodex verbietet ihnen, das zu verleugnen, also sagten sie Ja. Und Grischa ließ sie aus Georgien abschieben. Viele von ihnen sind nach Odessa gekommen. Also kannst du dir vorstellen, wie sie auf Grischa zu sprechen sind.«

»Klar«, sagte Max, »das ergibt Sinn.«

Homily blinzelte. Paffte. »Warte mal einen Moment.« Er zog sein iPhone aus der Hosentasche. »Das ist meine Frau.«

Er lächelte, während er ihr zurückschrieb.

»Der Onkel meiner Frau war früher einer der größten Mafiabosse Odessas. Ist jetzt in Rente, lebt in Beverly Hills. Weigert sich, Englisch zu lernen. Eine richtige Type! ›Wenn die Amerikaner mit mir reden wollen‹, sagt er, ›sollen sie verdammt noch mal Russisch lernen!‹ Wenn du mehr solche Storys hören willst über Odessas Mafia, frag mich einfach. Meine Frau ist so etwas wie die inoffizielle Historikerin der Familie.«

Während Homily in sein Handy tippte, nahm Max das gelbe Papierschirmchen aus seiner Limo. Klappte es zu und wieder auf. Nahm einen Schluck. Also hatte die Frau Mafiageld. Nicht die schlechteste Altersvorsorge. Die Filmheldin von Lermontow mit dem ausdruckslosen Gesicht brachte die Spinatwraps. Sie servierte sie emotionslos. Nicht einmal ihre schwarzen Brauen regten sich. Homily war fertig mit seiner Nachricht.

Max wagte sich vor. »Hast du mal was von einem abgetrennten Zeh gehört?«

Homily wollte gerade abbeißen. Aus seinem Wrap tropfte Mayonnaise.

»Sorry, Joe«, sagte Max. »Das ist kein gutes Thema beim Essen. Ich möchte nur wissen, ob die Gangster von hier bekannt sind für das Abschneiden von ...« Er zögerte. Es klang lächerlich.»... Zehen?«

Homily schluckte. Schaute nachdenklich drein. »Finger ja«, sagte er. »Ich meine, Grischa hat in letzter Zeit sogar gegen Mephisto und seine Scheren Stimmung gemacht, wegen der neuen Ausschreibung für Straßenarbeiten. Natürlich hat Grischa mit der Anspielung auf die Scheren absolut recht. In den Neunzigern hat Mephisto für einen Waffenhändler gearbeitet. Er war dafür bekannt, dass er mit einer großen Schere und einem Finger herumlief, um Geld einzutreiben. Aber ein Zeh? Ich glaube nicht, dass irgendjemand einen Zeh als Drohmittel nimmt. Das müssten eher kleinere Fische sein, wenn du weißt, was ich meine.«

Die Kellnerin brachte die Rechnung. Homily griff nach seiner Brieftasche, doch Max sagte, er könne ihn ja nächstes Mal in D.C. einladen.

Homily griente. »Alles klar, Rushmore. Dann zahlst heute du.«

Max zählte die Geldscheine auf den Tisch.

»Gib nicht so viel Trinkgeld«, sagte Homily plötzlich.

»Wieso nicht?«

»Das ist alles Mafia hier.«

»Aber die Kellnerin nicht.«

»Oh, die wird versorgt«, sagte Homily düster. »Letzte Woche gab es hier eine Schießerei. Zwei Uhr nachts. Keiner hat was gesehen.«

TEIL 4

*Jede Stadt hat ein Geschlecht und ein Alter,
die nichts mit Demografie zu tun haben.
Rom ist weiblich. Odessa ebenfalls.*

John Berger, *Keeping a Rendezvous*

29

Das Geräusch seines Klingeltons weckte Max. PIEP KREISCH PIEP KREISCH. Er drehte sich auf die andere Seite. Griff nach dem Handy. Es war Marie. Sie redete über ... irgendwas. Hatte das Kreischen aufgehört? Ja. Es hatte aufgehört.

»Stopp mal«, sagte Max. »Die DNA ist von Grischa?«

»Das hab ich doch gerade gesagt!«

»Bin noch nicht wach. Sorry.«

»Also die Angelegenheit wandert jetzt definitiv eine Ebene höher, was die Klassifizierung angeht. Ich habe das Resultat der Analyse auf der Zwischenetage rausgekriegt, falls du weißt, was ich meine.«

Muttermal, Fingerabdrücke, DNA. Max stöhnte. Entschuldigte sich für sein Stöhnen. Versicherte Marie, dass er nicht ihretwegen stöhnte. Versicherte ihr, dass er zuhörte. Ihr, Marie. Bedankte sich bei Marie. Versicherte ihr, dass ihm klar war, dass sie für ihn keinerlei weitere Infos über diese eklige Hand herausfinden konnte. Dankte ihr ein weiteres Mal. Versicherte ihr, dass er nicht verkatert war und dass er auf der Konferenz fleißig mitschrieb und diesen Job nicht auf Mark Hope abgewälzt hatte, weil Mark Hope an einer Elite-Uni studiert hatte und vermutlich besser mitschreiben konnte als er, Max, es je könnte, auch nicht in einer Million Jahre. Dann bedankte er sich noch einmal. Bei Marie.

»Wann hast du eigentlich das letzte Mal mit deiner Frau gesprochen?«

»Du meinst: mit Rose?«

»Hast du etwa noch eine andere Frau?«

»Nein. Also, ich habe erst kürzlich mit ihr geredet ... Ich weiß nicht mehr genau. Ich rede ständig mit ihr. Wieso fragst du?«

»Einfach so«, sagte Marie, als steckte etwas dahinter, und legte auf.

Die Wahrheit war, Max hatte letzte Nacht versucht, Rose anzurufen. Nach mehreren Wodkas. Sie war nicht rangegangen. Das war noch nie vorgekommen. Eine plötzliche, neue Möglichkeit erschütterte ihn. Vor seinem inneren Auge bekam die glatte Oberfläche seiner Ehe mit Rose einen Sprung. Eine kaum wahrnehmbare tektonische Verschiebung, die ihre Gefühlslandschaft für immer verformte. Max hatte noch einen Wodka getrunken. Zwei Wodkas. Hatte noch mal angerufen. Keine Antwort. Max wählte ein drittes Mal. Ohne Erfolg. Max zuckte mit den Achseln. Ging hinunter in die Gagarin-Lobby. Mischte sich unter die anderen. Prostete ihnen zu. »Auf die Schwarzmeerflotte! Bis auf den Grund!«

Nun, am Morgen danach, schaute er auf sein Telefon. Keine Nachricht. Er beschloss, erst später über das Rose-Problem nachzudenken. Später, wenn sein Kopf nicht mehr wehtat. Er schloss die Augen. Drehte sich im Bett. Stöhnte. Eine Erinnerung tauchte auf. Mit einer Art schmerzhaftem, knirschendem Gefühl. Als wenn man über Glasscherben lief.

Letzte Nacht: schwarz. Himmel. Balkon. Trilby und Albu. Die zwei älteren Männer posierten: Trilby mit der Pfeife im Mund, Albu mit der Zigarre. Trilby nickte hinunter zum Parkplatz. Max folgte seinem Blick. Und siehe da, das runde schwarze Auge einer Kameralinse lugte zu ihnen hoch.

»KGB«, sagte Trilby.

Aus Prinzip lehnte eine gewisse Generation das Kürzel FSB ab, die postsowjetische Bezeichnung für den neuen russischen Geheimdienst. (»Sie können ein Schwein in einen Smoking stecken«, so hatte es einer von Max' Vorgesetzten einmal erklärt. »Aber es bleibt trotzdem ein Schwein.«)

KGB. Max hatte sich an die Balkonwand geschmiegt. Damit die Kamera ihn nicht erreichte. Alte Gewohnheit.

Albu hatte seinen großen Schädel gewiegt und einen Rauchring in den Nachthimmel geblasen. »Die Frage, mein lieber Trilby«, sagte der Rumäne, »ist: Warum sind sie hier? Ihretwegen? Oder wegen mir?«

In der Dunkelheit nahm Trilby die Pfeife aus dem Mund. »Fragen zu stellen, ist nicht gefährlich«, sagte er mit Ironie in der Stimme. »Gefährlich wird es erst, wenn man die Antworten kennt.«

30

Max ließ die Dusche zwanzig Minuten lang laufen, dann klappte es mit der Temperatur. Danach fühlte er sich besser. Fast wie ein Mensch. Passabel gekleidet fuhr er mit dem Fahrstuhl nach unten. Vor dem Konferenzsaal standen Trilby und Albu. Die Köpfe zusammengesteckt. Vertieft ins Gespräch. Umgeben von einem Kreis begieriger Zuhörer.
»... der Zuckerbaron ist ein klassischer sowjetischer Politiker ...«
»... viele Facetten. Bisschen was geben, bisschen was nehmen ...«
»... Grischa hingegen kennt nur Teufel und Engel ...«
Trilby grinste unter seinem Filzhut. Max drehte sich weg, um den Blickkontakt zu vermeiden. Trilby bemerkte ihn nicht; er konzentrierte sich auf sein Publikum.

Als Max die Tür zum Konferenzsaal aufdrückte, hörte er hinter sich noch immer Trilbys gepflegten Akzent: »Und wir im Westen wollen schließlich immer sicher sein, dass wir auf der Seite der Engel kämpfen.«

Leise schloss Max die Tür hinter sich. In dem grauen Saal bahnte er sich den Weg zwischen mehreren Dutzend schlecht gekleideter Männer und Frauen hindurch. Presseleute. Sie saßen und standen gelangweilt herum, in einem Miniaturwald aus Stativen. Max stolperte fast über einen Kameramann, einen taff aussehenden Typ mit einem Gesicht wie das einer Statue von den Osterinseln. Max flüsterte eine Entschuldigung, der Kameramann bewegte langsam sein riesiges Haupt. Von der Bühne hörte man eintönige Stimmen. »Trotz der Herausforderungen ... zuversichtlich ... sich durchsetzen ...«

Max sah auf die Uhr. Ging an den Tischen mit den Erfrischungen vorbei. Pyramiden aus Wasserflaschen glänzten im Saallicht. Max suchte das Publikum ab. Graue Männer, graue Anzüge. Sie starrten auf ihre Laptops, kritzelten Notizen, dösten. Mark Hope saß in der ersten Reihe. Exzellent.

Eben betrat ein Amerikaner die Bühne. »Ich bin Brent«, rief er ins Mikrofon, als wäre er auf einem Festival für religiöse Erweckung. »Und das sage ich euch: Ihr habt keinen Schimmer!«

Während Brent sprach – über Freiheit und Demokratie und das »grrrooßartige ukrrraiiiinische Volk« –, wiederholte Max seine gestrige Spuckballaktion. Mark Hope schlug sich ins Genick.

»He, Mark«, sagte Max, als der Praktikant vor ihm stand. »Ist Grischas Rede verschoben worden?«

»Woher wissen Sie das?«

Max zuckte mit den Achseln. »Grischa ist nie pünktlich.«

Mark Hope strahlte. Er schien stolz zu sein auf seinen Boss. Max hüstelte. Drückte Mark Hope ein Stück Papier in die Hand.

»Wenn Sie mich brauchen, rufen Sie diese Nummer an. Die SIM-Karte wird nicht immer im Telefon sein, aber ich checke sie regelmäßig. Sie schreiben heute wieder alles mit, okay?«

Mark Hope nickte heftig.

Auf seinem Weg nach draußen hielt Max an dem Tisch mit der Pyramide aus Wasserflaschen. Neben ihm tauchte ein großer kräftiger Mann im grauen Anzug auf. Max reichte ihm den schmalen Flaschenöffner aus Metall. Der Öffner verschwand fast in der riesigen Hand des Mannes. Ein zischendes Geräusch. Die beiden Männer tranken schweigend.

»Ich bin Sascha«, sagte der Mann, dessen Kopf auf einem Nacken saß, der einem amerikanischen Footballspieler gehören konnte.

»Max.«

Der andere nickte. »Ich arbeite am Hafen«, sagte er in dem leicht nasalen Singsang mit den lang gezogenen R. »In der Verwaltung. Unter Grischa, sozusagen.«

Max nickte ermutigend.

»Heutzutage ist nicht alles einfach«, sagte der Mann und nahm noch eine Wasserflasche in seine enormen Hände. »Ich bin von hier, aus Odessa, also spreche ich Russisch.« Wieder ein Zischen. »Ich bin Ukrainer. Aber meine Muttersprache ist Russisch.«

Er bot Max die geöffnete Flasche an. Max lehnte ab. Der andere trank die Flasche mit einem Zug leer.

»Aber jetzt soll jeder Ukrainisch sprechen. Also habe ich Ukrainisch gelernt! Und dann sagten die Ukrainer zu mir: ›Wie kommt es, dass du so gut Ukrainisch sprichst? Du musst ein russischer Agent sein!‹« Der Mann ließ seinen Blick über die Menge im Saal

schweifen, ohne den Kopf zu bewegen. »Die Sache ist die: Wir waren so lange Brüder.«
Die Presseleute verließen den Saal. Max folgte ihnen. Auf der Bühne trat ein Brite ans Mikrofon. »Wenn Sie etwas über Propaganda hören wollen ...«, sagte er mit einem Augenzwinkern, »also, da kenne ich haarsträubende Geschichten. Zum Beispiel über eine Stadt in der Ostukraine. Alle dort schauen russisches Staatsfernsehen. Sie waren überzeugt, dass ein Korps von schwulen Faschisten aus Holland auf dem Weg zu ihnen sei, um alle Männer der Stadt zu vergewaltigen. Außerdem gibt es da natürlich noch die Story mit dem vergifteten Borschtsch ...«
Mehr hörte Max nicht; die Saaltür fiel hinter ihm zu.

31

Der Wolga, den Max anhielt, fuhr wie ein Leichenwagen. Ächzend, langsam und gediegen rollte er unter dem blauen Sommerhimmel dahin. Ein Memento mori in Taxigestalt. Eine verbeulte, schwarz gelackte Erinnerung, dass ...
Reiß dich zusammen, Maxiboy. Das ist dein Kater, der da quatscht.
»Sind Sie Russe?«, fragte der Fahrer, grau wie ein Bestatter.
»Ja«, sagte Max aus Spaß.
»Gut, dass Sie hier sind«, sagte der Bestatter und wischte sich den Schweiß von der Stirn. »Viele Russen haben Angst.«
Max brummte etwas. Ein Sommerwölkchen huschte über die schwarze Kühlerhaube des Wolgas.
Der Bestatter warf Max einen prüfenden Blick zu. »Haben Sie vom Fußballmassaker gehört?«
Max brummte erneut. Wer hatte das nicht? Kurz nach Grischas Amtsantritt hatte eine prorussische Fußballelf in Odessa gegen eine proukrainische gespielt. Die üblichen Schlägereien danach wurden politisch. Endeten in einem Blutbad. Das war neu. Jedermann fragte sich, ob die Russen die Zusammenstöße provoziert hatten. Würde die russische Armee das Ereignis zum Vorwand nehmen, um einzumarschieren? Die Behauptung, ethnische Russen seien in Gefahr und bräuchten militärischen Schutz, wäre ein Weg für Moskau, um die Annexion Odessas zu rechtfertigen.

Sie schaukelten den Französischen Boulevard hinunter. Der Bestatter redete weiter; der Motor des Wolgas schnurrte. Max hörte nur noch halb hin.

»... fünfzig Tote in der prorussischen Gruppe, sagen sie ...«

Max schaute aus dem staubigen Fenster. Im Nachmittagslicht war alles grün und saftig. Kleine Urwälder wucherten hinter den Pforten verlassener Villen.

Der Bestatter wurde lebhafter: »Fünfzig Tote. Eher fünfhundert!«

Ein paar nachmittägliche Badegäste schlenderten über den Gehweg.
»Lügen, alles Lügen und Propaganda ...«
Sie fuhren am Institut für Augenheilkunde vorbei. Eine Handvoll Patienten harrte in der Hitze aus.
»Wir in Odessa«, sagte der Fahrer jetzt, »sind russisch ...«
Max glaubte, einen der Patienten zu erkennen. Ein verdorrter alter Mann mit Hut. Der Ladendieb aus dem Duty-Free-Shop in Warschau.
Der Taxifahrer sprach weiter: »... Zeichen für das nahende Ende, die Apokalypse ... In den Katakomben wurde ein neuer Riss entdeckt. Niemand redet darüber ...«
Aus irgendeinem Grund kam es Max seltsam vor, den alten Mann wiederzusehen. Was hatte das zu bedeuten? Er reckte den Hals, um noch einen Blick zu erhaschen. Doch der Mann war verschwunden.

An der Puschkinstraße stieg Max aus dem Wolga, vor dem grellpinken Hotel Bristol mit seinen Schaumgöttern und watteweichen Leuchten. Wie ein albtraumhafter Sonnenuntergang.

Max lief los. Die Blätter der Platanen raschelten über ihm in der Brise. Vor einem hohen schwarzen Tor blieb Max stehen. Gotisch, mit Dreizacken verziert. An einer grünen Hütte, die so klein war wie eine Telefonzelle, zeigte er seine Papiere. Der Wachmann winkte ihn durch.

Im Garten schien die Sonne durch die Baumkronen, und vom Verkehrslärm war plötzlich nichts mehr zu hören. Der Ort wirkte verzaubert. Am Ende des Gartens erhob sich die ehemalige Synagoge mit ihren zwei Ecktürmen und den hohen, rautenförmigen Fenstern. Blühende Reben umrankten die wuchtigen Balken, die sich gegen die Steinmauer stemmten und das Gebäude stützten.

Eine Frau kam heraus, um Max zu begrüßen. Sie trug einen blauen Seidenanzug und besaß die Körperform einer Matrjoschka. Ihr hübsches Gesicht wurde von schwarz gefärbten Locken umrahmt. Glitzernder Lidschatten und großzügig aufgetragene Mascara hoben ihre stechend blauen Augen hervor. Sie streckte Max eine winzige, weiche Hand entgegen. Ihr Lächeln war sehr freundlich.

»Danke, dass Sie sich Zeit nehmen für mich«, sagte Max und schüttelte vorsichtig die kleine Hand. »Dr. Natan hat mir gesagt,

dass ich mit Ihnen sprechen soll. Die Sache ist die: Ich möchte ein bisschen Ahnenforschung betreiben.« Er schaute zu Boden, als schämte er sich. »Sehen Sie, ich weiß ja, dass es nicht sehr wahrscheinlich ist. Aber in unserer Familie heißt es immer, dass wir mit Benja Krik verwandt sein könnten. Kennen Sie ihn?«
Das Lächeln auf den perfekt geschminkten Lippen der Archivarin wurde breiter.
»Vermutlich hören Sie das ziemlich oft«, sagte Max, »aber ich glaube, es könnte wahr sein. In meinem Fall.«
Jetzt lachte die Archivarin. Ein klares, klingelndes Lachen. »Ich höre es nicht so oft, wie Sie vielleicht denken«, sagte sie. »Aber kommen Sie ruhig, ich zeige Ihnen das Archiv und unsere Ordner zum Fall Japontschik.«
»Nein«, sagte Max, absichtlich ernst. »Nicht Japontschik. K-R-I-K. Benja Krik.«
»Benja Krik war keine reale Person«, sagte die Archivarin behutsam. »Aber es könnte sein, dass Sie mit Mischka Japontschik verwandt sind. Er gilt als Vorbild für Benja Krik.«
»Ach so«, sagte Max.
Der Rahmen der Metalltür war so niedrig, dass er den Kopf einziehen musste. Das Foyer der einstigen Synagoge war jetzt ein dunkler, vollgestopfter Raum. Eine Konstruktion aus Eisen kletterte die Wände hoch. Wie ein Korsett gegen Kinderlähmung. Die Enden trafen sich hier und dort an der Decke.
»Eigentlich ist es in diesem Teil des Gebäudes nicht mehr sicher. Aber wir versuchen unser Bestes. Kommen Sie!«
Sie gingen durch eine weitere Tür und gelangten in einen der Ecktürme. Seine großen, rautenförmigen Fensterscheiben tauchten die Treppe in weiches Licht.
»Kommen Sie für einen Moment in mein Büro«, sagte die Archivarin und griff nach dem schmiedeeisernen Treppengeländer.
Edelweiß, dachte Max, als er die verschnörkelten Stangen im Geländer betrachtete. Ein winziges Souvenir aus den Alpen, eine Erinnerung an daheim.
Auf dem Treppenabsatz blieb die Archivarin stehen. Sie fragte Max, ob er eine Tasse Tee wolle.

»Gern«, sagte er.
Dann führte ihn die Frau einen schmalen grünen Korridor entlang. Der sowjetische Bodenbelag war aus Plastik. Sie kamen in einen bemerkenswert schönen Raum: hohe Decken, mittelalterlich anmutende Fenster, Wände mit Tapeten aus der Sowjetzeit. Topfpflanzen. Halb Märchenschloss, halb sowjetische Bürokratiezitadelle. Drei junge Frauen blickten von ihren Pulten auf. Eine von ihnen – eine Blondine mit hexenhaften Augenbrauen, die sie wie zwei Mondsicheln über ihre Augen gemalt hatte – stand auf, um Tee zu holen.
Max folgte der Archivarin zu ihrem kleinen Büro hinter dem Raum. Ein Holzschreibtisch, auf dem sich Akten stapelten, nahm fast den gesamten Platz ein. Mit oft geübter Eleganz glitt die Archivarin hinter ihren Schreibtisch. Max nahm sich den Stuhl, der hinter der Tür klemmte. Die Archivarin nahm ein schmales Buch mit Eselsohren zur Hand. Sie erklärte Max, dass sie eine wissenschaftliche Arbeit über Trotzki in Odessa verfasst habe.
Die Blondine brachte Tee. Er hatte die Farbe von Mahagoniholz und war stark genug, um Tote aufzuwecken. Als sie die Tassen abstellte, hatte Max den Eindruck, dass sie ihre hexenhaften Brauen kaum merklich hochzog. Als interessierte sie sich für ihn.
»Trotzki und seine Verlobte waren beide in Odessa inhaftiert«, sagte die Archivarin und fragte Max, ob er den Brief sehen wolle, den Trotzki seiner Braut in der Zelle geschrieben hatte.
»Sicher«, sagte Max.
Sie öffnete das Buch und reichte es ihm. »Ein richtiger Egomane war das«, sagte sie, während Max die Fotografie des vergilbten Briefes mit der schwarzen Handschrift studierte. »Trotzkis Gefühle, Trotzkis Sehnsüchte, Trotzkis Träume – in all seinen Briefen schreibt er keine einzige Zeile über die Frau.«
»Das tut mir leid«, sagte Max unbeholfen.
Die Archivarin erhob sich. Max folgte ihr aus dem Büro, nickte den jungen Frauen an den Pulten freundlich zu. Die Hexenhafte schaute ihn böse an. Dann griff sie in ihre Handtasche.
»Keine Handys während der Arbeitszeit, Lilia!«, mahnte die Archivarin im Vorübergehen. Draußen im Korridor wandte sie sich

wieder an Max. »Unser heutiges Personal ist nur noch ein Bruchteil von dem vor zwanzig Jahren.«

Von der Korridordecke blätterte die Farbe. Rohrleitungen verliefen kreuz und quer über dem Putz.

»Die Arbeit hier ist mühsam und staubig. Heutzutage tun sich nur noch Frauen so etwas an.« Sie seufzte. »Für Männer ist unsere Arbeit einfach zu schwer!«

Sie kamen in einen anderen, breiteren Korridor. Risse so breit wie Max' Daumen verliefen im Zickzack über Wände und Decke.

»Aber einen Mann haben wir noch«, sagte die Archivarin mit einem ansteckenden Lächeln.

»Wen denn?«

»Unser Gespenst.« Sie nickte so, dass ihre schwarzen Locken hüpften. »Ein alter Rabbi. Sehr nett. Dank ihm herrscht hier eine angenehme Atmosphäre. Ich weiß nicht, ob Sie sie spüren können. Wir glauben, der Rabbi hat etwas damit zu tun.«

»Was Sie nicht sagen!«

»Oh, doch! Unser Gespenst kommt nachts und hilft uns bei der Arbeit!«

Sie betraten einen dunklen Raum mit niedriger Decke. Eine gebeugte alte Frau schlurfte hinter den Regalen hervor.

»Mischka Japontschik«, sagte die Chefin, und die alte Frau nickte trocken.

Sie zeigte Max, wie er mit den Schuhkartons umgehen musste. Sie zog einen Karton hervor, hob das Beschriftungskärtchen und zeigte ihm, wie er die vorderen Umschläge und einzelnen Order öffnen konnte, um sich über den Inhalt des jeweiligen Papierpackens zu informieren, ohne etwas zu beschädigen. Max versuchte, es ihr gleichzutun. Es war schwer, verstaubt und überhaupt nicht einfach. Die alte Frau wachte über ihn. Max ging zu einem Tisch, auf dem sich Landkarten stapelten. Französische Geologie-Untersuchungen aus dem neunzehnten Jahrhundert, an denen jemand offenbar schon lange arbeitete.

Die alte Frau folgte ihm. Max begriff, dass er nachts wiederkommen musste, wenn er sich wirklich hier umsehen wollte.

Gerade als er sich dazu entschlossen hatte, sprach ihn die alte Frau an. Ihre Stimme war sehr tief und ihr Blick misstrauisch. »Sie

sind schon der Zweite, der sich einbildet, mit Japontschik verwandt zu sein«, sagte sie und reckte ihren Kopf auf dem krummen Hals.
»Vor einem halben Jahr kam ein junger Einheimischer ins Archiv. Er hatte eins von diesen komischen Telefonen im Ohr, die blau leuchten. Als er wegging, wirkte er ziemlich aufgedreht.«
»Vielleicht hat er etwas geklaut«, scherzte Max.
Die alte Frau machte eine finstere Miene. Offenbar machte man hier über so etwas keine Witze. »Das will ich doch nicht hoffen«, sagte sie.

Max hatte das Archiv unverrichteter Dinge wieder verlassen. Draußen wurde er beobachtet. Der Mann war in der Hitze hierhergeeilt und noch ganz außer Atem. Ein unnatürliches blaues Licht glomm in seinem Ohr.

Max wartete eine Lücke im Verkehr ab. Dann überquerte er die breite Allee. Der Mann folgte ihm in einiger Entfernung. Er sah, in welchem hohen Steintorbogen Max einbog. Er lief durch den sonnengefleckten Hof voller Wäsche und Weintrauben. Der Mann folgte ihm.

Die Augen des Mannes waren scharf. Er merkte sich die Position von Max' Fingern, als Max den Zahlencode für die rote Eisentür eingab.

Als Max im Haus war, schlich Felix zur Tür. Drückte den Code. Die Tür öffnete sich mit einem metallischen Geräusch. Felix stand unten im Treppenhaus und lauschte, bis Max oben angekommen war. Fünfter Stock. Im Hof, auf seinem Sonnenplatz, hob ein verlebter, orangefarbener Kater den Kopf.

Felix ging wieder nach draußen. Er hatte eine Menge zu tun bis zum Abend.

32

Der King lief langsam. Vorbei an den Trödelhändlern, die mit auf der nackten Erde ausgebreiteten Waren entlang der Tramschienen auf Kundschaft warteten. Tassenhalter aus Blech, verbeulte Emailletöpfe, ein Messer. Alte Schuhe. Eine drachenförmige Vase. Das enge, mit Pailletten besetzte Kleid einer toten Prostituierten. Die neu gebaute Halle des Priwos-Marktes zu betreten, scheute er sich. Nein, nur diese mittellosen Händler davor erschienen ihm noch vage vertraut.

Wieder musste er an seine Großmutter denken. Sie entkernte Kirschen in der schäbigen Wohnung.

»Da ist ja der Junge!«, krächzte sie. »Wie viel hast du bekommen?«

Der King lief weiter. Schluss mit der Vergangenheit! Dieses verrückte Abenteuer, dieser Racheplan, hatte ihn unerwartet in die Zukunft katapultiert. Das Schicksal ging seltsame Wege. Nur weil er Grischa hasste – diesen Bastard, der seine Geschäfte in Georgien zunichtegemacht hatte –, hatte der King entdeckt, dass er Vater war. Der Vater einer erwachsenen Tochter. Sein einziges lebendes Kind.

Als er von Grischas Hand gehört hatte, die in einem Container Sonnenblumenöl aufgetaucht war … nun, das hatte er selbstredend nicht so richtig geglaubt. Aber es war Gigi, der es ihm erzählt hatte. Er vertraute Gigi. Der hatte jahrelang den Schnapsschmuggel im Hafen von Baltimore organisiert. Ein elegantes Geschäft war das gewesen! Die Idee stammte vom King persönlich. Sie war ihm eines Nachts gekommen, als er mit seiner Jacht vor der Küste South Carolinas gelegen hatte. Ein Bild war ihm im Geist erschienen, ein einziges Bild, als er gerade am Einschlafen war. Alle seine guten Ideen fingen so an. Der King sah eine Flasche mit blauem Wodka. Als er aufwachte, war der Plan fertig. Er ging so: Eine Handvoll von Mitarbeitern sammelte Gärungsalkohol von kreativ denkenden amerikanischen Schnapsbrennereien. Die großen Plastikfässer wurden dann nach Baltimore gebracht, zu Gigi. Gigi goss blaue Farbe in den Schnaps und deklarierte die Behälter als Reinigungsmittel. Dann wurden sie verschifft – ohne einen Cent Alkoholsteuer. In Georgien wurde die Ware in Wodkaflaschen gefüllt und anschließend weiterverkauft: nach Russland, in die Ukraine, nach Kasachstan ... als Spitzenware, zu Spitzenpreisen. Natürlich.

Unter Grischa war bald Schluss mit der Masche. Doch Gigi war schlau. Er wurde nie gefasst, arbeitete ruhig weiter am Hafen von Baltimore. Hin und wieder ließ er dem King Informationen zukommen, und der King sorgte dafür, dass er bezahlt wurde für diese Häppchen.

Gigi war es auch gewesen, der den King mit Luddy dem Löwen bekannt gemacht hatte. Ein unwichtiger Loser, der im blauen Wodkaring eine Nebenrolle gespielt hatte. Als Gigi den King wegen der Hand kontaktierte, erklärte er ihm auch, dass dieser Luddy dahintersteckte.

Luddy hatte Gigi angerufen. Eines Tages. Einfach so. Nach, was, fünfzehn Jahren? Hatte von einer großen Sache gequatscht, an der er dran sei. Produktionsstätte Odessa. Aber er konnte nicht hinfahren: Er war gerade frisch aus dem Knast, und sein Reisepass war ungültig. Aber er wollte die Ware persönlich prüfen, ehe er in das Geschäft einstieg.

»Verstehe«, hatte Gigi gesagt. Schließlich war dieser Löwe – das sagte Gigi dem King – bekanntermaßen schräg drauf, hatte aber manchmal gute Ideen. Zum Beispiel, Kokain in Shrimps versteckt nach Russland zu liefern. Kreativ, nicht wahr?

Der King hatte dazu geschwiegen. Er kannte Typen wie diesen Löwen. Er mochte sie nicht.

Gigi fragte den Löwen, ob seine Kontakte in Odessa Zugang zum Hafen hätten.

»Ja«, gab der Löwe zur Antwort.

»Dann sag ihnen, sie sollen die Ware mit der nächsten Ladung Sonnenblumenöl schicken. Größter Exportartikel der Ukraine«, erklärte Gigi dem Löwen, »kommt ständig in Baltimore an.«

Gigi selbst hatte das Öl schon öfter genutzt. Es war ein schnelles, effizientes Transportmittel. Natürlich hatte er dem Löwen und seinen Leuten nicht geraten, das Ding direkt *in* das Öl zu schmeißen. Aber offenbar hatten diese Deppen genau das getan. Nicht mal in eine Plastiktüte hatten sie das Ding gesteckt. Dann jedoch, sagte Gigi dem King, wäre wahrscheinlich alles anders gekommen.

Aber egal. Gigi, der kein Hasenfuß war, hätte das Ding auch einfach aus dem Öl fischen können. Doch unglücklicherweise hatte er an dem Tag, als die Lieferung eintraf, einen Autounfall auf dem Maryland Expressway. Gigi lag mit einem gebrochenen Bein im Krankenhaus. Trotzdem hätte noch alles glattgehen können. Die Wahrscheinlichkeit, dass jemand so etwas fand, war gleich null. Eine echte Nadel im Heuhaufen.

Doch wie der Zufall es wollte, hatte Gigis Abteilung gerade brandneue Geräte für Kohlenstofftests bekommen. Die sollten ausprobiert werden. Gigis Kollege fand damit ... die Hand. Der junge Mann hatte georgische Wurzeln und war der Neffe des Cousins der Cousine von Gigis Frau. Er war rechtschaffen, wollte studieren, amerikanischer Ingenieur werden. In den Plan war er nicht eingeweiht. Als er die rechte Hand Grischas in einem Fass Sonnenblumenöl schwimmen sah, wurde er trotz amerikanischem Pass sofort wieder zum Georgier. Hundert Prozent. Er schlug richtig Krach. Die Polizei kam, dann ein paar Männer in dunklen Anzügen.

Ehe Gigi wieder auf die Beine kam, war die Hand Gott weiß wohin verschwunden.

*

Der King bog in die holprige Straße mit den kleinen, altmodischen Häusern. Braun wie Dreck. Auf Sandstein gebaut. Ein weicher Untergrund. Nach zweihundert Jahren hatten die Häuser keinen richtigen Halt mehr. Also sackten sie ab, hoben sich wieder, sackten wieder ab. In langen, wogenden Wellen. Aber sie standen noch.

Die Gedanken des Kings wanderten zurück zu den schicksalhaften Aufs und Abs, die ihn hierher zurückgeführt hatten. Während seines Telefonats mit Gigi war ihm ein neues Bild vor Augen erschienen: Grischas Hand, in einem hohen, langsamen Bogen durch die Luft fliegend. Ja, hatte der King gedacht. Ja. Der neue Plan nahm Gestalt an, noch während er mit Gigi sprach. Er notierte sich die Nummer des Löwen. Jawohl, dachte er, als er diesen unbedeutenden

Aufschneider anrief und sich dessen Story anhörte. Genau, dachte er, als er sich den lächerlichen Werbeclip mit den Augäpfeln ansah. Ja. Sein neuer Plan mit der Hand war vollständig, fertig, ausgefeilt. Endlich würde er Rache nehmen an Grischa. Dann rätselte er über die täuschend echten Augäpfel aus dem Videoclip. Wer hatte sie hergestellt? Es musste ein wahrer Künstler sein. Er bat Inna – er nannte all seine Geliebten Inna –, es herauszufinden. Sie starrte ständig in ihr flaches Telefon und fand dort alle möglichen Informationen. Ein paar Stunden später berichtete sie dem King. Strich mit ihrem Zeigefinger mit dem langen roten Nagel über das Display und zeigte ihm die Silbermedaille der französischen Berufsgenossenschaft für Patisseure. Eine Ukrainerin hatte die Medaille erhalten. Für ihren fantastischen *gâteau de zombie*. Die Webseite zeigte ein Foto des Zombiekuchens mit den erstaunlichen Augäpfeln. Die Bäckerin stand daneben.

Sie war dem King sofort vertraut. Groß, rothaarig, langgliedrig. Hohe Wangenknochen. Und – das Herz des King machte einen Satz. Bis hoch in den Hals. Er schaute genauer hin. Ja. Kein Zweifel. Ein schwarzes, herzförmiges Muttermal. Es saß direkt unter dem Auge, auf der linken Wange.

An der Kosakenstraße bog der King rechts ab. Er schlurfte voran, den Kopf gebeugt. Die Enden seiner Hosenbeine waren voller Staub. Er musste diese Nacht an Land schlafen. Das Schaukeln der Jacht hatte eine seltsame Wirkung auf ihn. Hinzu kamen die Erinnerungen. An diesem Morgen war er in einer Pfütze seines eigenen Urins aufgewacht. Nein, nein. Eine Nacht an Land, vielleicht zwei. Das würde ihn heilen.

In der Ferne sah er die veränderte Skyline der Stadt. Als wären außerirdische Raumschiffe gelandet. Er schüttelte den Kopf. Was hier vorging, war falsch. Dieser verfluchte syrische Bauunternehmer mit seinen kitschigen »Perlen«! Wer gab sich mit Diamanten zufrieden, wenn er eine Schwarzmeerperle besitzen konnte? Zehn, zwanzig Stockwerke, messingfarbene Türme, wie Kulissen für eine billige Verfilmung von *Tausendundeine Nacht*. Der King hatte gehört, dass der Syrer Steuervergünstigungen für seine Bauten einstrich, von der ukrainischen Regierung. Direkte Auslandsinvestition. Und er hatte gehört, dass die meisten dieser Protzbauten leer standen. Geldwäsche.

Der verfluchte ukrainische Bauunternehmer war natürlich keinen Deut besser. Seine bäuerlichen Hochhäuser im Toskana-Landhausstil waren eine Beleidigung für die Augen.

Ein Kater tauchte auf, wie aus dem Nichts. Ein feines Tier: weiß mit schwarzen Beinen, wie Stiefel. Der King wartete, bis der Kater dicht bei ihm war. Dann – mit aller Kraft – trat er zu. Der Kater schrie auf. Der spitze Lederschuh des Kings war mitten in seinem Bauch gelandet. Er rannte davon. Der King wunderte sich, dass der Kater nicht auf der Stelle gestorben war.

In der Mitte der Häuserzeile bog der King in einen Hof ein. Eng wie ein Eisenbahngrab. Glas und zerbrochene Fliesen, Unkraut und Ziegel waren der einzige Schmuck. Rechter Hand erstreckte sich ein einstöckiges Gebäude mit Eingangstüren im Abstand von einem Meter. Der King nahm einen Schlüssel aus der Hosentasche und schloss die dritte Tür auf. Man hatte die Räume zu einer Art Apartment gemacht: zwei sehr kleine Zimmer, eins nach vorn, eins nach hinten. Das hintere hatte ein Fenster, darunter Waschbecken und Tisch. Im Vorderzimmer stand eine schmuddelige Couch.

Der King schloss hinter sich ab. Setzte sich. Wurde ruhig.

Vor der Revolution 1917 war das Haus ein Bordell gewesen. Die Mädchen wohnten in den kleinen Apartments. In der Lieblingsgeschichte des King über Benja Krik kam Benja mit seiner Bande hierher, um einen erfolgreichen Raubzug zu feiern.

Es war dem King, als würde ihm dieser Ort Glück bringen. Glück, das er dringend gebrauchen konnte. So viel Glück wie möglich.

33

Der Dichter Fimka Fischmann war der Ansicht, dass die Gogolstraße die schönste in ganz Odessa war. Max gab ihm recht. Er schlenderte die Straße entlang. Langsam, genießerisch. Vorbei an den riesigen Atlasfiguren, die das Himmelsgewölbe auf ihren Schultern trugen. Vorbei an einem erhabenen Wohnhaus aus roten Ziegeln. Verschnörkelte Schmiedearbeiten. Meerjungfrauen, Anker, Muscheln. Vorbei am Gogolhaus, dessen elegante Fenster und Türen mit Brettern vernagelt waren. Das Dach hing durch, aus dem zweiten Stock wuchs ein Baum. Zwei Jahre lang hatte der Schriftsteller in dem Haus gewohnt und die zweite Hälfte der *Toten Seelen* geschrieben. Als er nach Moskau zurückkehrte, verbrannte er das Manuskript – alles, was er in Odessa geschrieben hatte.

Eine seltsame Anspannung erfasste Max in der Hitze. Sie kratzte in seinem Hals, als hätte er etwas verschluckt. Eine Fischgräte vielleicht, die nun feststeckte.

Plötzlich zerriss ein Schrei die Luft. »A-A-A-A-A-ARSCH-LOCH!«

Max zuckte zusammen. Der Schrei wiederholte sich mehrmals. Max näherte sich der Quelle. Ein Arbeiter malte weiße Lettern auf ein Schaufenster. *A-N-G*… Drei Kollegen von ihm saßen im Schatten einer Akazie. Durch das Schaufenster sah Max einen Vogelkäfig. Er schaukelte sacht, als der große graue Papagei, der darin saß, auf seiner Stange hin- und hertrippelte. Wie ein Aufseher. Der Maler hielt inne, und der Papagei schimpfte erneut.

Max fühlte nach dem kleinen Notizblock in seiner Brusttasche. Dann klinkte er die Tür auf. Das Restaurant war klein und schlicht. Eine Zinkbar war der Blickfang. Sogar in der Nachmittagshitze war der Raum kühl und schattig. Eine dünne, dunkle Linie, die unregelmäßig unterhalb der Decke verlief, war der einzige noch sichtbare Beweis für den Anschlag.

Eine junge Frau kam aus der Küche. Groß und hübsch, das blassrote Haar im Nacken zu einem Knoten gebunden. Lange Beine. Flip-

flops. Eine Schürze um die schmale Taille. Ein Marilyn-Monroe-Schönheitsfleck unter dem linken Auge. Wie sagte man noch? Ein Schönheitsfleck am Mund verhieß Sinnlichkeit. Am Auge bedeutete er, dass die Frau gern flirtete.
Sie lächelte Max an. Ein zauberhaftes Lächeln. »Tut mir leid, wir machen erst in einer Stunde wieder auf.«
»Guten Tag«, sagte Max in seinem mittelmäßigsten Russisch. »Ich arbeite für das *Gourmeterie Magazin*. Wir bringen eine, ähm ... Sonderserie. Der Titel ist ›Gebäck und Politik‹. Unser letzter Artikel war über die sogenannte Napoleon-Torte. Dieses Gebäck war im Russischen Reich nach der Niederlage der französischen Armee sehr beliebt.« Er blätterte umständlich durch seinen Notizblock. In einem offiziellen Ton las er vor: »Die weißen Streusel symbolisierten den russischen Winter, der den französischen Kaiser und sein Heer in die Flucht schlug.«
Innerlich dankte er Rose dafür, dass sie ihn damals in Paris in das Patisserie-Museum geschleppt hatte.
»Jedenfalls habe ich bei meinen Recherchen entdeckt, dass Ihr Patisseur bei einem französischen Wettbewerb eine Silbermedaille gewonnen hat. Sehr beeindruckend, wenn ich das sagen darf! Ich würde den Patisseur gern interviewen.«
Die junge Frau lachte. Streckte Max die Hand entgegen. »Das bin ich. Sima. Also, Sie schreiben über Gebäck und Politik ...? Ich nehme an, Sie wollen etwas über unsere Sektor-Kekse erfahren?«
Max stutzte.
»Unsere Rechter-Sektor-Kekse«, sagte Sima. Sie blickte bescheiden zu Boden und fügte hinzu: »Wir sind für diese Kekse ein bisschen berühmt.«
Sie bat Max an einen der Tische, sie setzten sich.
»Kennen Sie den Rechten Sektor?«, fragte sie. »Die ukrainisch-nationalistischen Paramilitärs?«
»Ich fürchte, das übersteigt meine Kompetenz«, sagte Max höflich.
Sima lächelte. »Nun, ich habe Kekse gebacken, die genauso aussahen wie die Visitenkarte des Anführers. Mit seiner Telefonnummer, E-Mail-Adresse, Anschrift ... alles echt, in blauem Zuckerguss.«
Max musste lachen. Er blickte in Simas veilchenblaue Augen. Die lachten auch.

»Mischa, der Anführer, war einfach nur nervig.« Sima lehnte sich zurück. »Wir haben eine Zeit lang mit ihm zusammengearbeitet. Haben Kleidung für die ukrainischen Soldaten im Osten gesammelt. Aber der Rechte Sektor ... sie sind aggressiv. Und nach einer Weile benahm sich Mischa bei uns, als gehörte ihm das Restaurant. Ständig hat er den Gästen seine Visitenkarten gegeben.« Sie verdrehte ihre Veilchenaugen. »Als wäre es sooo verdammt cool, seine Visitenkarte zu haben! Und wie gesagt, der Rechte Sektor ist für uns zu extrem. Meine Mutter und ich wollen ein unabhängiges Land. Aber so, wie der Rechte Sektor über die Russen redet ... Meine halbe Familie ist russisch, verstehen Sie? Ich finde, es ist kein guter Vorschlag, ›alle Russen an ihren Zungen aufzuhängen‹.«

»Hatten Sie keine Angst vor Vergeltung?«, fragte Max. »Diese rechten Typen haben vermutlich wenig Sinn für Humor.«

Sima zuckte mit den Achseln. »Ich habe nicht so genau drüber nachgedacht. Und die Kunden ...«, sie grinste, »... die fanden die Kekse toll.«

Max schaute hoch zur Zickzacklinie, die vom Anschlag übrig war. »Hat der Rechte Sektor in Ihrem Restaurant eine Bombe hochgehen lassen?«

Sima wich aus. Die Frage passte nicht zu einem Gourmetschreiber. »Keine Ahnung, ob sie das waren. Es haben leider viele Leute in der Stadt darüber geredet. Und viele sagen, die Pro-Russischen hätten dafür auch ihre Gründe gehabt.«

»Haben Sie etwa Kekse mit der Telefonnummer des Kremls gebacken?«

»Keine schlechte Idee.« Sima lächelte wieder. »Aber nein. Mit dem Rechten Sektor haben wir uns damals eingelassen, weil meine Mutter Mitleid hatte mit den ukrainischen Soldaten, die im Kampf gegen die Russen im Osten verwundet werden. Eine Menge von ihnen wurden in Krankenhäuser in Odessa gebracht. Das sind noch Jungs, wissen Sie? Die meisten kommen aus sehr armen Familien, sonst würden sie sich nicht zur Armee melden. Wenn sie verwundet werden, können es sich ihre Mütter nicht leisten, nach Odessa zu kommen, um sie zu pflegen. Deshalb hat meine Mutter angefangen, für die Jungs zu kochen und ihnen das Essen ins Krankenhaus zu bringen. Man hat schon für weniger als das Bomben gelegt.«

»Also könnten es Russen *und* Ukrainer gewesen sein?«

»Das eine ist so wahrscheinlich wie das andere. Dann wiederum heißt es immer, dass solche Anschläge geopolitisch sind. Aber wir haben in Odessa schon genug Ärger. Zum Beispiel mit Mephisto, dem Bürgermeister. Er hasst meine Mutter und mich.«

»Warum? Wäre es nicht gut, sich mit dem Bürgermeister gut zu stellen?«

»Na, normalerweise schon, klar. Aber wir möchten lieber nichts mit ihm zu tun haben. Darum wollen wir auch nicht, dass er in das Restaurant investiert, was leider auch schon wieder viele Leute mitbekommen haben. Na ja, meine Mutter hat bei Facebook schon einiges über seine korrupte Laufbahn geschrieben.«

Max sah sie an.

»Ja, ich weiß. Das wird die Sache nicht leichter machen. Aber er ist eben ein krummer Hund. In den Neunzigern ist er durch die Stadt gelaufen und hat Schutzgeld erpresst, indem er den Leuten eine große Schere und einen abgetrennten Finger gezeigt hat.«

Draußen packte der Maler seine Farben zusammen. *A-N-G-E-L...* Die Beschriftung war zu zwei Dritteln fertig.

»Erzählen Sie mir bitte von der Spezialität, für die Sie die Medaille gewonnen haben«, sagte Max, der letzte Nacht im Netz ein Foto von Sima mit einer sehr überzeugenden Gebäckleiche entdeckt hatte.

Sima nahm ihr Handy. Tippte darauf herum, hielt es Max hin.

Das Display zeigte ein Standbild aus einem Video. Zum zweiten Mal betrachtete Max den attraktiven jungen Mann mit den langen blonden Haaren. Ein Kosake im Laborkittel, ein breites Grinsen im Gesicht. Mit einem Tablett voller Augäpfel in den Händen.

»Wow«, sagte Max. »Die sind ja toll. Täuschend echt.«

»Buttercreme«, sagte Sima stolz. »Mit einer harten Zuckerglasur.«

Max kritzelte etwas auf seinen Notizblock. »Ist das Ihr Sous-Chef?«, fragte er und zeigte auf das Display.

»Oh, nein, das ist mein Freund Rodion. Er ist Manager im Café Delicious, ein Stück die Straße hoch, in der Passage. Die stehen da total auf die dritte Kaffeewelle.«

»Also kriegt man bei Rodion Kaffee und – Augäpfel?«
Sima lachte. »Nein! Dort gibt es Macarons! Damit will sein Boss reich werden. Macarons für die ganze Ukraine. Wieso nicht? Übrigens hat Rodion eigentlich Biologie studiert.«
»Deshalb die Augen?«, fragte Max.
»Ja, keine Ahnung, er und sein Kumpel haben irgendeinen verrückten Plan ...« Sie lächelte nachsichtig. Eine hübsche Frau, die in ihrem jungen Leben schon viel Gequatsche von Typen gehört hatte, die sie beeindrucken wollten.
»Aber nicht mit Kuchen und Keksen.«
»Rodion und Felix wollen Körperteile herstellen, keine Ahnung ...« Max' Kugelschreiber zögerte in der Luft über dem Notizblock.
»Sie brauchten natürlich Investoren«, fügte Sima hinzu und rollte gutmütig mit den Augen. »Also haben sie so ein schräges Internetvideo gedreht. ›EASY ETERNITY‹, so nennen sie es, glaube ich.«
»Typisch Jungs«, sagte Max weltmännisch. Und dann, vorsichtig: »Backen Sie noch viele Augäpfel? Aus Spaß?«
Sie schüttelte den Kopf. »Im Moment nicht. Bevor wir das Restaurant eröffneten, habe ich eine Kühlvitrine für Desserts gekauft. Darin wollte ich die Augen ausstellen, dort drüben auf der Bar. Aber irgendjemand hat die Mechanik kaputt gemacht. Das war komisch. Am Tag des Anschlags war die Vitrine gerade frisch repariert. Jetzt ist nichts mehr von ihr übrig. Es wird eine Weile dauern, bis wir uns eine neue leisten können.«
»A-A-A-ARSCHLOCH!«, rief der Papagei.
»Guter Vogel!«, lobte ihn Sima. »Wissen Sie, im Grunde hatten wir Glück. Kennen Sie das Tavernetta? Das italienische Restaurant? Die sind direkt gegenüber von der Zentrale des ukrainischen Geheimdienstes. Als in der Zentrale eine Bombe hochging, ist alles Glas im Tavernetta zersprungen. Dreißigtausend Dollar Schaden. Wir haben ja nur das eine Fenster.«
Max nickte. »Wollen Sie denn nicht wissen, wer es war?«
Sima zuckte mit den Achseln. »Ach, irgendwie ist es komisch. Wissen Sie, ich habe meinen Vater nie kennengelernt. Er ist auf See verschollen, vor meiner Geburt.« Sie hielt inne, nachdenklich. Zog ein Paar Gummihandschuhe hervor. »Die Frage, wer uns hier

schaden wollte«, sie schaute herum, »klingt für mich ähnlich wie die Frage nach dem Tod meines Vaters. Es war ein Unglück. Aber es ist passiert. Man kann es nicht rückgängig machen. Deshalb muss man es nicht verstehen. Man muss nur damit leben. Das Wichtigste ist, dass ich weiterarbeite.« Sie seufzte. »Das Ganze erinnert mich an ein Spiel, das wir als Kinder gespielt haben. Eigentlich nur die Mädchen. Ein sowjetisches Spiel. Es hieß ›Geheimnisse machen‹. Wer einen Schatz gefunden hatte, zum Beispiel einen hübschen Kiesel oder ein schönes Stück Strandglas, der musste ihn vergraben. Man markierte die Stelle mit Blumen oder einem in den Boden gezeichneten Kreuz. Und man grub den Schatz nie wieder aus.«

Als Max ging, überkam ihn ein neues Unwohlsein. Es begann am Hinterkopf, wo der Schädel auf den Nacken traf. Von dort strahlte es aus. Nach unten in die Lungen. Dort setzte es sich fest. Max spürte es deutlich: Er wurde beobachtet.

Er blickte sich um. Die Maler waren fort. Die Akazien fächelten in der Brise. Ein kleiner elektrischer Bus ohne Dach, bedruckt mit herzförmigen Ankern, hielt vor dem Gogolhaus. Touristen mit Sonnenhüten stiegen aus, fotografierten einander vor dem Schild. Fuhren wieder davon. Max drehte sich hierhin und dorthin, doch er …

… schaute nicht nach unten! So ein Dummkopf, dachte Mister Smiley. Er schnippte mit dem Schwanz. Einmal. Zweimal. Und wartete.

Kater wie er teilten die Wesen dieser Welt in sechs Gruppen ein: Katzen, einheimische Menschen, fremdländische Menschen, Hunde, Vögel und Ratten. Außerdem gab es zwei übergeordnete Kategorien: Odessiten und Nicht-Odessiten. Sogar Mister Smiley musste zugeben, dass der Papagei Jacques ein Odessit war. Andererseits traf diese Eigenschaft auf viele einheimische Menschen nicht zu. Die meisten echten Odessiten waren längst fortgezogen. Die Menschen und Hunde, die ihre Plätze einnahmen, waren Tölpel aus der Provinz. Keine Kultur! Kein Sinn für Humor! Kein Stil! Kein Geschmack! (Das beste Beispiel dafür waren die neuen Wohntürme mit ihren Hochglanzfassaden. Wie nannte sie der syrische Bauunternehmer? Perle Nummer eins, zwei und drei. Schwarzmeerperlen? Pah! »Neu-odessitische Monstrositäten« wäre ein besserer Name!)

Mister Smiley wusste: Es dauerte zehn Jahre, bis man sich in der Stadt wirklich einlebte und begann, sie zu verstehen. Zehn Jahre, bevor man auch nur anfing, zum Odessiten zu werden. Manche Individuen, und nahezu alle Hunde, konnten niemals Odessiten werden, ganz gleich, wie lange sie hier lebten.

Mister Smiley beobachtete den fremdländischen Menschen vor Simas Lokal. Der guckte, suchte, sah nichts, ging ein paar Schritte die Straße hoch. Vorbei an Mister Smiley, den er nicht wahrnahm. Pah!

In Sekundenschnelle erhielt der Kater alle für ihn notwendigen Informationen: den leicht vergorenen Körpergeruch des fremdländischen Menschen, seine ziemlich männlichen Pheromone. Gewicht, Größe. Das Geräusch seiner Schritte.

Dann tat der Fremdländer etwas Seltsames. Anstatt die Straße weiter hochzugehen, drehte er wieder um. Er ging zu der berühmten Atlasstatue, die das Himmelsgewölbe auf ihren Schultern trug. Jetzt trug sie es gerade nicht, denn das Himmelsgewölbe war eingestürzt, in sich zusammengefallen wie eine Eierschale. Der Fremdländer kletterte auf das Baugerüst. Als er wieder herunterkletterte, trug er einen alten Bauhelm auf dem Kopf. Unten angekommen, klemmte er sich den Helm unter den Arm und ging davon, in Richtung Stadtzentrum.

Mister Smiley merkte sich alles mit seinem außergewöhnlichen Katzengehirn. Denn jeder, der sich Sima näherte, war auch für ihn von Interesse.

34

Mittagszeit. Luddy der Löwe Shturman erwachte mit einem Wahnsinnskater. Sein Kopf fühlte sich etwa zehnmal zu groß an. Seine Bizepse fühlten sich zehnmal zu klein an. Er lag auf dem Klappbett, neben sich den tickenden kleinen Plastikventilator, und schlug sich auf seinen eingefallenen Brustkorb. Panik ergriff ihn. Er schnappte nach Luft. War er noch im Gefängnis? Nein. Neinneinneinnein. Nicht im Gefängnis. War er noch in Miami? Nein. Neinnein. Wo verflucht war er dann? Langsam erinnerte er sich ... an gestern. An die Nachricht. Der King war in Odessa und wollte ihn treffen. Das war gut. Der King wollte nach seiner Investition schauen. Jeder Geschäftsmann würde das tun. Luddy war, um es so auszudrücken, sein Mann vor Ort. Der King hatte nicht nur in das Produkt investiert, sondern auch in Luddy. Ganz klar, dass der King ihn treffen wollte.

IchbineinRockstarIchbineinRockstarIchbinein ...

Durch die papierdünne Tür seines Zimmers hörte er den Sohn der Vermieterin. »Mama, hör mal, was ich gestern gemacht hab ...«

Luddy formte mit seinem Mund ein lautloses Brüllen. Er wollte, dass die zwei aus der Küche verschwanden und raus in den Korridor gingen, wo ein Klavier mit Topfpflanzen und ein Bücherregal standen, die eine Art Wohnzimmer darstellten.

Aber nein, der Junge redete weiter. Luddy lauschte widerwillig. Eine lange, umständliche Geschichte darüber, wie der Junge Grischas neue Polizisten auf die Probe gestellt hatte. Er hatte Tee gekocht und ihn in die leere Jack-Daniel's-Flasche gegossen, die Eigentum der Familie war und stolz im Eingangsbereich der Wohnung präsentiert wurde. Der Junge war mit seinem Tee in der Flasche durch die Stadt gelaufen, hier und da einen Schluck nehmend.

»Mama!«

Die Stimme schmerzte in Luddys Ohren. Der Bengel war zwölf und prahlte pausenlos damit, als wäre zwölf zu sein eine Leistung.

Die Mutter klapperte mit Geschirr. Luddy stöhnte.

Der Junge plapperte weiter. Offenbar war er an einem Polizisten vorbeigeschlendert, dann an der Polizeiwache, immerzu an der Flasche nippend. Die Beamten guckten ihn an. Sagten nichts. Drei Stunden lang war er durch das Stadtzentrum gelaufen. »Endlich, Mama«, erzählte er in seiner dünnen Jungenstimme, »hat mich ein Rekrut der Armee angesprochen. Er hat gesagt: ›Junger Mann, weißt du nicht, dass es in unserem Land verboten ist, auf der Straße Alkohol zu trinken?‹«

Luddy spitzte die Ohren, um das Ende der Story zu hören.

»Ich habe zu ihm gesagt: ›Vielen Dank! Sie sind der einzige Mensch in dieser Stadt, dem das Gesetz nicht egal ist.‹«

Endlich wurde es still. Luddy war der Schweiß ausgebrochen. Der kleine Ventilator klickte noch immer. Luddy nahm sich vor, die Wohnung im Netz schlecht zu bewerten. *Schafft euch endlich eine Klimaanlage an!* Haha, dann hätten sie den Salat.

So. Luddy hatte den King nicht belogen. Nein. Die Hand war echt. Soweit Luddy das beurteilen konnte. Sein Magen krampfte sich zusammen. Er durfte nicht einmal daran denken, was passieren konnte, falls Felix ihn in diesem Punkt betrogen hatte.

IchbineinRockstarIchbin …

Hatte Luddy ein bisschen was von dem Startkapital, das ihm der King gegeben hatte, für Schnaps und Meth ausgegeben? Ja, aber das waren normale Spesen. Und überhaupt war die ganze Sache ja Luddys Baby. Seine Entdeckung. Brauchte er die Unterstützung des Kings? Sicher. Er brauchte einen Start-up-Investor, sozusagen. Und genau das war der King.

Draußen vor der Tür wieder die Stimme des Bengels. »Nun weiß ich Bescheid. Ich habe der Polizei nie getraut, und jetzt traue ich ihr erst recht nicht mehr.«

Luddy grub seinen Kopf ins Kissen. Aber es war zu heiß, er bekam keine Luft. Und der King – der wäre aufgeschmissen ohne ihn, das war klar. Ohne Luddys Instinkt, Intuition, Spürsinn, scharfen Blick … Die Panik kehrte zurück. Schwappte aus Luddys Lungen und floss in jeden Winkel des eingefallenen Brustkorbs.

Luddy hatte fast einen Herzinfarkt bekommen, als er an dem Restaurant in der Altstadt vorbeigelaufen war. Durch das Schaufenster hatte er die Vitrine mit den Augäpfeln gesehen. Er war sofort zu Felix gefahren, hatte ihn angebrüllt: »Die Augäpfel sind nicht echt?! Du hast mich beschissen!« BRÜLL! Felix hatte fast geheult. Die Augen seien nur fürs Marketing gewesen, beteuerte er. Ein Übergangsprodukt, um ein bisschen was zu verdienen. Er schwor bei seinem Leben, dass die Hand, im Gegensatz zu den Augäpfeln, echt sei. Nun, das musste sie wohl tatsächlich sein. Sonst hätte es am Hafen von Baltimore keinen solchen Aufruhr gegeben. Der King hätte Luddy keinen Pass besorgt, damit er reisen konnte. Alles war in bester Ordnung. RockstarRockstar. Und Luddy hatte das Problem mit den Augäpfeln gelöst. Erstklassig beseitigt. Alles wird sich regeln, dachte er. Alles ...

Und nun wollte der King Luddy treffen. Morgen. Vor der Klinik für Augenheilkunde. Der King war eine Legende. Der King war ein Killer. Der King wollte Luddy vor der Klinik für Augenheilkunde treffen. Der King, das war bekannt, hatte nur ein gutes Auge.

35

Rodion stand hinter der italienischen Espressomaschine. Die Maschine war gut, doch er träumte von einer Slayer. Sie wurde in Seattle hergestellt, der wahren Heimat der dritten Kaffeewelle. Noch bevorzugten die Leute in Odessa kraftvolle italienische Röstungen. Man musste ihnen das neue Aroma erst nahebringen. Es war wie Whiskey: gewöhnungsbedürftig. Rodion verzog das Gesicht bei dem Gedanken an seinen ersten Whiskey. In einem Nachtclub von Krementschuk hatte er ihn probiert. Er hatte dort als Barkeeper gejobbt. Er war nie auf den Whiskey-Geschmack gekommen, hatte aber gelernt, bei Schlägereien dazwischenzugehen und Gäste rauszuwerfen, die die Mädchen belästigten.

Hätte er doch nur ein paar Geisha-Bohnen! Aber diese hier waren auch gut. Rodion platzierte die zwei frisch gefüllten Kaffeetassen sorgfältig auf seinem Tablett und trug sie hinaus in die Passage. Die Schritte und Stimmen der hitzegeschwächten Touristen hallten unter dem Glasdach. Rodion stellte die Tassen auf einen der Holztische des Cafés. Zwei Mädchen. Sie blickten auf. Lächelten ihn an. Er lächelte zurück. Sie waren hübsch. Alle beide.

Dann dachte Rodion an Sima. Bei ihrem letzten Treffen hatte er ihr gesagt, dass er erst jetzt die Form ihres Schönheitsflecks erkannt hatte: ein Herz.

»Du hast vorher nie richtig hingeschaut«, hatte Sima gesagt.

Das stimmte, dachte Rodion, als er sich an einen der freien Tische setzte und sich eine Zigarette anzündete. Die Mädchen am Nachbartisch redeten über Politik.

»Was ich so erstaunlich fand am Maidan«, sagte die eine, »war, dass er gezeigt hat, dass die Ukraine wie ein normales Land funktionieren kann. Wir können Regeln befolgen! Ich meine, zum Beispiel durfte man nicht betrunken zum Maidan gehen. Das war eine Regel, und die Leute haben sich daran gehalten.«

Das andere Mädchen, so klang es, arbeitete für das Grüne Theater. Ein cooles Projekt. Eine Gruppe Gleichgesinnter hatte ein altes sowjetisches Freilufttheater renoviert. Sie hatten eine Bühne gebaut, ein paar Imbisswagen aufgestellt, Sitzsäcke gekauft, Tomaten gepflanzt, WLAN installiert, Aktivitäten für Kinder organisiert ... Morgen würde der Sänger der Zeitreisenden, einer von Rodions Lieblingsbands aus der Sowjetzeit, dort sprechen.

»Hab neulich was über diesen Bauunternehmer gelesen«, sagte das eine Mädchen.

Die Freundin nickte. »Der die Perlen baut?«

»Ja. Hab gelesen, die sind fertig, stehen aber fast alle leer.«

Rodions Aufmerksamkeit war geweckt. Er wusste Bescheid über die Perlen. Es war ein Geniestreich von Felix gewesen, das Labor in einer der leeren Perlen einzurichten. Perfekt funktionierende Klimaanlage, komplette Stille, absolute Privatsphäre, mietfrei ...

»Abgefahren. Seine Frau ist Ukrainerin«, sagte das Mädchen. »Sie kommt fast jeden Tag auf unseren Theaterspielplatz. Mit ihren Kindern und vier, fünf Leibwächtern.« Sie verdrehte die Augen. »Jedenfalls lieben ihre Kleinen den Sandkasten. Wir sagen dann immer: ›Lasst diese Kinder nicht aus den Augen! Sonst bauen sie hier eine fünf Meter hohe Sandburg!‹«

Das andere Mädchen lachte. Rodion lachte auch.

»Wusstet ihr«, sagte er zu den Mädchen, »dass der Syrer Steuerspargeschenke für die Gebäude bekommt? Die nennen sich dann Direktinvestitionen aus dem Ausland – obwohl er es ja direkt hier macht.«

Während die Mädchen die Köpfe schüttelten, erspähte er einen Mann, der auf das Café zusteuerte. Er trug etwas unter dem Arm. Einen Bauhelm? Rodion drückte seine Zigarette aus. Die Mädchen unterhielten sich nun über einen neuen Asphaltriss an der Puschkinstraße. Der Mann kam näher. Er lief nicht wie ein Ukrainer. Vielleicht war er Deutscher? Allein, mittleres Alter. Ein Sextourist.

Rodion stand auf und ging ins Café. Stellte sich hinter die Espressomaschine. Wartete ab.

Der Mann kam tatsächlich herein. Legte den Bauhelm auf den Tisch beim Schaufenster. Bestellte Kaffee, in anständigem Russisch, das aber definitiv nicht seine Muttersprache war.

Rodion machte den Kaffee, wenn auch mit weniger Vergnügen als für die Mädchen. Aber der Mann schien in Ordnung zu sein.

Vielleicht war er kein Sextourist. Vielleicht hatte er beruflich mit Grischa zu tun. Man sah immer mal wieder neue Leute wie ihn in der Stadt. Trotzdem waren die meisten Ausländer Sextouristen. Sogar die, die nicht als solche anreisten. Sobald sie ein hübsches ukrainisches Mädchen sahen, verloren sie den Verstand.

Der Mann fragte nach der Toilette. Rodion zeigte in Richtung der Hinterräume. Ein Immobilieninvestor vielleicht? Egal. Rodion zwang sich, an seine eigenen Aufgaben zu denken. Heute Abend musste er die Axolotl ins Labor bringen.

Die Stimme des Mannes riss ihn aus seinen Plänen. »Was sind das für Guppys in dem Aquarium dort hinten?«

»Axolotl«, sagte Rodion und änderte seine Meinung über den Fremden. Schließlich hatte jeder Mensch, der sich für Tiere interessierte, ein Herz. »Eine spezielle Art von Salamander.«

»Süße Kerlchen«, sagte der Mann. Mit etwas plumpen Schritten durchquerte er das Café bis zum Schaufenster und blickte auf die Arkaden. »Schön hier.«

Rodion stellte sich neben ihn. Er fühlte sich wohl in der Gegenwart des Fremden. Er wusste nicht, warum. Doch er vertraute seinem Instinkt.

»Wie heißen Sie?«, fragte der Mann.

»Rodion.«

»Max.«

Durch das leicht geriffelte Fenster des Cafés wirkten die rosa Arkaden mit ihren bröckelnden, barbusigen Nymphen und den Touristen in ihren blau-weiß gestreiften T-Shirts unwirklich.

»Wie im Aquarium«, sagte der Mann namens Max. »Als wären wir die Salamander, die die Welt bestaunen.«

Rodion grinste. »Kennen Sie *Alice hinter den Spiegeln*?«

Der Mann namens Max nickte.

»Wenn ich hier stehe«, sagte Rodion, »fühle ich mich manchmal wie Alice. Bevor sie durch den Spiegel geht. Hier im Café macht alles Sinn …«

»Aber dort draußen …«, sagte Max.

»… dort draußen ist alles verkehrt.«

*

Cocktail Hour im Gagarin. Schon wieder. Max bewegte sich durch die Menge. Suchte Mark Hope.

Trilby hielt Hof in der Nähe der Bar. »Die Sache ist die …«, sagte er in seinem beeindruckenden Akzent. »Wir sind anders als die Russen. Wir wollen nicht dasselbe. Wir leben nicht in der derselben Wirklichkeit. Und wozu sollten wir auch?«

Max fand Mark Hope in der Ecke mit dem Ficus.

»Max!« Mark Hope zeigte sein Zahnpastalächeln. Beim Anblick des Bauhelms in Max' Hand staunte er. Der Helm war abgeranzt, ein bisschen schimmlig. Er stank.

Max zuckte mit den Achseln. »Ich muss da ein paar kleine Nachforschungen anstellen gehen …«

Mark Hopes Gesicht strahlte wie tausend Glühbirnen.

»Allein«, sagte Max.

Mark Hopes Gesicht erlosch.

»Aber ich wollte Ihnen etwas sagen. Ich habe meiner Frau Ihre Telefonnummer gegeben. Für den Fall, dass sie mich nicht erreichen kann.«

Das brachte wieder Glanz in Mark Hopes Miene.

Max klopfte ihm auf den Rücken. Er wollte gerade gehen, als ihm noch etwas einfiel.

»Sie haben sich mit Genforschung beschäftigt?«

Mark Hope nickte.

»Ist es möglich, Körperteile zu züchten? Irgendwas Verrücktes in der Art?«

Mark Hope nickte eifrig.

Max fühlte, wie er in Erregung geriet.

»Ich werde mich für Sie informieren, ob es das tatsächlich gibt«, versprach Mark Hope. »Gleich nachher!«

»Natürlich«, sagte Max und verbarg seine Enttäuschung nur schlecht. »Machen Sie das.«

36

Rodion schloss gerade das Café. Felix setzte sich an einen der Tische mit frischen Gänseblümchen. Rodion hatte die Blumen von einer Bäuerin gekauft. Sie hatte vor der Passage auf einem Klappstuhl gesessen, mit einem weißen Plastikeimer voller glücklicher, gelb-weißer Blüten. Sie hatte Rodion an seine Babuschka erinnert.

»Wie weit bist du mit der neuen …«, Felix senkte die Stimme, »Hand?«

»Ich komme voran«, sagte Rodion. »Sie müsste bald fertig sein.«

»Wir brauchen sie bis zum vierundzwanzigsten August.«

»Das kann ich nicht versprechen.«

Felix biss die Zähne zusammen. Wie immer, wenn er sich um etwas sorgte. Rodion kannte den Anblick. So hatte Felix ausgesehen, als sein Großvater starb. Als ihm klar wurde, wie viel Strom der kryogene Behälter brauchte. Und so sah er immer aus, wenn seine Großmutter ihn fragte, ob er eine Freundin habe.

»Sie *muss* bis dahin fertig sein.«

»Wieso?«

»Weil der neue Investor sie braucht.«

»Wofür? Für das Fußballspiel?«, scherzte Rodion.

Doch Felix lachte nicht mit. »Was hat das Spiel damit zu tun?«

»Nichts«, sagte Rodion. Dann zögerte er.

Am fünfundzwanzigsten August sollte Morgenröte Luhansk gegen Schwarzmeer Odessa spielen – zum ersten Mal seit dem Fußballmassaker. Die Stadt war nervös.

Beim letzten Mal hatte das Spiel in einer Tragödie geendet. Die üblichen Rangeleien der Hooligans waren zu einer Auseinandersetzung zwischen prorussischen Luhansk-Fans (*Morgenröte*) und proukrainischen Odessa-Unterstützern (*Schwarzmeer*) geworden. Und fünfzig Menschen – alle prorussisch – kamen ums Leben.

Rodion hatte an dem Tag gearbeitet. Was sonst? Als er von den Tumulten erfuhr, wagte er sich aus der Passage heraus auf die Deribasiwska-Straße. Er traute seinen Augen nicht. Anstelle von spazierenden Pärchen mit ihren Hündchen, Luftballonverkäufern und verschlafenen Buchständen war die Straße voll mit Rowdys, die abgebrochene Bierflaschen schwenkten. Rodion sah einen Mann, der einen Streitkolben trug. Wie im Mittelalter! Hatte Rodion sich gefürchtet? Ja. Doch er wusste, was er zu tun hatte: Er musste zurück ins Café Delicious. Und es bewachen.

Felix schwitzte. Seine Miene war verkniffen. Das kannte Rodion an ihm nicht. Felix benahm sich seltsam seit ... seit Rodion klar war, dass er etwas für Sima empfand. Seit dem Bombenanschlag. Hatte Felix Angst, Rodion könnte sich verlieben, und er würde ihn als Freund verlieren?

Er sagte: »Ist ein bisschen komisch, dass sie die Hand vor dem Fußballspiel wollen. Ich frage mich ...«

»Überlass das Fragen mir. Ich bin der Geschäftsmann, erinnerst du dich? Du bist der Wissenschaftler.«

»Alles klar«, sagte Rodion langsam.

Bis jetzt lief nichts zwischen Sima und ihm. Und falls es dazu kommen sollte, musste sich Felix nicht sorgen. Felix war Rodions erster Freund in Odessa gewesen; er würde ihn nicht fallen lassen für eine Frau!

»Sag mal, hast du die fehlende Seite bekommen?«

»Noch nicht. Aber bald.«

Rodion nickte. »Ich brauche sie dringend.«

»In Ordnung. Ich gehe heute Nacht wieder hin, um sie zu suchen.«

Als Felix fort war, stand Rodion am Fenster des Cafés, einen Putzlappen in der Hand, und schaute hinaus in die prachtvolle Passage. Etwas ließ ihm keine Ruhe. Nur was? Die Hand ... das Fußballspiel ... Zum ersten Mal fragte er sich, wer der rätselhafte neue Investor sein mochte, den Felix erwähnt hatte. Und ob er gefährlich sein könnte.

37

In diesen Breiten kam die Dunkelheit schnell. In Nataschas Wohnung im fünften Stock trat Max auf den Balkon. Er schaute ein Stück die Straße hinunter, zum Denkmal Isaak Babels. Ihm war, als könnte er gerade so den freundlichen, kurzsichtigen Ausdruck hinter der runden Brille ausmachen. Jemand hatte rote Nelken in den Schoß des Schriftstellers gelegt. Wie Schusslöcher. Armer Babel. Er hatte eine Affäre mit der Frau des Geheimdienstchefs gehabt. Stalin ließ ihn erschießen. Unten auf der Straße wurden die Motoren lauter. Aggressiver. Gas geben und beschleunigen. Bremsen und wieder losfahren. Ein Wirrwarr aus losen Kabeln schlug gegen die dunkle Fassade des Gebäudes. Windstöße trugen den Geruch der Abgase nach oben, vermischt mit Weihrauch und einer Spur Curry.

Max drehte sich der alten Synagoge zu. Er wartete, bis alle Lichter in dem gotischen Bau ausgingen. Eins, zwei, drei ... Als der Wächter das Tor verschlossen hatte und gegangen war, verließ Max den Balkon.

Er setzte den Bauhelm auf und nahm einen Hammer mit. Steckte seine Taschenlampe ein. Verschloss die vier Schlösser der Wohnungstür und tastete sich im Halbdunkel treppab. Auf der letzten Stufe zum Kellergeschoss trat er auf etwas Weiches. Ein heftiges Maunzen. Ein scharfer Schmerz in Max' Schienbein. Etwas Orangefelliges schoss die Treppe hoch. Verdammt! Der Kater Boris hatte ihn gebissen. Zum Glück war er gegen Tollwut geimpft. Er knipste die Taschenlampe an. Er hatte Blut an der Hose. Nicht viel. Er musste niesen. Komisch: Vor seinem Allergietest hatte er nie ein Problem mit Katzen gehabt.

Er gelangte an eine Eisentür. Dann nahm er den Hammer und schlug zu. Hart. Auf das Kettenschloss. Der Krach war entsetzlich. Max lauschte. Hörte nichts aus dem Treppenhaus über ihm. Ein solides Gebäude. Stabil gebaut. Der dritte Schlag hatte Erfolg.

Max drückte die Tür auf und fand sich in einem Lagerraum wieder. Der Duft war kaum zu ertragen. Eine Tonne Weihrauch mindestens. Max leuchtete durch den Raum, zur Tür am anderen Ende. Das Schloss dieser Tür sah einfacher aus. Max steckte eine Haarklemme von Natascha hinein. KREISCH KREISCH PIEP KREISCH! Eine Alarmanlage?
Max fluchte ... und ging an sein Handy.
»Mensch, Mark, ich bin vor Schreck fast aus der Haut gefahren«, flüsterte er. »Ich hoffe, Ihr Anruf ist wichtig!«
»Ja, also, Max, das tut mir leid ...«
»Wenn es irgendwas mit Jim Dunkirk zu tun hat, lege ich auf!«
»Nein, es geht um das ... Thema, von dem wir sprachen.«
»Sie rufen wegen Ihrer Mitschriften an? Das muss warten, ich bin hier gerade ...«
»Es geht um eine sehr besondere Art von Salamander.«
»Warten Sie, sagten Sie Salamander?«
»Jawohl! Sie wurden nur in einem See bei Mexiko-Stadt entdeckt. In freier Wildbahn sind sie vom Aussterben bedroht, werden aber vielfach gezüchtet. Sie werden geschlechtsreif, ohne aus dem Kaulquappenstadium herauszuwachsen. Und deshalb können sie ihre eigenen Körperteile regenerieren! Diese Axolotl sind ein Heiliger Gral der Genforschung.«
»Wirklich?«, raunte Max.
»Ja, ihnen können neue Gliedmaßen wachsen. Mit Zehen. Und Schwänze. Man kann sogar den Kopf eines Axolotls auf einen anderen Axolotl verpflanzen, und das Tier lebt dann mit zwei Köpfen bis zu zwei Wochen lang.«
»Aha. Und hat schon jemand herausgefunden, wie man ...?«
»Das Axolotl-Gen für die Menschheit nutzen kann?«
»Genau?«
»Leider nein.«

Nataschas Haarklemme funktionierte. Die Tür ging auf. Max stieg über die Schwelle. Vor ihm, im Lichtkegel der Taschenlampe, führte eine Treppe mit Betonstufen in die Tiefe. Von der Decke des Tunnels hingen Industrielampen aus der Sowjetzeit. Die Sandsteinwände waren feucht. An manchen Stellen tropfte es. Max mochte den Geruch hier unten. Feucht und sauber, mit einer Spur Stein. Wie der Weinkeller eines französischen Châteaus.

Unten, am Ende der Treppe, bog ein Gang rechts ab. Zu beiden Seiten waren breite Betonbänke in das Gestein eingepasst. Für den Fall, dass der Atomkrieg ausbrach, sollten die Bürger Odessas hier unten überleben.

Max folgte dem Gang, seine Schritte zählend. Von Nataschas Wohnung aus gerechnet musste er schon fast einen Häuserblock hinter sich haben. Bald musste der Abzweig kommen, zur Synagoge. Er suchte mit der Lampe, fand aber nur einen Spalt. Kaum breit genug für ihn. Er drückte den Bauhelm fester auf seinen Kopf. Zwängte sich vorsichtig in den Spalt. Nach einigen Metern wölbte sich die Wand. Schwangere Wand, den Begriff hatte Max von Rose gelernt, als sie ihn zum Höhlenwandern gezwungen hatte. Eine solche Wand war gefährlich. Max drückte sich an der Wölbung vorbei.

Ein Geräusch. Irgendwo in der Ferne. Leise rumpelnd. Max lauschte ... und fluchte. Er war in eine Pfütze getappt. Das Wasser füllte seinen Lederschuh. Prima. Mit dem anderen Fuß fand er einen Vorsprung im Stein. Stieg über die Pfütze.

Der Spalt öffnete sich zu einem kleinen Raum mit einem roh gezimmerten Tisch und drei Stühlen. Ein Versteck von Schmugglern? Seit der Gründung der Stadt hatte man die Katakomben zum Schmuggeln von Waren benutzt. Vom Meer in die Stadt und andersherum. Mit der Taschenlampe inspizierte er die Wände des Raums. In einer Ecke war eine Eisenleiter in den Sandstein gehauen. Max fasste die glitschigen Sprossen und kletterte. Er kam an eine Holzluke, rund wie ein Fassdeckel. Er stemmte sie hoch.

Der Keller der Synagoge war staubig. Max leuchtete zwischen Stapeln von Kartons umher. Die Eisentür, die hoch ins Erdgeschoss führte, war unverschlossen. Doch sie quietschte erbärmlich. Das Geräusch musste im ganzen Gebäude zu hören sein. Doch alles blieb still. Keine Alarmanlage. Keine Schritte.

Die Straßenlaternen der Puschkinstraße erhellten die Treppe im Eckturm, die Max am Tag mit der Archivarin hochgestiegen war. Jetzt warfen die gotischen Fenster Gitterschatten. Max verstand, was die Archivarin gemeint hatte, als sie sagte, der Ort gebe ihr ein gutes Gefühl. Es war wirklich friedlich hier. Langsam, die Ruhe genießend, stieg Max die schmiedeeisernen Stufen hoch. Seine Hand am Handlauf spürte etwas. Eine Edelweißblüte. Eine zierliche, schmiedeeiserne Erinnerung an daheim ... Er fand den Weg zum Herzstück des Archivs ziemlich leicht. Der Raum mit der niedrigen Decke, in dem die misstrauische Alte gearbeitet hatte, war in perfekte Stille getaucht. Doch Max bekam ein eigenartiges Gefühl. Die sepiafarbenen Schatten im Raum wurden dunkler. Als wäre jemand, oder etwas, hereingekommen. Beinahe von selbst – oder als würde ihm jemand helfen? – griff seine Hand in einen Stapel von alten Landkarten. Als würde seine Hand geführt, zog er ein ledergebundenes Büchlein heraus. *El diario*, las er auf dem Cover. Ein Blatt Papier fiel zwischen den Seiten heraus. Max hob es auf. *Odessa 1932 Institut für Kühltechnologie. Sich selbst generierende Körperteile.*

Plötzlich hörte er einen Rumms. Ein Nachtwächter? Jemand, der Überstunden machte?

Schnell ging er seinen Weg wieder zurück. Erst am Fuß der Leiter, unten in den Katakomben, atmete er auf. Was er getan hatte, verletzte nicht nur jegliche Regeln des Archivierens von historischem Material, sondern auch das einfache »Du sollst nicht stehlen«, das er von Kindheit an kannte. Trotzdem, das spürte er, hatte er richtig gehandelt.

Aus dem Augenwinkel sah er etwas. Ein blaues Lämpchen?

Max hörte er ein tiefes, mächtiges Grummeln. Es kam näher. Dann ein schreckliches Knacken. Als würden Knochen zerbrechen. Staub. Schmerz. Etwas Schweres. Dann nichts mehr. Überhaupt nichts.

38

Mitternacht. Wie Tinte: der Himmel, die See. Der Nemo-Strand, direkt am Rand des Stadtzentrums, war verlassen um diese Zeit. Sima lächelte. Zog ihre Arbeitskleidung aus: Rock, T-Shirt, Turnschuhe. Einen Badeanzug brauchte sie nicht. Sie fühlte sich frei in der Dunkelheit. Einen Moment lang blieb sie stehen im Sand, der noch warm war vom Tag.

Sima lächelte. Der Besuch des Gouverneurs war eine Überraschung gewesen, doch alles war gut gegangen. Grischa war zum Abendessen im Restaurant aufgetaucht, mit einem Kamerateam. Er hatte vier Teller Forshmak gegessen. Und er hatte Unterstützung versprochen. Odessa, sagte er, stehe hinter Sima und ihrer Mutter. Die gesamte ukrainische Nation stehe hinter ihrem Lokal. Dann sprach er über nationale Identität, so ähnlich, wie der Dichter Fimka Fischmann immer in seinem Blog schrieb: dass die Zugehörigkeit zur neuen ukrainischen Nation eine Frage der Willenskraft sei, nicht der Geburt. Wie in Amerika! Vorbei seien die Tage der Sowjetunion, als die Volkszugehörigkeit unwiderruflich im Reisepass gestanden habe: russisch, ukrainisch, usbekisch, georgisch, jüdisch ...

»Wir sind alle Ukrainer!«, hatte Grischa in seinem georgisch gefärbten Russisch verkündet. »Weil wir es sein wollen!«

Klar, er machte Politik. Doch Sima fühlte beim Zuhören ihr Herz höherschlagen. Konnte das Hoffnung sein? Konnten sie ein besseres Land aufbauen? Freier, gerechter? Die Zeit würde es zeigen.

Grischa kannte sein Publikum, so viel stand fest. Er erzählte sogar einen odessitischen Witz: »Rabbinowitsch kommt nach Hause. ›Sara!‹, sagt er zu seiner Frau, ›endlich geht dein Wunsch in Erfüllung! Wir bekommen eine teurere Wohnung!‹ – ›Oh, Liebling‹, sagt die Frau, ›ziehen wir um?‹ – ›Nein!‹, sagt Rabbinowitsch. ›Der Vermieter hat uns die Miete erhöht.‹«

Sima lief vor zum Wasser. Kühle Feuchte unter ihren Zehen. Wellen, klein und sanft, benetzten ihre Knöchel, die Waden, die

Schenkel. Die Taille. Sie stieß sich ab, und das kühle Wasser schlug über ihrem Kopf zusammen.

Sima schwamm. Da war etwas im Wasser. Sie griff danach. Ein Fisch? Ein toter Fisch? Sie würde ihn ihrer Mutter zeigen. Wenn die Fische starben, hätte das nicht sofort Folgen für ihr Lokal. Aber sie mussten es wissen. Der tote Fisch, oder das Stück davon, flutschte durch ihre Finger. Plötzlich zitterte Sima. Vor Ekel. Und Angst. Sie war nicht zimperlich. Kein bisschen. Doch jetzt wollte sie wieder an Land. Und zwar schnell. Je schneller, desto besser. Sie schwamm, bis sie das flache Wasser erreichte. Von dort rannte sie zurück zu ihren Sachen. Erst als sie sich abgetrocknet hatte, ging es ihr besser. Vielleicht, dachte sie auf dem Heimweg, bin ich einfach nur müde.

Sobald Sima auf ihren langen, starken Beinen davongegangen war, näherte sich Mister Smiley vorsichtig dem Rand des Wassers. Er mochte das Gefühl von feuchtem Sand zwischen den Krallen. Aber Wasser – keine Katze mochte Wasser! Er nahm seinen Mut zusammen, als er dem weichen Rollen der Wellen näher kam. Dann schlug er mit kraftvoller Pfote zu. Und noch einmal. Er fing das Objekt. Zerrte es quer über den Strand bis in den Lichtkegel einer Straßenlampe, um es zu inspizieren.

Der erbärmliche Strandkater hatte gesagt, das Ding werde heute Nacht angespült werden. Der erbärmliche Strandkater hatte recht. Er hatte eine Belohnung verdient. Mister Smiley würde die Tigermieze mit der Belohnung beauftragen.

Langsam, behutsam, begann Mister Smiley seine Untersuchung. Es handelte sich um ein Ohr. Ein Menschenohr. Mit einem seltsamen, weinroten Mal. Lang und gebogen wie ein Angelhaken. Hm. Mister Smiley fragte sich, ob man mit so etwas Geld verdienen konnte: menschliche Körperteile, durch den Fleischwolf gedreht und als Katzenfutter in Dosen portioniert. Wie würde das schmecken? Nicht schlecht, vermutlich. Feines Menschenhack, gemischt mit gebratenen Schwarzmeergrundeln, Odessa-Style? Dann verwarf er den Gedanken. Auf eine derart schöpferische Idee würde kein Mensch kommen. Nein, nein. Die Antwort lag woanders. Und Mister Smiley würde alles versuchen, um das Rätsel zu lösen.

Unterdessen schien es, dass der Fremdländer, der sich für Sima interessierte, in Schwierigkeiten steckte.

*

Als Erstes bemerkte Max den Geruch. Eisen und Wasser. Dann die Kälte. Eisen und Wasser und Kälte. Er zitterte. Machte die Augen auf. Sah nichts. Sein Kopf schmerzte. Sein Brustkorb auch. Alles tat weh. Er war mit Staub bedeckt. Lebendig begraben. Er drehte sich auf die Seite. Das ging. Er war nicht begraben. Was war passiert? Ein starker Schmerz im Genick. Dort, wo das Reptilienhirn die Entscheidungen traf. Hatte jemand sein Reptilienhirn k. o. geboxt? Max brauchte sein Reptilienhirn. Wie sollte er sonst überleben?
Er konzentrierte sich. Eisen. Das hieß: Blut. Dann erinnerte er sich an das Knacken. Das Grummeln. Die schwangere Wand. Die Katakomben! Sie waren eingestürzt. Über ihm! Er setzte sich auf. Vorsichtig. Tastete nach seiner Taschenlampe. Knipste sie an. Leuchtete auf den Haufen Bruchgestein neben sich. Schleifspuren von seinen eigenen Beinen. Okay. Jemand hatte ihn da rausgezogen. Reptilienhirn oder nicht, so viel reimte er sich zusammen.
Ein blaues Licht. Dieser Felix! Der hatte ihm das Leben gerettet? Max befühlte seinen schmerzenden Kopf. Der Bauhelm war weg. Er durchsuchte seine Kleidung. Seine Brieftasche fehlte. Und auch – verdammt! – die Schlüssel zu Nataschas Wohnung. Die Armbanduhr war kaputt, die Zeiger gelähmt unter zersplittertem Glas. Aber das Telefon war noch da. Nur kein Empfang. Das Tagebuch aus dem Archiv lag im frisch gefallenen Staub. Max hob es auf. Die einzelne Seite fehlte.
Der Weg zu Nataschas Wohnung war von Geröll versperrt. Also zurück ins Archiv. Aber nein. Da war auch kein Durchkommen mehr.
Ein kleiner Tunnel führte ins Dunkel. Ins Nirgendwo. Max lief los. Er hatte keine andere Wahl.

39

Die gleichmäßigen Geräusche des Zuges, das Gefühl der Räder und Schienen unter ihr ... all das fand die Reisende tröstlich. Wie einen zweiten, verlässlichen Puls, der ihren eigenen, manchmal arrhythmischen, stärkte. Die Frau band ihre Haare zurück. Merkte, wie eine blonde Locke entschlüpfte. Klemmte sie sich hinters Ohr. Dann trat sie in den Gang des tschechischen Zuges. Die Aussicht durch die Fenster war atemberaubend. Ein langer, gemächlicher Sonnenuntergang tauchte die kühlen, dramatischen Felsen zwischen Dresden und Prag in warmes Licht. Sandstein. Ein dunkler, schlängelnder Fluss. Spielzeugvillen duckten sich in den Schatten. Auf einer Klippe stand eine Burg. Wie lange war es her, dass sie eine solche Reise gemacht hatte? Der Rhythmus des Zuges. Die Schönheit der Landschaft. Warum verreiste sie nicht öfter? Warum hatte sie gewartet, bis ihre Ehe ...? An der Oberfläche hatte sich kaum etwas verändert. Sie liebte Max, und Max liebte sie. Doch sie fühlte es. Langsam – oder plötzlich? – waren sie an den Rand eines Abgrunds geraten.

Draußen sank die Sonne ein weiteres Stück. Ihr Licht wurde intensiver. Ockerfarben. Der Zug ratterte weiter, einschläfernd, und Rose dachte an ihr erstes Date mit Max.

Sie war Kunststudentin gewesen, in Baltimore, und wohnte in einem Einzimmerapartment mit Linoleumboden, im Viertel Mount Vernon. Max kam mit dem Auto aus D.C. Es war Winter, der Wetterbericht hatte einen Schneesturm gemeldet. Rose fuhr mit dem Fahrstuhl nach unten. Max wartete schon im Foyer. Ein großer, starker, gut aussehender Mann – so hatte ihn Rose wahrgenommen, als sie ihn kennenlernte. Doch nun, im Foyer von Baltimore, sah sie ihn anders. Ein Junge. Hilflos. Und sie verstand genau, welche Rolle sie in dieser Beziehung spielen würde. Sie sah es klar und deutlich. Sie würde ein Leben lang die Ruhige sein. Die Sichere. Die Galionsfigur. Aus Holz geschnitzt, barbusig, würde sie dieses unruhige Schiff von einem Mann gelassen durch alle Stürme geleiten. In diesem Moment, in der Linoleumlobby, deren schmutzige Fensterscheiben das raue Winterlicht dämpften, wusste Rose, dass sie sich darauf einlassen würde. Die Rolle annehmen. Während sie auf Max zuging, sah sie, wie seine Augen leuchteten, in einer schmerzlichen Art von Glück. Doch als sie ihm zulächelte, inmitten eines Feuerwerks von Emotionen – Aufregung, Vorfreude, Abenteuer, Lust, Liebe –, verspürte sie klar und deutlich auch ein Gefühl von Resignation. Das hatte sie Max niemals gesagt und würde es niemals tun.

Die Sonne sank. Die Wälder wurden mit einem Mal schwarz. Der Himmel war blass, der Fluss kaum noch zu sehen. Rose klemmte sich eine andere freche Locke hinters Ohr. Der Abgrund war aus dem Nichts aufgetaucht. Oder waren sie die ganze Zeit darauf zugesteuert? Wie dem auch sein mochte: Wenn einer von ihnen einen Schritt weiterging, gab es kein Zurück.

Wer würde es sein? Max war der offensichtliche Kandidat. Immer rang er irgendwie mit dem Leben, mit ihr. Doch Rose spürte, dass auch sie es sein könnte. Dass sie diejenige war, die auf und davon ging. Nicht mehr zurückkam. Deshalb hatte sie den Flug nach Kopenhagen gebucht. Von dort nach Dresden, dann weiter mit dem Zug. Sie hatte nie zuvor so etwas getan, nicht ein einziges Mal in ihrem gut geplanten Leben.

»Rose?«

Ihre Reisegenossin, eine Frau namens Rita. Nachdem Rita ein Leben lang darauf verschwendet hatte, im Pub ihrer Familie Bier auszuschenken, hatte sie sämtliche Wände ihrer Wohnung gelb gestrichen und war in Rente gegangen. Jedes Mal, wenn sie vor ihrer Vergangenheit fliehen wollte, stieg sie in einen Zug.

»Sie wollen Ihren Mann in der Ukraine besuchen, nicht wahr?«

Rose nickte. Hatte plötzlich Lust zu flennen.

»Ich habe da einen kleinen Liebestrunk für Sie«, sagte Rita und reichte ihr ein Fläschchen mit einem winzigen Korken. Es roch nach Lavendel. »Nehmen Sie das mit, Honey. Es wird Ihnen helfen.«

40

Max schätzte, dass er ein paar Stunden gelaufen war. Aber es fühlte sich an wie Tage. Das Vorankommen war nicht leicht. Die Tunnel waren unvorhersehbar. Breit und hoch für ein paar Hundert Meter; dann plötzlich zu Ende. Wieder stand er vor einer eingestürzten Wand. Ein Haufen aus Steinen. Leuchtete mit seiner Taschenlampe, deren Strahl schwächer wurde. Vermutete eine Öffnung am oberen Ende des Haufens. Kletterte. Kroch durch die Öffnung. Stand plötzlich in einer Galerie. Dunkelblaue Bilder, in den Sandstein geritzt. Schiffe. Schiffe jeder Art. Ein Kapitän der Zarenflotte. Graffiti aus einer anderen Zeit.

Max war müde. Hungrig. Durstig. Er fror. Er hörte ein Tröpfeln. Hoffentlich halluzinierte er nicht. Der Lichtkegel seiner Lampe spiegelte sich. In einer Wassermulde. Er erinnerte sich: Die Steinmetze von Katharina der Großen hatten Jahre am Stück hier unten gelebt, ohne Tageslicht und frische Luft. Trotzdem waren sie damals die Einzigen in Odessa mit sauberem Wasser. Max zögerte kurz. Trinkbar um 1800 – warum nicht auch jetzt? Er legte sich flach auf den Bauch, formte die Hände zur Schale. Trank lange und ausgiebig. Rollte sich auf den Rücken. Fühlte er sich besser. Wiederbelebt. Er hörte die Stimme von Rose: »Trinken, trinken, trinken!« Sie hatte recht.

Er setzte sich auf, den Rücken an den Sandfels gelehnt. Etwas war unbequem. In seiner Hosentasche. Er zog das Tagebuch hervor. Er wollte sich ausruhen. Nur ein wenig. Doch er durfte nicht einschlafen. Also schlug er das Tagebuch auf. Es war auf Spanisch geschrieben. Eine Frauenhandschrift. Max blätterte.

Dann begann er auf der ersten Seite zu lesen.

3. Januar 1931
Liebes Tagebuch,
ich schreibe diese Zeilen, meine ersten, um mich später an alles erinnern zu können. Warum? Bis vor Kurzem

war mein Leben normal, da brauchte ich kein Tagebuch.
*Aber jetzt wird mir eine große Ehre zuteil. Ich werde
für die erste Delegation von Wissenschaftlern aus der
Sowjetunion, die mein Land bereist, als Dolmetscherin
arbeiten. Ich will mein Bestes geben, damit die Gäste
zufrieden sind und Mexiko von seiner schönsten
Seite sehen. Deshalb habe ich heute nicht nur mein
erstes Tagebuch gekauft, sondern auch meinen ersten
Lippenstift.*

*Liebes Tagebuch,
die Wissenschaftler sind kaum älter als ich und sehr nett.
Besonders einer mit Namen Jakow. Er ist Biologe. Wir
verstehen uns blendend. Alle haben sich gefreut, weil
ich Maria heiße. »Maria!«, haben sie gesagt. »Das ist
ein russischer Name!« Heute fahren wir an einen See.
Die technologischen Wunder der Hauptstadt haben
wir besichtigt, nun werden meine Gäste erleben, wie
rückständig die Landbevölkerung ist.*

*Liebes Tagebuch,
wir sind den ganzen Tag lang gefahren und am Abend
angekommen. Wir wohnen in einem kleinen Dorf mit
einem Kloster. Es liegt auf einer Insel in der Mitte des
Sees. Nachts ist es sehr dunkel hier, und ich fürchte mich
ein wenig. Die Nonnen sind sehr klein. Die ältesten
reichen mir nur bis zum Bauch. Auch die jüngeren sind
nicht sehr groß. Im Kommunismus, sagt Jakow, wird es
keine Religion mehr geben, und alle Menschen werden
reichlich zu essen haben. Das klingt wunderbar.*

*Liebes Tagebuch,
heute ist ein Bauer ins Kloster gekommen. Er hat starke
Schmerzen. Er hat drei Finger und einen Daumen
verloren – eine Tragödie für die Familie. Wie soll er mit
dem kleinen Finger eine Hacke halten? Der Bauer war*

bleich wie ein Toter. »Bitte«, war alles, was er gesagt hat. Ich frage mich, warum er hierherkam. Vielleicht sind die Nonnen für ihre Heilkunst bekannt? Er war tagelang unterwegs, sagt er. Ist es das wert? Die Nonnen beratschlagen sich.

*Liebes Tagebuch,
manche Bauern hier sagen, dass die Nonnen einen Weg wissen, um verlorene Finger nachwachsen zu lassen. Solche Märchen hat mir meine Großmutter erzählt. Sie war ein guter Mensch, aber sehr abergläubisch.*

*Liebes Tagebuch,
ich bin lange aufgeblieben und habe der Mutter Oberin zugesehen. Wäre ich religiös, würde ich denken, dass sie einen Pakt mit dem Teufel geschlossen hat! Sie hat ein seltsames kleines Geschöpf genommen, sehr niedlich, mit neugierigen Augen und krummen Beinchen, wie bei einem Baby. Während es mit seinen seltsamen Augen umherblickte, nahm die Mutter Oberin ein Messer und schnitt ihm vier seiner Zehlein ab. Armes Ding! Aber das schien ihm gar nichts auszumachen. Dann kochte die Mutter Oberin die abgeschnittenen Zehlein. Sie rührte und rührte. Ich habe gesehen, wie sie aus dem Topf eine gelbe Masse nahm, wie Marmelade, und mit ihr die Hand des Bauern bestrich. Dann ging sie fort. Als der Bauer eingeschlafen war, habe ich seine Hand aus der Nähe betrachtet. In welcher Hölle leben wir? Oder ist das der Himmel? Dort, wo der Bauer seine Finger verloren hatte, lugten kleine Beulen hervor. Wie knospende Hörner.*

*Liebes Tagebuch,
ich habe Jakow den Salamander gezeigt. »Ein Axolotl«, flüsterte er, als er ihn sah. »Die Azteken haben geglaubt, dass sie die Sendboten des Totengottes sind.« – »Sei leise«,*

habe ich ihm gesagt, »die Mutter Oberin darf uns nicht hören.« – »Kluge Mascha«, sagte er (so nennen sie mich), und da war so eine Wärme in seinem Blick.

Liebes Tagebuch,
die Mutter Oberin hat eingewilligt, mit Jakow zu sprechen. Er sagt, ich muss ihn Jaschenka nennen, jetzt, wo wir verlobt sind! Liebes, liebes Tagebuch, noch nie war ich so glücklich!

Liebes Tagebuch,
Jaschenka sagt, dass die Nonnen eine erstaunliche Entdeckung gemacht haben. Er sagt, diese Entdeckung wird die Welt verändern. Er sagt, er will ihr Wissen nach Hause mitnehmen und dass die Sowjetunion ein Land von Frieden und Wohlstand und Gesundheit für alle Zeiten sein wird. Wenn er so redet, glaube ich ihm. Aber wir müssen vorsichtig sein, sagt er. »Wissen ist Macht, und Macht ist gefährlich.« Wenn er so redet, habe ich Angst. Aber wenn er seinen Arm um mich legt, weiß ich, dass ich bei ihm sicherer bin als an jedem anderen Ort auf der Welt.

Liebes Tagebuch,
das ist mein letzter Eintrag! Wieso? Weil ich nun verheiratet bin. Morgen beginnt die Reise in mein neues Leben, und ich werde keine Zeit mehr haben, als Ehefrau eines bedeutenden Wissenschaftlers, dir zu schreiben. Meine Mutter hat natürlich geweint. Jaschenka hat ihr versichert: »Mascha wird in einer neuen Welt leben, in der es den Menschen besser geht.« Ich habe meinem Vater gesagt: »Papa, deinen Namen nehme ich mit!« Und es stimmt! In meiner neuen Heimat, das hat mir Jaschenka gesagt, werde ich Maria Jesusowna Lerner heißen. Ich bin so glücklich! Adiós!

Max spürte die Kälte am Rücken. Die nächste Tagebuchseite war leer. Die folgende auch. Auf der letzten Seite stand noch ein Eintrag.

*Liebes Tagebuch,
seit drei Monaten bin ich nun in Odessa. Manchmal bin ich sehr einsam. Jaschenkas Mutter mag mich nicht. Mein Alltagsrussisch wird jeden Tag besser. Dank meiner Schwiegermutter lerne ich sogar jiddische Flüche. »Mögest du wie ein Kronleuchter sein! Tagsüber hängen, nachtsüber brennen!« Manchmal, wenn ich sie ansehe, glaube ich, dass sie am liebsten mein Essen vergiften würde. Aber natürlich würde niemand so etwas tun. Und ich werde mir weiterhin alle Mühe geben, ihr eine gute Tochter zu sein. Jaschenka und ich sind verliebter denn je. Und, liebes Tagebuch, du sollst es als Erstes erfahren: Etwas Wunderbares und Neues erwarten uns. Wir bekommen ein Kind.*

TEIL 5

Und wenn man einmal in diesem Land
Mir ein Denkmal zu errichten gedenkt,
So willige ich zu dieser Feier ein,
Doch nur unter einer Bedingung: es nicht zu erbauen
Am Meer, wo ich geboren:

Anna Achmatowa, *Requiem*

41

Helle Stimmen weckten ihn in der Dunkelheit.
Oh nein, dachte Max, ich halluziniere schon.
»Komm, Sascha, wir verstecken uns hier!«
Es war noch zu früh für Wahnvorstellungen. Während seiner Ausbildung in Langley hatte es Max lange im Isolationsraum ausgehalten. Doch Trainingseinheiten waren nie dasselbe wie echte Einsätze, nicht wahr?
»Wir werden sie tüchtig erschrecken!«
»Ja, klar, machen wir!«
Max' Wahnvorstellungen nahmen Gestalt an. Zwei Winzlinge, die durch das Dunkel flitzten. Ein Lichtblitz. Der Umriss zweier grüner ... Gerippe? Noch ein Lichtblitz. Zwei Gesichter. Kreideweiß. Schwarze Augen. Kleine Zombies.
Oh Gott, dachte Max, das ist ja schräg.
»Huch!«, piepste einer der Zombies. Aus seinem Mund lief Blut.
»Hallo«, sagte Max.
Die Zombies zuckten zusammen.
»Hallo, Sascha.«
Sascha kroch näher. Eine tödliche Wunde wucherte auf seiner unschuldigen Kinderstirn. Er staunte Max an.
»Bist du ein Zombie?«
»Ja«, sagte Max.
»Ein echter?«
Max nickte. Saschas Freundin kreischte.
»Bist du auch zur Geburtstagsparty eingeladen?«, fragte Sascha.
»Eingeladen bin ich nicht«, sagte Max. »Aber ich habe einen Mordshunger.«
»Was isst du denn so?«
»Kinder«, sagte Max. Er knipste seine Taschenlampe an und hielt sie sich unters Kinn.
Die Kinder umklammerten einander vor Angst.

»Aber ich mag auch Geburtstagstorte. Wenn ihr mir etwas zu essen und eine Flasche Wasser bringt, werde ich euch verschonen.« Sascha und seine Freundin wirkten ein wenig erleichtert.

»Erzählt *niemandem*, dass ich hier bin!«, sagte Max warnend. »Bringt mir eine große Flasche Wasser. Und ein Bier.«

Die Kinder nickten, sehr ernst.

Max hörte das Trappeln ihrer Füße, als sie davonrannten. Er nahm sich vor, in einem Seitentunnel zu verschwinden, falls die Kinder mit einem Erwachsenen wiederkämen. Bald schon hörte er neues Trappeln. Die Kinder hielten Wort: eine große Wasserflasche, ein Pappteller mit etwas köstlich Riechendem, eine Dose Rum-Cola.

»Magst du Lammspieß?«, fragte Sascha mit weit aufgerissenen Augen.

»Wenn ich keine Kinder fressen kann, mag ich auch Lammspieß«, sagte Max.

Sascha lächelte erleichtert. »Das habe ich mir gedacht.«

»Ich danke euch«, sagte Max und hielt die Taschenlampe wieder unter sein Kinn. »Und jetzt VERSCHWINDET!«

Die Kinder rannten quiekend davon.

Max aß mit den Fingern. Er machte sich über das ölige Lammfleisch her, als wäre er wirklich zurück von den Toten. Er trank das Wasser und behielt die leere Flasche. Die Rum-Cola ließ er nach kurzer Überlegung liegen.

Er spürte wieder Leben in sich. Aber er kam langsam voran. Das Licht der kleinen Lampe war schwach geworden. Alle paar Meter stieß er mit dem Kopf an. Das tat richtig weh ohne den Bauhelm. Der Bauhelm war ein Verlust. Max orientierte sich mit Händen und Füßen, er musste sich bücken, er rutschte aus. Er fragte sich, ob er je wieder herausfinden würde. Ob er den Kindern hätte folgen sollen, zu den Erwachsenen auf der Party? Nein. Erstens wollte er nicht, dass eine ganze Gruppe von seiner Anwesenheit hier unten erfuhr. Und zweitens ... es war Bauchgefühl. Reiner Instinkt. Die Katakomben hatten etwas Zweifelhaftes an sich. Die reichen Eltern, die Zombiekostüme ... Wie im Karneval, wenn die Regeln außer Kraft gesetzt sind. Nur unter der Erde. Unkartiert. Unmarkiert. Unsicher.

Niemand würde davon erfahren. So eine Situation war eine Einladung für Gewalt. Also nein, dachte Max. Er würde seinen Weg ins Freie allein finden.

42

Komischer Mittagsgast, dachte Sima. Ein alter Mann mit Augenklappe. Er war sofort hereingekommen, als Sima die Tür aufschloss.

»A-A-A-ARSCHLOCH!«, krächzte Jacques.

Der Mann guckte den Vogel schief an. Er setzte sich in die Ecke, die am weitesten vom Schaufenster entfernt war. Fragte, ob Angelinas Forshmak noch so köstlich schmecke wie früher.

»Selbstverständlich«, sagte Sima.

Der Mann machte ihr irgendwie Angst. Aber wieso? An der Augenklappe lag es bestimmt nicht. Odessa war berühmt für seine Augenklinik am Französischen Boulevard. Als Kind hatte Sima griechische Sagen geliebt. Jedes Mal wenn sie mit ihrer Mutter an der Klinik vorbeikam, stellte sie sich vor, dass all die Leute, die dort operiert wurden, zu Zyklopen wurden. Schließlich besaßen Zyklopen viel mehr Macht als normale Menschen.

Der Mann aß seinen Forshmak mit Appetit. Dann rief er Sima zu sich.

»Wie alt bist du?«, fragte er.

»Sechsundzwanzig.«

Die Miene des Mannes war nahezu reglos. Die Haut spannte über den Knochen. Aber es war nicht nur sein Aussehen. Nein, dieser Mann kontrollierte seine Gefühle. Ließ sie verdorren. Trotzdem huschte etwas über sein ausgezehrtes Gesicht, als Sima ihr Alter sagte. Es ging ihn natürlich nichts an, dachte sie. Aber einsame Greise wie er brauchten manchmal Aufmerksamkeit.

»Spielst du Schach?«, fragte er.

»Als ich Kind war, ein bisschen.«

»Aber du weißt noch, was Schachmatt ist? Wenn das Spiel vorbei ist und du verloren hast?«

»Ja«, sagte Sima höflich.

»In deinem Alter solltest du längst zwei Kinder haben«, sagte der Alte und runzelte die Stirn über der Augenklappe. »Sechsundzwanzig, kein Ehemann, keine Kinder – schachmatt!«

Sima ärgerte sich über die Aufdringlichkeit. Dann musste sie an den Papagei denken, den sie vor Jacques gehalten hatten. Rogér war ein feinfühliger Vogel gewesen. Als sich Simas Mutter von Simas Stiefvater trennte, zog der Stiefvater aus. Sima litt unter dem Verlust; der Mann war der einzige Vater, den sie je gehabt hatte. Rogér litt auch. Zuerst fielen ihm alle Federn aus. Dann starb der Papagei. An gebrochenem Herzen. Vielleicht hatte Sima von Rogér gelernt, dass es besser war, sein Herz nicht zu verschenken. Vielleicht hatte sie deswegen die wahre Liebe, wenn man es so nennen wollte, noch nicht gefunden ...

Sie fragte den Einäugigen, ob er noch etwas wünschte. Empfahl ihm die Fischsuppe: so frisch, dass der Fischhändler beim Kauf noch betrunken war. Ein alter odessitischer Witz.

Der alte Mann lachte nicht. Nein, sagte er, er sei nur wegen des Forshmaks gekommen – der noch immer vorzüglich schmeckte, das solle Sima ihrer Mutter ausrichten. Als er das sagte, schaute er Sima fest in die Augen.

Sima bekam ein ungutes Gefühl. Ihre eigenen Augen besaßen einen Blauton, den sie bislang nirgendwo gesehen hatte, außer im Spiegel. Als der seltsame Gast sie so fest anblickte, sah sie, dass sein Auge – wässrig, wie es war – dieselbe Farbe hatte. Sie machte kehrt und begann, die Blumen auf den anderen Tischen zu ordnen.

Er verließ das Lokal lautlos. Eben hatte er noch in der Ecke gesessen. Doch als Sima sich umdrehte, war er verschwunden. Auf dem Tisch lag ein üppiges Trinkgeld. Und ein großer Granatapfel. Wie eigenartig: Granatäpfel waren Simas Lieblingsobst. Dieser hier war tiefrot. Die raue Schale begann gerade, sich in Falten zu legen. Sie nahm den Apfel, drehte ihn in der Hand. Das Wasser lief ihr im Mund zusammen.

Dann dachte sie an Persephone. Wie ging die Geschichte noch? Hades hatte das Mädchen entführt, in die Unterwelt. Persephones Mutter Demeter, die Göttin der Fruchtbarkeit der Erde, flehte Zeus an, ihre Tochter zu befreien. Zeus lehnte ab; es war Hades' Recht, das Mädchen zu heiraten. Darüber wurde Demeter so verzweifelt, dass auf der Erde nichts mehr wuchs. Menschen und Tiere begannen zu hungern. Zeus lenkte ein. Er befreite Persephone. Doch es gab einen Haken: Wer einmal von den Speisen der Toten gegessen hatte, konnte eigentlich nicht mehr zurück in die lebende Welt. Persephone hatte während ihrer langen Gefangenschaft keinen Bissen zu sich genommen. Außer einem Granatapfel. Als Hades ihr die köstliche Frucht anbot, konnte sie nicht widerstehen. Für jeden der sechs Kerne, die sie gegessen hatte, musste sie von nun an jedes Jahr einen Monat in der Unterwelt verbringen, für alle Ewigkeit.

Sima fröstelte. Sie warf das Geschenk des alten Mannes in den Müll, ungekostet. Sicher war sicher.

Mister Smiley beobachtete den einäugigen Odessiten, als dieser aus Simas Lokal trat. Er war sehr alt, sogar für einen Menschen. Blutleer. Dürr. Knochentrocken. Die schwere, verzierte Tür fiel hinter ihm zu. Er zog ein Telefon aus der Jacke, rief jemanden an. Mister Smiley spitzte die Ohren.

»Das war gut, Felix, dass du mir die Wahrheit über die Augäpfel gesagt hast ... Der Löwe dachte, er könnte mich mit der Bombe hinters Licht führen ... dafür wird er bezahlen.«

Der Wind trug den Menschengeruch zu Mister Smiley. War das ein Hauch schwarzer Magie, den er da in die Nase bekam? Er roch noch mal genau hin. Oder nur das ganz gewöhnliche Böse? Er war sich nicht sicher. Nur in einem Punkt war kein Zweifel möglich: Der Gestiefelte hatte recht. Dieser Einäugige war Simas Vater.

*

Stunden später wusste Max nicht mehr, ob er richtig gehandelt hatte. Wie gefährlich konnten die Eltern der Zombiekids sein? Er blieb stehen. Leuchtete mit der Lampe. Der Tunnel teilte sich. Links oder rechts? Max stand da, unfähig, sich zu entscheiden. Plötzlich meinte er, eine weiße Schwanzspitze zu sehen. Ein rosa Näschen. Ein warmes, lebendes Geschöpf aus der Oberwelt. Der weiße Schwanz huschte wieder an ihm vorbei. Ein Häschen. Oder doch eher ... eine Katze. Sie verschwand im Tunnel nach links. Max nieste. Und ging hinterher.

43

Luddy war den ganzen Tag nirgendwo hingegangen. Hatte kein Auge zugemacht. War nicht aus der Wohnung gekommen. Sein Gehirn war am Zerfließen. Er saß in Unterwäsche im Wohnzimmer der Vermieterin. Boxershorts und Polohemd. Verfluchte Hitze. Das Wohnzimmer hatte keine Wände, und es war lang wie eine Straße. Träumte Luddy? Er holte tief Luft. Nein. Er erinnerte sich. Die Wohnung lag in einer Art früherem Palais oder Verwaltungsgebäude. Sie hatte einen sonderbaren, traumähnlichen Grundriss, auch wenn man stocknüchtern war. Alle Zimmer gingen auf einen riesigen Flur mit schönen Bogenfenstern. Jede Mietpartei benutzte ein Stück von diesem Flur als Wohnzimmer. Die einzelnen Bereiche waren mit Laken, Sofas, Regalen, Hamsterkäfigen abgeteilt. Allein zusammen. Zusammen allein.

Luddy saß vor einem Klavier, umrankt von wuchernden Grünpflanzen.

Die Vermieterin berührte ihn sanft an der Schulter. »Herr Shturman? Ich wasche heute, also habe ich alle Kleidungsstücke aus Ihrem Korb ...«

Luddy brummte eine Art Dank. Er bereute, dass die Frau seinen richtigen Namen kannte.

»Möchten Sie mit uns eine kleine Erfrischung einnehmen?«, fragte sie jetzt.

Er musste Ja gesagt haben, denn Ilona lächelte. Verschwand hinter dem Perlenvorhang an ihrer Wohnungstür. Kam wenig später mit einem vollen Tablett zurück. Gläser, Kekse, Melonenspalten, süßer Odessa-Sekt. Eine große Plastikdose mit Eiscreme. Sie löffelte eine Portion für Luddy in ein Kristallschälchen.

»Das ist Nougateis, Herr Shturman.«

Luddy lächelte. Schon als Kind hatte er in Odessa das Nougateis geliebt.

Ilonas nervtötender Sohn, kastanienbraune Haare, setzte sich zu ihnen. Er grinste Luddy an. Fing an, seine Jack-Daniel's-Story noch mal von vorn zu erzählen. Mit dem Silberlöffelchen nahm Luddy ein wenig Eis. Er fühlte etwas Kaltes auf seinem nackten Schenkel. Ein Tropfen Nougateis. Mist. Der Löffel zitterte in seiner Hand. Ilona beugte sich über ihn. Sie hielt einen aufgefalteten Stadtplan. »Wir sind hier, an der Puschkinstraße«, zeigte sie. »Die Augenklinik ist ... hier unten ...«
Shit! Der ganze Löffel Nougateis war auf Luddys Schenkel gelandet.
»Warten Sie, ich helfe Ihnen«, rief der Junge und reichte ihm eine Serviette.
Luddy wollte ihm eine kleben, doch Ilonas Hand lag schon wieder auf seiner Schulter. »Sie sind wohl sehr müde, Herr Shturman.« Er knurrte etwas. NichtdenJungenschlagenNichtdenJungenschlagen.
»Ein ungewöhnlicher Ort für eine Verabredung, das muss ich schon sagen!« Ilona studierte den Stadtplan. »Ich werde nachschauen für Sie, wann die Straßenbahn fährt. Um wie viel Uhr, sagten Sie, müssen Sie morgen Nachmittag dort sein?«
Luddy hörte sich murmeln: »Halb sechs.« Er wünschte, er hätte es für sich behalten. Wieso wollte die Kuh alles wissen?
Das Familienoberhaupt kam nach Hause. Ein schroffer, übel gelaunter Musiker mit langen grauen Haaren. Er warf einen flüchtigen Blick auf Luddy, dann setzte er sich vor das Klavier.
»Liebling!«, begrüßte ihn seine Frau.
Die vollbusige Tochter kam aus der Wohnung. Sie war siebzehn. Falls Luddy einen neuen Stripclub aufmachen würde, wäre sie perfekt. Das Mädchen brachte dem Vater seine Gitarre. Vor den Schlingpflanzen, die sich um das alte Klavier rankten, begann er zu singen.
»Das Lied hat er selbst komponiert«, flüsterte das Mädchen stolz, während die Mutter, auf der Armlehne von Luddys Sessel sitzend, mitsang.
Das Lied handelte vom Tod. Der Tod hasste seine Arbeit. Deshalb ging er in eine Bar, um seine Sorgen hinunterzuspülen. Der

Refrain wiederholte sich ein ums andere Mal in Luddys Kopf: »Er kann so nicht weitermachen, / nicht mehr, nicht mehr, nicht mehr ...«

44

Max wusste nicht mehr, wie oft er sich den Kopf gestoßen hatte. Er lief dem weißen Katzenschwanz hinterher. Früher oder später würde das Biest einen Ausgang finden. Schließlich lebten Katzen nicht unter der Erde. Über die Tatsache, dass dieser Ausgang vermutlich katzengroß und nicht menschengroß war, dachte Max lieber nicht nach.

Der Kater, erkannte er im Flackerlicht seiner Lampe, hatte vier schwarze Pfoten und humpelte ein wenig. Als trüge er schwarze Stiefel, von denen einer drückte. Max nannte ihn in Gedanken den Gestiefelten. Er fragte sich, was das Tier hier unten suchte. Ob es echt war oder ein Hirngespinst.

Er lief und lief. Da ... endlich ... ein Licht! Weiter vorn war ein Licht! Sein Herz hüpfte.

Da war ... ein Mensch. Ein anderer Mensch! Ein Mann, der an einem ... Schreibtisch saß! Tipptipptipp ... ein Echo hallte durchs Labyrinth. Tipptipptapp. Tipptipptipptapp.

Der Mann war groß, schlank und vornübergebeugt. Das Licht auf seinem Gesicht war bläulich. Er tippte. Auf einem Laptop.

»Bitte entschuldigen Sie«, sagte Max. »Ich habe mich ein wenig verlaufen.«

Der Mann zuckte zusammen. »Oh, haben Sie mich erschreckt!« Er war vielleicht zwanzig. Sein Haar dünnte schon aus.

»Was tun Sie hier?«, fragte Max.

Der junge Mann fuhr sich mit den Fingern durch die schütteren Haare. »Ich schreibe meine Doktorarbeit. In Teilchenphysik. Kann mich einfach nicht konzentrieren ...« Er nickte ins Überirdische. »War ständig auf Facebook. Ein Professor erzählte mir, dass manche Leute ihre Arbeiten hier unten schreiben.«

»Und, funktioniert es?«

Der Mann starrte ins Dunkel. »Großartig. Es klappt großartig.«

»Wissen Sie zufällig, wie man hier wieder rauskommt?«

»Natürlich. Nur, ehrlich gesagt stecke ich gerade mitten in einem schwierigen Absatz. Aber mein Professor ist heute auch hier unterwegs.

Er bereitet eine historische Schlacht vor.« Der junge Mann zeigte mit seinem langen Zeigefinger ins Dunkel. »Laufen Sie einfach geradeaus, dann können Sie den Professor nicht verpassen. Er führt Sie bestimmt nach draußen.«

Max bedankte sich. Wünschte ihm viel Erfolg. Lief los. In einen neuen Tunnel. Stieß mit dem Kopf an. Bog um eine Ecke. Licht. Wieder Licht! Ein hoher, verschalter Gang. Alle paar Meter eine Glühbirne hinter einer rostigen Metallfassung. Max wollte die Glühbirnen küssen. Nie war er so glücklich gewesen, elektrisches Licht zu sehen.

Ein menschlicher Umriss. Max hustete, um sich bemerkbar zu machen. Der Mann drehte sich um. Er war grauhaarig und athletisch gebaut. Er trug Cargohosen und ein langärmliges T-Shirt.

»Das ist mir wirklich peinlich«, sagte Max auf Russisch, mit einem dicken bayrischen Akzent. Er war nicht sicher, wieso; vielleicht inspirierten ihn ja die Kriegsspiele. »Ich bin Tourist, wissen Sie ... Und na ja, daheim bin ich Mitglied im Höhlenforscherverein. Und da dachte ich, ich könnte ein bisschen die Katakomben erkunden.«

Der Mann nickte freundlich. »Sind Sie Deutscher?«

»Ähm, ja«, sagte Max.

»West oder Ost?«

»Ähm, West.«

»Ich bin im Ostteil gewesen.«

»Oh, wirklich?«

»In Rostock. Mit der Roten Armee.« Er spähte den langen Tunnel hinunter. »Hundertdreiundfünfzig Diensttage lang.« Er bedeutete Max, ihm zu folgen. »Sie haben Glück, dass Sie mich gefunden haben. Ich komme seit Jahren hier runter. Und trotzdem kenne ich nur einen kleinen Teil der Katakomben.« Er führte Max in eine Höhle mit Gittertür. »Das hier war das Gefängnis. Für den Fall, dass ein Atomkrieg ausbricht. Die Leute sollten ja hier unten leben. Und falls jemand kriminell werden sollte, wollte man ihn hier einsperren.«

Er zog den Kopf ein und verschwand in einem Loch in der Wand. Max kroch hinterher. Dann gingen sie über Holzplanken, die über ein unterirdisches Rinnsal führten.

Der Professor klopfte sacht auf eine Wölbung in der Sandsteinwand. »Eines Tages wird sie brechen«, sagte er.
Max dachte an den Moment, bevor alles schwarz geworden war. Unter der Synagoge. »Übrigens ist kürzlich ein Katakombengang eingestürzt«, erzählte der Professor. »Unter der Puschkinstraße.«
Max dachte an Felix, der ihm das Leben gerettet hatte. Ein Frösteln lief durch seinen Körper. Um sich abzulenken, fragte er den Professor nach seiner Fachrichtung. Stadtforschung, erfuhr er. Die Katakomben waren sein Hobby.
»Ich organisiere gerade ein neues Weltkriegs-Reenactment. Die Soldaten haben damals in den Katakomben gekämpft, wissen Sie? Natürlich gewinnen heutzutage immer die Russen.« Er seufzte.
»Nazi-Uniformen sind teuer«, sagte Max. »Hab ich gehört.«
»Sie haben von uns gehört?« Der Professor wirkte angetan. »Wir haben jede Menge Werbung gemacht. Ich war mir nur nicht sicher, ob sich das auszahlen würde. Nun gut. Ich muss jetzt wieder zurück. Folgen Sie einfach diesem Tunnel da vorn, er führt Sie direkt nach draußen. Und Vorsicht! Passen Sie das nächste Mal besser auf. Die Katakomben von Odessa sind nichts für Anfänger.«

*

Mister Smiley sprang auf den Werkzeugschuppen, der wie eine chinesische Pagode bemalt war. Gelb und rot. Er lugte durch das kleine Fenster des Gartenhauses. Unter den Blicken der Heiligen an den Wänden des Zimmers hackte der Dichter Fimka Fischmann mit zwei Zeigefingern, langsam und stetig, in seine Tastatur. Auf dem Bildschirm entstand der neueste Tagebucheintrag.

Hier im verstaubten Odessa, an jenem Eck,
wo Puschkin einst lebte, wurden wir unsanft geweckt.
Ein Riss gähnt im Asphalt, kratertief ...

Es klingelte. Der Dichter schaute zerstreut hoch. Er stand auf, schlurfte zum Gartentor. Mister Smiley lag auf der Lauer. Der einäugige Odessit, Simas nichtsnutziger Vater, betrat gemeinsam mit Fischmann das kleine Zimmer. Mit ruhiger Geste zeigte der Dichter auf die rote Samtcouch. Er selbst nahm wie üblich in seinem Sessel am Schreibtisch Platz. Simas Vater legte sich auf die Couch (gute Idee). Er streckte die gebrechlichen Beine aus. Dann begann er zu reden. Wie die anderen menschlichen Dummköpfe auch. Bla, bla, bla, bla. Fischmanns Kinn sank immer tiefer auf seine Brust, während er den Patienten studierte.

Um kein Wort zu verpassen, kroch Mister Smiley am äußersten Rand des Schuppens entlang. Es half nichts! Nicht zum ersten Mal stellte er fest, dass er aus dieser Art von Monolog-im-Liegen einfach nicht schlau wurde. Bla, bla, bla, bla ...

Aber egal. Nach fünfzig Minuten, als der Einäugige wieder aufstand, wusste Mister Smiley genau, was er zu tun hatte. Er sprang vom Schuppen. Schlüpfte durch den Rosengarten. Bekam Igelgeruch in die Nase. Verzog das Gesicht. Verschwand durch die Hecke und lief, so schnell seine vier Beine ihn trugen, in Richtung Hafen.

45

Das Tageslicht blendete Max, als er sich aus der schmalen Höhlenöffnung zwängte. Seine Netzhäute brannten; er beschirmte die Augen. Zuerst konnte er es kaum glauben. Er stand auf halber Höhe an einer Steilküste. Die See funkelte ihn an wie zehntausend Dolche. Auf dem Pfad, der sich die Klippen entlangschlängelte, waren braun gebrannte Menschen unterwegs. Männer, Frauen und Kinder mit Plastikstühlen und Gummienten. In ihrem Trott, hinunter zum Strand oder wieder herauf, lag eine gewisse Widerstandslosigkeit. Max schloss sich den Hinabsteigenden an. Nach einer Weile drehte er sich noch einmal um. Er erblickte einen monströsen Rohbau mit zwanzig Stockwerken, der gefährlich über die Klippe lugte. *ALEPPO CONSTRUCTION* stand auf einem Schild. *Perle Nr. 9.*

Max ging weiter. Er folgte einer jungen Familie. Eine morsche Holztreppe. Ein Wachturm aus der Sowjetzeit, verlassen und sonnengebleicht. Endlich der Strand. Voll mit Urlaubern. Lebhafte Farben, Sonnenschirme. Glücksschreie. Handtuch an Handtuch. Nur hier und da ein Fleckchen Sand, auf dem sich Tauben tummelten. Sie pickten nach gegrilltem Fisch, frittiertem Teig. Frauen im Bikini kauten an Maiskolben, rauchten Zigaretten. Babys krabbelten, dick und weiß. Männer hielten Bierflaschen in der Hand. Die kleinen Wellen brachen sich sanft hinter ihnen. *NEMO-STRAND* stand auf einem blauen Schild.

Max fühlte sich wacklig. Doch er konnte sich nirgends hinlegen. Lauf weiter, Maxiboy, dir fällt schon was ein! Er hatte kein Geld. Und keinen Pass. Er durfte nicht ohnmächtig werden und in irgendeinem Krankenhaus landen! Das würde Dunkirk ihm niemals verzeihen. Er stapfte weiter. Vor seinen Augen wurde alles türkis. Max halluzinierte: türkisfarbene Wände und Sonnenschirme, hoch aufragend wie Pyramidenspitzen. Ein türkiser ägyptischer Traum. Ein Schriftzug: *TABOO*. Max, der sich selbst wie eine Fata Morgana fühlte, schlüpfte durch einen Spalt in einer aufgestellten Stoffwand. Hier war der Sand gepflegt, die bequemen Liegen akkurat positioniert. Mollige Mädchen im Bikini schlürften Austern. Eine kleine Phalanx von Kellnerinnen bastelte Blumen aus Krepppapier, groß wie Menschenköpfe, um einen Pavillon zu schmücken. Ein halbes Dutzend Kellner rannte hin und her. Auf ihren Uniformen stand ebenfalls *TABOO*. Niemand beachtete Max. Er erspähte ein leeres Strandbett. Wunderbar. Über ihm spannte sich ein riesiger, türkisblauer Sonnenschirm. Max seufzte. Und nickte ein.

»Sagen wir mal, wir sind auf einem Ärztekongress ... sagen wir, in Deutschland.«

Ukrainische Bassstimmen drangen in Max' Bewusstsein. Im Hintergrund plätscherten Wellen. Ein sanftes Geräusch.

Die Stimme, ganz in der Nähe, fuhr fort: »Irgendwo, wo es schön ist. In Bayern zum Beispiel. Ich liebe Bayern. So organisiert!«

Max lauschte, während er langsam aufwachte.

»Ein Ärztekongress also. Jeder Teilnehmer steht auf und berichtet von den Fortschritten, die sein Land seit dem letzten Treffen gemacht hat. Schließlich ist der russische Arzt an der Reihe. Er steht auf und sagt: ›Wir haben einen neuen Weg, um Rachenmandeln zu entfernen. Anstelle der traditionellen Methode, durch den Mund, haben wir eine Hightech-Methode entwickelt. Wir schieben eine Sonde durch das Rektum.‹ Das Publikum applaudiert. ›Wirklich Hightech‹, sagen die Leute. ›Äußerst fortschrittlich!‹ Aber ein Arzt hebt die Hand und sagt: ›Das klingt wirklich beeindruckend. Ich habe da nur eine Frage. Warum sollte man Mandeln durch den Arsch entfernen?‹ Darauf der Russe: ›Weil wir in Russland alles nach dieser Methode machen!‹« Tiefes Gelächter.

Max schlug die Augen auf. Türkis. Er schielte in Richtung der Stimmen. Ein großes Strandbett, ein paar Meter entfernt. Vier gepflegte Herren. Aus Kiew wahrscheinlich.

»Der war gut, Wolodja!«

Max setzte sich auf. Tastete seinen Körper ab. Alles tat weh, doch insgesamt fühlte er sich viel besser. Wie Lazarus, zurück von den Toten. Die Liege und das Tischlein zu seiner Rechten wirkten verwaist. Max schnappte sich den noch halb vollen Fischteller.

Gegrillte Grundeln, schön salzig. Odessa-Style. Dazu ein Rest georgisches Mineralwasser aus einer bauchigen Flasche.

Die Kiewer zu Max' Linken gingen baden. Max beobachtete, wie sie ins Wasser tauchten und hinausschwammen. Zehn, zwanzig, dreißig Meter. Dann richteten sie sich plötzlich auf. Liefen über das Wasser. Max wusste, dass da unten eine mit Seepocken übersäte Betonmauer stand, gegen die Wellen. Trotzdem sah es immer übernatürlich aus, vom Strand aus betrachtet. Männer und Frauen und Kinder, die über Wasser gingen. Es wurde schon Abend, es war die Stunde, in der die Farben zu leuchten begannen. Badehosen, Bikinis, Strandbälle ... alles leuchtete vor dem dunkelnden Graublau der See.

Die Kiewer hatten ihre iPhones auf dem Strandbett liegen lassen. Max dachte nach. Warum sollte er nicht auch einmal etwas »durch den Arsch« machen?

Er griff sich ein iPhone. Wählte die Nummer von Jim Dunkirks Büro in D.C. Die Sekretärin nahm ab.

»Charlene«, sagte Max in der Stimme, die er fast so gut wie seine eigene kannte. Er spürte, wie seine linke Hüfte schwer wurde von der Last einer alten Kriegsverletzung aus den Achtzigerjahren. Afghanistan. Seine Oberlippe rollte hoch über die Schneidezähne.

»Mister Dunkirk«, sagte die Sekretärin. Knapp, höflich, professionell. Kompetent. »Ich hatte noch nicht mit Ihrem Anruf gerechnet.«

»Ich weiß«, sagte Max. Nein, dachte er, das war zu nett. »Hören Sie, Charlene«, sagte er jetzt ungeduldig. »Sie müssen für mich etwas nachschauen. Haben wir Labore, die Gliedmaßen züchten? Es gibt da so einen Gecko. Axy-lottel.«

»Selbstverständlich, Mister Dunkirk«, sagte die kompetente Frauenstimme. »Ich sehe mal nach ...«

Max hörte, wie sie auf ihrer Tastatur tippte. »Es gibt ein Labor in Nashville. Das Salamander Regenerome Project. Spezialisiert auf Axolotl-Forschung. Der Leiter heißt Sandy Jones.«

»Sagen Sie diesem Jones, dass ich ihn anrufen werde. Nationale Sicherheit. Blauer Code.«

»Jawohl, Mister Dunkirk.«

»Oh, und Charlene ... Was wissen wir über Luddy Shturman alias der Löwe?«

»Einen Moment bitte.« Die Sekretärin drückte Max in die Warteschleife.

Max rollte mit den Augen. Wie Dunkirk es tun würde. So ein Augenrollen konnte man durchs Telefon hören – genau wie ein Lächeln bei einem telefonischen Bewerbungsgespräch.

Kurze Zeit später war die Stimme zurück. Viel weicher jetzt, weniger professionell. Leicht verraucht. »Shturman, Alexej alias Ludwig alias der Löwe.«

»Ist er draußen?«, fragte Max barsch.

»Vor drei Monaten entlassen. Aktueller Aufenthaltsort unbekannt.«

»Gut«, sagte Max auf eine Art, die das Wort schlecht klingen ließ.

Er wollte gerade auflegen, als die Sekretärin sagte: »Ich bin jetzt allein, Jim. Wir können reden, wenn du willst. Du hast mir gefehlt.«

Sieh mal an, dachte Max. Alter Schuft. Wie würde Dunkirk, der Romantiker, reagieren?

»Jesus Christ, Charlene!«, bellte er und legte auf.

Die Männer aus Kiew schwammen langsam in Richtung Ufer. Dann überlegten sie es sich anders. Sie machten ein Wettschwimmen, wieder hinaus. Max öffnete einen Browser auf dem iPhone. Gab als Suchbegriff *Fimka Fischmann* ein. Las die neuesten Einträge des Tagebuchs. Dann nahm er das iPhone blitzschnell auseinander und entfernte die SIM-Karte. Er warf sie in den Rest georgischen Mineralwassers. Er setzte das Telefon ohne Karte wieder zusammen und legte es zurück auf das Strandbett.

Ein letztes Mal blickte er aufs Meer. Eine Frau in einem kirschroten Badeanzug lief langsam ins Wasser. Der Stoff pulsierte, als wäre er lebendig. Er leuchtete wie die Spitze eines Zündholzes vor der riesigen See.

*

Dieser Löwe!, dachte der King, in der Dämmerung seinen Weg suchend. Felix hatte ihm alles erzählt. Wie der Löwe Schiss bekommen hatte. Wie er darauf bestand, im Restaurant Angelina eine Bombe zu legen, als er hörte, dass der King auf dem Weg nach Odessa war. Felix war natürlich ein Schwächling. Er hatte gewinselt, während er dem King die Geschichte erzählte. Aber er nahm seinen Teil der Schuld auf sich.

»Schließlich«, wimmerte er, »hätten wir niemals versuchen dürfen, Ihnen etwas vorzumachen! Ehe es so weit kam, hätte ich den Löwen stoppen müssen.« Felix spürte wohl, wie zornig der King war. Wie sehr der King den Mann hasste, der das Restaurant angegriffen hatte. Den Grund dafür konnte er natürlich nicht kennen.

Ein fetter, grauer Kater tauchte vor dem King auf. Der King trat nach ihm. Doch dieser hier war zu flink: Im Nu war er weit genug weg von der scharfen Schuhspitze. Er rannte nicht fort, sondern taxierte den King. Intelligente Augen in einem vernarbten grauen Gesicht. Ein herrschaftliches Tier, dachte der King.

Dann lief der Kater davon, in die Richtung, aus der der King gerade gekommen war.

46

Cocktailstunde im Gagarin. Ein weiteres Mal. Max stolperte in die weiße Lobby. Die grauen Männer in ihren grauen Anzügen schlenderten umher. Ein paar warfen Max erstaunte Blicke zu. Max schaute an seinen Khakihosen herunter. Sie waren mit braunem Sandsteinstaub bedeckt. Er musste die Sache schnell hinter sich bringen. Wo war Mark Hope? Max holte tief Luft und tauchte in die Menge.

»... Sie wissen ja, hinter der Grenze wird das Getreide anders ...«

»... Ukrainische Getreidefelder sind sauber und ordentlich ...«

War das dort vorn Mark Hopes hoffnungsvoll junger Schopf?

»... weiß man sofort, dass man in Russland ist. Einfach nur, weil die Felder so schlampig aussehen ...«

Jemand tippte Max auf die Schulter.

»Maxwell!«, rief Trilby. »Sie kommen gerade richtig für das Gruppen...« Er brach ab; seine hellen Augen glotzten hinter den Lupengläsern seiner Brille. Er trug noch immer den Hut, tief in die Stirn gezogen.

Max sah eine winzige Spur von Pink rund um Trilbys Augenlider. Also hatte der auch eine lange Nacht gehabt.

»Sie sehen grauenvoll aus!«, sagte Trilby. »Was ist mit Ihnen passiert?«

Hinter der Bar war ein Spiegel. Max erschrak. Seine Haare waren blutverklebt. Sein Gesicht war zerkratzt. Sein Hemd starrte vor Dreck.

»Ach, das ist gar nichts«, sagte er. »Ein Schlag auf den Kopf, da blutet man eben. Kein großes Ding. Ahh ... genau so einen brauche ich jetzt.«

Trilby reichte ihm einen Wodka. Der brannte im Hals. Fühlte sich gut an.

»Kommen Sie, schnell«, sagte Trilby.

Max wollte einwenden, dass er für ein Gruppenbild gerade nicht in Form sei, als ihm klar wurde, wie schlecht es gegenüber Dunkirk

aussehen würde, wenn er auf dem Bild fehlte. Trilby nickte; er schien dasselbe zu denken. Er nahm seinen Filzhut ab und drückte ihn Max fest auf den Kopf. Die grauen Anzüge formierten sich.
»Cheese!«, rief die Fotografin auf Englisch.
Dann war es geschafft; die Reihen lösten sich auf. Max gab Trilby den Hut zurück. Albu kam zu ihnen, mit neuem Wodka.
»Alan ...«, sagte Max.
»Oh, seien Sie still«, sagte Trilby. »Wir haben von Ihrer, nun ja, Beschäftigungssituation gehört. Wenn ich irgendetwas für Sie tun kann ...«
»Haben Sie Mark Hope gesehen?«
Trilby lachte. »Ihr Praktikant? Vielleicht schwänzt er. Schließlich haben Sie ihn zwei volle Tage allein gelassen.«
»Zwei Tage?«, fragte Max ungläubig.
»Wir haben Sie schmerzlich vermisst, seit Dienstag früh, glaube ich. Sie haben übrigens einen interessanten Ausflug zur Juristischen Fakultät verpasst. Hätten Sie gedacht, dass der Dekan seine private Waffensammlung im Keller der Fakultät aufbewahrt? Komplett illegal, versteht sich. Da war so ein hübsches, zierliches Exemplar: ein Mini-Colt von 1873, angeblich ein Geschenk für Wyatt Earp, nicht länger als fünf Zentimeter. Ich konnte mich nicht daran sattsehen.«
»Und wussten Sie, Maxwell«, sagte Albu, als sie ihre Schnäpse gekippt hatten, »dass juristische Fakultäten in der Ukraine florieren? Vierzigtausend Absolventen pro Jahr.«
»Vierzigtausend Anwälte!«, bestätigte Trilby. »Denken Sie nur! Jedes Jahr! In einem Land, wo sich niemand um Gesetze schert.«
»Heute ist also Mittwoch«, sagte Max.
Trilby gluckste. Albu zog die Stirn kraus. Beide nickten in Richtung der Datumsanzeige über der Hotelrezeption. *Donnerstag*, stand da auf Russisch.
»Müssen wir uns um Sie sorgen, Maxwell?«
In diesem Moment tauchte Mark Hope auf. Er war außer Atem.
»Max, wo sind Sie gewesen? Mister Dunkirk versucht seit zwei Tagen, Sie zu erreichen!«
»Oh, Mist!«

»Ich habe ihm gesagt, dass Sie krank sind. Lebensmittelvergiftung. Etwas Besseres ist mir nicht eingefallen.«

»Geben Sie mir Ihr Telefon.« Max entfernte sich ein paar Schritte und wählte Dunkirks Moskauer Nummer.

»Haben Sie ihn gefunden?«, kam Dunkirks Stimme.

»Jim, ich bin es«, sagte Max. »Sie werden es nicht glauben, aber ich war total ausgeknockt. Schlimmste Lebensmittelvergiftung, die ich mir je eingefangen habe.«

»Sie haben recht«, sagte Dunkirk. »Ich glaube Ihnen nicht.« Die Verbindung brach ab. Dunkirk hatte aufgelegt. Max wartete. Eine Minute. Zwei. Dann klingelte das Telefon.

»Übrigens, Max«, sagte Dunkirk, »ich weiß nicht, wo Sie sich herumgetrieben haben, aber ich erwarte tadellose Mitschriften. Falls Sie sie liefern, weiß ich, wem ich zu danken habe. Und was Sie betrifft ...« Dunkirk ließ die Drohung in der Luft schweben. Dann legte er auf.

Max ließ den Kopf hängen. Lief zurück zur Bar, gab Mark Hope das Telefon wieder.

»Danke, Mark. Sie haben Ihr Bestes getan. Ich weiß das zu schätzen. Kommen Sie klar mit dem Mitschreiben?«

Mark Hope nickte. »Machen Sie sich deswegen keinen Kopf. Ich habe in Harvard studiert. Aber, ähm ... Ihre Frau hat auch angerufen. Mehrere Male.«

Max stöhnte. »Wann?«

Mark Hopes Gesicht verzog sich schmerzlich. »Vor zwei Tagen.«

»Und seitdem?«

Mark Hope schüttelte den Kopf.

Oh, nein, dachte Max. Das ist nicht gut. Das ist überhaupt nicht gut.

*

Als er geduscht und rasiert war, fuhr Max wieder hinunter in die Lobby. Trilby dozierte gerade über das postsowjetische Rechtssystem. Es lief zweigleisig. Wer Streit hatte, konnte entweder vor Gericht gehen, oder er ging zu den Gangstern. Die meisten Leute gingen zu den Gangstern. Verglichen mit den Gerichten brauchten sie nur einen Bruchteil der Zeit, um einen Fall zu verhandeln. Sie berechneten nur ein Drittel der Kosten. Und ihre Urteile waren bindend.

»Faszinierend!«, flüsterte Mark Hope Max zu. Er zeigte Max ein Bild auf seinem Handy. Ein winziger Colt, daneben die glatte Handfläche des Praktikanten. »Schauen Sie sich diese verrückte kleine Knarre an. Sie gehört zur Sammlung des Dekans von der Juristischen Fakultät.«

»Cool. Hat Trilby sie mitgehen lassen?«

»Sie meinen, gestohlen?« Mark Hope war schockiert. »Natürlich nicht!«

Max zuckte mit den Schultern. »Wäre mir da nicht so sicher. Alan hat lange Finger.«

»Wirklich?«, fragte Mark Hope. Dann strahlte er plötzlich. »Wissen Sie, Max, was wir an der Juristenfakultät noch erfahren haben? Im Odessa der Neunzigerjahre hatten die Gangstergerichte auch eine sogenannte Wodka-Option. Wenn beide Parteien die Wodka-Option wählten, brauchten sie keinerlei Beweismaterial vorzubringen. Sie haben sich einfach hingesetzt und um die Wette gesoffen.«

»Ist das wahr?« Max blickte seinen Praktikanten mit neuer Wertschätzung an. »Das habe ich noch nie gehört.«

Er klopfte dem jungen Mann auf die Schulter und wollte sich gerade auf den Weg machen – zur Hoteltür hinaus, über den Parkplatz, ins Stadtzentrum, zu Nataschas Wohnung –, als ihm ein frisches, frostkaltes Glas in die Hand gedrückt wurde.

Trilby grinste. »Auf die Schwarzmeerflotte!«

Max' Stimme schloss sich den anderen an: »Bis auf den Grund!«

47

Im fünften Stock der Perle Nummer fünf sah Rodion aus der Fensterfront des Raums, der vermutlich das Wohnzimmer wäre, hätten dort Leute gewohnt. Odessa bei Nacht. So viel heller als Krementschuk! Für gewöhnlich genoss er die Aussicht aus seinem Labor. Wunderschön! Weltstädtisch! Und so romantisch. Doch in dieser Nacht berührte sie ihn nur kurz. Er betastete sein linkes Auge. Morgen würde er ein richtiges Veilchen haben. Er seufzte. Dann glättete er die Papierschnipsel. Puzzelte sie auf seinem Arbeitstisch zusammen. Alles war noch lesbar. Gott sei Dank.

Rodion ging zu der Ecke, wo die Kabel für einen Herd, der nie installiert werden würde, aus dem Beton ragten. Bückte sich und hob das kleine Objekt auf, das Felix dort hingeschleudert hatte. Der Zeh war ein wenig geschrumpft. Wahrscheinlich ausgetrocknet. Rodion drehte ihn in der Hand. Der Zeh klebte, hatte bräunliche Flecken. Wie von … Eiscreme? Und noch etwas gehörte nicht drauf: das weinrote Muttermal in der Form Floridas. Jedes Körperteil, das Rodion bislang fabriziert hatte, wies ein solches Mal auf. Ein Fehler, ganz klar: Das Muttermal gehörte nur auf die Hand! Doch nun, dachte er hoffnungsvoll, wo er die letzte Seite der Anleitung besaß, konnte er die Technologie perfektionieren. Keine falschen Muttermale mehr!

Er ging zurück zur Fensterfront. Aber die Aussicht bemerkte er kaum noch. Er rätselte darüber, wie Felix den Zeh gefunden hatte. Und wo. Am Strand? Felix hatte ihm die Auskunft verweigert. Er war ins Labor gestürmt und hatte Rodion den Zeh unter die Nase gehalten. Rodion hatte seinen Geschäftspartner noch nie so wütend gesehen. Sein rundes Gesicht war knallrot; das Lämpchen im Ohr blinkte hektisch.

»Du hast heimlich Körperteile gemacht! Wie konntest du nur!«

Rodion versuchte, es ihm zu erklären. Er hatte es für eine gute Idee gehalten, ein wenig zu experimentieren. Andernfalls hätte er nicht gemerkt, dass eine ganze Seite der Anleitung fehlte.

Als er das gesagt hatte, zog Felix ein Blatt Papier aus der Tasche und fuchtelte damit herum. »DEINE FEHLENDE SEITE! HIER HAST DU DEINE FEHLENDE SEITE!« Er zerriss das Blatt und warf ihm die Schnipsel hin. Rodion blieb ruhig. Papier konnte man kleben, kein Problem. Er wollte sich bücken. In dem Moment schlug Felix zu. Natürlich hätte Rodion ihn stoppen können. Er hätte nur den Arm zu heben müssen, um den Schlag zu blockieren. Doch ehrlich gesagt dachte er, dass er das Veilchen vielleicht verdiente. Und auch, wenn nicht ... nun – Felix hatte einfach Stress. Stand unter Druck. Den musste er rauslassen. Deshalb steckte Rodion den Schlag ein. Wie ein Mann.

Danach war Felix aus dem Labor gestampft. Rodion hörte ein letztes Fluchen, etwas wie: »Wie gefällt dir das, dein blödes Stück Papier!« Dann knallte die Tür, und es war wieder still im Labor.

Rodion wandte sich den Axolotl zu. Er hatte das Aquarium direkt vor die Fenster gestellt, damit die Kerlchen auch etwas von der Aussicht hatten. Sie ruderten friedlich mit ihren stummeligen Beinchen. Bei einem von ihnen war der Vorderfuß schon fast vollständig nachgewachsen. Ein anderer hatte eine klaffende Wunde, wo ein Teil seiner Kiemen war. Der Dritte hatte am Hinterfuß, wo ein Zeh hingehörte, einen kleinen Stumpen. Rodion studierte den Axolotl, dessen Vorderfuß er erst kürzlich abgetrennt hatte. Bewegte er sich langsamer als die anderen? Rodion pochte sanft gegen das Glas. Das kleine Tier schaute ihn mit unschuldigen Glubschaugen an. Ohne Groll. Okay, dachte Rodion. Alles gut.

Er holte einen Plastikstuhl und setzte sich neben das Aquarium. Gemeinsam mit seinen Salamandern schaute er über das Lichtermeer ... bis die Lichter mit einem Mal ausgingen.

*

Ein Stromausfall. Das kam in diesem Teil der Welt öfter vor. Kein Grund zur Panik. Aber es bedeutete, dass die Nacht ähnlich dunkel war wie die Katakomben, als ein Taxifahrer, ein paar Schwarzmeerflotten später, Max vor dem Opernhaus absetzte. Von dort lief Max zu Nataschas Wohnung. Autoscheinwerfer waren die einzige Lichtquelle. Sie blinkten auf und verloschen wieder.

Vor dem Brautmodengeschäft war die Straße gesperrt. Arbeiter schaufelten Sand in den Boden. Max bekam ein paar Sandkörner unter die Füße. Sie knirschten. Er bog in die Toreinfahrt. Weihrauchduft. Er durchquerte den stockdunklen Hof, stieg die Treppen hoch. Als er fast oben war, ging das Licht im Treppenhaus an. Grell. Der Strom war zurück. Nataschas Wohnungstür stand offen. Max ging hinein. Schloss die Tür hinter sich.

Der Fernseher war noch da, zum Glück. Alles schien an seinem Platz zu sein. Auf dem Küchentisch lagen, sehr zu Max' Überraschung, die Wohnungsschlüssel. Und seine Brieftasche. Ohne das Bargeld. In der Spüle, in einer dicken beigen Pfütze, lag die schlaffe Plastikhülle der Packung Eskimo-Eiscreme. Nougatgeschmack. Der Zeh war verschwunden.

Max füllte seine Brieftasche mit dem Bargeld, das er sich von Mark Hope geliehen hatte. Er nahm die Schlüssel und verschloss die Wohnung. Vor dem Hauseingang, im Licht einer einzelnen nackten Glühbirne, hingen die metallenen Briefkästen, ihre halb offenen Türchen hingen heraus wie die Zungen erschossener Hunde.

48

Der Strom war wieder da, als Luddy sich aus der Wohnung wagte. Er duckte sich unter der Wäscheleine im Korridor-Wohnzimmer durch, auf der seine Boxershorts, Jeans und zwei seiner Poloshirts hingen. Luddy brauchte frische Luft. Und einen Hit. Damit er für sein morgiges Treffen mit dem King in Form war. Er zitterte schon wieder, als er die rissige Marmortreppe runterlief. Sich unter den Stromkabeln durchbückte. Den Gestank von Katzenpisse einatmete. Die Eisentür aufstieß. Wieder staunte er, wie sehr ihn all das an seine Kindheit erinnerte. Von öligem Schweiß bedeckt, trat er hinaus in die Nacht. IchbineinRockstarIchbineinRockstar.

Auf der anderen Straßenseite, hell wie Las Vegas, stand das Hotel Bristol. Wie ein Drei-Sterne-Bordell. Sollte es ruhig. Luddy nickte den zwei Nachbarn zu, die rauchend auf dem Gehsteig standen. Plastiksandalen. Shorts. Sie beobachteten das Bristol.

»Morgenröte muss jeden Moment ankommen«, sagte der eine. »Steigen immer im Bristol ab.«

»Russische Gauner, kommen jedes Mal mit einem Riesenbus«, sagte der andere. »Fahren wie die Henker.«

Luddys Vermieterin hatte ihm erzählt, dass ein Stück der Straße vor ein paar Tagen eingebrochen war. Sie mussten das Loch schon repariert haben, denn der Verkehr brauste wie immer. Luddy überquerte die Straße. Wo gibt es denn keine Löcher und kaputte Straßen hier, dachte Luddy, aber insgeheim schmiedete Pläne. Wenn er erst einmal richtig Kohle gemacht hatte mit den Körperteilen, würde er vielleicht sogar in Odessa bleiben. Er würde Weekend at Bernie's II eröffnen. Oder Another Weekend at Bernie's. Oder – er hatte Zeit, darüber nachzudenken.

IchbineinRockstarIchbineinRockstarIch …

Luddy roch Minze. Ein kleiner alter Mann schlurfte im Halbdunkel des Gehsteigs auf ihn zu. Ausgedörrt. Jämmerlich. Luddy überlegte, ob er ihm ein Bein stellen sollte. Ihn hinklatschen lassen. Wäre doch witzig, so ein Knochenmännlein stürzen zu sehen.

Ha! Luddy hatte so lange gepennt, dass sich sein Gehirn im Schlaf direkt mit seinem Fuß verkabelt hatte. Denn ehe er es kapierte, setzte der Fuß den beiläufigen Einfall schon in die Tat um.

Oh, nein!, dachte Luddy. Der Alte fliegt auf die Fresse! Doch der Alte flog nicht. Frappierend schnell wich er dem Fuß aus. Dann schaute er Luddy an. Er trug eine Augenklappe aus Leder. Das gesunde Auge bohrte sich in Luddys Seele. Und Luddy verstand, welchen Riesenfehler er gerade gemacht hatte. Sein Gehirn registrierte jedes Detail. Die Augenklappe: der King.

Mit dem gesunden Auge sagte der King Luddy, dass er genau wusste, was Luddys idiotischer Kopf seinem idiotischen Fuß befohlen hatte. (Stell dem Alten ein Bein! Ha!) Das Auge sagte ihm auch, dass der King diesen Fehler nicht verzeihen würde. RACHE, blitzte es. RACHE!

Der Arm des Alten schnellte vor. Unglaublich stark.

Ehe Luddy sich versah, stürzte er. Auf die Straße. Er schaute zum Himmel. Ein Bus kam auf ihn zu. Ein riesiger Bus. Das Letzte, was Ludwig Shturman alias der Löwe in seinem Leben sah, war das Wort *MORGENRÖTE*.

*

Max lief zum Bristol, um Nataschas Schlüssel abzugeben. Wie sie es vereinbart hatten, wenn er die Wohnung nicht länger brauchte. Er passierte eine Gruppe kichernder Pärchen – die jungen Frauen trugen alle sehr kurze Shorts –, als ein alter Mann mit Augenklappe an ihm vorbeieilte. Der Ladendieb.

Vor dem Bristol war Stau. Es wimmelte von Leuten. Sie redeten aufgeregt, reckten die Hälse vor einem großen Bus mit der Aufschrift *MORGENRÖTE*.

Max blieb stehen, neben zwei Männern in Plastikschlappen.

»Was ist da los?«, fragte er mit dickem Akzent.

»Ein Unfall«, sagte der eine.

»Der Bus gehört der Fußballmannschaft aus Luhansk«, sagte der andere.

Der Busfahrer stieg aus. Er schrie: »Der Alte hat ihn geschubst! Der mit der Augenklappe! Er hat ihn geschubst!«

Max drückte sich durch die Menge. Unter den Vorderrädern des Busses lag ein Mann. Was einst eine dichte rote Mähne gewesen war, war nur noch ein strähniger grauer Zopf. Blut sickerte aus den Haarwurzeln, wie um den Mann wieder zu verjüngen. Zu spät. Der geschrumpfte Oberkörper eines früheren Bodybuilders. Trug der Tote etwa das gleiche Polohemd wie Max? Marke Big and Tall, im günstigen Dreierpack. Max hatte die beiden anderen Hemden in seinem Hotelzimmer. Der Tote vermutlich auch. Seine Augen starrten den Bus an. Veilchenblau.

Die Zeit war nicht gnädig gewesen mit Ludwig Shturman alias Luddy der Löwe. Trotzdem erkannte Max ihn. Er hatte mit Stripperinnen, Kokain und Atom-U-Booten gehandelt, Letztere komplett mit Besatzung. Nun war er tot. Max bildete sich ein, dass die Luft nach Minzpastillen roch.

49

Das einstige Hauptgebäude der Schwarzmeer-Reederei wirkte nachts noch düsterer. Im Fahrzeugschuppen dahinter brannte kein Licht. Max knipste seine Taschenlampe an. Um das Gemüse im Garten nicht zu zertreten. Da war etwas unter seinem Fuß. Ein Maiskolben? Ein Wasserschlauch? Ein widerliches Jaulen. Max zuckte zusammen. Ein dunkler Umriss. Katzenaugen. Voller Schleim und Getier. Max schüttelte sich. Klopfte an der Schuppentür. Keine Antwort. Er hob die Tür an, rüttelte am Schloss. Dann ging die Tür auf, und er trat er ein.

Felix' Großmutter saß rauchend in der Küche. Durch das Fenster fiel ein ungesunder gelber Lichtschein. Der Hafen.

Max nahm einen Stuhl, setzte sich neben die alte Frau. Auf dem Tisch stand eine leere Wodkaflasche. Max sah sich um und holte eine volle Flasche aus einem Regal. Sogar im Dunkel merkte er, dass die Großmutter geweint hatte.

»Wo ist Felix?«, fragte er.

Die alte Frau schwieg. Max schraubte die Flasche auf und schenkte ihr ein. Er holte er ein Glas für sich selbst. Sie tranken. Der Wodka war warm wie die Nacht.

»Was ist mit Ihrem Gesicht passiert?«, fragte die Großmutter nach einer Weile.

»Nichts weiter«, sagte Max. »Nicht so wichtig.«

Sie schniefte. Berührte das Kreuz auf ihrer Brust. Schob Max das leere Wodkaglas hin. Er füllte es wieder. Sein eigenes auch.

Endlich begann die Großmutter zu sprechen. »Der Erste, dieser Löwe, war nicht so übel. Eine Witzfigur, klar. Aber niemand, mit dem mein Felix nicht umgehen konnte.« Ihre Stimme wurde dunkler. »Dann kam der andere. Mit der Augenklappe. Felix hat nicht auf mich gehört. Er hat gesagt, ich bin alt, meine Augen sind schlecht. Und es stimmt: Als der Kerl das erste Mal kam, war ich mir nicht sicher. Er ist auch alt geworden. Und schließlich hieß es ja immer, er sei gestorben. Damals, vor über fünfundzwanzig Jahren, bei der Razzia im Hafen. Aber als er zum zweiten Mal kam, wusste ich Bescheid. Ich hatte ja genug Ärger mit ihm und seiner Bande gehabt, damals im Hafen, nicht wahr?« Sie schüttelte den Kopf. »Der König, so wurde er genannt. Ein grausamer Mensch.« Sie drückte ihre Zigarette aus, angewidert. Der König – dazu fiel Max nichts ein. Oder zu viel. Jeder zweitklassige Gangster nannte sich irgendwann so, üblicherweise, kurz bevor er ermordet oder verhaftet wurde.

»Vielleicht ist die Finsternis dort oben schuld.« Sie nickte in Richtung des Reedereigebäudes mit dem konservierten Kopf ihres verstorbenen Mannes. »Das ist nicht gottgefällig. Finsternis zieht nur noch mehr Finsternis an.«

Sie schwieg eine Weile. Starrte aufs Meer. Reglos. Würdevoll.

»Felix hat mir nicht geglaubt. Aber ich habe Wanja Lerner wiedererkannt.«

Wanja Lerner! Von dem hatte sogar Max schon gehört. Einer der berüchtigsten Mafiabosse Odessas. Wanja Lerner hatte jahrzehntelang den Hafen beherrscht, bis ihn die Sowjets erschossen. War er wirklich noch am Leben?

»Wo ist Felix?«, fragte Max, eindringlicher als beim ersten Mal.

»Fort«, sagte die alte Frau. »Der König hat ihn mitgenommen.« Sie hielt inne. »Felix' Fingerknöchel haben geblutet. Haben Sie sich mit ihm geprügelt?«

Max schüttelte den Kopf. »Meine Schrammen hab ich mir in den Katakomben geholt.«

Er sagte nicht, dass Felix ihn nicht nur nicht verletzt, sondern ihm sogar das Leben gerettet hatte.

»Wohin wollten die beiden?«, fragte er.

Die Großmutter gab keine Antwort. Sie stand auf, schlurfte aus der Küche. Max sah aus dem Fenster. Auf die schwefelgelben Lichter. Weder die Sowjets noch die Amerikaner, Ukrainer oder Russen hatten jemals gewusst, was dort unten alles vor sich ging. Und sie würden es niemals erfahren.

Die Großmutter kam zurück. Gab Max einen Zettel mit einer Telefonnummer. »Marina«, sagte sie. »Sie können sie anrufen. Sie war früher eins von den Mädchen des Königs. Vor vielen Jahren ...«

Sie zögerte, versunken in der Vergangenheit. »Als ich das letzte Mal von ihr gehört habe, hatte sie eine Heiratsagentur aufgemacht. Sie könnte wissen, wo Felix und Lerner sind.«
»In Ordnung«, sagte Max. »Ich werde sie anrufen.«
»Ein goldenes Boot liegt im Hafen«, sagte die Alte scharf. »Es heißt *Inna*.«
Die Titelstory von Jim Dunkirks Bootsmagazin kam Max in den Sinn. Die *Faszinierende Inna*.
»Inna war die große Liebe des Königs. Als seine erste Frau gestorben war, hat er Inna geheiratet. Sie hat ihm einen Sohn geboren. Dann kam der König ins Gefängnis. Inna wurde verrückt. Man hat sie eingesperrt. Was sollte man sonst mit ihr tun? Als man sie wieder rausließ, hat sie sich umgebracht.«
»Und der Sohn?«, fragte Max.
»Ein schwächliches Kind«, sagte sie. »Er ist gestorben.« Sie schaute aus dem Fenster. »Wenn Felix dort draußen ist, auf seinem Boot ...« Ihre Lippen zitterten. »Dann weiß ich nicht, ob ich ihn jemals zurückbekomme.« Sie packte Max am Arm. Ihr Griff war fest. »Helfen Sie ihm! Versprechen Sie mir, dass Sie ihm helfen, wenn Sie es können.«
»Warum haben Sie nicht ...«, wollte Max fragen, als die Alte die Hand hob.
»Was soll ich schon machen? Ich kann ein bisschen im Garten hacken, aber sonst kann ich mich kaum bewegen. Soll ich durch die Stadt humpeln? Nein. Wenn ich telefoniere, haben sie ein Druckmittel mehr gegen Felix, ich bringe ihn nur in Gefahr.«
Max steckte den Zettel mit der Telefonnummer ein und nickte.
»Ich verspreche es, ich versuche, ihm zu helfen.«
»Inna war rothaarig«, sagte die Großmutter noch. »Der König liebt rothaarige Frauen.«

50

Als Max das Stadtzentrum erreichte, brach der Morgen an. Im Licht der aufgehenden Sonne thronte das Opernhaus. Die hübsche Fassade errötete sanft vor dem weißen Himmel.

Max las die neueste Textnachricht von Joe Homily. Guter alter Joe, auf ihn war Verlass, sogar in der Nacht. Max hatte Joe angerufen, als er von Felix' Großmutter fortging. Er hatte ihn aus dem Schlaf gerissen. Ihn zu Wanja Lerner befragt.

»Max, da muss ich meine Frau fragen. Sie weiß alles, was es zu wissen gibt«, hatte Homily im Halbschlaf versichert.

Wanja Lerner alias King.
geb. 1935 (ca.) in Odessa, gestorben 1990 ebenda. Geschichte (nicht belegt): Seine 1. Frau wartete, bis er einschlief, und stach ihm dann das linke Auge aus. Er fing an, sich »King« zu nennen: Unter den Blinden ist der Einäugige König. Gerüchte: Er ist nicht gestorben, sondern hat sich nach Georgien abgesetzt. Unwahrscheinlich, sagt meine Frau.

Max scrollte weiter:

Bekannt für seine Grausamkeit. Angeblich (meine Frau schwört, dass es stimmt) lag bei seinen Morden immer der Geruch von Minzpastillen in der Luft.

Ganz am Ende der Nachricht stand:

Eine total verrückte Stadt, alter Freund. Komm bald mal wieder! Bring Rose mit.

An der Straßenecke war ein Geldautomat in eine hellgrüne Mauer eingelassen. Max hob so viele Griwna ab, bis der Höchstbetrag des Automaten erreicht war. Rund hundertfünfzig Dollar. Okay.

Dann bog er in die hellgrüne Toreinfahrt. Drückte den Code an der Eisentür. Nickte der schlummernden Babuschka im Glashäuschen zu. Stand in einem großen, quadratischen Vestibül. Luftig. Staubig. Still. Stieg die Treppe hoch zum ersten Stock. Klopfte an. Ein hohles Geräusch, das hinabhallte in die Träume der Pförtnerin. Die Frau, die ihm aufmachte, war in einen hellroten Kimono aus Kunstseide gehüllt. Ihr Haar passte dazu. Ihre Lippen passten zum Haar. Ihr faltiges Gesicht war gepudert. Sie hielt Max ihr Patschhändchen hin, mit der Handfläche nach unten.

»Marina?«, fragte Max.

Sie nickte.

Max verneigte sich und küsste die Hand. Die Frau verströmte einen säuerlichen Geruch. Sie trug hochhackige Pantöffelchen mit rotfedrigen Puscheln. Max folgte ihr in die Wohnung. Marinas Kimono machte beim Gehen ein zischendes Geräusch. Ihr Stolzieren musste früher großen Eindruck gemacht haben. Etwas, das wie ein grauer Puschel aussah, schoss zwischen Max' Füßen hindurch. Grau. Ein Chinchilla. Max hasste Chinchillas. Aber er musste nicht niesen.

Ein Salon mit hohen Decken und blau tapezierten Wänden. Ein großes Ölgemälde mit einer Dame im langen Kleid. Jahrhundertwende, schätzte Max. Hinter ihr erhoben sich Schiffsmasten vor einem ruhigen, grauen Meer. Max beäugte das Fischgrätenparkett des Salons. Chinchillas koteten alle naselang. Und tatsächlich, das Tier hatte einen kleinen Pfad aus dunklen Kackerlis hinterlassen.

Eine Flügeltür führte in einen zweiten Raum. Matratzen bedeckten jeden Zentimeter auf dem Fußboden. Ein halbes Dutzend Mädchen im Teenageralter schliefen auf den Matratzen, die Wangen rosig von der Hitze. Lange nackte Beine. Zerwühlte Laken.

»Nicht gucken!«, tadelte Marina und schloss die Flügeltür. »Zuerst muss ich Sie befragen.« Sie lächelte ein breites Lippenstiftlächeln. »Normalerweise bekommen die Heiratskandidaten meine Mädchen nicht schlafend zu sehen. Aber weil Sie so in Eile sind und auf Ihrer Suche nach dem Glück weder Kosten noch Mühen scheuen ... nun, so habe ich Sie einen Blick erhaschen lassen. Hinter die Kulissen sozusagen.«

Max nickte. Das Ganze war natürlich eine Betrugsmasche. Studenten von der Uni korrespondierten per E-Mail mit den Heiratsinteressenten im westlichen Ausland. Die Männer, die sich wirklich auf den langen Weg nach Odessa machten, bekamen die wohlgenährten Mädchen vom Land vorgesetzt. Die Männer waren ein erbärmlicher Haufen: Sie redeten nur über sich, gaben die intimsten, vulgärsten, langweiligsten Details preis. Sie wurden nervös. Sie bekamen Durchfall. Sie führten die Mädchen zum Shopping aus.

Max wechselte unvermittelt vom Englischen ins Russische: »Ich bin schon verheiratet.«

Marinas Augen wurden schmal. »Nun, falls Ihre Ehe unglücklich ist, verdienen Sie ein wunderbares ukrainisches Mädchen. Vielleicht ist Ihre Frau ja zu westlich? Sie hört Ihnen nicht zu? Kocht nichts Leckeres? Macht sich nicht schön? Trägt unvorteilhafte T-Shirts?«

»Ich suche keine Ehefrau.«

Marina lachte, wurde aber ernster. Ein seltsam klirrendes Lachen. »Dann sollte ich Sie hinauswerfen.«

»Er ist zurück«, sagte Max abrupt. »Der König.«

Marina warf ihr hellrotes Haar zurück, schaute nervös um sich. Sie hat Angst, dachte Max. Das war gut. Das konnte ihm nützen. Er zeigte ihr die *Odessa Preview*, die *BOATS!*-Ausgabe – das Cover mit der Rothaarigen im Marineshirt, mit den sehr kurzen Shorts und den sehr langen Beinen.

Marina erschrak. Dann schüttelte sie den Kopf. »Diese Frau ist viel zu jung.«

»Hä? Wofür?«, fragte Max.

Marina betrachtete das Foto erneut. Ihr Gesicht wurde weicher. »Sie sieht genau wie Inna aus«, sagte sie zärtlich.

»Inna? Wie die Jacht oder wie die Geliebte?«

Max legte nahezu all seine Griwna auf den Sofatisch. Marinas unsicherer Blick ruhte auf dem Geld, ihre Augen zuckten jedoch hin und her. Schließlich nahm sie die Scheine. Zählte sie. Steckte sie in ihren BH. Warf noch einen Blick auf das Magazincover.

»Wenn Sie mich fragen – die Ähnlichkeit ist nicht allzu groß. Aber Männer machen das so. Wenn sie einmal herausgefunden haben, was ihnen gefällt, besorgen sie sich alle paar Jahre ein neues Modell.« Sie streckte die Hand aus, nahm eine Lesebrille aus einer Perlmuttschale. »Genau. Sehen Sie das? Dieses Mädchen hat sich die Haare gefärbt. Eigentlich ist sie blond.«

»Aha«, sagte Max.

Marina sah auf den Tisch und schüttelte den Kopf. »Ich habe nie geglaubt, dass er tot ist«, sagte Marina. »Männer wie er sterben nicht. Man muss sich eher um die Menschen um sie herum sorgen.«

»Um Inna?«

»Er hat sie umgebracht.« Sie klang plötzlich bitter. »Seelisch. Sie war so ein Unschuldsengel. In seiner Gesellschaft hat sie zu viel mitansehen müssen. Auch wenn er versucht hat, es vor ihr zu verbergen. Seine erste Frau zum Beispiel. Glauben Sie, die ist einfach so gestorben?« Marina lachte. Ein freudloses Lachen. »Als er eingesperrt wurde ... für Inna war das eine Erlösung. Aber der Schaden war schon angerichtet. Sie fing an, kleine grüne Teufel zu sehen. Sie kamen nachts zu ihr, um sie zu quälen. Natürlich haben die Ärzte Inna in die Psychiatrie gesteckt. Wohin sonst?«

Max merkte auf. »Und was ist mit dem Sohn passiert?«

Marina lachte wieder. »Ach, wissen Sie, ich bin mir nicht einmal sicher, ob das Baby gestorben ist. Ich habe Inna noch einmal getroffen, nachdem sie aus der Klinik kam. Bevor sie sich aufgehängt hat. Sie hat mir erzählt, da sei ein Arzt gewesen – komischer Name – Dr. Hasenfuß oder so. Inna meinte, er habe ihr das Kind weggenommen. Irgendwo hingebracht, wo es in Sicherheit war. Sie bat mich, dem Kind eines Tages von ihr zu erzählen. Ich sollte dem Jungen sagen, dass seine Mutter ihn mehr als alles auf der Welt geliebt hat. Damals habe ich ihre Worte nicht ernst genommen. Ich habe nicht geahnt, wie nah sie am Abgrund war. Ich habe eine Menge gesehen. Viele Frauen, viel Leid. Und viel Wahnsinn.«

»Sie haben Inna sehr nahegestanden«, meinte Max nachdenklich.

Die Madame schaute ihn an. Ihre Augen wurden trüb. Wie eine raue, unglückliche See. »Inna war meine Schwester«.

51

Der King wachte auf und fühlte sich gut. Zurück auf dem Boot. Er strich über sein Laken. Er hatte nicht eingenässt. War nicht ins Früher gedriftet. Außerdem tat es ihm gut, dass die Gerechtigkeit gesiegt hatte, einmal mehr. Dieser Junkie von gestern Abend, der ihm ein Bein stellen wollte! Der King wusste natürlich Bescheid: das Gesetz des Dschungels. Ein Junkie sieht einen alten Mann und meint, dessen Schwäche zu wittern. Ein leichtes Opfer. Sicher, er handelte, ohne zu denken. Aber der Junkie lag falsch. Der King war nicht schwach. Der King war stark. Der King hatte noch sein ganzes Leben vor sich. Sein ganzes Familienleben! Und der Junkie war tot. Oder beinahe tot. Der King war nicht stehen geblieben, um es herauszufinden.

Trotzdem machte ihm noch etwas zu schaffen. Während das Boot langsam schaukelte, versuchte er zu überlegen, was es sein mochte. Ah! Die Sitzung bei Dr. Fischmann. Der berühmte Psychiater und Dichter. Der King hatte von ihm nicht die Antworten bekommen, die er brauchte. Nun, er hätte es wissen müssen. Damals in der Klapsmühle hatten die Seelenklempner seiner Inna auch kein bisschen geholfen! Hätten sie ihr geholfen, wäre alles anders gekommen. Der Junge wäre nicht gestorben, und ... Der King hielt inne. Seine Augen tränten. Das Boot schaukelte wie eine Wiege.

Gut, er hatte es versucht. Er hatte mit Fischmann über Sima reden wollen. Das war ein völlig neues Terrain für ihn. Wie sagst du einer Tochter, die du noch nie getroffen hast, dass du ihr Vater bist? Und dass sie von nun an mit dir leben wird? Dass ihr zwei endlich eine richtige Familie sein werdet? Er hatte erwartet, dass Fischmann ihm genau sagen würde, wie das ging. Leider war der Kerl keine Hilfe gewesen. Er wollte, dass der King über die Beziehung zu seiner Mutter sprach. Was spielte das für eine Rolle? Der King hatte seine Mutter nie kennengelernt! Er ballte eine Faust. Er würde schon alles richtig machen mit Sima, er brauchte dafür keinen Rat.

Er hörte Inna reden, in der Kabine nebenan. Er nannte alle seine Freundinnen Inna. Diese hier würde er noch eine Weile behalten. Obwohl es stimmte, dass sie schon fast fünfundzwanzig war. Ein bisschen alt für eine Frau. Aber sie könnte sich mit Sima anfreunden. Ja, die Idee gefiel ihm.
Der King hörte auch die Stimme von Felix von nebenan. Felix würde ihm bei den Vorbereitungen für das große Wiedersehen helfen. Bald, schon sehr bald. Der King würde alles bekommen. Alles auf einmal. Sein kostbares Kind. Und seine Rache. Das Boot schaukelte. Vor und zurück. Als er wieder einschlummerte, glaubte der King, noch etwas anderes zu hören. Ein Tapsen. Wie von Katzenpfoten. Ungleichmäßig. Wie eine Katze, die hinkte. Aber sie hatten keine Katze an Bord. Er nickte ein.

*

Max stand in einer staubigen Gasse vor einem Holztor. Durch blühende Weinranken spähte er in den Garten. Klein, voller Rosen. *Dr. Fischmann* stand auf dem Messingschild. Max klingelte. Hörte Lubas Stimme auf der anderen Seite des Tors. Gab sich zu erkennen.

Luba öffnete mit einem Ausruf der Freude und warf sich ihm in die Arme. »Max! Wir haben uns ewig nicht mehr gesehen! Du hast uns gefehlt!«

Es war Frühstückszeit bei den Fischmanns. Luba, Fischmanns sinnliche zweite Ehefrau, war ebenfalls Dichterin. Sie warf ihr dunkles Haar zurück und führte Max zwischen den Rosen hindurch. Fischmann saß an einem Tisch im Schatten von Weinreben und streichelte eine frech aussehende schwarze Katze. Er war korpulent, mit weißen Haaren und weißem Bart. Er strahlte Ruhe aus, das fiel Max nicht zum ersten Mal auf. Sie begrüßten einander.

»Hallo, Miss Kitty!«, sagte Max ein wenig zögerlich.

Fischmann schaute seine Katze liebevoll an. »Sie kann sprechen, wusstest du das?«

»Ja, das weiß ich«, sagte Max und setzte sich auf die Gartenbank, so weit weg von Miss Kitty wie möglich. »Ich lese ja deinen Blog.«

»Ah!«, sagte Fischmann erfreut. »Dann weißt du auch, dass Miss Kitty als Einzige in der ganzen Stadt noch bei Verstand ist.«
Der Tisch war mit einer Plastikdecke mit rotem Blumenmuster bedeckt. Der Duft von Heckenkirschen hing in der schwülen Luft. Die Reben über dem Tisch litten an irgendeiner Krankheit – die Blätter waren grün, doch die Trauben waren winzig und braun.
Luba kam mit einem Festschmaus aus der Küche: einem Teller mit saftigen Tomatenscheiben, einem mit Käse, dazu Gurkensalat, eine Schale Himbeeren, Maiskolben mit dicken Butterflocken. Brot, Schwarztee, Zucker.
»Luba«, sagte Max. »Wie machst du das?«
»Greif zu, Max! Du siehst hungrig aus.«
Max füllte seinen Teller.
»Was führt dich nach Odessa? Wieder eine Konferenz?«, fragte der Dichter.
Max nickte.
Fischmann kicherte. »›Kapitalismus in der verbrechensbasierten Ökonomie?‹ oder ›Der kriminelle Markt und seine Missmutigkeiten‹?«
Miss Kitty miaute, als schätzte sie den Intellekt ihres Besitzers.
»Frag lieber nicht«, sagte Max. »›Hybrider Krieg‹ nennen sie es.«
»Aha«, sagte Fischmann. »Klingt beinahe nach Gartenbau.«
Sie begannen zu essen.
»Ich habe mir Sorgen gemacht, als ich von dem Anschlag auf die Wohnung gelesen habe«, sagte Max.
»Uns ist nichts passiert«, sagte Fischmann.
»Ein Glück«, sagte Max. Er fragte die beiden, ob sie jemanden verdächtigten.
Luba zündete sich eine nadeldünne Zigarette an, inhalierte tief.
»Offiziell gehört die Wohnung zwar meinem Mann, aber er wohnt seit Jahren nicht mehr dort. Und wieso sollte jemand seine Ex-Frau angreifen? Das muss jemand gewesen sein, der nicht von hier ist. Alle in Odessa, die Odessa kennen und Fischmann kennen, wissen, dass er dort nicht mehr wohnt.«
»Beängstigend war es allemal«, sagte Fischmann gedankenverloren. »Es ist früh morgens passiert. Meine Ex-Frau hat noch geschlafen.

Zum Glück hat die Wohnung eine schwere Eisentür. Es hat einen Riesenrumms gegeben, aber niemand wurde verletzt.«
»Und Grischa?«, fragte Max nach einer Weile. »Glauben Sie, dass er etwas Gutes bewirken kann in der Stadt?«
Luba sagte: »Kleinigkeiten schon. Einmal zum Beispiel war er mit der Straßenbahn unterwegs. Einer von diesen Majoren, wie sie sich nennen, hatte seinen nagelneuen Mercedes direkt auf die Schienen gestellt. Er und seine Freunde waren in der Nähe was trinken und wollten nicht erst einen Parkplatz suchen. Grischa stieg aus der Tram, rief die Polizei und ließ das Auto abschleppen. So etwas ist gut.«
»Ich bin mit vielen Dichtern in Georgien befreundet«, sagte Fischmann. »Früher reisten wir jeden Sommer zu einem wunderbaren Poesiefestival dort. Sie sagen, Grischa hat dort viel reformiert. Die Polizei hat aufgehört, Bestechungsgelder zu nehmen. Das war für die kleinen Leute ein Fortschritt. Wenn er dasselbe bei uns schaffen kann ...«
Sie sprachen über die Gefahr eines neuen Fußballmassakers, nun, da das neue Spiel anstand.
»Krieg ist schlecht fürs Geschäft«, sagte Fischmann. »Odessa war immer eine Handelsstadt. Am Tag nach dem Massaker letztes Jahr blieb die Stadt vollkommen ruhig. Als wollten die Menschen sagen: ›Wir wollen hier Frieden.‹ Stell dir mal vor, bei uns wäre Krieg wie in Donezk. Die Mittelschicht würde alles verlieren.«
»Wenn die Russen angreifen, werden wir Odessa verlassen«, sagte Luba. »Wir lassen uns nicht besetzen.«
»Denkt ihr, das könnte passieren?«
Luba zündete sich eine neue Zigarette an. »So was hört man immer mal wieder. Aber ich glaube, die Russen haben zu lange gewartet. Noch vor einem Jahr hätte niemand in Odessa einen Mann in russischer Uniform als Feind angesehen. Das ist jetzt anders. Jetzt würden die Leute kämpfen.«
Max fragte Fischmann nach seiner Zeit in der Klinik IV für Psychiatrie.
»Meine erste Arbeitsstelle nach dem Studium«, sagte Fischmann.
»Kanntest du einen Dr. Hasenfuß dort? Oder so ähnlich?«

Fischmann lachte. »Ja, natürlich! Artjom. Alle nennen ihn Dr. Kaninchen, weil seine Schneidezähne stark vorstehen. Er hat mich eingearbeitet auf Station. Nach meiner Entlassung sind wir noch eine Zeit lang Freunde geblieben.«
»Leider ist er inzwischen an Alzheimer erkrankt«, sagte Luba. Und zu ihrem Mann: »Weißt du, was ich gehört habe? Jemand hat mir erzählt, dass Artjom wieder arbeitet. Im Sanatorium Weiße Taube.«
Fischmann schüttelte ungläubig den Kopf. »Er ist natürlich immer noch Arzt, wie ich. Ich glaube nur nicht, dass er noch dienstfähig ist. Aber nun ja, bei unseren Renten!«
Schließlich fragte Max den Dichter nach Wanja Lerner.
»Selbstverständlich!«, rief Fischmann. »Der Mafiaboss. Er hatte den Hafen unter sich, sogar wenn er im Gefängnis war. Er wurde bei einer Razzia erschossen. Lange her.«
»Kanntest du ihn persönlich?«
»Nur ein bisschen. Schließlich ist Odessa nicht allzu groß, und er war wirklich berüchtigt. Außerdem sind unsere Familien wohl entfernt miteinander verwandt. Das hat zumindest eine Cousine meiner Mutter, die Familienforschung betrieb, immer behauptet.«
»Irgendwas über einen Sohn, den er hatte?«, fragte Max.
Fischmann nickte traurig. »Das war eine schlimme Geschichte. Wanja Lerner soll seine zweite Frau sehr geliebt haben. Als er ins Gefängnis kam, ist sie sehr instabil geworden, hieß es. Man hat sie in die Klinik IV eingewiesen. Aber das war vor meiner Zeit. Manchmal wurden dort auch echte psychisch Kranke behandelt, nicht nur Dissidenten. Das Kind ist gestorben, hat man erzählt, und die Frau hat sich aufgehängt.«
Fischmann sah seiner Katze nach, die von der Bank gesprungen war und bei der Hecke umherstrich, in Erwartung der Igel.
»Komisch, dass du mich nach Lerner fragst. Ich habe erst kürzlich an ihn gedacht. Sein Vater war ein brillanter Wissenschaftler. Die Mutter stammte aus Mexiko. Maria, so hieß sie, glaube ich. Sie hatte Jakow in den Dreißigerjahren in Mexiko kennengelernt, als er mit einer sowjetischen Delegation dort hingereist ist. Jakows Mutter war eine schreckliche Frau. Die hat Maria gehasst. Es gab sogar das

Gerücht, dass sie sie vergiftet hat. Jedenfalls ist sie gestorben, als Wanja noch sehr klein war. Dann wurde sein Vater erschossen, in einer der Säuberungswellen.«

Max nickte interessiert.

»Soviel ich weiß, hat Wanja dann bei seiner Großmutter gelebt. Sie war von Haus aus kriminell, das hat die Cousine meiner Mutter immer erzählt. Aber als die Rumänen im Krieg Odessa besetzten, ist sie umgekommen. Zusammen mit den anderen Juden. Danach war Wanja allein. Er hat sich am Hafen herumgetrieben, das war der Beginn seiner kriminellen Laufbahn, vermute ich. Der Hafen wurde ihm Mutter und Vater.«

Sie schwiegen für einen Moment.

»Jedenfalls«, fuhr Fischmann fort, »kam vor ein paar Tagen ein neuer Patient. Er hat mich irgendwie an Lerner erinnert.«

»Ist dieser Patient der Zyklop ohne Namen?«, fragte Max.

Fischmann lachte. »Du liest mein Tagebuch ja wirklich! Jawohl, ich glaube, er hat mich zu dieser Figur inspiriert.«

*

Bevor Max sich verabschiedete, fragte er, ob er die Toilette benutzen dürfe. Im Gartenhaus ging er nach links statt nach rechts. Er betrat ein kleines Zimmer, schattig und friedlich, geschmückt mit Ikonen. Ein Schreibtisch, ein rotes Sofa. Eine Vitrine mit Büchern. Fischmanns ganze Welt. Hier behandelte er seine Patienten, schrieb seine Gedichte, führte sein Online-Tagebuch, das den Ton angab im intellektuellen Odessa. Den Eintrag über den Zyklopen hatte er vor zwei Tagen gepostet.

Max öffnete das Aktenschränkchen unter dem Schreibtisch. Zog eine Handvoll Hefter heraus. Einer war nur mit *X* beschriftet. Max schlug ihn auf.

Patient will seinen Namen nicht nennen. Blind auf einem Auge.

Max las weiter.

Patient hat vor Kurzem erfahren, dass er eine erwachsene Tochter hat. Erbittet Rat für Kontaktaufnahme. Glaubt, er braucht psychologischen Scharfsinn, um sie für sich zu gewinnen. Gewinnen/verlieren. Dichotomes Denken. Lehnt ab, über seine Eltern zu sprechen. Orale Fixierung (Minzpastillen). Soziopathische Züge: Empathiemangel, überentwickeltes Id. Keine Folgesitzung vereinbart.

Von den Wänden blickten die wachsamen Augen der Heiligen. Ihre Aureolen schimmerten. Max zögerte, legte das Blatt zurück in den Hefter, schloss das Aktenschränkchen.

52

Max betrat einen Kiosk und kaufte die teuerste Pralinenschachtel, die es gab. Sie war nicht sehr teuer. Er kaufte noch ein Tütchen Minzpastillen. Dann ging er durch das Tor des Sanatoriums Weiße Taube, vorbei an einem Schild, das die Spezialisierungen der Einrichtung auflistete: Durchblutungsstörungen, Lungen, Augen, Nerven. Eine ziemlich bunte Mischung.

Das Foyer war antiseptisch, im »europäischen Stil« renoviert, mit glänzenden weißen Kacheln. In der Ecke stand ein deutscher Kaffeeautomat. Am Empfang, hinter einer Glasscheibe, saß eine vital wirkende Dame mit einer Bienenkorbfrisur. Sie trug einen weißen Schwesternkittel.

»Ich suche schon den ganzen Vormittag ein Zimmer«, sagte Max zu ihr. »Hätten Sie vielleicht noch etwas frei?«

»Wir sind bis September ausgebucht.«

»Können Sie mir ein anderes Sanatorium empfehlen?«

Sie schüttelte den Kopf.

»Eigentlich geht es mir ja vor allem um die medizinische Betreuung«, sagte Max. »Ihr Sanatorium ist für seine Unterwassermassagen mit Hochdruckschläuchen bekannt.«

Die Dame bestätigte das. Jedoch: »Leider können nur unsere Gäste unsere Heilbehandlungen erhalten.«

Max schob die Pralinenschachtel unter der Glasscheibe hindurch. Die Dame wirkte wenig begeistert. Dann sah sie die Geldscheine, die Max unter das billige Geschenkband geklemmt hatte. Behutsam nahm sie die Schachtel.

»Sie haben Durchblutungsstörungen?

Max nickte. »Mein Lungenkapazität ist auch zu klein.« Er hustete, um das zu unterstreichen. »Und ich bin gegen Katzen allergisch.«

Die Frau zog die Brauen hoch. Bat Max zu warten. Ging davon mit ihrer Bienenkorbfrisur. Max setzte sich auf ein weißes Ledersofa. Nach zwanzig Minuten tauchte der Bienenkorb wieder auf.

»Der Arzt kann Sie jetzt behandeln. Aber Sie müssen für ein Zimmer bezahlen. Für eine Woche.«

»Sie sind meine Glücksfee«, sagte Max und zwinkerte ihr zu.

Der Korridor war lang. Es roch nach Desinfektionsmittel, gemischt mit dem muffigen Geruch alternder Körper und schlechter Gesundheit. Als Max den Warteraum erreichte, blieb er stehen. Er kannte das Sanatorium nicht. Aber alle Kurkliniken aus der Breschnew-Zeit funktionierten nach demselben Prinzip. Die Wartezimmer waren dunkelgrün gestrichen. An der Wand hing ein Ölgemälde mit einem Motiv aus den Karpaten. Max ging durch den Warteraum, stieg die Treppe hoch und steuerte auf das Zimmer zu, in dem der Arzt sitzen musste.

Er klopfte. Eine Stimme bat ihn herein.

Das Sprechzimmer war groß, mit zwei rechteckigen Fenstern. Die Jalousien waren zugezogen, die Fensterbänke mit blassen Grünpflanzen vollgestellt. Ein kleiner weißhaariger Mann schaute vom Schreibtisch hoch. Er trug eine braune Brille mit schmutzigen Gläsern: Fettfinger, Staub, kleine Hautfetzen. Er lächelte zaghaft, zwei sehr große Schneidezähne entblößend. Dann kroch ihm die Angst in die Augen. Als versuche er krampfhaft, sich zu erinnern, wer der Patient vor ihm war.

»Hohes Cholesterol!«, rief er plötzlich, sichtlich erleichtert. »Diät Nummer fünf. Ich gebe dem Speisesaal Bescheid. Hochdruckschlauchtherapie. Dreißig Minuten Sportmassage. Stromstöße für Ihren Rücken. Und Sie müssen sich ausruhen.«

Max fragte ohne Umschweife: »Sie waren früher in der Klinik IV für Psychiatrie? Waren alle Patienten dort Regimegegner?«

»Natürlich nicht«, sagte der Arzt, ohne erstaunt zu wirken. »Wir hatten auch Schizophrene. Paranoide Schizophrenie kam am häufigsten vor.«

»Besuche vom Erzengel Gabriel, so was in der Art?«

»Nein«, sagte der Arzt und kratzte sich die Bartstoppeln. Er hatte bestimmt seit Tagen nicht geduscht. »Die meisten Schizophrenen glaubten, dass der KGB sie verfolgt. Auf Platz zwei der Verfolger standen die Außerirdischen. Auf Platz drei die CIA.« Jetzt sah er Max an, dann wieder kurz aufs Papier. »Engel kamen eher nicht vor.«

Der Arzt stand auf. Etwas Schmerzliches lag in seinem Blick. Er nahm eine Gießkanne aus Plastik und fing an, die Pflanzen auf den Fensterbänken zu wässern, beachtete Max dabei kaum.
»Es gab aber Teufel«, fuhr er fort. »Kleine grüne Teufel. Vor allem bei Alkoholikern. Diese Fälle sind gut dokumentiert. Das Delirium tremens der Suchtkranken wurde oft von Folterqualen begleitet, ausgelöst von grünen Teufeln.«
Obwohl der Arzt von Pflanze zu Pflanze ging, bemerkte Max, dass die Gießkanne leer war.
»Diese grünen Teufel kommen übrigens auch in Volksmärchen vor.«
Er setzte sich wieder an seinen Schreibtisch. Legte den Kopf schief, beäugte Max durch seine schmutzige Brille und schien zu überlegen, was für einen Akzent Max sprach.
»Und was war mit den Kindern?«, fragte Max.
Der Arzt sagte: »Dafür gab es die Kinderklinik.«
»Die Kinder der Alkoholiker, der Schizophrenen, der Regimegegner, die Sie behandelt haben? Was geschah mit ihnen?«
»Sind ins Waisenhaus gekommen«, sagte der Arzt, plötzlich von Unruhe erfasst. »Aufs Land. Unweit vom Meer.«
Max stellte die entscheidende Frage. »Inna Lerner. Was ist mit ihrem Sohn passiert?«
Ein kläglicher Ausdruck legte sich über das Gesicht des Doktors. Er suchte und fand nicht. Dann sagte er unwirsch: »Ich darf mit Ihnen nicht über meine Patienten sprechen. Das ist unethisch.«
»Und über Inna Lerners Ehemann? Den König?«
Der Arzt driftete ab, starrte an die Wand. Max steckte sich drei Minzpastillen in den Mund und kaute kräftig. Der Geruch erfüllte das Sprechzimmer.
»Lerner, Wanja«, sagte der Arzt mechanisch. »Schon lange tot.«
»Er lebt«, korrigierte ihn Max. »Und er ist in Odessa.«
Der Doktor schnappte nach Luft. »Nein! Nein, nein, nein!« Seine Augen waren wild vor Angst.
Er stand wieder auf und fing an, die Pflanzen mit der leeren Kanne zu gießen. Eine nach der anderen. Dabei wurde er ruhiger.

Ohne Max anzuschauen, flüsterte er: »Inna war nicht geisteskrank. Die Welt war verrückt, ihr Mann war verrückt. Dass sie auch verrückt wurde, war die einzig gesunde Reaktion. Sie hat mir schreckliche Dinge erzählt. Und sie hat mich angefleht, ihren Sohn zu retten. Lerner sollte niemals davon erfahren. Ich habe ihren Sohn mit ihrem Einverständnis im Waisenhaus untergebracht. Und ich habe einen Totenschein für ihn ausgestellt. Damit Inna den Schein ihrem Mann zeigen konnte.« Er schaute traurig auf seine Tischplatte.

»Das Kind habe ich gerettet, für die Mutter konnte ich leider nichts tun.«

Ängstlich blickte er Max an. Suchend, aber nicht findend. Dann fiel es ihm wieder ein.

»Diät Nummer fünf!« Er schrie beinahe. »Füllen Sie alles bei der Schwester aus. Ich gebe dem Speisesaal Bescheid! Sie müssen sich ausruhen!«

TEIL 6

Jetzt lackieren wir unsere Nägel
Haut ab hier – bevor es zu spät ist

Ludmila Khersonsky, *Gedicht ohne Titel*

53

Während er den Gehsteig entlangging, sah Max eine blaue Straßenbahn auf sich zukommen. Seine Muskeln verkrampften sich. Panik. Nur eine Handbreit zwischen Waggon und Körper. Das Zischen der heißen Luft, als die Bahn an ihm vorbeiraste. Max schnitt eine Grimasse. Er hatte vergessen, dass die Tramschienen direkt am Fußweg entlangführten, hier am Französischen Boulevard.

Mit pochendem Herz sah er dem blauen Waggon hinterher. Da, zwei grüne Augen: Ein kleines Mädchen drückte sein Gesicht gegen die Scheibe. Max erkannte sie wieder: Cassie, vom Flughafen. Seltsam. Er schüttelte den Kopf; das war unheimlich. Sein Herz war gerade dabei, sich zu beruhigen, als er jemanden seinen Namen rufen hörte. Eine amerikanische Stimme. Optimistisch. Froh.

Max schaute sich um. Dort vorn, bei einer Gruppe von Ausländern in grauen Anzügen, stand Mark Hope und winkte. Max lief zu ihm.

»Max! Gott sei Dank«, sagte Mark Hope.
»Was gibt's?«
»Sie haben Besuch.«
»Oh, Scheiße. Ist Dunkirk zurück?«
»Nein, nein. Es ist ... ähm ... Ihre Frau, Rose ...«
»Ist Rose etwas zugestoßen?« Max hörte die Angst in seiner eigenen Stimme.

»Äh, nein. Rose ist – hier. In Odessa. Sie ist heute Morgen im Gagarin abgestiegen. Sehr früh am Morgen, um genau zu sein. Aber Sie waren nicht da.«

»Oh Gott. Ist sie noch im Hotel?«
»Nein. Rose ist ... sie hat sich der Tour angeschlossen. Sie erinnern sich: die Führung durch die Sektfabrik? Für heute geplant?«

Mark Hope zeigte ihm eine Broschüre. »Der Ausflug gehört zur Konferenz, sehen Sie?«

Max blickte nach oben. Von dem Tor, vor dem sie standen, hing eine Traube eiserner Weinbeeren. Links und rechts zeigten Wandmalereien in Blau und Rostrot eine geometrische Frau und einen geometrischen Mann in Laborkitteln. Sie hielten geometrische Becher. Ein staubiger Lastwagen rollte über den Hof. Weiter vorn schlüpften Männer in grauen Anzügen durch eine Tür.

»Ist meine Frau dort drin?«

Mark Hope nickte. Max ließ sich von ihm die Broschüre geben. Das Rahmenprogramm der Konferenz. Sein Blick blieb hängen beim *Abschiedsessen mit Tanz* (mit wem nur sollten all die Männer tanzen?). Dann las er, der Abschiedsabend würde an Bord der *Faszinierenden Inna* stattfinden!

Ein zutiefst schmerzlicher Ausdruck lag auf Mark Hopes hübschem Gesicht.

»Was ist los?«, fragte Max.

»Nun ja«, sagte Mark Hope kleinlaut. »Wie soll ich es Ihnen erklären ... Rose war nicht die Einzige, die im Hotel auf Sie gewartet hat. Eine, ähm ... ukrainische Braut war da. Sagte, sie käme von einer gewissen Marina. Sie hat mir das hier gegeben.« Er gab Max ein Stückchen Papier, zusammengefaltet. »Für Sie.«

Max nahm den Zettel. Faltete ihn auf. Ein Kassenbon. Dann durchfuhr ihn ein Stoß. Auf der Rückseite des Bons stand in geschwungener Frauenhandschrift: *Er ist auf der Inna.*

Max steckte den Zettel ein. Blickte Mark Hope an.

»Gehen wir. Ich muss da jetzt durch.«

*

Der Raum war groß und dunkel. Überall enorme Stahlzylinder, verbeult und grün, wie altmodische U-Boote aus *20.000 Meilen unter dem Meer*. Die Konferenzteilnehmer bestaunten die gewaltigen Behälter und schlängelten sich zwischen ihnen hindurch. In ihren dunklen Anzügen sahen sie wie Schatten aus.

Eine Frauenstimme schwebte durch den Raum. »Im Jahr 1951 erließ Stalin eine Anordnung: Sekt sollte von nun an ein Getränk für Arbeiter sein.«

Max konnte Rose nicht entdecken. Die Männer vor ihm stiegen eine wacklige Holztreppe hoch. Max folgte ihnen.

»Aus diesem Grund«, erklang die Frauenstimme über ihm, »haben wir diese Kessel gebaut und auf Massenproduktion umgestellt.«

Am Ende der Treppe angekommen, betrat Max eine Plattform. Sie befand sich oberhalb der rundköpfigen Kessel. Von oben betrachtet ähnelten sie umgestülpten Mondkratern.

RUMMS. Zersplitterndes Glas. Max erschrak. Eine Bombe! Wo war Rose? War sie okay? Niemand schrie. Niemand regte sich auf. Noch eine Explosion. BUMM! Wieder splitterndes Glas.

»Hier testen wir die Flaschen auf Festigkeit. Sie müssen sehr hohen Druck aushalten.«

Ein weiterer Knall.

»Wie Sie sehen, sind nicht alle Flaschen einwandfrei.«

Max drängte sich an den Männern vorbei in den Abfüllraum. Auf einem altmodischen Fließband defilierten grüne Sektflaschen. Max suchte ... und da – da stand sie! An der Spitze der Besuchergruppe. Neben einer attraktiven weißhaarigen Wissenschaftlerin im Laborkittel. Aufmerksam zuhörend. Rose. Seine Rose. Ihr Haar fing das Sonnenlicht, das durch die Fenster hereinschien. Ihre blonden Locken leuchteten wie ein Strahlenkranz, mehr Licht als Materie. Ihre Schultern waren nackt. Max konnte es aus der Entfernung nicht sehen, doch er wusste, dass die kleine Narbe auf ihrem linken Oberarm entblößt war. Sie hatte die Form einer Sternexplosion. Rose war als Kind von einem Baum gefallen ... Max vermeinte, sie zum ersten Mal wirklich zu sehen. Er hatte sich daran gewöhnt, nicht richtig hinzuschauen. Er spürte etwas Scharfes, Schussähnliches im Herzen, begleitet von einer Zärtlichkeit, die sich wie Ertrinken anfühlte.

»Vorsehen bitte«, sagte Max und drängte sich an ein paar Männern vorbei. »Vorsehen ...«

Die Explosionen wurden lauter, das Splittern bedrohlicher. Die Gruppe ging weiter. Rose war an der Spitze. Max verlor sie wieder aus dem Blick.

»Gütiger Gott!« Von irgendwoher war Trilby zu hören. »Erinnern Sie sich noch an die Silvesterpartys im Kalten Krieg? Oliviersalat und sowjetischer Champagner?«

»Sowjetski Schampanski …!«, sagte eine andere Stimme.
»Man hatte schon einen Kater, noch ehe man beschwipst war …«
»Nun gut, um der alten Zeiten willen …«
Draußen im Sonnenschein wurden Sektflöten serviert. Rose stand neben der Frau im Laborkittel. Sie hörte fasziniert zu. Max bahnte sich einen Weg durch die Menge.
»Zuerst«, sagte die Wissenschaftlerin, »konnten wir nur süßen Sekt in Massen produzieren. Aber in den Siebzigerjahren beschlossen wir, auch trockenen Sekt herzustellen. Man hat uns gesagt, das würde nicht funktionieren, und uns spöttisch ›Brutalisten‹ genannt. Aber wir haben es geschafft.« Sie hielt ihr Glas mit dem prickelnden Goldtrank gegen die Sonne.
Max war bei Rose angekommen.
»Wollen Sie das Geheimnis«, fragte die Frau Rose verschwörerisch, »ewiger Schönheit erfahren?«
»Rose!«, rief Max.
Rose drehte sich um. Ihre blauen Augen blitzten.
»Ich … kann gar nicht glauben, dass du hier bist!«
Rose runzelte die Stirn. Wandte sich wieder der Chemikerin zu.
»Und ob! Verraten Sie's mir!«
Die hübsche Labordame trank ihr Glas in einem Zug leer. »Trinken Sie Sekt! Jeden Tag!«
In diesem Moment sah Max eine Bewegung vor dem Fabriktor. Eine Straßenbahn, die den Französischen Boulevard entlangrumpelte. Durch die Scheibe starrte ein einäugiger Mann. Der Ladendieb vom Warschauer Flughafen, Liebhaber von Minzpastillen, Mörder von Luddy dem Löwen, dessen Name, wenn Max sich nicht vollkommen täuschte, Wanja Lerner war. Der King. Die Straßenbahn fuhr genau vor der Sektfabrik vorbei.
»Rosie-Posie«, flüsterte Max. »Ich muss … ich bin gleich wieder da!«
Bevor sie etwas erwidern konnte, drängte er sich durch die Menge zum Tor. Die Straßenbahn trug den verdorrten Alten langsam den Boulevard hinunter.
»Mark!«, rief Max. »Bleiben Sie bei Rose. Lassen Sie sie nicht zu viel Sekt trinken.«

»Wird gemacht«, sagte Mark Hope. »Sehen wir uns später im Zentrum?«

»Was?« Max war schon am Tor.

»Cocktails im Stadtgarten? In einer Stunde?« Mark checkte die Broschüre. »Um sechs?«

»Verstanden!«, rief Max.

Dann war er fort.

54

Kommissar Krook döste in der Nachmittagshitze im Schatten des Sonnenschirms in seinem Garten. Der Duft der von Frau Krook zubereiteten Schaschlikspieße wurde immer intensiver. Im Halbschlaf lief Krook das Wasser im Mund zusammen. Er kratzte sich den nackten Bauch, sog den Grillgeruch ein. Er konnte es kaum erwarten ... In diesem Augenblick begann ihn etwas zu stören. Er schlug nach der stickigen Luft um seinen Kopf. Doch nein. Es hörte nicht auf. Es war eine Art Summen. Krook wurde wacher. Aber natürlich. Sobald man sich ein bisschen ausruhen wollte, musste jemand von der Arbeit anrufen.

Krook griff nach seinem Telefon. Grübchen. Wer sonst? Die Verbindung war schlecht.

»Was wollen Sie?«, fragte Krook.

Grübchen war aufgeregt. Seine stets nervige Stimme kletterte noch höher als sonst. Als würde jemand auf einer Säge spielen.

»Ein Löwe?«, fragte Krook. »Wie bitte?«

Durch die rauschende Leitung hörte er: »Ich habe eine ... Online-Vermietung gecheckt. Und Ludwig Shturman ...«, rauschpfeif-kratz, »... alias der Löwe, hat ein Zimmer bewertet, an der Puschkinstraße ...«

»Schaschlik ist fertig!«, hörte Krook seine Frau rufen.

»Was ist Äär Pii änd Pii?«, fragte Krook.

»Schaschlik ist jetzt fertig!«

Krook musste sich beeilen, sonst würde sein nichtsnutziger Schwiegersohn alles allein essen. Zumindest die besten Bissen.

Grübchen war kaum noch zu hören. »... habe die Vermieterin befragt ... Shturman ... eine Verabredung in zwanzig Minuten ... Augenklinik ... Französischer Boulevard ...«

Eine Wespe landete auf Krooks Kopf. Er sprang auf. Schüttelte sie ab. Ließ das Telefon in den Kies fallen. Hob es wieder auf. Der Löwe? Der Name kam ihm bekannt vor. Irgendwas mit einem Atom-U-Boot und Kokain. Lange her. Der Typ suchte in Odessa

gewiss nach Entspannung. Dasselbe versuchte Kommissar Krook auch, mit begrenztem Erfolg.
Aber Vorsicht war besser als Nachsicht. Besonders mit einem wie Grübchen.
»SCHASCHLIK! IST! FERTIG!«
»In Ordnung«, sagte Krook ins Telefon. »Tun Sie, was Sie für richtig halten, Grübchen. Schicken Sie einen Kollegen hin, wenn es Sie beruhigt.«

*

Max rannte der Tram nach. Ehe er über sein Seitenstechen stöhnen konnte, wurde sie langsamer. Sie hielt vor der Klinik für Augenheilkunde. Mehrere alte Leute stiegen aus. Zuletzt kam ein verdorrter Mann mit lederner Augenklappe. Er hüpfte von der letzten Stufe auf die Erde. Rüstiger als gedacht.

Ein Park. Kastanienbäume, in Reihen gepflanzt. Ein verschnörkeltes Tor, kaum noch mehr als Rost und Farbe. Ein schmaler Spazierweg, von Unkraut gesäumt. Alte Männer und alte Frauen gingen langsam auf und ab. Fast alle hatten ein abgedecktes Auge. Neben einer mit Flechten überwucherten Skulptur eines jungfräulichen sowjetischen Mädchens setzte sich der verdorrte Mann auf eine Bank.

Vor ihnen erhob sich der gelbe Bau mit den klassischen Säulen. Die berühmte Augenklinik von Odessa. Wo könnte sich ein Einäugiger besser verbergen?

Max ging in die Klinik, öffnete die erstbeste Tür. Ein Untersuchungszimmer. Keiner da. Er kramte in den Schubladen. Legte sich ein weiches Baumwollpolster auf die linke Augenhöhle. Klebte es fest. Schaute in einen Spiegel. Er sah gut aus. Kein Unterschied zu den anderen hier.

Er ging zurück in den Garten und begann, in der Nähe der Skulptur herumzuspazieren. Der King war noch da. Aber er war nicht mehr allein.

Ein junger Mann mit rotem Schlips beugte sich über den Alten. Er hatte ein blaues Lämpchen am Ohr. Max verbarg sich hinter einer der Säulen.

»Sollen wir auf den Löwen warten?«, fragte Felix. Er wirkte nervös. Max sah, dass er schwitzte.
Der King schüttelte den Kopf. »Zu spät! Wir fangen ohne ihn an.«
»Wie Sie wünschen, Herr Lerner.«
»Was macht die neue Hand?«
»Wächst und gedeiht. Mit dem Muttermal an der richtigen Stelle.«
»Ich brauche sie spätestens übermorgen, am fünfundzwanzigsten.«
»Kein Problem, sie wird pünktlich geliefert.«
»Gut. Am besten, du bringst sie morgen Abend mit auf die Jacht.«
Max grübelte hinter der Säule. Morgen, der vierundzwanzigste August, war der ukrainische Unabhängigkeitstag. Die Leute zogen Trachten an und drängten sich in den Hauptstraßen. Und am Tag danach? Max überlegte. Er beschloss, sich auf den King zu konzentrieren. Er war der Schlüssel zum Rätsel um die Hand.

Er wollte eben hinter der Säule hervortreten, als er einen plötzlichen, scharfen Schmerz am Hinterkopf spürte. Max drehte sich, halb sank er hinunter. Ein grober Polizist hinter ihm, humorlos. Ein gut aussehender junger Mann dahinter, lächelnd. Zwei deutliche Grübchen auf den Wangen ... Dann wurde alles schwarz.

55

Max erwachte in einer dunklen, stickigen Zelle. War er wieder in den Katakomben? Es stank. Nach Erbrochenem, Urin und Eisen. Das musste wieder Blut sein. Max lag auf einer feuchten steinernen Bank. Sein Kopf schmerzte mehr als jemals zuvor. Das war nicht gut. Jemand schnarchte. Max drehte sich auf die Seite. Die Kopfschmerzen wurden stärker. Scharf, stechend. Es schien weniger das Reptilienhirn angeschlagen zu sein als das menschliche. Zu Max' Füßen schlief ein drahtiger Mann mit geschorenem Kopf. Er roch nach Schnaps.

»Willste 'ne Kippe?«, fragte eine Stimme aus dem Dunkel.

Max wollte gerade sagen, dass er nicht rauchte. Dann besann er sich eines Besseren. »Klar.«

Aus dem Dunkel tauchte eine Hand auf. Sie war blass und zitterte wie Espenlaub. Sie hielt eine geknickte, schmutzige Zigarette. Ukrainische Marke. Kein Filter. Dazu ein Feuerzeug mit einer nackten Frau.

Max steckte sich die schmutzige Zigarette in den Mund. Klickte das Feuerzeug. Als die Flamme ihr Licht warf, sah er einen mageren, jungen Mann mit blonden Haaren und blutunterlaufenen Augen. Ein Leimschnüffler. Typischer Spitzel, die Spezies Drogensüchtiger, die von der Polizei benutzt wurden, um im Gefängnis zu spionieren. Für eine mildere Strafe horchte er sich im Knast um. Gab seine Story zum Besten und leierte aus den anderen deren Storys heraus.

Okay, dachte Max. Mal sehen, wohin das führt.

»Hast du je einen dicken Fisch geangelt?«, fragte der Spitzel. »Ich kann dir sagen, ich hatte einen richtig fetten am Haken, vor ein paar Tagen erst. Dann kommt meine Alte nach Hause und sieht, dass ich wieder geschnüffelt hab. Sie sperrt mich ein. Hab die Lieferung verpasst.« Er ließ den Kopf hängen. Sein Körper zuckte.

»Pech gehabt, kann nicht alles klappen«, sagte Max auf Russisch und zog an der Zigarette. Ihre Spitze glühte.

Es war definitiv eine Zelle, in der er saß. Er hustete. Als würde man einen alten Reifen rauchen. Er gab das Feuerzeug zurück.

»He, du quatschst ja wie ein beschissener Moskauer! Was ist mit deinem Odessa-Akzent? Warst du zu lange in New York?«, fragte der Informant. Und dann: »Stimmt es, dass du fast mal ein U-Boot vertickt hast?«

»Hm«, sagte Max. Interessant. Sie hielten ihn also für den Löwen. Das zumindest ließe sich leicht aufklären, wenn er hier rauskam. Falls er hier rauskam. Der blasse Blonde zitterte jetzt stärker. Er sah verzweifelt aus. Seine Augen, die Zähne ...

»Hab einiges über dich auf der Straße gehört. Hast dir ein Unterwasserboot organisiert, mit Atomantrieb und allem, und hast es vertickt. An irgendwelche beschissenen Kolumbianer. Oder?«

Max schwieg. Nahm noch einen giftigen Zug. Die Zigarette machte ihn munter, doch sie erzeugte auch Brechreiz. Nun ja, nichts war perfekt. Er nahm noch einen Zug. Etwas blitzte in der roten Glut.

Der Informant war flink. Im Nu hatte er Max' Kopf zurückgebogen. Seine zitternden Finger griffen nach dessen Gurgel.

»Jetzt hör mir mal zu«, fauchte er und versuchte vergeblich, fester zuzupacken. »Wenn du dein Maul nicht aufmachst, kommst du hier nie raus. Kapiert?«

Das quietschende Geräusch von Eisen auf Eisen unterbrach ihn. Licht ging an in der Zelle.

Max blinzelte heftig. Als er etwas erkennen konnte, saß der Spitzel in einer Ecke und stellte sich schlafend. Ein dickbäuchiger Ukrainer in einer nagelneuen schwarzen Uniform betrat die Zelle. Blieb breitbeinig stehen. Guckte über seinen Bauch hinunter auf Max.

»Rushmore«, sagte er. »Sie alter Hurensohn.«

*

Der Morgen schien bereits durch Kommissar Krooks Fenster. Er tauchte die braunen Büromöbel in einen warmen Honigton. Max fühlte sich ein wenig schwach in den Knien, als er vor Krooks Schreibtisch Platz nahm. Krook und er hatten vor Jahren zusammengearbeitet. Eine bestenfalls mittelprächtige Partnerschaft, die mit der halbwegs erfolgreichen Zerschlagung eines Geldwäscherings geendet hatte, der von San Francisco bis nach Moldawien reichte.

Abgesehen von seiner neuen Uniform im kalifornischen Stil hatte sich Krook nicht verändert. Er lief zu einem rostigen Erste-Hilfe-Schränkchen. Kam wieder mit einer kleinen Flasche.

»Hier«, sagte er und drückte sie Max in die Hand. »Machen Sie sich präsentabel. Die Toiletten sind draußen im Gang.«

Im Waschraum sah Max eine Scharte auf seiner Stirn, verkrustet von Schmutz und Blut. Im Nacken ertastete er noch mehr Schorf. Er drehte den Wasserhahn auf. Hielt den Kopf darunter. Es brannte. Er nahm ein Papierhandtuch, tröpfelte bräunliches Jod aus dem Fläschchen darauf. Betupfte die Scharte. Fluchte leise. Wusch sich die Hände. Ging zurück in Krooks Büro.

»Schon besser«, meinte Krook.

Mit einem Ächzen langte der Kommissar unter den Schreibtisch, holte zwei Schnapsgläser, eine Wodkaflasche und einen Laib Schwarzbrot hervor.

Während er einschenkte, lehnte Max sich ans Fensterbrett und sah hinaus. Unten im Hof reckte und streckte sich eine feiste Tigerkatze in der Sonne. Dann stand sie stramm, wie auf Wache. Oben im zweiten Stock nieste Max. Das tat weh.

»Runter damit, Rushmore. Auf die Göttin des Glücks!«, sagte Krook. »Diese Schlampe.«

»Jawohl«, sagte Max.

Er aß ein Stück Brot. Es war fest, feucht, säuerlich. Es schmeckte. Krook goss ihm noch einen Wodka ein, dann noch einen. Max fühlte sich schon besser und setzte sich wieder.

»Also«, begann Krook. »Was zum Teufel sollte das? Kleben sich ein Auge zu und schleichen vor unserer berühmtesten Klinik herum?«

»Ich habe nur getan, was Sie auch tun sollten: den King observieren.«

»Den King?« Krook wirkte verblüfft. »Der ist seit dreißig Jahren tot.«

»Da wäre ich mir nicht so sicher. Wieso hat mich Ihr Schnüffler in der Zelle über den Löwen ausgefragt?«

»Das geht nur mich etwas an.«

»Wissen Sie denn nicht, dass Ludwig Shturman gerade erst von einem Bus überrollt wurde? Er ist gestorben. Vor dem Hotel Bristol. Ich habe ihn selbst dort liegen sehen. Stand sein Tod nicht in sämtlichen Polizeiberichten?«

Krook betrachtete Max mit wachsendem Interesse.

»Shturman ist wahrscheinlich mit einem falschen Pass eingereist«, sagte Max. Dann wagte er sich einen Schritt weiter. »Aber das hätten die Kollegen wissen müssen.«

Jetzt fluchte Krook. Grummelte etwas über »Grübchen« und »Äär pii änd pii«. Schlug mit der Faust auf den Tisch. Kramte in einem Haufen Papiere. Lehnte sich im Stuhl zurück wie unter der Last der ganzen Welt.

»Ich bin nur einen einzigen Tag länger auf meiner Datscha geblieben«, brummte er. »Dasselbe Hemd ... Da ist man einem Tag nicht da, und alles geht durch den Arsch hier ...«

Er seufzte tief. Goss noch zwei Wodka ein.

»Sie ahnen ja nicht, wie schwer es heutzutage ist, gute Leute zu kriegen. Die Bezahlung ist mies. Und dann dieser Grischa!« Krook sagte den Namen, als bezeichnete er etwas Übelschmeckendes. »Rennt durch die Stadt und macht ein Tamtam, dass er die Schmiergelder abschaffen will. Das schreckt den Nachwuchs ab. Wissen Sie, wie das ist, ohne die schönen Extras? Man hungert. Warum sollte ich als Polizist hungern? Mein Nachbar hat zu essen. Also will ich auch essen!«

»Verstehe«, sagte Max. »Nichts für ungut.«

Sie stießen auf »nichts für ungut« an. Der schwere, sowjetische Telefonapparat auf Krooks Schreibtisch schrillte. Krook nahm den Hörer ab. Klemmte ihn mit der Schulter unters Kinn, während er Wodka nachschenkte.

»Hm, hm«, sagte er. »Hm, hm. Beruhigen Sie sich, Madame Tulpe. Keine Sorge. Wir versuchen, ihn zu kriegen. Er hat sich an Ihren Mädchen vergriffen – das ist unverzeihlich.« Krook gluckste mitfühlend. »Schließlich haben wir in dieser Stadt noch ein paar Regeln.« Er zwinkerte Max zu. »Selbstverständlich pflegen wir eine gute Arbeitsbeziehung, Madame. Sie gehören zu meinen besten Kontakten! Aber jetzt beruhigen Sie sich, bitte. Ich verstehe kein Wort, wenn Sie so schluchzen.« Dann runzelte Krook die Stirn. »Was sagen Sie? Ein Einäugiger? Mit einer Tätowierung? Und Sie glauben, das ist …?« Krook schwieg für einen Moment. Dann sagte er: »Vielen Dank für Ihren Anruf, Madame. Das ist sehr hilfreich. Ich will tun, was ich kann.«

Das Runzeln verließ Krooks Stirn nicht, als er den Hörer auflegte. Es war auch noch da, als er Max wieder anblickte.

»Was halten Sie davon, wenn ich Sie zu Ihrem Hotel fahre?«

Max wartete auf dem Fußweg, während Krook das Auto holte. Die Sonne brannte jetzt. Der Himmel war tiefblau und klar, die Straßen waren bereits voller Urlauber. Sonnengebräunte Mädchen und Jungen mit weißen Zähnen und strahlendem Lächeln und in fröhlichen Farben. Auf jedem T-Shirt stand etwas. *LOVE – LIFE – NOT YOUR GIRLFRIEND!*

Krook fuhr im weißen Dienst-Lada vor. Max stieg ein. Zog die Tür zu. Das Auto fühlte sich an, als wäre es aus Alufolie.

Der Lada bog in eine zweispurige Straße. Niedrige, altmodische Gebäude, die absackten. Sowjetische Autos. Eine Reihe Platanen, die im Staub erstickten. Rechter Hand, hinter den Häusern, thronte eine Reihe von Silos, sie gehörten zum Hafen. Linker Hand standen Fabriken, sie erstickten im Staub.

»Es war nicht einfach hier in letzter Zeit«, sagte Krook. »Als der Zuckerbaron hochkam, wurden alle hohen Beamten gefeuert. Wir hatten Schiss, dass wir als Nächste dran sind. Ein halbes Jahr lang war alles wie erstarrt, gelähmt. Dann kamen die neuen Leute: alle proukrainisch. Haben uns neue Befehle erteilt. Ich bin ethnischer Russe, ich spreche Russisch, aber okay. Ich mache immer noch meine Arbeit. Ich ermittle. Ein Verbrechen ist immer noch ein Verbrechen, nicht wahr? Wenn jemand zu mir kommt und behauptet, dass er Wanja Lerner mit eigenen Augen gesehen hat, muss ich der Sache nachgehen – egal, wer mein Chef ist, oder?«

Krook drehte sich, so gut er konnte, zu Max. Sein Bauch klemmte unter dem Lenkrad. »Wie wäre es, wenn Sie mich auf Ihren Stand brigen?«

Max zuckte mit den Achseln. »Ich hab es von einer alten Dame gehört. Sie hat für die Reederei gearbeitet. Sie hat Lerner nicht aus der Nähe gesehen. Ihre Augen sind auch nicht mehr gut, schätze ich.«

Der Verkehr kroch dahin. Trotz der Hitze ließ Krook alle Fenster des Lada zu. Der Motor rasselte. Es wäre dumm, ein solches Auto verwanzen zu wollen.

Max redete weiter: »Der Enkel der alten Dame hat eine Art Ewiges-Leben-Projekt. Grusliger Junge. Er bewahrt den tiefgefrorenen Kopf seines Deduschkas im alten Gebäude der Reederei auf. Er wartet auf Technologie, mit der sein Opa wieder aufwachen und endlich seinen Traum leben kann: Hüte verkaufen, auf dem freien Markt.«

Krooks Mund verzog sich.

»Schaurig, keine Frage«, sagte Max. »Aber irgendwie auch ... optimistisch. Jedenfalls sagte mir die alte Dame, dass ihr Enkel einen neuen Geschäftspartner hat. Wanja Lerner. Und dass sie ihn seit Urzeiten kennt und er ein übler Kerl ist. Also nehme ich an, dass es kein Zufall ist. Er ist es wirklich.«

»Dieser Enkel hat sich einen Riesenärger eingehandelt«, sagte Krook. »Wie heißt er noch? Er ist unser Hauptverdächtiger für den Bombenanschlag auf Angelinas Restaurant.«

»Felix? Wirklich?«

»Ja. Wir haben kaum Zweifel, um ehrlich zu sein. Der Bursche hat am Tag zuvor Dünger und Wasserstoffperoxid gekauft. Hat es nicht mal heimlich gemacht.«

Sie bogen in eine breite, abschüssige Straße. Links und rechts erhoben sich große Wohnblocks aus der Sowjetzeit. Staubig, verfallen. Krook und er, dachte Max, könnten gerade durch jede beliebige Schlafstadt fahren, überall in der postkommunistischen Welt. Der Lada wurde langsamer. Max erblickte einen künstlichen See. Braun, mit einer braunen Hütte am Ufer. Beides lag in einem heruntergekommenen Park aus anämischen Kiefern.

»Der gefährlichste Park der Stadt. Hier kriegst du alles, was du besser nicht haben solltest«, sagte Krook.
»Also ich denke, der King ist nicht tot«, nahm Max das Gespräch wieder auf. »Er ist quicklebendig. Hat sich all die Jahre versteckt. Ist vielleicht noch im Geschäft. Von Brighton Beach aus. Oder Tbilissi. Falls es Tbilissi ist, hat er vermutlich mit Grischa ein Hühnchen zu rupfen. Grischa war ziemlich erfolgreich dort, was die Bekämpfung der Mafia betrifft. Viele von den Kerlen sind nach Odessa gezogen.«
Krook brummte zustimmend.
»Vielleicht ist er deshalb zurückgekommen. Vielleicht hat Grischa seinen Mafiaring zerschlagen. Und der King ist wütend auf ihn.«
Anstatt zu antworten, beugte sich Krook ein Stück über das Lenkrad und zeigte auf ein geducktes, fleckiges Gebäude mit einem Pferdekopf über dem Tor. »Hier beginnt das alte Odessa. In dem Haus haben zu Babels Zeiten die Pferdediebe ihre Beute versteckt.«
Sie bogen links ab. Die Straßen wurden schmaler. Zweistöckige Häuser, erdfarben, mit dekorativen Gesimsen. Sie hoben und senkten sich in sanften Wellen, während die Erde unter ihnen langsam in die Katakomben sank. Jede zweite Tür war mit einem herzförmigen Zeichen markiert. Moldawanka. Das Verbrecherviertel – zu Babels Zeiten – und heute noch.
Krook hielt auf dem Gehsteig. Er führte Max in einen Hof. Lang und schmal, Unkraut und Scherben. Eine alte Waschmaschine. Entlang des gesamten Hofs erstreckte sich ein Quergebäude.
»Es wurde als Bordell gebaut«, erklärte Krook. »Sehen Sie das?«
Max schaute: Alle paar Meter war eine Tür mit einem winzigen Fenster.
»Eine der Geschichten über Benja Krik spielt hier«, sagte Krook. »Nach einem Raubzug kommt er mit seiner Bande hierher, um zu feiern.«
Krook ging zur vierten Tür und fingerte mit einer Nadel im Schloss, bis die Tür aufging. Er hielt die Tür für Max offen. Ein enger Raum, gerade groß genug für ein flaches blaues Sofa mit kaputter Lehne. Der Raum war schimmlig und schmuddelig. Mehr noch: In ihm schien das Unglück zu wohnen. In den Ecken, Winkeln und Ritzen.

»Er hat hier übernachtet«, sagte Krook.
»Hat Madame Tulpe das gesagt?«
Krook nickte. »Das Haus gehört ihr. Offenbar hatte sie, als sie noch ein kleiner Junge war ... sie ist ja ein ... Wie nennt man das? Ein Mann, der sich als Frau kleidet?«
Max zuckte mit den Achseln. Die einzigen russischen Wörter, die er dafür kannte, waren abfällig.
Krook fuhr fort: »Also damals als Kind hatte sie eine Begegnung mit dem King, unten im Hafen. Das hat sie zu Tode erschreckt. Seitdem weiß sie, wie seine Tätowierung aussieht. Ein böses Auge. Auf dem Handgelenk.«
»Hier ist er jedenfalls nicht mehr«, sagte Max, sich umblickend.
»Seit gestern Nacht. Den Mädchen hat er Angst eingejagt«, sagte Krook. »Das hat Madame Tulpe so verstimmt, dass sie mich angerufen hat.« Krook seufzte. »Sie ist ein bisschen hysterisch. Aber sehr zuverlässig. Eine echte Geschäftsfrau.« Dann klopfte er Max auf den Rücken. Sagte ihm, er solle sich keine Sorgen machen, er, Kommissar Krook, sei an dem Fall dran. Max könne sich entspannen. Zum Strand gehen.

Max dachte an Rose. Wie sie sich zusammen einen Tag freinehmen würden. Oder zwei Tage. Nur sie beide. Liegestühle mieten, an einem Privatstrand. Händchen halten unter einem roten Sonnenschirm, während die Wellen plätscherten. Borschtsch und Champagner bestellen ...

Auf dem Weg nach draußen sah er etwas aus dem Augenwinkel. Auf dem Boden, neben dem traurigen blauen Sofa. Eine kleine rechteckige Dose. Offen. Mit Spuren von weißem Puder. Max erstarrte für einen Moment. Minzpastillen.

56

Max erschien im Gagarin pünktlich zur Kaffeepause am Vormittag. Er suchte in der weißen Lobby. Fand Mark Hope. Winkte ihn zu sich.

»Sind Sie okay?«, fragte Mark Hope. »Sie sehen irgendwie ... fertig aus.«

»Ist ganz allein meine Schuld«, sagte Max. »Bin gegen eine Straßenbahn gerannt. Aber egal. Haben Sie Rose gestern Abend gut nach Hause gebracht?«

Mark Hope lächelte. Max war nicht sicher, ob ihm dieses Lächeln gefiel. Er wollte dem jungen Mann eine reinhauen. Einfach, um etwas klarzustellen.

»Sie ist eine wirklich nette Lady«, sagte Mark Hope.

»Ist sie oben im Zimmer?«

»Nein. Sie hat sich dem Ausflug zum Waisenhaus angeschlossen. Vor einer Stunde sind sie abgefahren.« Mark Hope zögerte.

»Was?«, fragte Max.

»Rose hat, ähm, gesagt, dass ...« Mark Hopes Blick hatte den Fußboden der Lobby erreicht. Und blieb. Als fesselte ihn das, was er dort unten auf den weißen Fliesen sah, so sehr, dass er nicht mehr aufschauen konnte. »Ähm ... sie hat gesagt ... falls Sie nicht mitkommen zum Waisenhaus, will sie, ähm, die Scheidung einreichen.«

Max fluchte. Schnappte sich die Konferenzmappe aus Mark Hopes Hand. Lief hinaus. Hielt ein Auto an. Ramponierter Nissan, schwarze Scheiben, gesprungen. Er zeigte dem Fahrer die Adresse des Waisenhauses.

Der Kerl pfiff durch die Zähne. »Das ist ziemlich weit die Küste runter, auf dem Land. Ich muss in einer Stunde zu Hause sein, sonst würde ich Sie fahren. Mein Kind hat heute Geburtstag.« Er lächelte. »Am besten, Sie nehmen den Bus. Ich bringe Sie zur Haltestelle.«

Am Busbahnhof bahnte sich Max den Weg zwischen Großmüttern hindurch, die Blumen verkauften. Plastikeimer voller flammender Gladiolen. Max bestieg eine gelbe *Marschrutka*. Im Inneren blaue Samtgardinen mit Quasten. Und Heiligenbildchen. Die Heiligen waren vermutlich das Einzige, was den Kleinbus am Umkippen hinderte.

*

»Ariadne, wie alt bist du?«, fragte eine junge, bebrillte Freiwillige. Das scheue Lächeln des kleinen Mädchens ließ nicht nur ihr Gesicht leuchten, sondern ihr ganzes Wesen. Wäre sie eine Diva, hätte sie eine Bühne elektrisiert. So jedoch brachte sie nur den kleinen Raum zum Strahlen. Der Moment gehörte ihr, und sie war begeistert. Sie hielt ihre Finger hoch. Zwei.

Was für ein tolles kleines Mädchen!, dachte Max, als Rose seine Hand drückte. Nun stellte die Betreuerin einen dunkelhaarigen Jungen vor, jünger als Ariadne, mit einer dicken Geschwulst im Genick.

»Gott!«, sagte der Kleine mit rauer Stimme. »Verdammt!«

Max und Rose folgten den anderen nach draußen in den Korridor. Der Korridor hatte weder Licht noch Fenster und war ungewöhnlich hoch und schmal. Oder vielleicht wirkte er nur so schmal, weil er so hoch war. Die blaue Farbe blätterte von den Wänden.

Ihre Gruppe wurde von einer Psychologin geführt, die als Freiwillige im Waisenhaus half. Zu Grischas neuen Ideen der Bürgerbeteiligung gehörten Programme wie dieses, hatte Max auf der rumpligen Fahrt gelesen. Sie liefen an einem anderen Konferenzgrüppchen vorbei.

»Das Heim liegt nur fünfzehn Minuten vom Strand«, sagte die Freiwillige gerade. »Aber die Kinder haben uns erzählt, dass sie noch nie am Meer waren.«

Noch nie am Meer ... Max dachte an Dr. Hasenfuß. Ein Waisenhaus in Meeresnähe ... konnte es sein? Nicht sehr wahrscheinlich. Aber einen Versuch war es wert.

Er drückte Roses Hand. Sog den Blütenduft ihres Haars ein. Flüsterte: »Bin gleich wieder da!«

Im Obergeschoss fand er die Büros. Im Flur liefen die Matronen des Heims umher – verärgert, vor die Tür gesetzt. In den Büros blätterten junge Freiwillige in den Unterlagen. Unangemeldete Betriebsprüfung. Nach ihren düsteren Mienen und Kommentaren zu urteilen, fanden sie jede Menge Unregelmäßigkeiten.

»Sie bekommen jeden Monat staatliche Gelder für fünfhundert Kinder«, hörte Max, als er hereinschlenderte. »Aber wir haben vorhin nur fünfzig Kinder gezählt.«

»Die Hausmutter meint, sie könnte noch mehr Kinder finden, wenn sie sie sucht.«

»Was soll das bedeuten?«

»Wer weiß ...«

»Und sie beziehen Gehälter für fünfunddreißig Angestellte. In Vollzeit.«

»Ich habe nur fünf Erzieherinnen gezählt.«

Die Freiwilligen schüttelten angewidert die Köpfe.

Max öffnete einen Aktenschrank, als hätte Gott ihn dafür auf die Erde gesandt. Mit dieser direkten Vorgehensweise war er schon immer erfolgreich gewesen. Gesundes Selbstvertrauen machte eben fast alles möglich.

Er schaute nach Akten. Alte Eisenschränke mit Aufschriften. *2000–2005, 1995–2000.* Einige vergilbte Zettel, aufgeklebt und fast nicht mehr lesbar: *vor 91, vor 84, vor 74* – Max suchte und suchte. Las Namen um Namen, manchmal gab es kleine Schwarz-Weiß-Bilder, manchmal Zettel für Medikationen. Kinder und Kinder und noch mehr Kinder. All diese kleinen Leben, diese winzigen Schicksale. Er kam in den Sechzigern an und stöberte sich durch die Alphabete, schließlich eine Menge Papier unter »L«. Sein Blick fiel auf ein altes Formular. *Januar 1962. Alexej Iwanowitsch Lerner.* Max las weiter. *Entlassung vom ..., Übergabe durch ... Haus verlassen am ... Adoptiert von Familie Shturman.*

Die Daten passten. Alles passte. Max steckte das Formular in seine Jackentasche. Was für ein Glück, dass Rose ihn gezwungen hatte, hierherzukommen! Er war sich nicht sicher, was der Fund bedeutete oder wie er ihm nützen würde. Aber er hatte etwas verstanden: Ludwig Shturman alias der Löwe war vielleicht der biologische Sohn von Wanja Lerner alias der King.

Als Max ins Erdgeschoss kam, war Rose nicht zu sehen. Die Psychologinnen rauchten und unterhielten sich mit dem Busfahrer. Max folgte dem Labyrinth aus Korridoren zum hinteren Teil des Heims. Endlich, durch eine halb offene Tür, sah er Rose. Sie kniete neben einem Bettchen. Deckte Ariadne zum Mittagsschlaf zu. Auf der Rückfahrt schien die Straße noch schlechter zu sein. Durchsiebt von Schlaglöchern. Max dachte an das, was Homily ihm über Mephistos Ausschreibungen für Straßenbauprojekte erzählt hatte. Der Van war ungefedert. Jeder Stoß erschütterte alles von den Beckenknochen bis zu den Zähnen. Max nahm Roses Hand. Sie hatte Tränen in den Augen.

57

Das Wetter war umgeschlagen. Der Himmel über dem Stadtzentrum war bewölkt, perlmuttfarben. Dann brach die Sonne durch, ehe sie wieder im Dunst verschwand. Vielleicht lag es nur an den Hemden, an ihrem Ernteflair, aber ein Hauch von Herbst hing in der Luft. Als könnten sie es spüren, sackten die glänzenden Trauben aus Heliumballons ein wenig ab.

Max sollte Rose in zwanzig Minuten treffen. An der Potemkinschen Treppe.

Das hatte er Rose am Vorabend versprochen. Anders hatte er sie nicht dazu bringen können, dass sie wenigstens kurz zu weinen aufhörte und ihre Schlaftabletten nahm. Sie würden zusammen zu Mittag essen. Über alles reden. Kinder, Adoption ... Max hatte gesagt, dass sie sich ja einen Hund anschaffen könnten, doch daraufhin hatte Rose nur noch heftiger geweint. Max verstand das nicht: Rose liebte Hunde. Aber offenbar hatte ihr doch etwas anderes gefehlt.

Später, als Rose ihren künstlichen Schlaf schlief, lag Max neben ihr. Starrte im Dunkel an die weiße Zimmerdecke. Von nun an würde er alles anders machen. Er lauschte dem vertrauten, leicht ruckhaften Atem von Rose und schmiedete Pläne: Er würde Dunkirk sagen, dass er raus war aus dem Geschäft. Oder, nun ja ... er würde seinen Namen von der FORCE-ONE-Liste streichen lassen und Dunkirk dann sagen, er solle zur Hölle fahren. Die Vorstellung erfüllte ihn mit Freude. Gefolgt von einer scheußlichen, schwindlig machenden Angst.

*

In der Frühe ging Rose in den Spa des Gagarin. Danach meinte sie, die Augen noch geschwollen vom Weinen, dass sie ein wenig rausgehen wolle. An den Strand. Oder sich eine Massage gönnen. Jedenfalls müsse sie sich beruhigen, bevor sie reden konnten. Wieder zu sich finden. Max gab ihr recht. Als sie das weiße Zimmer verließ, war er erleichtert, die Zeit für sich zu haben. Er könnte ein bisschen was arbeiten ... Dann erinnerte er sich an seinen Entschluss von letzter Nacht. Seinen Namen von der Liste streichen. Fünfzig-Prozent-Teilhaber von Team Rushmore werden.

In Ordnung, dachte er. Er würde ins Zentrum fahren. Etwas Hübsches für Rose kaufen. Vielleicht ein Halstuch. Oder eine bestickte Tischdecke, natürlich Handarbeit. Mit federnden Schritten verließ er das Hotel und nahm ein Taxi.

Wieder der Französische Boulevard. Heute bei Bewölkung. Der junge Mann am Steuer drehte die Musik laut.

»Haben Sie das von Darth Vader gehört?«, fragte er.

Max kapierte nichts.

»Die Statue! Sie haben sie gestern Abend aufgestellt. Mitten im Zentrum. Total cool. Hab es mit meinen Kumpels gefilmt. Sie haben die Statue auf einen Lastwagen geladen und sind damit durch die Straßen gefahren.«

»Eine Statue von Darth Vader?«

»Genau! ›I am your father‹ und all das. Jedenfalls hatten die auf dem Laster Lautsprecher. Sie haben den *Imperial March* gespielt. Krass laut! Megageil.«

Das Auto bäumte sich auf, als sie ein Schlagloch trafen. Es geriet kurz ins Schleudern.

»Ist dieses Schlagloch neu?«, fragte Max.

Der Junge zuckte mit den Achseln. »Vielleicht. Die Statue hat angeblich das sicherste WLAN der Stadt. Passwortgeschützt, darknettauglich, mit allem Drum und Dran.«

Die Straßen im Zentrum waren voller Männer und Frauen in Wischiwankas, den traditionellen weißen Bauernhemden. Die Kragen und Bündchen waren bunt bestickt, um den Teufel fernzuhalten.

Max erinnerte sich an eine junge russische Politikerin, die er eines Nachts auf Ibiza kennengelernt hatte. Auf einer Dinnerparty. Sie schwankte – die Wirkung des spanischen Weins – und packte ihn plötzlich am Revers. »W-w-wussten Sie«, lallte sie »dasss ich mir jeeeede Region in der Ukraiiiine eingeprägt habe?«

Max verneinte.

»Jawollll, Missterr, zeigen Sie mir eine Wischiwanka, und ich sage Ihnen genau, aus welchem Dooorffff sie stammt.« Max schüttelte den Kopf. Er würde von nun an neue Erinnerungen sammeln. Bessere. Mädchen in historischen Reifröcken spazierten durch die Straßen und verkauften Süßigkeiten. Frauen in High Heels stolzierten vorbei, nur mit schenkellangen Wischiwankas bekleidet. Max hatte eine Erleuchtung. Kein Halstuch! Keine Tischdecke! Er würde Wischiwankas für Rose und sich kaufen. Im Partnerlook. Als Zeichen ihrer Verbundenheit. Um den Teufel fernzuhalten.

Zwanzig Minuten später, die Hemden unter dem Arm, ging er zum Treffpunkt. Er würde Rose die Potemkinsche Treppe erklären. Dass sie als Gleichnis des Lebens gebaut war. Eine Mischung aus Stufen und Absätzen. Stand man am unteren Ende, schien die Treppe aus hundert kleinen Stufen gemacht zu sein, die man eine nach der anderen hochsteigen musste. Doch wenn man oben ankam und auf die Treppe zurückblickte, waren die Stufen verschwunden. Alles, was man sah, war eine Handvoll breiter Absätze. Die großen Ereignisse. Das würde Rose gefallen.

*

Primorski-Boulevard. Der schönste Spazierweg im Zentrum, mit einer fantastischen, beinahe unverbauten Aussicht, beschattet von Kastanienbäumen. Die Blätter wurden schon orange. Alles leuchtete: das Meer, der Himmel, die Familien. Ein Regenbogen zeigte sich neben dem Hotel Odessa, ein Schandfleck am Hafen, erbaut in den späten Neunzigern. Ein blau verspiegelter Turm, den die Einheimischen gelernt hatten zu übersehen. Als die Fahrstühle vor ein paar Jahren mit Wasser vollgelaufen waren, hatte man das Hotel aufgegeben.

Max passierte einen ernst wirkenden Jungen, der aufs Meer blickte. Er trank aus einer Flasche Jack Daniel's, mit großen Schlucken. Max schaute genauer hin. Der Junge war nicht älter als zwölf.

»Bist du dafür nicht ein bisschen zu jung?«, sagte er. »Das ist nicht gut für dein Gehirn.«

Anstatt zu torkeln, zwinkerte ihm der Junge zu. »Keine Sorge, ist nur Tee. Allerdings ...«, seine Miene verdüsterte sich, »sind Sie bis jetzt der Einzige, der mich darauf angesprochen hat.« Er zeigte auf zwei Polizisten, die unweit von ihnen herumspazierten. »Wieder einmal sind die Schlüsse, die ich über Recht und Ordnung in dieser Stadt ziehen muss, äußerst negativ.«

»Verstehe«, sagte Max und ging weiter.

Er näherte sich der Potemkinschen Treppe, suchte die Menge ab. Dort war sie! Sie sah entspannt aus, ihre Schultern schimmerten. Sie lachte über etwas. Mark Hope?! Mark Hope erzählte Rose einen Witz. Unverschämt! Wie sein Gesicht strahlte, wenn Rose lachte! Max fühlte einen Druck in der Magengrube. Reiß dich zusammen, Maxiboy, du hast Mark Hope selbst gebeten, einen guten Massagesalon für Rose zu finden. Und sie anschließend zur Treppe zu bringen.

»Rose, by any other name ...!«, rief er in seiner Shakespeare-Manier und stellte sich hinter seine Frau. Umfasste ihre Schultern. Sog den Duft von Kokosöl ein. Waschpulver, Shampoo und etwas Herbes, das nur ihr gehörte. Beugte sich vor und küsste ihre Wange.

Nickte Mark Hope zu. »Danke, dass Sie den Tourguide gespielt haben«, sagte er. Schroff. Cool.

»Mark ist so toll!«, schwärmte Rose. »Er hat mir gerade erzählt, dass diese Treppe – wir sind sie eben hochgestiegen, und ich habe genau verstanden, was er meint – als Gleichnis für das Leben gebaut ist. Mit ihrem Wechsel von Stufen und Absätzen. Beim Hochsteigen sieht man jede kleine Stufe. Aber wenn man von oben zurückblickt, sieht man die Absätze. Die großen Ereignisse im Leben.«

Mark Hope errötete. »Das habe ich im Reiseführer gelesen.«

Max raste innerlich. Vor Wut. Oder Bedauern. Eben wollte er Mark Hope – als er in der Menge eine Stimme hörte, die er kannte.

»Du gehst dann zum Kai, oder?« Eine Brise trug die Stimme näher zu Max. »Das Ruderboot nimmst du dann, genau. Fahr mit denen raus ...«

Er erspähte ein Gesicht in der Menge. Schweinchenfeist. Eine Stupsnase und ein blaues Lämpchen im Ohr. Er erinnerte sich an das Versprechen, das er Felix' Großmutter gegeben hatte.

»Warte mal kurz, Rosie ...«, sagte er. »Ich bin gleich ...«
Dann tauchte er in die Menge. Das blaue Lämpchen steuerte auf die Tür des Londonskaja zu, ein lilafarbenes Nobelhotel. Die Tür drehte sich. Max folgte. Vorbei an den uniformierten Pagen. Die leicht verfallene Treppe hoch, zum ersten Stock. Den Korridor hinunter. Die alten Dielen knarrten unter seinen Füßen, als protestierten sie. Am Ende des Flurs nahm Max seine Kreditkarte, um eine Kunststofftür aufzubrechen. Die Treppen hinunter. Eine Frau in Yogahosen ging auf der anderen Seite vorbei. Max klopfte, er eilte zwischen den Säulen von Odessas exklusivstem Fitnessstudio hindurch, vorbei an den jungen Frauen, die hier arbeiteten – sie trugen enge, schwarze Miniröcke –, und durch die Eingangstür. Hinter dem Opernhaus kam er heraus.

Max schaute sich um. Ein blaues Lämpchen. Es stieg die Stufen zum Opernhaus hoch. Max ließ sich zurückfallen. Sah, wie Felix in die Deribasiwska-Straße einbog. Die Fußgängerzone war überfüllt wie nie. Max folgte Felix mit einigem Abstand. Vorbei an den Pferden, denen man Herzen ins Fell rasiert hatte. Vorbei an den Pferden, denen man Leopardenflecken ins Fell rasiert hatte. An drei Eseln, die als Schmetterlinge verkleidet waren. Vorbei an unzähligen Wischiwankas. Er sah an seinem verschwitzten Hemd herunter und zog eine der gekauften Wischiwankas über. Hoffte, dass sie den Teufel fernhalten würde.

Er passierte den Stadtgarten. Silberne und goldene »lebende Statuen«. Ein Brunnen, der in allen Regenbogenfarben erstrahlte. Jetzt war ihm klar, wohin Felix wollte.

Die Passage wirkte im Gegensatz zu der belebten Fußgängerzone ruhig. Die nackten Frauenbüsten unter dem Glasdach hoben die Arme zum Himmel, als wollten sie Max beschützen. Felix ging ins Café Delicious. Max blieb an einem Souvenirstand neben dem Café stehen und vertiefte sich in die Betrachtung bestickter Tischdecken und Wollsocken.

»Was?«, hörte er Rodion sagen. »Wieso?«
»Unser Kunde will sie dort haben. Sie ist schon an Bord.«
»Aber wozu? Was hat Sima mit der Sache zu tun?«
»Hör mal, Rodik. Wir müssen tun, was er sagt.«

Max konnte die Angst in Felix' Stimme hören.

»Es wird nichts Schlimmes passieren. Ich kümmere mich darum. Nach heute Abend wird alles anders. Wir bekommen ein richtiges Labor, mit richtigem Geld. Ich sage dir, mein Freund …« Jetzt meinte Max, in Felix' Stimme etwas Aufrichtiges zu hören. »Diese Technologie wird die Welt verändern. Die Welt wird ein besserer Ort sein.«

Max verbarg sich hinter einer rosa Säule. Die Worte von Felix' Großmutter kamen ihm wieder in den Sinn: »Der König liebt rothaarige Frauen.«

Dann dachte er an die arglosen Zeilen von Fimka Fischmann: *Patient X hat vor Kurzem erfahren, dass er eine erwachsene Tochter hat. Erbittet Rat für Kontaktaufnahme.*

*

Als Felix fort war, betrat Max das Café.

Rodion rief gerade jemanden an. Niemand ging ran. Er legte auf. Drehte sich zu Max und sagte: »Tut mir leid, mein Herr, wir schließen gerade … Oh, hi! Sorry, ich …«

»Sima ist in Schwierigkeiten«, sagte Max.

Rodions blaue Augen wurden groß.

58

»Alles hat angefangen«, sagte Rodion, »als Felix im Archiv die Anleitung gefunden hat.«
Er und Max saßen an einem der Cafétische. Über dem Glasdach stahl sich der Abend langsam herein. Rosa Licht, gemischt mit dem Rosa der Arkaden. Rodion nahm ein Gänseblümchen aus einer Vase. Zupfte ein weißes Blütenblatt ab.
»Felix hat mir die Anleitung gezeigt«, sagte er. »Ich habe Biologie studiert. Mir war sofort klar, dass ich etwas Besonderes in der Hand hielt. Ich habe Felix gesagt, dass ich es ausprobieren würde. Aber wir brauchten ein Labor und Ausrüstung. Nichts Teures. Felix ist gut im Fundraising. Er hat das Video gedreht, mit den Augäpfeln von Sima. Damit hat es angefangen. Ein amerikanischer Investor hat uns fünftausend Dollar geschickt. Und Felix hatte eine Idee.«
Er ließ die Blütenblätter auf den Tisch fallen.
Sie liebt mich, sie liebt mich nicht, dachte Max.
»Er kam zu mir ins Café und sagte: ›Rodik! Wer ist der berühmteste Mensch in Odessa?‹ – ›Grischa‹, habe ich gesagt. ›Genau!‹, sagte er. ›Grischa.‹« Rodion seufzte tief, wie mit existenziellem Bedauern. »Und Grischa ist dafür bekannt, dass er allen Leuten die Hand gibt, nicht wahr? Und seine Hand ist so charakteristisch. ›Simples Marketing‹, hat Felix gesagt, ›eine normale Hand würde sich verkaufen. Aber Grischas Hand? Das ist etwas Besonderes! Ein Markenzeichen! Ein Körperteil, den man überall auf der Welt wiedererkennt. Gottes Dolce & Gabbana‹, das hat Felix zu mir gesagt. Und er hat recht, nicht wahr?«
Max nickte bestätigend.
»Also sind wir zu einem dieser Bürgertreffs gegangen. Wo Grischa drei Stunden lang einem Haufen Babuschkas zuhört. Es war leicht, an seine DNA zu kommen.«
Nur noch zwei Blütenblätter waren übrig.
Sie liebt mich? Sie liebt mich nicht?

»Es hat funktioniert«, fuhr Rodion fort. »Das war das Verrückte. Ich habe die Grischa-Hand nachgezüchtet. Felix hat die fertige Hand mitgenommen. Mir hat er gesagt, dass er dem Kunden die Ware schickt. Hab nicht nachgefragt. Aber es muss geklappt haben. Im Handumdrehen haben wir noch mal fünftausend gekriegt. Ich habe experimentiert, mit Fingern, Zehen. Es hat Spaß gemacht. Aber Felix ist komisch geworden ... verschlossen. Als hätte er Angst. Und jetzt steckt Sima mit drin.«

Die Gänseblümchenblätter lagen auf dem Tisch. Nur die sonnige Mitte der Blüte war übrig.

»Das gefällt mir nicht«, sagte Rodion kopfschüttelnd. »Das gefällt mir überhaupt nicht.«

»Sollte es auch nicht«, sagte Max.

Rodion blickte Max fest an. »Was will dieser Investor von Sima?«

Max dachte wieder an Fischmanns Notizen. Für einen Mann wie den King war eine Entführung vermutlich ein probates Mittel, um seine Tochter kennenzulernen.

»Haben Sie die Hand noch?«, fragte er Rodion.

Rodion verneinte. »Ich war heute früh im Labor, um die Axolotl zu füttern. Die Hand ... war nicht mehr da.«

»Sie sind ein feiner Kerl«, sagte Max. »Machen Sie sich keine Sorgen. Ich versuche, auf Sima aufzupassen.«

Sein Blick fiel auf die zweite Wischiwanka. Was hatte er sich nur gedacht? Das Hemd war viel zu groß für Rose. Überhaupt nicht ihr Stil. »Überhaupt nicht«, sagt er plötzlich laut.

Als Rodion verdutzt schaute, zeigte Max auf das Hemd. »Ach, ich bin so ein Trottel. Versuche, meiner Frau einen Gefallen ... aber das hier, sie wird es nicht mögen.« Er warf es auf den Tisch.

»Was gibt es daran nicht zu mögen? Ich würde es ...«

»Bitte«, sagte Max.

Die Blütenblätter lagen verstreut auf dem Tisch. Max dachte an Simas veilchenblaue Augen, als sie von Rodion gesprochen hatte.

»Es geht mich nichts an«, sagte Max. »Aber ich denke, Sima liebt Sie.«

*

Max überquerte die Deribasiwska-Straße zum Stadtgarten. Er setzte sich auf eine Bank, neben ein eng umschlungenes Teenagerpärchen. Ein Straßenkünstler jonglierte vor ihnen. Im Hintergrund wechselten die Farben des Springbrunnens, wieder und wieder. Das Geräusch des Wassers war stetig. Ein guter Ort für einen Anruf.

»Sandy Jones«, sagte eine Stimme.

»Hi, Sandy«, sagte Max. »Jim Dunkirk hier. Ich hätte da eine etwas komische Frage an Sie.«

»Raus damit«, sagte Jones. »Wir Salamanderforscher sind der Meinung, dass es keine komischen Fragen gibt.«

»Okay. Also, ich habe mich informieren lassen und will wissen, ob ich das richtig verstehe: Wenn man den Axolotl-Code knackt, wäre es dann möglich, menschliche Körperteile zu regenerieren?«

»Kurz gesagt: ja. Aber wir sind noch längst nicht so weit.«

»Und kann es sein, dass jemand diesen Code schon geknackt hat? Sagen wir, in den Dreißigerjahren?«

»Keine Chance. Wir machen hier Genomsequenzierung. Das gibt es erst seit ein paar Jahren.«

»Verstehe. Klingelt etwas bei Ihnen, wenn ich ›mexikanische Nonnen‹ sage?«

»Na ja, da gibt es Geschichten«, sagte der Wissenschaftler, »wohl so ungefähr aus den Dreißigerjahren, aber die klingen doch eher mystisch ...«

»Raus damit, die möchte ich hören«, sagte Max.

»Okay, Partner. Da ist dieser See in Mexiko, am Arsch der Welt. In der Mitte lebte eine kleine Nonnengemeinschaft. Angeblich hatten diese Nonnen entdeckt, wie man einfache Gliedmaßen nachzüchten kann. Finger und Zehen. Irgendwann in den Fünfzigern kam etwas mehr raus, und da haben US-Pharmafirmen Vertreter dort hingeschickt, um die Anleitung zu kriegen.«

»Und, war was dran?«

»Haben nie was gefunden. Sonst wäre die Welt ja jetzt völlig anders.«

»Verstehe.« Max zögerte. »Also im Grunde sagen Sie mir, dass diese Nonnen nie im Leben herausgefunden haben können, wie man neue Körperteile erschafft?«

Eine lange Pause am anderen Ende der Leitung. Dann schließlich die Antwort: »Um ehrlich zu sein, Mister Dunkirk, ich als Wissenschaftler – ach, verdammt, ich als einfacher Mensch – würde sagen, dass nichts, und ich meine wirklich *nichts*, in dieser Welt unmöglich ist.«

Als Max aufgelegt hatte, starrte er eine Weile auf den Springbrunnen. Pink-grün-blau-gelb-pink, in der herabsinkenden Dämmerung. Max legte eine neue SIM-Karte ein und wählte.

59

Die Darth-Vader-Statue war wahrlich beeindruckend in der Dunkelheit: riesig, massiv, düster. Zu Füßen des großen Dark Lord of the Sith stand Joe Homily, klein wie ein Zwerg. Seine weißen Socken leuchteten. Helle Punkte in der Nacht. Es war kühl, und die Stadt fühlte sich anders an. Einsamer, trauriger. Als wäre der Sommer vorüber und käme nie mehr zurück. Max drückte Homily die Hand. Gemeinsam bewunderten sie die schwarz lackierte Bronze.

»Das war mal Lenin«, sagte Homily. »Aber als der Zuckerbaron die Entsowjetisierung öffentlicher Denkmäler verkündete, hat einer der hiesigen Oligarchen die Statue gekauft und einschmelzen lassen. Der Kerl ist eine typisch ukrainische Erfolgsstory. Hat mit Kreditkartenbetrug im Internet Millionen verdient.«

Die Männer entfernten sich langsam von der Statue.

Schließlich sprach Homily weiter. In seinen Augen lag ein Flehen, das Max nicht verstand. »Max. Bist du wirklich sicher, dass du das tun willst?«

Max nickte.

»Die Wodka-Option – ich meine, wenn er es wirklich ist … er wird dich töten, wenn du verlierst.«

Max sah ihn an. »Joe, ich bin mir sicher.«

Homily seufzte. »In Ordnung. Meine Frau hat mir eine Nummer gegeben. Lass uns zurück zur Statue gehen, uns ins Darknet einloggen. Dann rufe ich an.«

»Du weißt noch, was du sagen musst?«

»Du hast wichtige Informationen über sein Kind«, sagte Homily. »Und du willst Grischas Hand.«

»Korrekt.«

Das Licht einer Straßenlaterne sammelte sich in Homilys dunkelbraunen Augen, sodass Max in sie hineinschauen konnte wie in zwei dunkle Seen.

»Max«, sagte Homily, »was zum Teufel soll das Ganze? Es klingt wirklich abenteuerlich. Sogar für dich.«

Max schaute noch einen Moment in die zwei dunklen Seen. Dann schüttelte er den Kopf. »Joe, es ist besser, wenn du nichts Genaueres weißt.«

Im Schatten der Statue hockten junge Leute wie emsige Tauben. Sie beugten sich über iPhones, iPads, Laptops. Gott allein weiß, was sie vorhaben, dachte Max. Schließlich war die Ukraine das Land der Darknets.

DO YOU WANT TO JOIN THE DARK SIDE? YES/NO stand auf dem Display von Homilys Telefon. Homily wählte *YES*.

»Warte«, sagte Max. »Bist du sicher, dass du das für mich tun willst? Ich will nicht, dass du Ärger bekommst.«

Homily nickte. Wählte. Ging ein paar Schritte weg. Nickte. Redete. Nickte. Legte auf.

Nun war alles in die Wege geleitet. Heute Abend würde Max sich vom »Abschiedsessen mit Tanz« im Wolgasaal der *Faszinierenden Inna* wegstehlen. Dann würde er den King treffen, im Boomerang-Raum der *Inna*, wo der King, falls Max die Wodka-Option überlebte, ihm eine Audienz gewähren würde.

Max und Homily verabschiedeten sich. Homily hielt Max' Hand in seiner eigenen schwitzigen Hand ein wenig länger als nötig.

*

Max musste nur noch einen Anruf machen. Er hatte das nagende Gefühl, dass ihn jemand beobachtete. Er verschwand in der Toreinfahrt eines bröckelnden Hauses, das von zwei Karyatiden beschützt wurde. Hier konnte ihn niemand sehen. Er rief Krook an. Stellte sich vor, wie der Kommissar den altmodischen Hörer auf der Schulter balancierte, während er sich einen Drink eingoss.

»Er ist auf der *Inna*«, sagte Max.

Dann erklärte er kurz und bündig seinen Plan für den Abend. Die Wodka-Option, sagte er Krook, sei für halb elf angesetzt. Max hörte Krook scharf Luft holen.

»Rushmore, haben Sie sich das gut überlegt? Die Wodka-Option ... Sie werden höchstwahrscheinlich verlieren. Und danach, wenn es wirklich der King ist und auf unserer Seite irgendwas schiefgeht ...

Es ist Sommer, Ferienzeit, es wird schwer sein, so kurzfristig ein anständiges Kommando zusammenzutrommeln. Ich schätze, ich komme nur mit einer Handvoll Dummköpfe an Bord. Max, was Sie da tun, ist gefährlich.«

»Ich habe mich entschieden«, sagte Max. »Sagen Sie mir: Wem gehört die *Inna*?«

Krook seufzte ins Telefon. »Offiziell ein paar Waffenhändlern. *Legalen* Waffenhändlern. Nette Jungs.«

»Verstehe«, sagte Max. »Legale Waffenhändler könnten es sich aber nicht leisten, eine so große Jacht mit Gold zu verkleiden.«

»Genau. Wir wissen nicht, wem die *Inna* wirklich gehört. Aber es gibt ein Gerücht, dass es ein Oligarch sein könnte, der in der sowjetischen Handelsmarine gedient hat. Auf der *Maxim Gorki*.«

Max erschrak.

Krook fuhr fort: »Er soll jede Minute an Bord gehasst haben. Und als er später zu Geld gekommen war und die *Gorki* zum Verkauf stand, hat er sie gekauft. Und vergolden lassen. Sie zu seiner Luxusjacht gemacht.«

»Wer vermietet die Suiten? Die Waffenhändler?«

»Ja«, sagte Krook. »So scheint es. Sie wollen sich ein bisschen was dazuverdienen. Eine Art schwimmendes Hotel. Scheint gut zu laufen. Jeden Tag werden Früchte und Kaviar auf die *Inna* geliefert. Auch ihr Botschafter, McClellen, hat da eine große Party an Bord veranstaltet.«

»Vielen Dank, Krook«, sagte Max. »Wir sehen uns später.« Und dann, in Erinnerung an sein Telefonat mit Sandy Jones, dem Axolotl-Forscher, fügte er hinzu: »Ich will Ihnen nicht zu viel Hoffnung machen. Aber diese Nacht könnte weltbewegend werden.«

»Was immer Sie sagen, Rushmore. Fangen Sie sich keine Kugel ein!«

*

Oh, das gefiel Mister Smiley ganz und gar nicht! Die kleine Barkasse mit den Vorräten an Bord schaukelte in der Dunkelheit. Schwarze Nacht, Schwarzes Meer. Vor und zurück, vor und zurück und wieder von vorn. Einfach furchtbar. Der Kater zischte vor Ärger, als eine Gischtwelle über das Deck schoss. Er war noch nie auf dem Meer gewesen. Nun, es war wichtig, sich neuen Herausforderungen zu stellen. Besonders, wenn man älter wurde. Manche Katzen lernten Sudoku. Aber eine Seefahrt! Schätzungsweise war das äußerst gesund für die Hirnsynapsen, für das Jungbleiben. Doch es war unangenehm. Überall Salz! Das Fell wurde störrisch davon.

Um sich abzulenken, dachte Mister Smiley an Fledermäuse. Eine Fledermaus! Ja, das war ein feines Tier. Radar – absolut genial. Wäre Mister Smiley (was Gott verhüten möge) keine Katze, könnte er sich mit der Vorstellung anfreunden, eine Fledermaus zu werden …

Die Barkasse machte einen Ruck und fuhr nicht weiter. Mister Smiley hörte Schritte und menschliches Ächzen. Jemand schien das Boot an die Jacht zu binden. Endlich. Mister Smiley sah die hell erleuchtete Seitenwand des großen Schiffs.

Der Gestiefelte war ein guter Leutnant. Er hatte die Jacht von vorn bis hinten ausspioniert. In letzter Minute hatte Mister Smiley seinem Sohn Wladislaw aufgetragen, Miss Kitty eine Nachricht zu senden. Eine extra Vorsichtsmaßnahme. Es war das erste Mal, dass Mister Smiley seinen Sohn mit solch großer Verantwortung betraute.

Der Kater duckte sich, bereit, jeden Moment aus seinem Versteck zwischen den Gemüsekisten zu springen. Dann, sofern eine Katze das vermochte, grinste Mister Smiley: Er hatte achtgegeben, wo die Kiste mit dem Kaviar stand. Sobald man sie an Bord der Jacht gebracht hatte, würde er sich stilgerecht laben. Danach würde er sich an die Arbeit machen.

60

Max schaffte es gerade noch rechtzeitig zum Kai für den letzten Transfer zur *Inna*. Die Nacht schien sich noch mehr zu verdüstern. Als würde ein Sturm aufziehen. Er stand Schulter an Schulter mit den anderen Männern in grauen Anzügen, als das kleine Boot über die unruhige See schaukelte.

Sie gingen von Bord und betraten über einen kleinen Seitensteg die Jacht. Stiegen drinnen eine breite Treppe hoch, unter dem unglaublichen Kristallleuchter vom Magazinfoto. In Wirklichkeit sah er kitschig aus. Ein Schwall Pailletten.

Der Wolgasaal war kürzlich neu dekoriert worden, in stilvollem Blaugrau. Ein Schild am Eingang, beim Büfett, informierte darüber, dass als *Special Guest* des Abends die legendäre Band Die Zeitreisenden aus St. Petersburg auftreten würde. Max war für einen Moment von seinem Plan abgelenkt. Die Zeitreisenden war eine der wichtigsten Underground-Rockbands in Leningrad gewesen. Philosophische Dichter, die, so meinten manche, so starke Texte schrieben, dass sie halfen, das kommunistische Regime zu stürzen. Max hatte sich schon immer gewünscht, die Band einmal live zu sehen …

Nicht ablenken lassen, Maxiboy!

Im Saal waren die üblichen grauen Anzüge versammelt. Blaugraue Tischdecken, blaugraue Blumengestecke. Wo war Rose? Max sah auf die Uhr. Sein Timing war gut. Genug Zeit, aber auch nicht zu viel. Er holte tief Luft. Nahm ein Glas Wasser von einem der Tabletts. Dachte an Trilbys Rat: »Sie müssen es in Ihrem Körper *spüren*!«

Die Band stimmte ihre Gitarren. Als sie den ersten Song spielten, schlenderte Max vor zur Bühne. Die Musiker hatten graue Haare bekommen, natürlich. Aber sie wirkten vital. Dank ihrer unangepassten Texte lebten sie unter dem derzeitigen Regime in Russland wieder gefährlich.

Da war blinkte etwas Weißes. Ein blonder Zopf, ein weißes Hemd, das Max bekannt vorkam. Rodion. Wo war er hin? Alle

Kellner trugen traditionelle ukrainische Wischiwankas. Max war froh, dass er sich noch einmal umgezogen hatte.

Der Sänger der Zeitreisenden stimmte einen der größten Hits der Band aus den Siebzigern an. *Die Zeit ist ein Feld, über das du gehen kannst.* Max beobachtete ihn fasziniert. Die grauen Männer ringsum nahmen keine Notiz von der Band, keiner unterbrach auch nur für einen Moment sein langweiliges Gespräch. Banausen, dachte Max. Der nächste Song war eine Coverversion. Das Original stammte von einer anderen Untergrundband. Ein Riesenhit aus den Achtzigern. *Gertrude.* Der Sänger ging dicht ans Mikrofon und schmachtete: »Trink den Wein nicht, Gertrude! Trink den Wein nicht!« Max riss die Augen auf. Er hatte eine Erleuchtung. Trink den Wein nicht! Und nicht den Wodka! Aber natürlich! Das war der Schlüssel! Plötzlich schien es Max, als könnte sein halb garer Plan aufgehen. Doch zuerst musste er Trilby finden. Er ging suchend durch den Saal. Graue Männer, graue Anzüge, Cocktails, Cocktails, Cocktails … Wo war Trilby?

»Ist schon seltsam«, hörte er einen Einheimischen sagen, »dass eine Anti-Korruptions-Konferenz ihren Abschiedsabend an einem Ort wie diesem abhält …«

»Wir kommen ja sonst nie hierher«, fügte sein Freund hinzu. »Dieses Schiff ist der oligarchischste Ort in der ganzen Stadt …«

Dort in der Ecke. Rose, in einem tief ausgeschnittenen Kleid. Im Gespräch mit einem älteren Amerikaner, dessen Gesicht wie ein totes Tier aussah.

»Ich habe in Donezk einige dieser hochanständigen Burschen persönlich ausgebildet«, sagte der Mann.

Oh Gott, dachte Max. Arme Rose. Er müsste sie retten … doch dafür war keine Zeit …! Mark Hope kam ihr zu Hilfe. Rose lächelte erleichtert. Sie stellte Mark Hope vor.

Der Armeetyp nickte kurz und redete weiter, als wäre Mark Hope nicht da. »Ich kann Ihnen versichern«, sagte er und beugte sich verschwörerisch über Roses Dekolleté, »man muss vor Ort sein, um Entscheidungen zu treffen, über, sagen wir, Waffenlieferungen …«

Max entfernte sich. Suchte die runden Tische ab. Überall Fisch, Mayonnaise, Roastbeef-Scheibchen. Blaugraue Kerzen. Wo steckte Trilby?

»Max!« Das war Rose.
»Hi, Sweetie, ich muss ...«
»Jaja, ich weiß.« Ihre Augen wurden schmal. »Du arbeitest.«
»Das stimmt wirklich ...«
»Natürlich. Ich wollte dir nur etwas sagen, bevor ich es wieder vergesse: Dein Arzt hat angerufen. Deine Laborbefunde wurden verwechselt. Du hast gar keine Katzenallergie.«
»Wow, das ist großartig ...« Max erspähte Trilby. »Ich muss los, Darling!«
Er ging schnurstracks auf Trilby zu, der gerade in ein Gespräch mit dem Botschafter einer Olivenölnation aus der EU vertieft war. Der pries die Vorzüge von Olivenöl im Vergleich zu Sonnenblumenöl in epischer Breite. Max zog Trilby beiseite.
»Alan? Ich brauche Sie.«
»Mein lieber Maxwell, es tut mir leid, ich kann Ihnen wirklich keine Stelle verschaffen. Das wissen Sie, man muss da einfach bestimmte Kanäle ablaufen.«
»Das ist es nicht ...«, begann Max.
Doch Trilby schnitt ihm das Wort ab. »Ihre reizende Frau hat mich bereits gefragt, ob ich Ihnen helfen kann, in Ihrer ... Lage. Aber, mein Bester, da sind meine Hände leider gebunden.«
Max durchfuhr eine Welle von Unmut. Rose versuchte, ihm einen Job zu verschaffen? Dann durchfuhr ihn Freude. Rose versuchte, ihm einen Job zu verschaffen! Aber dafür war jetzt nicht der Moment ...
»Hören Sie, Alan. Ich brauche Sie. Jetzt sofort. Es gibt einen Wettbewerb, und es steht viel auf dem Spiel. Sehr viel sogar. Sie sind der Einzige, der mir helfen kann.«
Trilby grinste unter seinem Filzhut und blinzelte durch seine Brille. »Maxwell Rushmore, sagen Sie da, was ich zu hören meine?«
»Kommen Sie, ich erkläre Ihnen alles unter vier Augen.«
»Mein lieber Freund, geben Sie etwa zu, nach all den Jahren, dass ich Sie unter den Tisch saufen kann?«
»Alan! Das war doch schon immer klar. Sie sind der Beste! Kommen Sie jetzt, um Himmels willen!«
Trilby lächelte geschmeichelt. Er zog seinen Hut ein Stückchen tiefer ins Gesicht und folgte Max.

Auf dem Weg aus dem Saal kamen sie wieder an Rose vorbei. Der Armeetyp klebte an ihr. »Verstehen Sie mich nicht falsch, ich liebe Frauen«, sagte er mit seinem Tiergesicht. »Wenn ich eine Frau wie Sie zu Hause hätte, ich würde ihr zu Füßen liegen und sie anbeten.« Max fluchte. Er sollte wirklich dazwischengehen. Doch Mark Hope bewachte Rose, ließ sich nicht abschütteln. Rasch winkte er den Praktikanten zu sich.

»Mark, bitte kümmern Sie sich um Rose. Sorgen Sie dafür, dass sie gut zurück ins Hotel kommt. Schlafen Sie in ihrem Zimmer. Nicht mit ihr. Sondern auf dem Fußboden. Bitte.«

Mark nickte. »Aye, aye, Captain.«

*

»Seine Jacht vergolden!«, sagte Trilby, als die beiden Männer ihr Vier-Augen-Gespräch in einer Nische vor dem Wolgasaal beendet hatten. Max hatte alles so schnell wie möglich erklärt. Die bevorstehende Wodka-Option schien Trilby förmlich zu berauschen. »Wirklich gewagt, die Vergoldung. Obwohl sie vielleicht nicht vom allerbesten Geschmack zeugt.«

»Viel Glück, Alan«, sagte Max.

»Oh«, sagte Trilby. »Mit Glück hat das absolut nichts zu tun.« Er steckte sich seine kalte Pfeife zwischen die Lippen und lief los, den Flur hinter. In Richtung Boomerang-Raum.

Max wandte sich wieder der Musik im Wolgasaal zu. Der blonde Zopf mit der Wischiwanka kam direkt auf ihn zu.

»Rodion! Was zum Teufel machen Sie hier?«

Der junge Mann grinste. »Mein Kumpel ist für das Catering verantwortlich. Er hat mir gesagt, wie ich an Bord komme.«

»Verstehe.«

»Ich will mit dabei sein, schicken Sie mich nicht weg. Lassen Sie uns Sima retten.«

Max blickte in die entschlossenen blauen Augen. »Einverstanden. Folgen Sie mir.«

Dann, anstatt denselben Weg wie Trilby zu nehmen, gingen Max und Rodion durch einen Servicebereich. Aus halbem Weg hielt

Max an. Befühlte mit den Fingern die Wand. Zog einen Korkenzieher aus der Jacke, den er vom Büfett geklaut hatte. Schnitt damit die Tapete auf, legte den Umriss einer Tür frei. Suchte den Knauf, der zur Tür gehörte. Die Tür ging auf. Sie führte zu einer kleinen Küche hinter dem Boomerang-Raum.

Max war zwar nie zuvor an Bord der *Faszinierenden Inna* gewesen, doch als sie noch die *Maxim Gorki* war, hatte er 1996 sechs Wochen als Schiffsjunge hier gejobbt.

61

Trilby – so erzählte er es später – wurde von einem bewaffneten Wachmann empfangen und in den Boomerang-Raum geführt; früher war es die Kapitänskabine – unverändert seit der Jungfernfahrt der *Maxim Gorki* im Jahr 1969.

»Denken Sie an, oh, ich weiß nicht, *Octopussy*, und Sie haben eine ziemlich gute Vorstellung von der Ausstattung«, prahlte Trilby gern. Dort, in einer ausschweifend eingerichteten Lounge mit roten und braunen Teppichen, fand er sich einem »kleinen, alten Mann« gegenüber.

»Nun«, pflegte Trilby zu sagen, »nicht ›klein‹ an sich. Aber ausgetrocknet. Leer gepumpt. Schmaler, als er war – wenn Sie wissen, was ich meine.«

Jedes Mal hingen die Zuhörer an Trilbys Lippen. Immer die gleichen Typen: ein Haufen junger Männer, denen noch nicht klar war, dass diese vergleichsweise glamouröse Laufbahn keine Zukunft versprach, dass sie besser an der Wall Street arbeiten sollten oder als Lobbyisten in die Politik gehen, falls sie irgendeine Art von Jobsicherheit anstrebten. Sie waren allesamt zu jung, um *Octopussy* gesehen zu haben. Nichtsdestotrotz lauschten sie atemlos, wenn Trilby seine Story in den kommenden Jahren zum Besten gab.

»Als ich näher trat, rollte der Alte seinen Hemdsärmel auf. Langsam, sehr langsam. Und …«, hier machte Trilby eine Pause, »was bekam ich zu sehen?«

Egal, ob es eine Hotellobby in Minsk oder in Devonshire war – an diesem Punkt der Geschichte schaute Trilby jedem der jungen Männer, die sich um ihn geschart hatten, tief in die Augen, bevor er sagte: »Ich sah ein Tattoo. Ein blaues Tattoo. Im Gefängnis gestochen, selbstredend. Mit einer heißen Nadel und Schuhcreme. Ein böses Auge. Nur von den höchsten Verbrecherbossen getragen. Weshalb ich«, pflegte er fortzufahren, »beschloss, mit Bedacht vorzugehen.«

Alan Trilby schickte sich an, alle in ihn gesetzten Erwartungen zu erfüllen. Und mehr. Als er am Tisch Platz nahm, war er bereit. Er hatte ein Leben lang trainiert. Und er besaß das gewisse *Je ne sais quoi*. Der King kippte ein Sto-Gramm-Glas Wodka. Trilby tat es ihm gleich. Dann wieder der King. Dann wieder Trilby. War die Flasche leer, brachte ein schwarz gekleideter Mann eine neue. Der King trank. Alan Trilby auch. Und so weiter und so fort.

*

Unterdessen hockten Max und Rodion Seite an Seite in der kleinen Küche. Sie warteten. Und lauschten. Im Nebenraum ging das Anstoßen weiter. Ohne Pause. Bis Max schließlich ein leises Aufprallen hörte. Sein Herz machte einen Satz.

»Mein lieber Sir!« Das war Trilby.

Max atmete auf. Er roch die Minzpastillen.

»Ja, Mister Rushmore?« Eine raue Stimme.

»Ich bedaure zu… zutiefst, Sie darauf aufmerksam machen zu müssen, aber Ihr Schädel hat soeben die Tischplatte berührt. Geben Sie auf?«

»Wie Sie sehen können, bin ich schon wiederhergestellt. Ich bin nicht mehr der Jüngste. Aber das spielt keine Rolle. Fahren wir fort.«

Sie tranken auf Russland.
Sie tranken auf Odessa.
Sie tranken auf die Ukraine.
Sie tranken auf die Brüderlichkeit.
Sie tranken auf den Grafen Tolstoi.
Sie tranken auf den Krieg.
Sie tranken auf den Frieden.
Sie tranken auf *Krieg und Frieden*.

Dann hörte Max Trilbys Stimme. Ruhig. Genau im richtigen Moment. »Mister Lerner«, begann er, »falls Sie die Anrede gestatten. Ich habe gehört, dass Sie einen – wie sag ich's – *Zwischenfall* provozieren wollen. Morgen, nach dem Fußballspiel.«

Keine Antwort, nur ein neues Anstoßen der Gläser.

Max lauschte gespannt. Trilby befolgte all seine Instruktionen. Doch nun erschien Max das Risiko mit einem Mal unverschämt hoch.

»Ich kann verstehen«, hörte er Trilby, »dass ein Mann wie Sie ein solches Vorhaben plant. Grischa hat Sie ruiniert, aus Georgien verbannt, Ihre Geschäfte zerstört. Sie wollen sich rächen. Ein Tumult, ein Bürgerkrieg, gewiss, dann marschieren die Russen ein ... Nun, das wäre das Ende für Grischa, nicht wahr?«

Ohrenbetäubende Stille.

Dann fuhr Max beinahe aus der Haut: Neben ihm saß eine Katze. Ein fetter, schmutziger Kater. Mit graufleckigem Fell und einer grässlichen Narbe quer im Gesicht. Auch er schien die Ohren zu spitzen, um die Ereignisse im Nebenraum zu verfolgen.

Plötzlich ein tiefes Grollen. Schritte von Menschen. Oh nein. Das war schlecht, sehr schlecht.

Max bedeutete Rodion, sich nicht vom Fleck zu rühren. Er selbst kroch unter dem Tresen der kleinen Küche hindurch. Er war jetzt im Boomerang-Raum. Versteckt hinter einem samtbezogenen Sessel, hinter dem er ab und zu vorlugen konnte. Der Raum war nur schwach beleuchtet. Nach draußen ging ein großes Fenster, der Stadt zugewandt. Fern funkelnde Lichter.

Ein Wachmann mit Kalaschnikow betrat den Raum, gefolgt von drei Personen. Die erste war wohlgenährt, mit einem blauen Lämpchen im Ohr. Felix. Dann kam eine hübsche Rothaarige, in rosa Minirock und Turnschuhen. Sima. Dann – Max schluckte. Ein großer, ungepflegter Mann. In einem verblassten Polohemd und Sandalen.

Die raue Stimme klang siegessicher: »Mister Rushmore. Wie Sie sehen, wurden Sie verraten. Zum Glück entstammt Joe Homilys Frau der Familie eines alten Partners von mir. Aber auch ohne ihn habe ich erfahren, dass Sie eine Art Söldner sind. Dass die CIA nicht hinter Ihnen steht. Dass Sie viel wissen – zu viel – und dass niemand Sie schützt. Niemand weiß, dass Sie hier sind! Deshalb hielt ich es für eine gute Idee, Sie heute Abend an Bord kommen zu lassen. Sie kennen noch nicht die ganze Geschichte. Das heißt, Sie konnten sie auch noch niemandem von Gewicht anvertrauen, Ihr mickriges Halbwissen, Mister

Rushmore, wird keine Früchte tragen. Und das wiederum heißt, dass meine Männer Sie nach unserem kleinen Wettbewerb hier – bei dem Sie sich, das muss ich zugeben, erstaunlich gut schlagen – erschießen und über Bord werfen können. Falls im Schwarzen Meer noch Fische schwimmen, was ich bezweifle, so werden sie Sie auffressen.«

In größter Anspannung harrte Max hinter dem Sessel aus. Gleich würde Homily dem King mit Blick auf Trilby sagen: »Das ist nicht Max Rushmore.« Und dann wären sie alle so gut wie tot. Keine Zeit mehr für einen Plan B.

Doch zu Max' Überraschung sagte Homily: »Hi, Max.«

»Grüß dich, Joe«, sagte Trilby.

»Tut mir sehr leid«, sagte Homily.

»Ich verstehe vollkommen«, sagte Trilby.

Sima flüsterte Felix zu. »Was läuft hier?«

Max hörte wieder die raue Stimme. Sehr Furcht einflößend jetzt.

»Mister Rushmore, ich war mir sicher, dass unser Wettbewerb längst beendet wäre. Ich habe Ihre Ausdauer unterschätzt.«

Trilby senkte den Kopf nur leicht.

»Aber Sie sind ein toter Mann. Deshalb ist es völlig egal, was Sie jetzt hören. Wir wollen uns«, sagte die raue Stimme, »ein wenig Zeit nehmen für die schönen Dinge des Lebens. Sima, mein liebes Mädchen, wir werden endlich zusammen sein!«

»Wovon reden Sie?«, fragte die junge Frau.

Max meinte, in der Ferne Schritte zu hören. Krook? Das Geräusch erstarb. Kein Krook. Wo blieb er nur? Er musste bald da sein. Plötzlich war Rodion neben Max, hinter dem Sessel. Mist. Hoffentlich würde der Junge nichts Dummes tun. Dann entschied Max, dass er das Risiko nicht eingehen durfte. Rodion war ein heißblütiger Typ; keiner konnte voraussagen, wann er sich einmischen würde. Max streckte die Hand aus und drückte mit zwei Fingern auf den Hals des jungen Mannes. Überraschung stand ihm in den Augen. Dann sackte er zusammen. Max entschuldigte sich tonlos bei ihm. Aber in zehn, fünfzehn Minuten wäre der Junge wieder fit. Bis dahin würden Krook und seine Männer an Bord sein, und alles wäre vorbei.

Max musste nur sicherstellen, dass vorher nichts Schlimmes passierte. Keine Schießerei, keine Kämpfe, kein Töten.

Der King redete weiter: »Meine liebe Sima, ich bin dein Vater.«
Sima schien vor Schreck zu erzittern. »Das kann nicht ...!«
Armes Mädchen, dachte Max. Es gab ein Handgemenge, und als Max wieder hinter dem Sessel vorlugte, sah er, dass der Wachmann mit der Kalaschnikow Sima beide Arme auf den Rücken gedreht hatte. Brutaler Kerl.
»Komm her«, sagte der King. »Komm zu mir, mein Liebling.«
Max nutzte den Moment, um hinter einen anderen Sessel zu kriechen. Von hier aus konnte er die anderen besser beobachten.
Der Wachmann führte Sima zum King. Der King nahm seine Augenklappe ab.
»Was?«, fragte Sima.
»Ganz genau«, sagte der King. »Ich habe exakt dasselbe Muttermal wie du. Ein schwarzes Herz. Unter meinem linken Auge. Glaubst du mir jetzt?«
Sima rührte sich nicht.
Der King wandte sich an Trilby: »So viel dazu. Zurück zu Ihrer Frage. Natürlich haben Sie absolut recht, Mister Rushmore. Ich habe eine ganz wunderbare Idee, wie ich Grischa vernichten kann. So wunderbar, dass Sie mir nicht glauben werden. Und so wunderbar, dass Sie, würden Sie diese Nacht überleben ... nun: Jedes Land der Welt würde Sie einstellen wollen, wenn Sie denen berichten könnten, was Sie gleich sehen werden.«
»Ich bezweifle, dass das stimmt«, murmelte Trilby.
Der King bellte Felix an: »Gib mir die Hand.«
Max hatte Trilby nichts von der Hand gesagt. Es hätte zu unglaubwürdig geklungen. Nun sah er, wie Felix dem King eine Plastiktüte überreichte. Der King griff hinein. Alan Trilbys Augen wurden groß, als der King eine vollständig entwickelte Männerhand aus der Tüte zog, auf ihr der berühmte weinrote Fleck in Form des Staates Florida.
»Die erkennen Sie wohl«, sagte der King.
Er legte die Hand auf den Tisch und schaute die Anwesenden an. Trilby nahm seinen Hut ab, wischte sich über die Stirn, rieb sich die Augen.
»Das ist Schicksal. Mein Vater ...«, er sah zu Sima hinüber, »dein Großvater, hat eine Technologie erfunden, wie man Körperteile

nachzüchten kann. Er wollte die Menschheit retten. Zuerst die Sowjets. Zum Dank dafür haben die ihn erschossen. Ich war noch ein Junge. Bevor mein Vater abgeholt wurde, bat er mich, seine Notizen zu verstecken. Das tat ich. In einem alten Buch von meiner Mutter, in der Synagoge. Später, als die Besatzung vorbei war, wollte ich das Buch wiederholen. Die Sowjets haben aus der Synagoge ein Archiv gemacht. Die Aufzeichnungen meines Vaters waren irgendwo dort verschollen. Eine Nadel im Heuhaufen.« Er hielt inne.

»Mein Vater ist auf See umgekommen!«, rief Sima plötzlich.

»Angelina war schon immer eine kleine Lügnerin«, erwiderte der King. »Sie hat dir verschwiegen, dass es mich gibt. Aber ich werde sie nicht dafür bestrafen. Vermutlich hat sie mich wirklich für tot gehalten! Trotzdem: Ehe wir beide davonsegeln, muss ich noch eine Sache erledigen, hier in Odessa.« Er strich über die Hand, die vor ihm auf dem Tisch lag.

Nun meldete sich Trilby zu Wort. »Was haben Sie damit vor?«

»Ganz einfach«, sagte der King. »Morgen nach dem Fußballspiel, wenn die Pro-Ukrainer und die Pro-Russen sich zu prügeln anfangen, werde ich Grischas Hand in der Menge erscheinen lassen. Das wird einen Aufruhr auslösen. Grischa wird die Kontrolle über die Stadt verlieren. Vielleicht bricht sogar ein Bürgerkrieg aus. Eine Demütigung für Grischa. Das wird sein Ende, ein für alle Mal. Aber da«, wandte er sich an Sima, »sind wir zwei schon weit fort.«

»Ich gehe mit Ihnen nirgendwohin«, sagte Sima.

»Doch, das wirst du. Du musst wissen: Ich habe mein einziges Kind verloren, meinen Sohn. Aber nun habe ich dich.«

Max zuckte zusammen: Der Kater saß wieder neben ihm. Was wollte er hier? Egal: Max wusste jetzt, was er zu tun hatte.

Doch bevor er seinen Plan ausführen konnte, hörte er Trilby sagen: »Mein lieber Mister Lerner!«

Trilby war aufgestanden und hatte dabei in seinen Filzhut gegriffen, der auf dem Tisch lag. Nun hielt er eine winzige Pistole auf den Kopf des alten Mannes gerichtet. Ein Mini-Colt von 1873. Ein Geschenk für Wyatt Earp. Also hatte Trilby doch nicht widerstehen können ...

»Vielen Dank für Ihre Ausführungen. In ein paar Minuten wird die Polizei von Odessa an Bord sein. Soweit ich weiß, beobachten

die Beamten Sie schon eine Weile. Also, wenn Sie nun bitte alle die Ruhe bewahren ...«
Der Samtvorhang hinter Trilby wurde beiseitegeschoben. Ein weiterer Wachmann. Er schlug Trilby mit dem Gewehrkolben. Max' Kollege stand reglos, dann plumpste er hin.
Max wollte aufstehen, als ein hoher, gellender Schrei die Lounge erschütterte. Eine groß gewachsene, sehr hübsche Rothaarige im roten Glitzerrock stolzierte herein. Im echten Leben waren ihre Beine noch länger als auf dem Magazincover.
»Wanja! Wer ist das Weib? Was will sie hier? Hältst du mich für blöd? Denkst du, ich kriege nicht mit, wenn du meinen Ersatz an Bord bringst?«
Max hörte ein Glas splittern.
»Du alter Bettnässer! Ich verlasse dich eh!«
Der King stand aufrecht. Schwankte leicht. Fand sein Gleichgewicht wieder. Max erhaschte einen Blick auf das böse Auge.
Mein Gott, Krook! Wo steckst du?
»Töte mich, wenn du willst!«, sagte das Mädchen.
»Ach, Inna«, sagte der King. Jetzt hielt er eine Pistole in der Hand. Es war keine Miniatur. Er hob den Arm.
Oh nein, dachte Max. Wo war Krook?
Plötzlich eine Bewegung aus der Ecke. Ein Stück rote Krawatte. Max traute seinen Augen nicht: Felix! Felix, der all seinen Mut zusammennahm, warf sich auf den alten Mann. Griff nach der Pistole. Er hatte sie! Doch der Wachmann war schnell. Er schnappte sich die Waffe, Felix fiel zu Boden. Der Wachmann gab dem King die Waffe zurück. Er sah auf Felix herunter, als wäre der eine störende Fliege. Dann beugte er sich, packte ihn an der Krawatte ...
Max erinnerte sich an das Versprechen an die Großmutter. Er musste handeln. Er brauchte den King nur lange genug abzulenken, bis Krook da war. Er stand auf, trat aus dem Dunkel.
»Aufhören!« Er zog das Formular aus dem Waisenhaus aus seiner Tasche. »Sie glauben, dass Sie Ihr einziges Kind gefunden haben?«
Max musste schnell, aber deutlich sprechen, damit der King ihm zuhörte.

»Ihre Tochter. Ja, mag sein, dass Sie das denken! Aber Sie haben Ihren einzigen lebenden Sohn umgebracht.«
Der King erstarrte. Sein Gesicht wurde grau. Max trat langsam näher. Der Wachmann hob seine Kalaschnikow, doch mit einem Blick befahl ihm der King, die Waffe wieder zu senken.
Max ging zum Tisch und reichte dem King das Papier vom Waisenhaus. Mit zitternder Hand nahm es der alte Mann, kramte nach seiner Brille und las es unter Mühen. Er schaute im Raum umher, mit einem Ausdruck größter Verzweiflung.
Draußen vor dem Fenster flackerten am Ufer die Lichter der Stadt. Dann gingen sie aus.
Alles war schwarz, überall. Sie hörten Schritte auf dem Schiff. Der King packte Sima.
Ehe Max ihm nacheilen konnte, spürte er einen Schmerz im Nacken. Er sah einen attraktiven jungen Mann in schwarzer Polizeiuniform. Ein hübsches Lächeln, deutliche Grübchen ... Hatte er ihm geholfen oder ihn geschlagen? Max glitt vom Bewusstsein ins Dunkel ...

*

Der einäugige Odessit hatte Sima gepackt und ihr den Arm auf den Rücken gedreht. Lump! In der Dunkelheit zerrte er sie in den Frachtraum des Schiffs. Mister Smiley dankte Gott, dass er seine Abneigung gegen Wasser überwunden und sich an Bord dieses Monsterschiffs gewagt hatte. Was sich hier zutrug, war deutlich ernster, als er hatte vorhersehen können.
Auf seine leise Art folgte er dem Einäugigen und seiner Gefangenen – der reizenden Sima! Mister Smileys Ein und Alles! – hinab zu den Schlauchbooten. Der Einäugige stieg ein. Zog Sima mit sich. Diesem Mann war es gleich, ob er lebte oder starb. Das war gefährlich, sehr gefährlich!
Jetzt oder nie, dachte Mister Smiley. Jetzt oder nie. Der Kater rollte all seine Liebe und seinen Mut in einem dichten grauen Fellball zusammen. Und sprang.
Er landete gerade noch im Boot, als der Einäugige es vom Monsterkahn losmachte.

Regen goss in Strömen herab, Wellen schlugen über die Seiten. Der alte Mann hielt Sima mit einem Arm in eine Ecke gedrückt und steuerte das Boot mit der anderen auf die offene See. In der Ferne flackerte es: Die Lichter der Stadt leuchteten wieder. Doch nur kurz. Dann erloschen sie, und ganz Odessa verschwand. Als wäre die Welt untergegangen. Mister Smiley musste rasch handeln. Sima war eine gute Schwimmerin. Mister Smiley zog blank: seine kräftigste Kralle – ebenjene, die Cheeky B getötet hatte. Er stieß sie in die Haut des Schlauchboots. Der Regen wurde noch stärker, prasselte hernieder, nahm jede Sicht. Sie sanken, und zwar schnell. Tod im Wasser. Das Schlimmste, was einer Katze passieren konnte. Der King rutschte ab. Fiel ins Meer. Ging unter. Mister Smiley konnte ihn nicht mehr sehen. Doch durch den Regen und all das Wasser und die Nacht beobachtete er, wie Sima begriff. Sie zog ihre Schuhe aus.

Schwimm, mein Mädchen!, dachte Mister Smiley und richtete seine ganze Energie auf Sima. Schwimm! Rette dich! Schwimm! Schwimm!

Epilog

Wisst Ihr was, Herr Scholem Alejchem?
Lasst uns besser von etwas Fröhlicherem sprechen:
Was hört man denn Neues bezüglich der Cholera in Odessa?

Scholem Alejchem, *Tewje, der Milchmann*

62

»Also, Max«, begann der junge Mann mit dem Hundeblick und lehnte sich auf seinem Stuhl vor.

Aus irgendeinem Grund musste man seine Schuhe im Warteraum der Paartherapie aus- und karierte Pantoffeln anziehen. Ein Berg von karierten Pantoffeln, in allen Größen. Rose schlug ihre Beine übereinander. Sie trug karierte Pantoffeln. Max trug karierte Pantoffeln. Der Therapeut – sein Name war Matt – trug ebenfalls welche. Die Pantoffeln hasste Max am meisten.

»Rose sagt, sie hat das Gefühl, dass Sie ihr nicht zuhören. Rose erinnert sich, dass Sie, auf der, ähm ... Treppe ...«

»Der Potemkinschen Treppe«, sagte Max.

»Danke, Max, das ist sehr hilfreich. Rose erinnert sich, dass Sie versucht hat, mit Ihnen über Adoption zu sprechen, woraufhin Sie ›davongerannt‹ sind. Wortwörtlich, sagt Rose. Ich kann mir denken ...« An dieser Stelle lehnte sich der Therapeut noch weiter vor, um Max' Blick auf sich zu lenken.

Max studierte gerade seinen eigenen linken Pantoffel. Er war ein bisschen zu groß. Max fragte sich, ob er ihn beim Verlassen des Raums verlieren würde. Vorausgesetzt, die Sitzung fand jemals ein Ende.

»Was ich vermute, Max, ist, dass Sie sich unbehaglich gefühlt haben. Weil das Thema der Adoption ... nun ja ... darüber zu sprechen ist schwer.«

»Äh, ja, stimmt«, sagte Max. »Außerdem musste ich etwas erledigen, für die Arbeit.«

Der Therapeut lächelte. »Männer flüchten sich gern in die Arbeit. Frauen auch, aber bei uns Männern kommt es häufiger vor – wenn wir uns unbehaglich fühlen.«

»Yeah«, sagte Max.

Seine Gedanken wanderten zurück zu jener Nacht auf der *Inna*. Der Einsturz von Perle Nummer fünf in die Katakomben hatte das Stromnetz der Stadt lahmgelegt.

Max erfuhr erst von dem Einsturz und dem Stromausfall – die größte Katastrophe dieser Art, die jemals passiert war –, als er auf einer Liege in Kommissar Krooks Büro lag, mit einer großen Beule am Kopf. Zu seiner Überraschung war auch Fimka Fischmann anwesend. Der Dichter und Arzt war verlegen und sah mächtig zerzaust aus. Er untersuchte Max flüchtig, befand ihn für gesund genug und ging davon. Krook schüttelte den Kopf. Dann erzählte er Max, dass Fischmann am Abend zuvor ins Polizeipräsidium gestürmt sei. Er hatte getobt: Bei der Polizei gebe es einen Maulwurf, und Max werde sterben. Er hatte sich geweigert, seine Informationsquelle zu nennen. Schließlich hatten sie ihn in die Ausnüchterungszelle gesteckt. Erst am Morgen, als Fischmann erfuhr, dass Max lebte, beruhigte er sich. Er bestand darauf, sich mit eigenen Augen davon zu überzeugen – immerhin war er Mediziner –, dass Max wirklich nicht schwer verletzt war.

»Wegen Fischmann sind wir gestern Abend mit einer solchen Verspätung an Bord gekommen«, hatte Krook gesagt und den Kopf geschüttelt. »Künstler!«

Alles in allem war die Razzia ein Misserfolg gewesen. Lerner, falls er es wirklich gewesen war, war verschwunden. Wahrscheinlich ertrunken. Man würde sehen, ob in nächster Zeit eine Leiche angespült wurde. Dann wüsste man mehr. Eine Hand wurde nicht gefunden.

Was Felix betraf, so hatte er bei der Vernehmung geweint und die Schuld für den Anschlag auf Angelinas Restaurant auf sich genommen. Die Befragung zeigte allerdings, dass er nur als Schachfigur gedient hatte. Luddy der Löwe Shturman hatte den Anschlag geplant, damit Sima die Augäpfel nicht zur Schau stellen konnte – der King sollte sie nicht sehen.

Sima war in Sicherheit.

Rodion taumelte noch, als der King Sima zum Rettungsboot zerrte. Rodion war ihnen gefolgt, schleppend. Er alarmierte die Crew einer Lieferbarkasse. Gemeinsam hatten sie die gen Küste schwimmende Sima aus dem Wasser gefischt. Zusammen, so hieß es, mit einer Katze.

Das Fußballspiel war gelaufen. Es hatte die üblichen Prügeleien gegeben, aber nichts Schlimmes. Max gab Krook das mexikanische

Tagebuch, Sima als Enkelin sollte es bekommen. Die beiden Männer gossen sich Wodka ein und tranken auf das Schicksal.

Als Max ins Hotel zurückkehrte, rief Natascha an. Sie war früher als geplant zurück von ihrer Datscha. Brauchten Max und Rose einen Transfer zum Flughafen?

Max nahm das Angebot an. Rose sprach nicht mit ihm, und er hoffte, dass die Anwesenheit einer dritten Person das vielleicht ändern würde.

Natascha holte sie in ihrem kleinen französischen Auto ab. Ihr Verlobter und sie waren zu einem Kurhotel gereist. Das sollte gesund sein! Aber dann hatte Nataschas Verlobter zu viele Beeren und Mineralwasser zu sich genommen, und sein Gesicht war dick angeschwollen! Doppelt so groß wie normal!

»Wirklich?«, fragte Rose.

»Ja«, sagte Natascha.

Von da an verstanden sich die beiden blendend. Sie rissen sogar Witze darüber, dass Max versehentlich ein Zimmer in einem Bordell gebucht hatte. Die Frauen rollten mit den Augen.

»Und habt ihr schon gehört«, sagte Natascha, als das Flughafengebäude auftauchte, »dass Grischa und Mephisto heute Morgen eine gemeinsame Pressekonferenz gegeben haben?«

»Nein«, sagte Max.

»Jawohl, offenbar wollen sie zusammenarbeiten. Sie wollen, dass der Eurovision Song Contest nächstes Jahr in Odessa stattfindet. Obwohl eigentlich schon feststeht, dass Kiew ihn austrägt.«

Aber das sei noch nichts, sagte Natascha, im Vergleich zum neuesten Gerücht über den Zuckerbaron. Sein stärkster Herausforderer bei den nächsten Wahlen solle vielleicht der Star einer TV-Serie über einen Normalo sein, der rein zufällig Präsident der Ukraine wird.

»Was für ein Land!«, rief Natascha und lachte ihr glockenhelles Lachen ...

»Max?«, sagte Rose.

»Ähm, ja?«

»Ich habe nicht das Gefühl, dass du dich bemühst.«

»Rose, bitte«, sagte der Therapeut.

*

»A-A-A-A-Arschloch! A-A-A-A-Arschloch!«
Ein dumpfes Kreischen störte Mister Smileys Schlummer. Er rollte sich auf die andere Seite, streckte sich, gähnte.
»A-A-A-A-Arschloch, A-A-A-A-Arschloch, A-A-A-A-Arschloch ...« Es klang wie ein Schlaflied. Mister Smiley summte mit.
»A-a-a-a-a-A-a-a-a-a-A-a-a-a-a.«
Dann wurde es still. Nur die Geräusche aus der Küche waren zu hören: Löffel und Schüsseln und Schneebesen und Schneidebretter. Angelina bereitete den Forshmak für den Tag vor. Mister Smileys Magen knurrte. Sollte er aufstehen und in die Küche spazieren? Sich vergewissern, dass der Forshmak von bester Qualität war?
Er hörte Wasser spritzen. Und erschauderte.
Sima kam aus der Küche. Sie streichelte ihn.
»Neptun, Neptun, nicht zittern! Es ist nur ein bisschen Wasser. Hör auf zu zittern, mein kleines Kätzchen!«
Mister Smileys Zittern ließ nach unter Simas weichen Händen. Seit jener Nacht war ihm jeder Wassertropfen ein Gräuel. Es war ein Wunder, dass er überlebt hatte. Er hatte nicht gewusst, dass er schwimmen konnte. Doch offenbar besaß er auch diese erstaunliche Eigenschaft, neben all seinen anderen. Er hatte sich am Meerwasser verschluckt. Er war dabei unterzugehen. Er paddelte mit seinen Pfoten. Er schnappte nach Luft. Er benutzte seinen Schwanz als Ruder. Ein Stück Treibholz war seine Rettung. Er klammerte sich daran fest.

Dann kam dieser Rodion, der Mann mit dem grünen Eidechsenrücken, in einem kleinen Boot vorbei. Es war das Boot, das nach Kaviar roch. Sima saß darin. Gesund und munter. Sie sah Mister Smiley. Zog ihn aus dem Wasser. Hielt ihn fest! Sagte ihm, dass sie ihn mit nach Hause nehmen würde. (Trotz des Wassers war dieser Moment einer der glücklichsten in Mister Smileys Leben.)

In jener Nacht föhnte Sima sein Fell trocken. Dann pflegten sie und ihre Mutter Angelina ihn, bis er wiederhergestellt war, mit Sahne und Forshmak. Und nun war hier sein Zuhause.

Um ehrlich zu sein: Er hatte kein anderes mehr. Eine der Nachtkatzen hatte ihn informiert. Eine von den getreuen, Augen voll Schleim und Getier. Mister Smileys Notfallplan war ihm zum Verhängnis geworden. Wlad hatte eine Verabredung zum Abendbrot gehabt und deshalb einen Untergebenen – nicht mehr als ein dummes Kätzchen – geschickt, um Miss Kitty zu warnen. Natürlich brachte das Greenhorn die Nachricht für Fischmann total durcheinander. Was bei der Polizei für Verspätung sorgte. Weshalb Mister Smiley im Wasser landete! Dann folgte Wladislaws wahrer Verrat. Während sich der Vater erholte, inszenierte der Sohn einen Coup! Nun hatte Wlad im Hafen das Sagen. Cheeky B? Der war unschuldig gewesen.

Mister Smiley rollte sich in der warmen Sonne auf die andere Seite. Wenn ein Kater solche Fehler machte, dachte er, verdiente er es nicht länger, Boss der Katzen zu sein.

Sollte er hineinspazieren?, überlegte er. Er hörte eine männliche Stimme. Rodion. Nun, Simas Wahl leuchtete ein. Rodion war jung und stark. Und ein Mensch. Simotschkas Lachen klang vom Küchenfenster herüber.

»Yo hablo español«, sagte sie.

»Yo también«, sagte ihr Gefährte.

Diese seltsame Sprache war neu; Mister Smiley wusste nicht, was er davon halten sollte.

Der Kater entschied, dass er noch nicht wirklich hungrig war. Er räkelte sich in der Sonne. Manchmal träumte er davon, Jacques zu verspeisen. Mit einem silbernen Messer und einer silbernen Gabel; wie ein Mensch beugte er sich über den grauen Vogel, der gefesselt vor ihm lag – noch am Leben – und machte sich ans Schmausen.

Ach, wie schön wäre das! Diesem Lärm ein Ende zu setzen! Ein für alle Mal!

Die Rufe aus dem Speiseraum des Lokals begannen erneut: »A-A-A-A-Arschloch! A-A-A-A-Arschloch!«

Mister Smileys Schwanz zuckte. Er beschrieb einen langen, gemächlichen Bogen, wie eine Hälfte des Himmelsgewölbes auf den Schultern des Atlas auf der anderen Straßenseite.

»A-A-A-A-Arschloch!«, kreischte Jacques.

Doch der Kater war eingeschlafen.